Claude Simon

Les Géorgiques

农事诗

[法] 克劳德·西蒙 著　林秀清 译

上海译文出版社

目录

献 给 雷 亚

气候、季节、声音、颜色、昏暗、亮光、风雨、食物、嘈杂、寂静、运动、安息，全都影响我们身体的机能，因而也影响我们的心灵。

让-雅克·卢梭《忏悔录》

场景如下：在一个宽阔的房间里，一个人物坐在办公桌前，伸在座位下面的一条腿半曲着；脚后跟跷起，右脚伸在前面贴地平放，胫骨与横置的臀部形成四十五度左右的角度。他双臂支撑在桌子的边沿上，双手拿着一张纸（一封信？），眼睛盯着纸看。这人全身赤裸。从他那臃肿的面孔，粗重的轮廓线条，脸颊显著下垂的样子看来，这人已有相当的年纪了，但大概由于像骑士或军人那样经常锻炼身体，虽然发胖但仍保持着粗壮结实的肌肉组织，在脂肪层下还可以看到突起的肌纹。腹部的皱折层层叠起，厚厚实实，像那些摔跤老手身上的一般，腹部增加的重量不仅不会妨碍劲道，而是加强了气力。第二个人物比较年轻，也是浑身一丝不挂。他站在办公桌的另一端，保持着像古希腊竞技者休息时的传统姿势，身体的重量放在左腿上，右臂贴身下垂，左臂弯曲，把刚用手合起的长方形纸板紧靠胸前。他也是由于经常锻炼身体肌肉组织十分发达，目前完美无缺。弯起的手臂的二头肌明显地隆起。胸部和腹部线条坚挺，整个上身使人想起无可挑剔的艺术学院用青铜细致地复制出来的、经过艺术加工的古罗马护胸甲上的护胸。下腹的生殖器并不长，几乎没有隆起、无毛、末端包皮皱折形成龟头，托着生殖器的睾丸阴囊鼓胀，致使它稍微向前伸出。在那细腻的皮肤下，可以看见血管分布的线路，像树根似的盘在前臂、手背、胫骨和脚上，这些部分的血管比较突出。两个裸体的人物和布景以及古色古香的家具之间的对比，使这场景显得古怪，再加上整幅场景的构图是画在一张纸上（或一幅纹理很细的布上），所用的铅笔芯经过绘画者在绘图的过程中不断地仔细再三磨锋（几乎成了怪癖），因而更显得奇特。人物赤裸的身体是用一种故意平淡的笔触，按照古代的模式，细致地绘出那种刻板的人体，人物周围的物品和所在的房间也是同样平淡，看来按建筑师图纸施工时也是那样地平淡。这些图纸的用意不在使人看见已经存在的纪念物，而是看见想象中产生的一些组合的形象，实际上这些形象仅反映了雕塑者自己，那些细到难以置信的灰色线条循着完美的曲线或伸延成直线或弯曲成圆形，但不是在固体的东西（人体的裸露部分、木头、大理石）和这些物体四周的空间画清其界线的，而是画在按照拐折线或角度围起来的空白平面之间。要理解这样的图形显然只能根据绘图者与看图者双方事先同意接受的一种画法的规章。在几何图形的描绘上也是一样，习惯认为两条直线相交意味着——不是呈现着——一个平面的存在，而墙壁圈起的空间只是用几画来示意，这几画表明墙与墙之间或墙与天花板之间所形成的二面角的棱边或表明那经过精心严格设计的透视法画出的铺地石砖通过一些长方形的门窗洞，可以看见外面一个建筑物的长形正面（也许是一座宫殿的正面），其三排窗子上都装有窗楣（二楼的是三角楣，三楼的是圆弧形，四楼和顶楼的窗子只有突出的层间腰线环绕着）。这个正面也是用线条勾勒而成，用十分细致准确的笔法绘成正视图，全部没有画上投影（家具、书桌、靠背椅也是如此）。只有两个赤裸的身体上的肌肉画了使之逼真的阴影。在这种背景之中，这两个人的身体显得非常古怪，特别是因为脚下没有投影。它们出现在这里，像大理石般洁净而又凹凸不平。它们不是坐在一张椅子上或站在装饰着冷冰冰的几何图案的铺地石砖上，而是像从浅浮雕上拿下来后贴在一页纸上的人物。在这设计的场景中，画家似乎按照自己对重点的选择，立意根据各种各样的成分在他心目中增长的重要性，把它们分清。这一点，从采用的独特的笔法可以看得出来。如何区分？首先画的是无生命的东西（除了铺地石砖、墙壁、家具、窗子和外景以外，还可以看见一幅巨大的古地图和一个庞大的地球仪是采用同样的画法来表现的，那就是用线条勾勒：地图悬挂在一面板壁上，上面画着罗盘方位标，像鼹鼠打洞时堆起来的小土堆那样的山脉，由于有石岬的海岸而产生齿形的边线，有很多支流的蜿蜒曲折的河流——地球仪的赤道线围绕着一个黄道环带，它立在一个三脚底座上），其次画的是肌肤、长着肌肉和血脉的身体，其凹凸不平的部分画得特别用心并涂上阴影，整体像灰色的大理石；最后画的是两个人物的头部，但不仅是勾画出了形状，涂上了阴影，而且还是用油调上研碎的颜料画的，完全像是两个雕像被开玩笑的人用颜色模仿真的肌肤和头发涂了脸部，画了发式。对其中之一，就是站在办公桌另一端的那个人物（虽然有一把椅子摆在那儿，似乎是为着接待来访者的），在大理石上涂画的油彩在下巴稍微下面一点的地方就停笔了。他那浓黑的头发一绺绺披在鬓角上仿佛是从他身后猛吹过来的风把这发绺平贴在那儿的。他的脸部的轮廓虽然显得年轻但线条看来已经不大柔和，无动于衷的表情也许掩盖着一种隐约的嘲讽或轻蔑。他的头部微微后挺，保持着一种合乎军人规定的姿势，但他似乎故意夸大其笔挺僵直。从他身上流露出一种既卑屈又傲慢的态度，大概是出于一个年轻人在一个年纪较大、地位更高的人物面前本能的反应。这个人物坐在办公桌旁，画家对他的着色用了一番精细的功夫。画家并不限于描绘那强健红润有点充血的脸、开始变得灰白的浓密的褐色头发，而是进一步给他在肩上披上一件宝蓝色的上装，让他那浓密的长发披垂在红色的竖领上。蓝色油彩涂至乳头部位上就截止了（除了画笔有些偏差之处）。这上装带有金色流苏的肩章，流苏下垂在肌肤灰白的臂上。从臂到手的部分是裸露的，可以说画家是用人皮套在这双也有点红润的手上，特别是紧贴在那张白中发黄的纸上的手指尖显得较红。这张带有折页留下的痕迹的纸上画着细致入微的、立体感强而且逼真的画，上面还有用红棕色墨水书写的文字。耐人寻味的是这两个人物的面部不是仅仅按照画家开始作画时一般的习惯做法，先勾勒出轮廓，同时在各部位快笔加上几点颜色以取得画面的和谐，也许某一部分还要重新处理，根据绘画过程中发生的变化甚至要全部修改：画这两个人物却采取与习惯相反的画法，一次就“完工”，甚至画最小的细节也是如此（例如画那个坐着的人物鼻孔一侧边上长着的一个瘤子），画家是一次画好就再也不修改了。还有，虽然那大房间只是通过排成一面的三个高大的窗子采光，但散射的光线使场景更显得奇特。这些光线照射到面孔上各个部位，仿佛是从画家工作室玻璃天棚那样不自然地透射下来的光线分布（这和荷兰画派画中形成对比的现实主义的光线处理完全两样），被画的人的赤裸的身体在沉静的工作室中站在台子上摆好姿势，背后是绿色丝哔叽的屏风，他们的肋部平静地呼吸，不影响固定不动的身体保持雕像一般的姿态。除此之外，还有特别的地方是，再没有别的颜色（在涂了阴影的人物身上或在背景、家具上都一样），而且画家尽量给已画的部分精细加工（仅在那有窗子的建筑物的详细的图形上，抹了一片淡蓝色的很薄的涂层，与其说是典型的，倒不如说是象征性的，连窗子的上部也没有涂全）。似乎以此就可以证实这幅画不是没有完成，而是被描画的人认为是全部完成的作品。由于颜色的作用，两个面孔、金色的肩章、坐着的人物的双手和他正在阅读的那封信都被故意地从整个画面上突现出来，从而占有特殊的位置。

不过，再仔细看看图像就会使人猜想这幅画的作者在选择作为场景的事件发生的时间上曾犹豫不决。实际上人们可以看出坐着的人物的右手（虽然经过仔细涂抹，现在仅仅留下幻影般的很淡的灰色）最先画时位置不同：它有点举起，离开另一只手一直拿着的那封信，一些手指像扇子形状那样张开，其姿态既漫不经心又显得专横独断，像有地位的人用食指朝门所在的方向指着，把一个下属或一个纠缠不清的人打发走，但是，问题在于要搞清楚这个手势（这种撵走方式）是发生在这位收信人已经知道信的内容之前（另一个人物虽然态度毕恭毕敬，但流露出一种隐约轻微的讥讽的表情，似乎已经知悉信的内容了），还是在读信时或在知悉信的内容之后为了可以清静地再看看那封信，因为这个坐着的人继续软弱无力地挥手时，头并没有再抬起来，眼睛一直盯着那展开的信，像入了迷似的。

第一部

他，五十岁，现任意大利炮兵部队司令，驻守在米兰。他穿的制服上装的领子和硬胸都绣有金饰花纹。他，六十岁，监管着自己的城堡里建造大阳台的收尾工程，身上抖抖瑟瑟地裹着一件军人穿的旧宽袖长外套。他眼前出现黑点。当天傍晚就要死去了。他三十岁时，是上尉军官。他常到歌剧院去看戏。他头戴三角帽，身穿一件束腰的蓝色制服上装，佩着一把使仪容显得威武的剑。在督政府[①]时期，他是驻那不勒斯的法国大使。一七八一年他首次结婚，娶了一位信奉新教的年轻荷兰女人。三十八岁那年，他作为北部省和塔恩省的代表入选国民议会。一八〇七年冬，他指挥围攻当时属瑞典的波美拉尼亚地区的施特拉尔松德[②]。他在东普鲁士的弗里德兰买了一匹马，那真是一只庞大的巨兽。他写信给一位朋友，开玩笑地说，他身体过分发福，按照他那只有五点九法尺[③]的矮小身材块头实在太大了一点。一七九二年他入选国民公会[④]。他写信

① 一七九五至一七九九年法国大革命后成立的政府。

② Stralsund，德国东部波罗的海的一个港口，十七世纪时被瑞典所占据，一八〇七年为法军所占领。

③ 一法尺为三百二十五毫米。

④ 指法国大革命时期的议会组织。

给女管家巴蒂，要她注意再种几排白色刺篱笆。当他被驱逐出那不勒斯时，他不得不仓促地租了一条热那亚船逃命。他和一个叫加里古的人联合开采阿韦龙山谷的铁矿。他投票赞成处决国王[①]。他作为革命人民代表出任职务。他头戴三色羽饰[②]的菱角帽，身穿有红色袖饰和领饰的军装，脚登翻口的长统皮靴，腰上系着的也是三色的腰带。共和历三年风月[③]十六日，他进入公安委员会[④]。他从米兰张罗组织皇帝[⑤]出访意大利王国的礼节事宜。在白色恐怖高潮中，他被选为国民公会的书记官，在这期间，他从监牢里救出了一位保王党女子，后来娶了她当继室。有一份报告中说此人有钢铁般的身体，有经得起任何考验的勇气，在意大利科西嘉岛上，他曾率领不到一千二百人的兵力对付得到胡德和纳尔逊[⑥]的舰队支持的帕奥利[⑦]党人的叛乱长达一年之久。在法里诺勒战役中他的腿部受了伤。他在那不勒斯登上的那条船在海上被土耳其的海盗劫走。他带领着他的部队经过比利时撤退，连续四天他们所骑的马不能卸鞍。[⑧]在波美拉尼亚的时候，他总是抱怨天气寒冷，健康不佳，身上多处受伤。他当立法议会第一届军事委员会的委员时，曾使一项对镇守被围攻的城池而最后失守的司令处以死刑的法令得以通过。他的部队被敌军飞机袭击，伤亡惨重。土耳其海盗把他交给突尼斯的贝伊[⑨]处理。他进入元老院。戴上天蓝色的直筒无边高帽，穿着

① 指路易十六。
② 象征法兰西共和国的蓝白红三色。
③ 法兰西共和历的第六月。
④ 又译救国委员会。
⑤ 指当时已称帝的拿破仑一世。
⑥ Samuel Hood (1724—1816)，Horatio Nelson (1758—1805)，均系英国海军名将。
⑦ Pasquale Paoli (1725—1807)，政治家，主张科西嘉独立。
⑧ 此处插入一九四〇年五月法军在弗兰德地区大溃退时一位骑兵的经历。
⑨ 奥斯曼帝国高级官员的尊称。

有褶裥的白色短斗篷，腰系着一边下垂的红色腰带，脚穿长统袜和有环扣的鞋子。他维护巴布弗[①]的党人，致力使人修建从卡奥尔至阿尔比[②]的公路。在圣灵降临节的那个星期日傍晚，他仓促地在炸桥之前再次渡过默兹河[③]。奥尔贝地区的总监承认他具有坚强的性格、丰富的知识、正派的生活作风和良好的品德。他获得圣路易十字勋章。他掳获帕奥利党的部队的首领并下令将他枪决。他在突尼斯购买了一匹阿拉伯种公马并命名为穆斯塔法以志不忘贝伊的连襟西迪·穆斯塔法，因为这位突尼斯人在他被囚禁时曾加以特别照顾。他叮嘱女管家要多施肥。在第二届军事委员会进行选举时，他与卡诺和迪布瓦-克朗赛同获最多的选票。当他从普鲁士回到法国时，他提醒皇帝陛下注意：他一直忠心耿耿为他效劳，但他是大军[④]中唯一还没有晋爵也没有得到年俸赐赏的将军。默兹河奔流在夹于树木繁茂的巉崖峭壁间的峡谷深处。一群头戴两边有白色布翼的圆锥形帽子的修女，拖着那缠腿绊脚的蓝色长裙，与最后撤退的骑兵同时奔跑过桥。他用从自己的军刀柄上拉下来的穗子拼命鞭打他那筋疲力尽的马。由于健康欠佳，他得以避免被任命为驻西班牙军的炮兵司令。他给一位友人的信中说，在那儿将不会有人打一炮，他到那里去也不能获得什么军功荣誉。他获得荣誉军团二级勋章。他给女管家发出详细的指示，教她如何把他家的酒装瓶。他被派遣到北部省驻军中去执行任务。他在同僚舒迪厄同意之下特赦守卫尼乌波特的两千名英军。罗伯斯庇尔

① François-Noël Babeuf（1760—1797），当时反对封建贵族统治的农民领袖。
② Albi，法国西南部塔恩省城市。
③ Meuse，流经法国、比利时和荷兰的长河。
④ 指拿破仑率领的部队。

和公安委员会的好几位委员都指责他过于宽大。由于发生热月事件[①]，他得以脱身。阳光掠过那只在翻阅和登记簿一样大小尺寸的一些本子的手，这些本子上写满工整的字迹。他任莱茵河炮兵部队的司令官。他在瑞士购买了一匹母马，命名为弗里堡[②]女人。他视察意大利北部的要塞。他从热里·万霍斯格斯特拉顿父子银号那儿取出三张汇票，第一张是共和十四年风月十日兑取三千六百六十九镑[③]，第二张是共和十六年风月十日兑取三千九百七十四镑，第三张是共和十八年风月十日兑取四千二百八十一镑。手上干枯的皮肤呈浅赭石色，骨头突起的地方稍呈粉红色，无数的皱纹像绉布似的。他以公安委员会的名义签署提升皮舍格吕为摩泽尔和莱茵地区联合部队的司令官的委任状，他还附加上个人的祝贺。他勉励军事代表们死守默兹河，不能有后退的思想。马的颈圈被汗水湿透，枣红色的马毛由于汗水粘连成为一片片深色的东西。在缰绳摩擦的地方和腿弯朝里的面上，汗水冒出灰色的泡沫。一八一一年，他任西班牙巴塞罗那的督军。他记述自己曾中风，幸而后来完全痊愈。他写诗赠与一位女演员。圣灵降临节的星期天阳光灿烂。当部队越过桥时，峡谷深处已阴影重重。他的发妻在圣-米歇尔城堡中生下一男孩后死亡……他抵达科西嘉时，怀着愉快的心情写信对国民公会说：我到卡尔维去，随身带着铁格架子以烤红子弹，要是敌人前来进攻，他们绝对捉不到我们，哪怕我与城池同归于尽也在所不惜。在米兰居留期间，他的继室到处带着一个名叫萨朗的黑人小童跟随，她用心使他穿戴得如同一个东方阿拉伯人，让他包上头帕，穿

① 指法兰西共和历的第十一月，罗伯斯庇尔及其同党失势，最后被送上断头台的事件。
② Fribourg，瑞士中西部城市。
③ 法国古代货币，一镑相当于一公斤银的价格。

着灯笼长裤。她模仿约瑟芬·德·博阿尔内[①]，有人说她们两人相像。他到达巴塞罗那后参加了西班牙民兵组织，整个冬季他在阿拉贡前线作战。他参加比利时战役、荷兰战役、瑞士战役、意大利战役、普鲁士战役。他在西班牙指挥围攻奥斯塔里希，当时由于身体日益衰弱，他不得不离开岗位。一群小嘴乌鸦缓慢地拍着翅膀在阳台上盘旋飞翔，发出刺耳的嘈杂声。他感到疲劳，把眼睛闭起来，但他的视网膜上仍留着记事簿上阳光照射着的几页反射出的光斑。在那合起的眼皮下，他看见一个粉红色的长方形突现在紫色衬底上，这长方形慢慢地朝右边飘移。由于近二十年间的政治职务、军事任务和指挥员的工作，他远在他乡，有时好几年才能回家一趟，即使是很少回来，逗留的时间也不长。巴斯蒂亚的人民组织曾向公安委员会控告他为了一己的安危不惜把卡尔维的一些部队集合起来。他以公安委员会的名义，写信给茹尔当、莫罗、勒谢尔和克勒曼，说他实在无能为力为他们提供驴马、金钱、粮饷、饲料。他鼓动他们从敌军那里取得所需的一切。无论他到什么地方，他都给女管家巴蒂写一封封的长信，仔细规定她在他的领地上随着季节的转移做应该做的工作。他叫苦连天，埋怨意大利的公路很坏，使他的腰部和马车都震损了。他成为铁冠骑士团的骑士。他对那"无耻的皮什格鲁"的被捕感到高兴。他不断地和联营铁矿的加里古打官司。他计算送信与国防部长所费的邮资。从帕里马罗送到拉韦纳共需支出两驿站的钱，从拉韦纳送到里米尼所费有五驿站半的费用，从里米尼到波伦亚共需八驿站的钱，从波伦亚到摩德纳需三站半，从摩德纳到斯皮利姆伯尔图来回一趟需要三站半，摩德纳到福尔米

---

① Joséphine de Beauharnais（1763—1814），拿破仑的第一位夫人。

几依费三又四分之三驿站的钱等等。每一驿站的马费是三点十分米兰里拉。在维罗纳战役中，他在渡过阿迪杰河时腿部受了重伤。他投票赞成对大革命后曾移居海外又返回法国而手中持有武器者一律处以死刑。默兹河右岸蜿蜒而下的公路两旁有鲜花盛开（看来似乎是浅蓝色大花瓣的绣球花丛）的花园和铺着砂砾小径的有钱人家的别墅。到处一片空寂，一匹马的腿一瘸一跛地走着。一个骑兵的裤子膝旁的部位被子弹打中撕开了，从那伤口流下的一股褐色凝结的血在绑腿上被吸收不见了，但新冒出的鲜红的血不断地汩汩流出扩散。芽月[①]十七日他向军代表们报告有关逮捕无政府主义者舒迪厄及其他密谋分子之事。在一次视察中，他在曼图亚瞻仰维吉尔[②]的雕像并在特雷比亚略作停留以实地勘察汉尼拔、苏沃洛夫和麦克唐纳[③]作战的战场。他写有这样的话：一支军队若驻守在左岸而不从右翼出击必败无疑，反之亦然。他荣任米兰学院院士。他在国民公会中发表演说抨击那些反对新思想的人。他写信禀告父亲他想要娶一位在贝桑松歌剧院认识的荷兰年轻女子为妻。他为平息父亲的反对意见故意强调嫁妆之丰厚。他获准觐见突尼斯的贝伊，这位贝伊坐在一间墙壁上挂着各种武器的大厅中一张蒙着绿绸面的长沙发上接见他。他命人在自己的城堡旧宅中加建一座朝南的平台。他十一岁，挨着祖母坐在剧院的正厅前座上。祖母的长袍领子用一个玉石雕的别针严密地扣住，淡紫色的玉石浅雕着的是一个庞贝[①]舞女。

---

① 法兰西共和历的第七月。

② Publius Vergilius Marco（前 70—前 19），古罗马诗人，著有《农事诗》四卷和史诗《埃涅阿斯纪》。

③ Hannibal Barca（前 247—前 183），与罗马军队作战的迦太基的著名军事家；Alexandre V. Souvorov（1729—1800），俄国大元帅；Jacques Alexandre Macdonald（1765—1840），法国元帅。

① Pompeii，古罗马城市，公元六十三年由于火山爆发被毁。

穿过舞台幕布上一个画得十分逼真的圆洞，舞台监督用一只眼睛从洞口望那坐满观众的剧场。观众中的妇女飞快地摇着扇子。对于路易·卡佩[②]是否应该判处死刑的问题，他表示赞成处死。在受到那不勒斯朝廷冷落排挤时，他去参观赫库兰尼姆和庞贝的古迹以消磨时光。他写道：去年如果我们是根据正常的情况来考虑战争形势的话，我们的战役就不会像实际上那样延展到阿姆斯特丹而到布鲁塞尔就结束了。他在戈罗暂停的晚上，写信给他的朋友米奥利斯，告诉他曾与一位意大利姑娘过夜。他说，既然波河三角洲到处乱飞的蚊子在那姑娘身上吮吸，他当然也可以一样干。他在阿姆斯特丹购买一匹五岁的母马，全身皮毛是枣红色的，放在量马体身高的测量架下丈量，它的身高达四尺七。他到斯特拉斯堡后，严厉整饬莱茵河地区的部队中的混乱状况和滥用的通行证。在他的马厩里有三十四匹公马、母马、骡子、驴骡等大牲口和一头小驴。他在经过塔利亚门托时写下：任何人的生活都有乐也有苦，但别人享有玫瑰而他却只能得到尖刺。他写了一篇抨击文章讽刺马塞纳，这人的运货车在军队中发财之事有口皆碑，而他居然好意思仅供二十五个路易给那在战场上断了一条腿的苏尔特。他命人在他的庄园中为他的发妻建造一座坟墓。在坐在他前面的两位女观众的头部空隙之间他看见一排脚灯照亮的舞台。男高音演员手携着头戴花冠身穿白色长袍的女歌唱家径直往前走，但身子没有转向着她。演员们在两个坐在前面的女人黑黝黝的头部中间的空隙里慢慢地走过去，他们走几步就停下很久。对于是否应当缓期执行路易·卡佩的死刑的问题，他的答复是应立即执行。他写信给滨海夏朗德省的省长说，他有充分理

② 即路易十六。

由相信他的兄弟是在莱茵部队中阵亡的，那个自称是他的兄弟的俘虏不过是一个骗子。他让奥什将军知道，公安委员会责备他让一驾驿车在没有护送下就开到朱安党人[①]滋事骚扰的地区。他不再翻动记事册的纸页，眼睛望着自己的手在阳光下显现几千条相当粗的皱纹，纹路虽然交错重叠，但全都朝着同一方向，像农田的道沟一样。这些皱纹从手掌起至食指以斜线弯弯曲曲地或紧靠或分开，像水流似的汇聚于指根处。他看见一些隐隐约约的黑影。他写文章抨击西哀士和教士们。他向刚把教皇逮捕了的友人米奥利斯祝贺。他邀请穆拉将军到他的名为畅心的别墅中来作客，说他家的厨师曾因受到将军对他烹饪技术的赞赏而感到无限光荣，希望能再次得到将军的品尝。他的腿部旧伤在施特拉尔松德复发，他只要长时期骑马就疼痛异常。他写信告诉女管家，他只有四五年能活了，他希望在去世之前这段间歇中能够安享有生之年，他要女管家赶紧催促完成建造露台的工程。他离开部队以后，还好歹活了一年，退居在他的圣-米歇尔城堡中，疾病缠绵，凄凉孤独……越过在桌上摊开的本子和阳台的涡形栏杆，他看见下面骑兵鱼贯而行的营房院子。这些骑兵穿着黑色制服上装。在记事簿上写着的穆斯塔法和有关这匹马的体貌特征的三行字都用斜杠划掉。同样粗短的笔划在下面加写：死于圣-米歇尔……一八一一年十二月八日。他望望自己的手背，上面有两条粗大的灰蓝色血管突出，伸延到与无名指和食指相应的肌腱上。在食指和伸开的拇指之间的皮形成两道交叉的皱褶，像纤维膜，颜色较红。本子稍微斜摆在桌上。象牙色的书页在阳光照射下产生的反光，从下面反照那充满皱纹的脸。他眨眨眼睛。用铅笔划

① 法国大革命时期发动叛乱的保王党人。

了平行线的页上写满了秘书工整的字体。纸页边沿上记着每封信收信者的名字，其中有代理人、部长、商人、朋友、下属、同僚、亲戚、将军、仆人。他定购十二双丝袜，同时还说明他不用吊袜带。铁矿联营倒闭后，他企图通过律师追回部分资金。当继室和儿子老向他要钱使他心烦时，他的答复是：他只能靠将军的军饷来生活，田产的收入已为债务耗尽。在巴尔杜，他十分欣赏贝伊的大鸟笼养满什么颜色都有的各种鸟雀，鸟雀啼鸣的声音震耳欲聋。他说：那不勒斯宫廷阴谋派人暗杀他，像对付法兰西共和国派至拉施塔特开会的代表一样。[①] 他在写给父亲的信中说：我们两人之相识是出于偶然的机会，有点像小说里写的；现在我只想让你知道我们是在看戏时认识的。坐满观众的剧场中声音嘈杂。乐池中的伴奏者在调校自己的乐器。在那些混乱、抖动或突然中断的乐器声中，不时可听到第一提琴手用手指在弦上拨弄定调子的声音。在已无尖顶的两个塔楼之间的平台仅剩下一块稍微凸起的土堆，现在四面种上荨麻，作为菜园。那里有一些卷心菜正在抽心结籽，几株萎谢的西红柿和四季豆攀在近旁的芦苇上。三四只母鸡和一只公鸡一边四处乱走一边到处用爪扒土觅食。坐在剧场的正厅和楼座中的女客手里的扇子又扇动起来，像蝴蝶的翅翼一般。在施特拉尔松德围攻战中，他指挥四千多名炮兵，不仅是法国籍的，还有意大利、西班牙、汉堡、符腾堡、巴登、黑森州和荷兰等地方的人。他与他的参谋住在米特勒海根的城堡中。他在一些皇宫中就寝，但有时在马厩里、树林中、帐篷里过夜。他睡过焚烧过的教堂，睡在被很高的野草所掩没

① 一七九七年法、奥、普鲁士三国代表曾在拉施塔特开会讨论莱茵河左岸划归法国的问题，由于法奥双方发生争执，法国代表在离城时遭到奥方骑兵袭击。这一事件当时被认为是欧洲贵族阶级对民族革命的一种敌视。

的荒地上，在废置的工地里；也在深处积满腐水的防空洞的楼梯上蜷缩着过夜。为了逃避追逐者，他白天上豪华饭店、到公共浴室去度过。他甚至用大衣裹着身体席地而卧。当他醒来张开眼睛时，眼前出现的是一种呈粒状发光的半透明的灰白色的物质。他的脸部和骑兵大衣都覆盖了一层雪。他吩咐随从当心他那用柏柏尔[①]羊皮制成的行军床垫。逼真的幕布拉开，台上的背景是幽森森的岩洞，像蝴蝶翅翼一样的扇子停下不扇动了。八月十日晚上，国民议会下令派遣他和大卡诺、普里厄、加斯帕兰、安东尼勒以及其他七位代表到部队中宣布废黜国王，皇宫的瑞士守卫的反抗已近于结束。从议会内部可以听见枪声最后的回响。从哨所外望，他看见整个广阔的城市展开在山冈和远方闪着光的海之间。在房屋瓦顶之上，远近处分散耸立着笨重建筑物的圆穹和圆形屋顶、老区的哥特式钟楼。不时步枪响声和自动发射武器的连续射击的炸弹爆炸震撼着这个城市。由于没有看见硝烟腾起，他断定作战双方还没有投入炮兵部队。他为发妻的坟墓撰写了墓志铭。舞台布景上非绘景部分画着一些仿真的褐中带红的岩石，好像其中含有赤铁被地下火烧过一般。俄耳甫斯穿着古希腊式的短袍，站着的姿态好像悲痛不堪。腿上穿着粉红色的长统袜子。根据接到的命令他有权对上自将军下至其他一切文武官员出于形势需要暂时免职，必要时还可予以逮捕。他发誓坚持自由平等的原则并保卫人民免受暴君的欺凌。中风以后，他有时感到头晕眼花，看见一些黑点在眼前翻滚旋转，这种不舒服的感觉越来越频繁出现。他命人为发妻建造的坟墓处于卡勒泊溪流旁边的一个峡谷深处，墓的四周植着一片杉树小林。从平台上望去，

① Berber，十九世纪前的北非地区。

看不见那座坟墓，只看见杉树梢顶，即使没有风吹，叶子也不停地抖动，似乎这些叶子兀自不停地在动，发出一种很轻微的飒飒声。他写信给公安委员会，诉说西比利牛斯省的部队严重缺乏衬衣和鞋子，由于运输缺少骡驴，对毕尔巴鄂的进攻不得不延期进行，在东比利牛斯省的部队由于士兵开小差而力量大为削弱，有些部队整连人带着武器离开所在的作战单位走掉了。他看见下面林荫道上浅绿色的梧桐的春叶。在树枝末梢的毛茸茸的嫩芽呈淡淡的红棕色。他腰间系着两个炸弹，身上带着一把小手枪。为爆破声所震撼的城市在阳光下一片死寂。林荫道地上处处都铺盖着被炮弹打断的树枝，上面的叶子仍然呈绿色但已开始枯萎皱缩。男高音唱道：欧律狄刻，欧律狄刻，亲爱的人，你在哪里？[①] 在卡尔维，放火烧了一艘闯入停泊船只区域的英国大型驱逐舰尽管其他舰队施以援救仍然把它击沉。他在都灵购买了一些驴马，并命军队护送到他那女管家手中。他叹息法国皮埃蒙特的驴子比不上北非柏柏尔的驴子。复辟时期[②]，他的遗孀阿代拉伊德向路易十八呈递一份请求赐予帮助的呈文，同时恳求他捐弃与她的姓氏有关[③] 的成见。她提起八月十日那天晚上[④]，她在杜伊勒利王宫最后一批守卫被歼灭时，曾想方设法潜入议会，并把克莱蒙-东尼尔公爵的字条交给国王陛下。在平台深耕的边缘上的荨麻丛中露出一只雄鸡的头。它小心翼翼地左顾右盼，一颠一动的头使那肥厚多肉呈粒状的鸡冠摇来摆去。他写信予奥什提醒他注意过了春分英军可能在贝勒岛登陆。他对利古里

---

① 原文为意大利文，歌词出自格鲁克的歌剧《俄耳甫斯与欧律狄刻》。

② 指波旁皇朝在拿破仑失败后重新统治法国。

③ 即她那曾赞成处决路易十六的丈夫的姓氏。西方妇女一般均用夫家的姓。

④ 指一七九二年八月十日巴黎平民围攻王宫，路易十六与眷属逃至国民议会，寻求保护。

亚[1]海岸进行一次视察。他绘出他的庄园地形图寄给女管家。在涂黄色的胡桃树林的那部分有九个小分区。第一区从桑泽平原的小榆树林起一直往下延伸到葡萄园。种樱桃树的那一区横穿田野直至道坑为止，他命人改用一种不用十二个炮手只用七人就能方便操纵的新炮架。搁在那写满字的有记事簿那样大小的本子一页右上方的握拢鼓起的手影有时变长，有时变形，遮盖了本子上写着的字：

深夜谛听我的呻吟
发现躺在棺木上面
是那改变欧洲面貌的
革命运动的浪潮
它历尽种种风险
我也屡经险流暗礁

这头六行的字体倾斜但十分熟练，笔锋有时用力压得很重，粗笔划时有点溅开。第二区延至卡雷塔勒。随后的第三区是大胡桃树林，用蓝色标示。发妻的坟墓就建造在蓝区中。公鸡的颈部羽毛色彩呈棕红中带淡紫和粉红。随着它头部的姿态，阳光照射到鸡冠上，头部发出像灯笼似的红色透明的亮光，过后这似灯笼的头部的亮光熄灭了，颜色变得柔和，呈暗紫色。他拂晓时到达佩斯基耶拉的军火库。他命令管理人员交出仓库钥匙，发现其中有些炮兵部队的用品没有登记在表册上。他写信给军

---

① Liguria，意大利西北部与法国东南部毗连的地区。

部，告知法军的仓库在意大利军官的同谋下遭到偷窃。送信所费：从波尔哥·布次阿努到路克用去两驿站的钱，从路克至维亚雷焦也是两站，从维亚雷焦至圣彼罗一站，从圣彼罗至马萨一站，从马萨至拉旺萨一站，从拉旺萨至摩德纳十七又三分之二站等。穿过阳台栏杆铁铸的涡纹和叶形饰纹他继续往下边看，模糊地看见骑兵们在亮光的背景前鱼贯走过的黑色身影。他们之间保持约十五米的距离一个跟一个走出围墙中的一道门廊，以与窗子垂直的方向前行，接着朝左转，在另一门廊下消失了。在铺路石上马蹄铁发出铮铮回响。当他们走到第二道门廊下时，从墙壁上回响的声音与前不同。随着马的步伐，穿着黑色制服上衣的骑兵的上身微微地左右摇摆。他们俨然像骑马雕像的影子以那只手照在本子上的影子同样的角度在铺石地面上拉长。他眯起眼睛看那些字迹：

一座坟墓；那
晨曦对我
事件发生
翻天覆地
使我
在这当中

这是头六行的开头的一些字，呈现在耀眼的阳光照射着的那部分纸页上。他一下子翻了好几页。一七九二年，王位废黜以后，法国人民组成国民公会，联军[①]离巴黎只有四十里[②]了。在会议中需要大智大勇者，但宣布任命任何人都会引起激烈的争论，看来遭到反对多于赞成；野心勃勃者开始稍占优势，人民却希望性格刚强的人选入国民公会：就在这种情形下，我受到委任。在他用拇指和食指捏紧簿页的上角时，在这动作中，手上的皱纹和血管突起处消隐了，手背上的皮肤展开，这时的手好像是光滑的大理石，粉红色中隐约呈现蓝色的网络。两位女观众中较年轻的头发梳成高髻。在她那纤细的后颈上，有几绺没梳理好的短发在耳后卷起。从舞台上射来的光线照在她的颈子的一侧，低领袒胸的衣服上露出的从喉咙到胸脯处，反射出像珠贝一样的光彩。小嘴乌鸦成群渐渐飞远。实际上这种成阵的飞行是由许多彼此之间并没有明显联系的小队在空中盘旋飞翔组成的。这黑压压的鸟群的运动方式是双圈的：一圈是整群慢慢向前移动飞翔，另一圈是在一些乌鸦在群体中多次返回逆向飞翔，或以笔直或倾斜的方向旋转飞翔，乍看起来乱糟糟，但对整群鸟的移动毫无影响。落在后面的乌鸦拍翼振翅追上大队，其他的开始盘旋，好像是在轮流接替。那打开着的长方形的本子留在视网膜上的光亮渐渐缩小了，与此同时，颜色也变了，现在是褐色衬底上呈翠绿色。他请人用赭石略带深灰色脉纹的大理石为自己雕刻胸像。他为了看见那男高音和女高音演员不得不侧头俯身向前，现在那两个演员在台上又站住不动，停留在前面两位女子的头部间空隙的左方。他从现在的角度可以看见那较年轻一位的娇弱脸庞的朦胧侧影。俄耳甫斯转身背对欧律狄刻，后者在唱：*Che mai t'afanna in*

① 指反对法国大革命的英、俄、西班牙、西西里、撒丁联军。
② 法国一古里约合四公里。

si lieto momento? [1] 他用意大利语与贝伊交谈，要求释放他的同时，发还那艘热那亚船和船上人员，而贝伊一直认为那是“应得的掳获”。他观察到在乌鸦阵飞中盘旋的总是成对的，无疑是一雌一雄，两鸟结伴而飞，似乎是为了自身的利益（性爱追逐还是追捕昆虫？），但它们并不因此而离开鸟群或停止跟着移动。在土伦，他代表公安委员会向军事代表里特汇报意大利部队各种物资均已告罄的情况。在国民公会的讲坛上，他发言为新的军事部署辩护。他说，当谁把重要的真相向人们提出时，可以预期会引起严重的反驳，人们会奚落提出新的想法的人，指责那建议一种更好的联合办法的人是捣乱破坏者。小嘴乌鸦现在聚集在果园里三株树上，像粪便似的黑森森的一大片把树都遮掉了。在他那重新闭拢的眼皮下，颜色易位。窗框里的翠绿长方形现在分为橄榄青衬底的樱桃红的两个长方块。

在公路另一侧的树林掩护下的三门架好的大炮连续发射一个多钟头，直至夜幕下垂才停止。发射时炮声震耳欲聋，随之而来的是炮弹逐渐减弱的呼啸声。爆炸声在远处回响之前，出现短暂的沉寂。离炮架约五十米远的林中空地上聚集着马匹。随着日暮，远近隆隆的轰炸声逐渐稀疏，最后渐渐停息。在恢复宁静的黄昏中，慢慢变得阴暗的树林散发出一种凝重湿润的草木香气。一只乌鸫时断时续的啼声在乔木林间的回响越去越远。那渗湿树叶的发蓝的薄雾渐渐变暗，叶子不久就在天空的烘托下呈现出黑色的剪影。聚集在林中空地上的马匹变成一群模糊的黑影。马鞍发亮的皮革和马的臀

[1] 意大利文，在这欢快的时刻，你为何感到悲伤？

部反射出朦胧的光。炮兵们比较干净整齐的穿着和脸部的样子与那些骑兵们的蒙着灰尘的军大衣、几天没刮胡子的疲惫的脸容形成对比。骑兵们望着坐在木箱上喝热汤的炮兵。当树林中回响起一只猫头鹰的叫声时，最后的一些鸟啼声已沉寂很久了。站岗的人神经紧张地惊跳。用军大衣裹着身体席地而睡的士兵虽然十分疲劳但辗转反侧无法睡着。一些士兵相继起来，漫无目的地走来走去，有几个人聚集在炮兵的装着无线电设备的小卡车周围，和他们交谈起来。从无线电里可听到敌方的伞兵模仿猫头鹰的叫声互相呼唤联系的短促的声音。他向公安委员会的秘书口授一封致驻桑布尔-默兹部队的军代表的信。秘书的字体加添了许多花缀和花饰。他信中说：你们朝什么地方去？你们自己说，我们在默兹河上的要塞在军事失利的情况下只能对敌军稍加抵抗，但是你们必须取得胜利。从那无线电小卡车的后车门透出照亮里面坐在装置前的操纵人员的一道微弱光线。从那装置中发出一连串嘀嘀哒哒响声夹杂着一些听不清的间断的交替说话的声音。有时操纵人员收到远方的发射台的电波，在短暂的时间中可以听见几个音符的零碎部分，交响乐或歌剧的零星乐句，这些乐声在黑暗的广阔的树林中显得难以置信、温柔动人，似乎由于遥远而变得轻弱。猫头鹰和仓鸮的叫声继续不时在相当近的地方发出。士兵们停下不说话，谛听黑暗中的声音。仿佛是穿过时间和空间的厚墙，一个男高音的不稳定的歌声传来，唱着没有欧律狄刻，我还干什么？没有我心爱的人，我到哪里去？欧律……接着电机又发出嗒嗒声。当这种像油炸的声音停息时，接替出现的是一支萨克乐管有节奏的音响，也同样极其微弱，仿佛这些声音在黑夜很远的地方摇曳闪烁。“……H…r 小姐是很多骑士立志争夺的目标，我战胜了所有的人。她出身阿姆斯特丹的一个望族，我们志趣相投……”男高音演员现在站在舞台的左端（因此，他这次朝右边俯身向前看这演员时，他同时可以看见那位小姐的脸部侧影，她这时把头转向左边）。俄耳甫斯站在靠近舞台非绘景部分一根从地板起用像岩石堆叠高达布景顶上的柱子旁，这些石头由绘景者简化为几何图形。按照配置布局在那些画成三角形或梯形的平面的棱边上涂上赭红、土红、棕红或深褐的鲜明的颜色以达到产生立体感。幕间休息的时候，有几个年轻人拥挤到那两位淑女的周围，这些青年戴着扑粉的假发，穿着礼服和腰身紧束、下裾像裙子般放大的上装，衣服的颜色有靛蓝、像特里阿农[①]的灰色、粉红、银白、珍珠色、宝蓝衬上红点的装饰物。公安委员会的决议案重抄在一个用线订在一起但没有封面的活页本上。在视网膜上停留的长方形亮块在重新闭起的眼皮的紫色昏暗中，现在朝着长的一面伸展，但在中央部分变狭，呈现像紫红色横放的沙漏或可以说像空竹。这长方形扩张到占有全部的视域，在其中央露出一个淡紫色的小月形。凌晨二时左右，一队盖着帆布的卡车停在炮架附近的林间公路上。在卡车里，士兵们面对面坐在平行排列的软垫长凳上，他们各人的枪垂直夹在膝盖之间。在黑暗中只能看清每排凳子最后几个人，他们最接近车子后部。这些人沉默不语，对骑兵们和炮兵们询问他们是否属于已宣布前来支援的部队的话不作回答。这些人的神色疲劳不堪、惊恐不安。他感到手背上有东西轻轻掠过。他重新张开眼睛。苍蝇透明的双翼在阳光照射下像云母那样发光。它那透明的奇形怪状的影子斜向扩展，似乎被一种静止的冲劲所推动，丝状的长脚与身体形成锐角，缩拢来的翅膀像尾巴似的拖在影子后面。在无线电卡车

---

① Trianon，凡尔赛宫花园中的庭园建筑。

的里面发出缓慢节奏的舞曲。大卡车车队的一些带队的人走到炮兵军官旁打听路途，用两支手电筒照着展开的地图。他们打听完后，还停留了一些时间，在离开士兵们远一点的地方低声讨论了一阵子。在这群人中有一个说，德军已在晚间从一个被忘记炸掉的水坝上渡过了默兹河。其中一位军官带着忧虑重重的声调说：这样一来得付出沉重的代价。雄鸡的颈子收缩时，颈毛横竖，黄铜的颜色变为褐色。当鸡颈伸长时，羽毛恢复平伏，又再呈现出闪闪发光的黄铜色。他挥手做驱走苍蝇的动作时，手指放开，皮肤重新形成的无数皱纹蜿蜒在肌腱和鼓起的血脉上。他闭上眼睛，听见马蹄铁在铺路石上得得地响。根据蹄声在拱顶引起的回响忽然变异的声音，他可以猜出每个骑兵走过门拱的时间。收据是用黑褐色的墨水写在一张印有格式的白中带青的纸上，字体现出会计常用的端正工整的笔划：哈尔莱园二十一号的珠宝商里夏尔售与拉·圣-米歇尔将军大人：项链一条，镶嵌六十三颗宝石，款式时新，加工精细，共重21／4／32卡，价值四千三百法郎；一个花冠式的插梳，镶嵌一百零九颗宝石，款式入时，重17／4／8卡，价值二千四百六十法郎；一对耳环和坠子，镶嵌宝石三十六颗，款式入时，加工精致，重10／8/6/32卡，价值一千九百六十法郎；一条项链、一对耳环、珊瑚梳子顶部，此梳与钻石梳配套并带有锦匣：二百二十五法郎，等等。坟墓仅剩下一块长方形石碑埋在枝蔓缠结的荆棘丛中，由于冬天的霜冻而呈层状，已被藓苔半覆盖的铭文难以看清。谈话的嘈杂声、枝形吊灯的灿烂的亮光、丝绸发出的闪烁的光彩，还有音乐，全都混合成为色彩娇嫩、声响细弱的乱七八糟的一团，像是黑夜里从遥远处传来的嘈杂声，摇晃不定的闪光，像黑夜深处某地发生的细微、梦幻似的骚动。猫头鹰的叫声在近处回响两次。由于他不断被派遣到军队中执行公务，使他得以远离恐怖时期[1]发生的一些事件。他是在牧月法令[2]颁布以后才回到巴黎的。也就是在这个时候他当选国民公会的书记官。谁也没有想到一支装备精良的部队竟在政府的命令下突然出现在城中而且开了枪。实际上没有人搞得清楚谁射击谁。在头一阵混乱交火以后，一种双方默契的停火似乎在这个地区建立起来。缺乏睡眠和粮食成了主要的问题。他得与瞌睡作斗争。他的眼皮像火烧一般折磨着他，甚至闭起眼睛他也可以看见在自己的脸部上梧桐叶子轻微地抖动，这些叶子一会儿遮掩了阳光一会儿又让它透射下来。叶子成三尖角的星形。在眼皮下，那横放的沙漏两部分分开了，形成不同的两个球面。在带褐色的昏暗中这两个球面融化在一起了，只留下一点朦胧的亮光在闪烁着。头一天晚上，由于婴儿不停的哭闹声和那系在腰间的两颗手榴弹压痛他的肋骨，他无法入睡。有一天清晨，他乘外面局势暂时平静，偷偷走到街上，最后到达巴黎中央市场。摆摊的小商店大部分关门，开门的几家全被购买者围得水泄不通。一声枪响，把大玻璃窗的一格打得粉碎，引起了一阵恐慌。他趁机买了一块干奶酪，切成两半，塞入挂在手榴弹旁的子弹盒里。一天晚上，听到说有人将切断水源的消息时，他们急忙把所有能找到的盛器都灌满了水并决定翌日拂晓从屋顶进攻被守卫人员占领的大楼。他检查了自己的手榴弹和手枪。他想自己这一次可能会被打死。一七八九年六月，他所在的第七炮兵团接到命令开赴巴黎。他和几位军官一起向上校团长说，如果政府想对人民使用武力，他决定按兵不动。梧桐树交错的树枝在

---

① 指一七九三年五月至一七九四年七月这一阶段。
② 指共和三年牧月（一七九五年五月）反对恐怖主义者的法令。

他的视网膜上留下的影子有点像个7字数码，这个字形的尖端和转角顶端因有一些细球而变圆，像长了结节，这个字码仿佛是用墨水在吸墨纸上写的，而笔锋在转向的地方迟疑停顿了一下，吸墨纸把墨水吸了形成一个圆点。这个7字最先是橘黄底上呈蓝绿色，以波浪状变形，在下端增加了一横划，7字变成了Z字形，与此同时，颜色也转为深蓝、淡黄色底上有黑圈的靛蓝。从米特勒海根，他写信给女管家，告诉她，趁部队运输之便他让人带去一匹栗色母马，面貌漂亮，两前脚有白斑，一后脚外侧也有一块白斑，已满七岁，在量马体高的测量架上量得的身高全长四尺九寸。这匹母马是在美克兰堡斯达利兹的一个地区购得的，他给马命名为莎莱玛。下述这段插曲是发生在第三天晚上靠近炮兵的地方。这一段事情除了带有血腥味以外，其重要性在于它对那些幸存者来说是标志着好像具有严密结构的战争阶段结束，或者更确切地说，从此也就再没有任何秩序，哪怕是最糟糕的秩序也没有了。这时候他们是处于默兹河与桑布尔河之间，已经脱离任何组织结构，每个人或极少人组成的一个队伍游来荡去，得不到任何消息，根据太阳的方位约莫估计向哪里走，精疲力竭再加上缺乏睡眠使这些人处境更加困难。你们向哪里去？到了凌晨四点钟左右，炮兵们接到命令向后撤退。当骑兵们在拂晓时重新上马列成纵队时，炮兵已走了很久。整整一天他们沿着公路后撤，路上挤满各种军用或民用的运输工具、被抛弃或已燃烧的车辆（似乎他们的后方遭到极其严重的轰炸）、溃散的士兵和难民。这些人经过时向骑兵军官打听消息，但得不到回答。有时几发炮弹散落在田野中像是随便发射出来的。其中的一发直径异常巨大的炮弹爆炸时冒出一股巨大的黑色烟柱，在平静的空中垂直停留了很久。天气一直十分晴朗。在骑兵们头上敌机几次列队从高空飞过，但始终没有袭击他们。下午三四点钟左右，骑兵连队走上公路的一条支线，暂停在一个居民全已逃走的小村子里，但骑兵们却接到命令要准备好保卫居民。不管怎样，他们最关心的是找到一点吃的东西，但一些撤退在前的部队将村中人家洗劫一空，他们仅找到一些香烟和装着糖水浸果子的短颈阔口瓶。他们捧起瓶子就喝，并用手指把果子拨到嘴里。日暮时分敌方侦察人员出现但立即撤返。到了午夜，骑兵们接到命令尽可能无声无息地撤退。他们把找到的布料（床套、床单、揩布）全都撕开，好歹把马蹄裹扎起来。他们牵着马缰走了约一公里，然后才上马骑行。他们在黑夜中前行，常常由于莫名其妙的长时间暂停而不得不中止行进，这时他们蜷缩着坐在马上，一动也不动。他写信给公安委员会，说有人企图谋杀他，他手下的几个军官为了公务在他之前出发，就在他本应取道的那几条路上中了埋伏而被杀死。他们有时连人带马惊跳起来，因为突然听见信管爆炸前嗞嗞的声音，一股硝烟在他们经过的路上升起，在黑暗的天空中拖曳着一条火星闪闪的尾巴。有时他们迎面遇到一长列被烧毁的大卡车，有些倒在沟里，这些汽车在燃尽余骸之时发出一股橡皮和人体烧焦的臭味。他们隐约看见几具蜷缩在汽车方向盘上的已变成黑炭的人体，有的还骑在已横倒的摩托车上。在弹坑深陷的十字路口，几间房屋的残骸仍然在燃烧，倒塌的梁架被细小的火焰悄悄地舔着。这些小火焰好像沿着木梁慢悠悠地相互追逐，它们照亮了一些手提着水桶或背负着一些沉重的东西的男男女女的阴暗的身影，他们有时暂停下来用一种茫茫然的眼光望望那些骑兵，接着又重新奔来跑去。现在已过了四十八个小时，骑兵们一直没有能够停下睡觉，他们勉强不让自己睡着，有时半睡半醒昏昏沉沉，弯曲的上身随着马的步伐前后摇摆。天又亮时，他们来到一处广阔的平原上，这地方几乎是光秃秃的，没有什么树，相隔很远才长有稀疏的小树丛，不可能找到任何可隐蔽的地方。他们所走的公路上既没有难民、车辆，也没有任何战斗的迹象。这里听不见任何战争或轰炸的回响，哪怕是远处的这种声响也听不到。他们紧张地仔细观察空荡无云的天空，只有东面有几条细长横展的云带在初升的太阳下呈现出粉红色。太阳渐渐升起，在他们前头投下像骑士塑像的朦胧疏影，像伸长脚的巨大昆虫，这些脚好像轮番收缩伸直但并没有前进一步。光线开始时带珍珠色，逐渐变为金黄色。当头一阵枪响传来时，他们的影子正开始缩短。马有的直立起来，有的跌倒在地上。已靠右走上近便的小路的骑兵队先头部队慌乱地朝交叉路口后退，在那里正撞上由于背后受敌直奔而来的最后的骑兵小分队。这时候他们才知道已陷入埋伏圈，大家都难以幸免。刚写完这一句，他感到对没有身经类似情况的人这句话几乎是无法体会的，这时他把手抬起。在拇指和食指间虎口那里网形的皱纹以几乎是平行对称的弧形环绕着笔杆，这些皱纹先是呈松弛状，接着呈微波状。他抬起眼睛，陆续看见划了许多杠杠的稿子的上部，桌子的边缘，最后是阳台的铁铸的涡形和叶形花纹的栏杆，在这栏杆之外是一个接一个陆续走过的朦胧黑影。他拿掉老花眼镜，清楚地看到在营房院子中的上身挺直的骑兵，他们身穿有红色饰带的黑上衣，脚上的黑皮靴擦得光亮，马裤是宝蓝色的，圆筒形的军帽呈黑色。阳光闪闪照射在棕红色的油光光的马臀部上。

弗特尼……………………………………雌
左比德……………………………………雌
兹兹亚莱…………………………………雌

尼泽美……………………………………………雌

基亚法尔…………………………………………雄

阿伯德勒美莱克…………………………………雄

巴尔美西德………………………………………雄

佐朗………………………………………………雄

阿勒玛卡登………………………………………雄

卡里勒……………………………………………雄

卡尔卡斯…………………………………………雄

尼玛娜……………………………………………雌

西摩斯塔法………………………………………雄

拿拉伊斯…………………………………………雄

纳当姆……………………………………………雄

达勒于克…………………………………………雄

卡拉卡哈巴拉巴…………………………………雌

科科比莱苏贝……………………………………雄

依卡尔……………………………………………雄

法林姆……………………………………………雄

泽鲁姆……………………………………………雄

马匹的名单长长地排成一栏写在一页的外侧白边上，本子也是活页用线订起来的。在第一个本子上潦草地写着这些字：出任那不勒斯大使期间以及突尼斯被俘经过的回忆录。全是用意大利文写的，也许是为了表明这些记录属私人性质，也许是为了炫耀自己：……几个穿着华丽的奴仆领我前去觐见贝伊，穿过一条黝黑的长廊，其尽头处是一间巨大的鸟房，里面关着各种各样的鸟雀，它们发出令人惊异的啼鸣。贝伊坐在一张长沙发上，身材不高但目光炯炯神采奕奕。大厅中家具不多武器却不少。我细数一下，计有手枪十七对、长剑十七把，此外还有长枪、棍棒之类的武器。使我惊讶不已的是他的大臣优素福，他年纪还不到二十二岁，是位身体丰腴的格鲁吉亚人，样子既精明又斯文。对比之下，我反成了野蛮人……有时幼马中有一匹受惊（听到一点嘈杂声或风掀一些纸张的响声），偏闪了一下。骑马的人立即勒住缰绳，马的小腿弯起来，在原地跺脚，马蹄铁敲击在铺路石板上。骑兵们跟在影子后面鱼贯前行。他们在朝右拐弯之前越走近时身影显得越大，在逆光衬托下他们的轮廓一时清晰地显现，最后他们的身影消失在门洞里了。他写信对受那不勒斯国王之聘任在那里工作的马克将军说：……在指挥部办公室里工作可不同，在里面可以安心订立进攻的计划或使之执行：在办公室里工作精神不受干扰，时间可以自由支配，思考不受限制；在战场上可不一样，成功与失败取决于一瞬间：嘈杂声、险阻、烟雾都可以成为障碍使人无法看清楚，而且……印在视网膜上窗户中央的梃子和两根横档组成十字形方格形成的四个青绿色小方块在暗红的底色上慢慢地朝右边飘移过去……在遇到重大危险时，我常常仿佛看到我所热爱的女人的身影，她庇护我并在危难险阻中为我开路，我每年……面孔像石膏般白的老夫人的短上衣，领子用庞贝玉石雕的别针扣紧，前胸缀着无数小圆柱形的黑珠子，反射出金褐、粉红、青蓝各种颜色的隐约闪烁的光芒。她呼吸吃力，两个嘴角下垂的嘴巴张开着像倒过来的新月，肌肉胖鼓鼓的，松弛的、发灰的脸部扑了一层白粉，嘴角像涂上厚粉的丑角或古希腊悲剧中的传统面具。男高音现在静立在那带红色的岩石堆脚下，端立着保持着一种悲伤的姿态，这是效法一幅油画上的人物的姿态，而这幅画又是借鉴古代葬礼或《圣经》所记载的瘟疫、惨败、大屠杀等灾难性结局中出现的人物。他用一只手遮着垂下的脸部，左臂略为置于身后，手掌张开，好像他想推开一个幻象或一个他不愿理睬的讨厌的人。集合站在舞台右侧的少女合唱队用清澈的声音合唱起来。

摘　　要

共和历十三年，阿拉伯公种马穆斯塔法生育的后代有：

	莎莱玛	
	奥黛依德	
母马	阿勒玛依德	灰色皮毛
	巴勒米蕾	
	泽拉依德	
母马	法特美	枣红皮毛
马驹子	哈拉伊斯	
公马	佐朗	黑色皮毛
	阿伯德勒美莱克	
公马	法拉翁	鼠灰色皮毛

马厩的屋顶已半倾塌，呈灰色屋架的梁木已被风雨侵蚀腐烂。面对晒台的山坡上，果园的外面，黄昏时一只狗把散开在草场上的母牛赶拢，从一头母牛身旁跑到另一头身旁咬它们的小腿。这些母牛笨拙地跑开。系在牛颈子上的铃震响声和狗吠声传来时已变得低弱而且比发生时迟到，好像得透过一层厚玻璃，一层既透明又不透光的薄膜传来，而这薄膜把它们与外界隔开了。秋风几乎已经把全部树叶子都吹光了，现在光秃秃的树巅在风中直僵僵地摇摆。O 在叙述

事情的经过时说，枪声响起时一个陌生人抓住他的手臂拖着他跑。他们就这样横穿林荫大道以避开从教堂钟楼上发射的子弹。一群既有妇女又有小孩的各式各样的过路人慑于枪声急忙奔到能躲避的地方去。谁也不清楚到底发生什么事。一个青年把步枪分给到来的人。O 也得到一支枪，但不久就被人偷走了。一个婴孩不断地啼哭。骑兵队中埋伏时发生的短暂交火似乎结束了。现在是一片寂静。过了一会儿，他看见眼前出现的地面是由不同大小、不等边多角形的各种颜色的碎石镶嵌的，有浅灰色、灰蓝色、白垩色、赭色、粉红色。他这时手足并用地爬着。在道路中央车轮常碾过的带形地面上，从石子缝中长出小丛野草和星形锯齿叶的细小植物。他再没听见轻机枪的射击。他的两只手两条腿的浅蓝色的影子朝右侧伸长，渐渐扩大。约两小时后，他又重新骑着马与另一骑兵并排走在队长和一位中尉的后面（他在一部小说中叙述了当时情景以及事情是如何发展的。如果考虑到他当时由于疲劳和缺乏睡眠对声音和险境感觉迟钝在记忆中难以避免产生漏洞或歪曲，那么仍然可以认为这是根据事实尽可能忠实的记述：十字路口和田野上遍布着死尸、流着血的伤员、壕沟边沿上摊着的死者，他逐渐恢复知觉，突然作出决定，他在那有成排英国山楂树篱隔开的草场斜坡上气喘吁吁地骑马往上奔跑，通过敌方装甲车来回巡逻的公路，在树林中的行进（朝哪里去？），他感到的口渴，林下灌木丛中的寂静，布谷鸟的啼鸣，远方的轰炸响声，与两个从埋伏中逃脱生还的军官的意外相遇，他接到轻率下达的命令要他骑上勤务兵牵着的两匹备用的马中的一匹，横穿被轰炸的城市等等）。从比利时往莫伯日南部桑布尔河附近去的公路，笔直伸延于索勒尔堡地区与阿韦讷之间，走向大致上是由东往西，两旁植着果树，因地势稍有起伏而轻微起落。大路旁边的行人道和壕沟里到处是各式各样的残骸，燃烧过的或弃置的大卡车、小汽车、翻倒的小推车、死马，等等，特别引人注目的是无数的纸片或散落的日用布制品在绿色地面上呈现出强烈刺目的白色。他感到自己与外界有一层呈碎裂花纹而且滚烫的薄膜隔离着，这层薄膜由于积垢和身体精疲力竭的状况凝罩在他的脸上。他勉强地抵制着让他的眼皮沉重起来的瞌睡，身子随着马的步伐在马鞍上前后摇晃。他朦胧中看见在光亮的底面上在反光下呈现的两个军官挺直的上半身的黑影，他们在马背上摇来摆去但没有前进一步。在十字路口，他看见一根木柱钉着的指路牌上写着：一个箭头朝右边指着，离瓦蒂格倪大捷地[1]七公里。穿过名萨尔波特里的小村后不久，两位军官被一个埋伏在一道树篱后的敌方伞兵几乎是枪口顶着身体打死了。他们和勤务兵一起掉转马头猛奔，逃脱那伞兵一直从后面扫射过来的子弹。勤务兵的一条大腿被一颗子弹擦伤了。他们返回小村后就让马以常步行进，最后停了下来。他们伫立在一条道路中央（实际上这村庄似乎只是由两行低矮的深红色或淡紫色的砖屋构成的，这些房子沿着笔直的公路延展一公里多长，有时还附着小花园）。路上到处散布着一些残骸，不远的地方有一匹死马，虽然天气干燥，这匹死马几乎全身盖满了一层赭石色的烂泥。这时大概近晌午了。太阳高照，混在一起的骑马者的身影在马下投下一团黑影。

你们朝哪里去？

九月里，巨大的蜘蛛出现了。它们从一根树枝到另一根树枝上

---

① Wattignies-la-victoire，法国北方小镇，一七九三年法军曾大败奥地利军于此地。

织起亮闪闪的多角形的网。其中有一只把网的中轴线张挂在月桂树和葡萄架之间的一条葡萄藤上。有时微风吹过，树枝弯垂，使闪亮的平行状的细丝织成几何形的蜘蛛网摇曳伸展。蜘蛛躲藏在网中央，随着树叶轻微的摇摆，轻巧地上下动荡。它的弯钩形状的四面分开的脚呈红褐色，沉甸甸的圆锥形黑肚子上黄点斑斑。它刚从静止状态中走出，立即行动十分迅速，或修补网上钩破的地方，或捕捉入网的猎物。在阳光照射下呈银色的线网精致的图案突出地显现在月桂树的黑影衬底下。图案的右部由于处在阴影中变得稍微模糊。这一部分在葡萄藤的锯齿形大叶中隐没了。秋天已开始使这些叶子发红，叶边蜷缩，但中间部分仍是绿的，叶脉及其分布图形清晰可见。月桂树叶呈椭圆形带有尖顶，波形叶缘像火焰似的。我计划叫人在鸡棚上面建筑一个阳台：您要命人沿着那往下延伸到河边的围墙种植葡萄藤，您要修剪小路上的小榆树，您要严格地察看一直延展至月桂树凉棚的两条种着葡萄藤的小径，缺藤的地方要补种上，您要去察看所有的河畔草场，缺少的杨柳和杨树要补种上，您要在坟地边上补栽一些树木，要在椭圆形的小喷水池旁补植杨树。巴里摩利伯爵收藏维卡尔从一八〇〇到一八〇四年在意大利所作的绘画一册。在这个画册中有拉·圣-米歇尔将军及其夫人的肖像，他们在一八〇三年居住在米兰。这位体格魁梧的将军的脸在这时期还显得异常年轻：有点肥胖，耳朵以下缩在制服绣花的领子中，颈部围着一条黑色阔边绶带，他似乎用他那炯炯有神、警觉而又不露声色的眼光从那半垂到眼皮上的凸出又下垂的厚重肉块下留神观察着画师。他的下巴有一个小窝，嘴唇小而丰厚，下唇突出像作噘嘴状，很高的额头上部是浓密的头发，散乱的发绺环披头上，乱七八糟地垂落在耳上和衣领上。他的表情显然是一个留心不要上当受骗的人，既容易冲动又多思多虑，能够突然从沉思进入行动，由沉默转入申斥。他那像数学家的乱蓬蓬狮鬣般的头发，宽广的额头，漫不经心地披上的上衣敞开着胸部，嘴唇微微翘起，粗大丰腴的下巴，使用眼角观察的目光，既果断又审慎，既难以捉摸又尖锐刻薄的神气，使人想到某种学术组织的一位通讯院士，而在这位学者身上可能同时还发现他是撰写抨击性文章的作者和狡猾的牲口贩子。相继呈现的颜色如下：深紫红底上的长方形樱桃红块、紫色底上的长方形粉红块、猩红色底上的长方形玉绿色、棕色底上的长方形淡紫色块。长方形分裂为淡蓝的两部分，一起朝右下方漂移。底面没有颜色，只是黑漆一片。那些长方块逐渐变得阴暗，在此同时有一个似乎越来越迫近而且慢慢扩大的光点出现在它们之间。雪月[①]八日我奉命前往围攻佩斯基耶拉：当这地点已枪痕累累，一切围攻的工程已准备就绪，炮台也准备好剥下炮衣时，停战命令到达了。既然再没有围攻战了，总司令布吕内任命我为皮埃蒙特的镇守，我要坚定不移地维持这个地区的治安秩序和安定的局势，并使之得以久存，因为对于这块国土的命运，群情一直是处在动荡不稳状态之中。它将来到底是归还撒丁国王，还是与法国联合起来？我没有必要介入政治上的争论，作为当地武装力量的司令，我只有服从命令。那发亮的小圆点伸展变为椭圆形，朝右倾的椭圆形又呈现为菱状的几何图形。这菱形的四周呈蓝中带紫的颜色，而在其中心出现另一个深褐色的菱形。这第二个菱形逐渐扩大，最后四周呈现一圈蔚蓝色的细线。我为亚力山大港修建炮台作计划。目前我正命人绘制草图，不久我将送呈部长。我计划命人绘成一幅鸟瞰图，直接送

① 法兰西共和历的第四月。

呈第一执政官[①]。此外我正忙于使我将送回家中的七匹漂亮的母马配得良种，只要它们能有吸引力的话。再见，我亲爱的朋友。——最后附言：第一〇七旅半分队的特里杜拉上尉负责送上我的夫人奉赠的一箱在当地相当名贵的都灵酒。人们看不见那些飞机，也许它们是飞在低云层的顶端。但通过扔下的炸弹的巨响可以知道它们的行程轨迹，这些炸弹连续朝着与骑兵队向默兹河走的公路几乎平行的方向扔下来，但距离他们的右侧相当远。听到爆炸声后，过了一会儿才看见四处升起的浓烟。粮食弹药竭尽时，他利用黑夜躲过英国军舰的监视从科西嘉岛上逃出。平坦的田野荒凉寂静，在灰沉沉的天空下呈现灰绿色。这边那边出现乡村教堂钟楼的尖顶。从远处传来的爆炸声变得暗淡。一七九三年十月十六日，正午时刻，王后[②]的头在革命广场上被斩落的时候，卡诺和茹尔当[③]沉默无言地带着一半的部队朝着瓦蒂格倪高原行进，身后留下一片荒寂。在嫩绿的田野上，死神呈现肮脏、铁灰、木炭、发黑的颜色。共和三年风月二十四日，他从巴黎写信给一位朋友：公安委员会任命我参加政府委员会表示对我的信任，使我对这种新的表态感到其沉甸甸的分量。自从我有幸见你以后，我遇到许多风险，我今天还活着连自己也莫名其妙。我已缔结新的姻缘：我第二次结婚娶了一位过去的女友，与其说别的什么，宁可说她是一位生活的伴侣。她形影孤单。她是在夜间到达那不勒斯的，当时是在阿布基尔海战[④]翌日，为庆祝纳尔逊的胜利全城烟花飞腾。他清晨打开窗子时发现英国的

---

① 指拿破仑。

② 指路易十六的王后玛丽-安托瓦内特。

③ Carnot，Jourdan，这两位将军曾在一七九三年战败奥地利大军于法国北方小镇瓦蒂格倪。

④ 指一七九八年法国海军在埃及阿布基尔半岛海面被英国名将纳尔逊所率领的英国舰队所击败。

舰队已停泊在港口中。海面荡漾着像甘油似的微波，由于过于光亮而显得发白无色，好像覆盖了一层极细的和带大理石光点的薄膜（好像海风吹拂在发白的岩石组成的海岛、破碎的雕像、石柱等上面）。黏糊糊的臭气在九月的炎热下滞留在半空中，夏日已到衰竭的时候：在码头的海水上，各种垃圾、烂菜、甜瓜、卷心菜、哈喇的油、粪便、黑压压的大群苍蝇、碎片、菜皮果壳、死鱼苍白的肚皮无力地漂荡、顺流而下。庞大的战舰在阳光照射出的亮闪闪的浮尘中也是黑黝黝的，只有一排排的舷孔漆成白色，这些军舰岿然不动停在海上。当他从科西嘉逃出时，大概也是穿过同样一些军舰逃走的。舰名（亚历山大、巨人哥利亚①、勇猛者、牛头怪物②、庞然大物、西蒂斯③、特耳西科瑞④）都是借用古代的英雄、女神、怪物或缪斯的名字，像妇女的装扮，穿着乳房下束紧的长袍，面戴年老的王后或老公爵夫人样子的带碎裂花纹的朱红色面具，头发上插着鸟类的冠毛、羽饰，像鸟一般地圆睁（饰有鳞片）的眼睛。纳尔逊在卡尔维攻战中失去一目。还有那一伙大革命流亡国外的贵族、宠臣、顾问、粗鲁的将军。他也在其中。塔列朗⑤装聋作哑，寄给他的信他决不作复。他对国王的训话。他身穿炮兵军官的镶红的蓝制服巍然站立，乱蓬蓬浓密的头发朝后披着。他宣读那些用浮夸的套语包含着恐吓的臃肿累赘文句，他曾在文稿上费劲地多次重写和修改：那字体表现出他既任性又暴躁，所用的颜色褪淡但还明显可见的墨水呈带粉红的锈褐色：不整齐的向下的直划、交织的花缀、划去

---

① 《圣经·旧约》上被大卫王所征服的巨人。
② Minotaur，希腊神话中人身牛头怪物。
③ Thetis，希腊神话中的女海神。
④ Terpsichore，希腊神话中的舞蹈女神。
⑤ Charles Maurice de Talleyrand-Périgord（1754—1838），当时管理外交事务的著名人物。

字眼的杠子、绕来绕去的曲线组成一行行的文字写在发黄的纸上像一些撕碎了的褪色的细长花边。人们踮起脚来看他，同时用手肘推开别人往前挤。有时也有人发出一声冷笑。在斐迪南[1]的王座后面，隐约闪烁着颜色鲜艳夺目或柔和悦目的制服和宫廷服饰：象牙色的、紫红的、苋红的、灰绿的、杏黄的、石榴红的、青铜色的、淡黄的、浅褐的、蔚蓝的。黄金和钻石的十字架在胸前闪射发光。画家运用矫捷、急促、随意的厚涂笔法使之显得光灿闪闪。卡罗琳皇后故意不来参加。他带着愉快的心情写信给在佛罗伦萨的雷纳尔大臣说，大概玛丽-安托瓦内特的姐妹看见弑君者受不了。他在信中还开玩笑地说，她也许当时身体疲倦，因为庞贝神农节时把海军司令官作为新出现的屋大维[2]那样来庆贺（他在屋大维的这个名字上划了一系列的横杠，同时还画了一些菱形图形，然后漫不经心地把这些图形一个隔一个地细细绘上晕线，并在没有晕线的菱形中央画上一圆点，接着写了：屋大维安努）。不知什么原因，一只小嘴乌鸦，接着又一只，然后是几只一起从果园的树上飞了起来。最后所有的乌鸦都跟着它们飞起来，这些乌鸦猛力地拍着翅膀，朝平台低飞过来，发出令人厌烦的刺耳鸣叫，声音越来越响。我请你吩咐园丁把那变为黄麻田的果园的老果树拔去并把它们排成梅花形种在小径上那块地里，这小径与三年前种植的那个果园不相联接，虽然是同处在横道下面的园地中，你要叫人种这梅花形排列的树木使得随着时间的推移能够与现在的果园联接起来，靠树林边夏天向着朝阳的小径之旁要好好补种树木，就是那条通向正在开始建造的大平台

① 指西班牙国王斐迪南七世。
② 古罗马奥古斯丁皇帝的称号，他是恺撒的侄子，击败了许多政敌后称帝。

上头的月桂亭入口处搭在葡萄棚通道下方左侧的小径，要紧沿着那些夹在两条通向榆树林荫道的通道之间那部分树林中的小径种植，而且要尽可能找更多的樱桃树种在那里，在同一边有一个小径围绕的圆圈，要深掘这一圈地，教人运来好土肥泥填上，种上一丛丛的丁香，其余的空地全种上根深的树木，例如橡树、榆树、枫树、白蜡树，还要种上一丛丛的白荆棘，这就是说，四至五株种成一丛，你要跑遍广阔的田地，你要把所有枯死的树木和荆棘除掉，种上别的树木，你要到法勒基埃尔各处去看看，你要把荆棘除去种上树木，种上很多的栗树，你要……骑马练习现在已告结束。人们现在把幼马笼头系在周围的墙边，骑士们忙着把鞍子从它们身上卸下来，然后用双臂抱在腹前，上身往后仰地走了，这时他们靴上的马刺在阳光下闪亮。在马的裸露的脊梁上可以看见皮毛被汗水粘湿呈现深色的一片。他写道：我想起过去自己曾经是我的同胞们选中的对象，那时候正当艰难时势：我受命之初，我得把制宪会议已做的或重做的工作继续干下去，而且要是可能的话，使之维持下去，那时制宪会议面对着穷凶极恶的宫廷，它企图采用破坏立法机构的手段来恢复它自称是它应有的权利；但八月十日发生的事件却决定了事态的发展方向。我第二次受到任命，那时普鲁士军队已驻扎在香槟地区，正朝着巴黎进军：很有可能发生激烈的斗争，那时野心勃勃的人们……在震耳欲聋的嘈杂声、叫喊、混乱之中，他无法把鞍子重新装置在他的那匹母马的背上，他的前额贴着马的肋部，头盔上的面甲推在后面。他闻到马的皮毛汗湿后发出的氨臭味。他看见在褐色底板上呈现淡紫色的太阳。这淡紫色渐渐褪色，变为灰白，像一轮逐渐被一圈色泽较浅的光晕环绕着的轮廓模糊的月亮，这光晕散碎分裂为不规则的多角图形，像仿制的大理石花纹。八月十日那天晚上，夜色十分澄丽，月光柔和，直至午夜一片寂静。在这时分，在街上几乎还没有行人。所有的窗子都是灯光熠熠。在这样澄丽的晚上出现这么多的灯光，又显得这么寂寞冷落，无人可以照射，这使人感到奇怪而又阴森可怖。飞机又折回重新进行袭击，这一次是从山冈后面出现的，飞得相当低，用机枪扫射。他在听见声音之前看见这些飞机（他听见有人叫喊）。一共有三架飞机。它们的双翼微微摇晃，难以觉察地轮流一架向上一架向下地飞行。他急忙跳下马，朝壕沟扑去，一只手臂在脸孔前弯起，另一只手抓住他那母马的缰绳。他仿佛觉得自己的背部赤裸裸毫无遮掩。他的身子被泥土抬起，在飞机的发动机轰鸣和隆隆的爆炸声中直立起来的马拖他在地上跑。马的腿部弯起，头部高昂，臀部压低，一步步朝后退着。一些无主的马在路上飞奔过去，马蹄发出乱哄哄的隆隆响声，还夹杂着悬空的马镫和互相碰击的马刀护手叮叮当当的声音。出乎意料、突然而至的猛烈的袭击和杂乱的声音不允许他想到害怕。O 在叙述中说，他投出第一颗炸弹后，就沿着与火线平行的方向奔跑，心想与其他袭击的人会合，一只手臂莫名其妙地贴着左颊弯起。蓝色的小火焰在黑夜里沿着敌方工事的胸墙时明时灭。炸弹爆破的轰隆巨响令人无法忍受。他过了一阵子才理会到这时候自己吓坏了。阳光照射的地方的边沿，逐渐朝左面扩展，从窗口那里像一把扇子骨那样往外展开，现在阳光晒到的地方扩大到桌面一大半，光线直射到他脸上，使他不得不轻轻地眨眨眼皮。当他把眼睛闭起时，许多各种形状的亮点留存在他的视网膜上，并产生各种变幻不定的颜色。致都杜亚尔将军、S. A. I. 的副官：我将感到十分高兴看见你来到施特拉尔松德总部，接到纳沙泰尔亲王给我的通知后，我已安排好请你住在我的司令部，在这次出征期间，我有一所装修配备得很好的房屋，而且有相当讲究的伙食，这样你可以免去自备膳食的麻烦；我感到抱歉的是……（另一幅油画肖像看来很可能是不久之前画的（这就是说在他任驻意大利炮兵部队司令时期，是在画成那幅素描肖像几年后另外再画的）：人物性格急躁尖刻的一面似乎已消失了，代之而出现的是笨重呆板、心平气和的样子，但那炯炯有神的目光似乎坚持否认这面目，只是这种眼神现在含蓄克制，身体紧裹在这一次居然领扣严紧扣上的制服上衣中，衣上的刺绣和金饰使这身制服显得硬挺，像甲壳或有金褐色鞘翅的鞘翅目昆虫的前胸，他似乎用那由于天天骑马和露天生活而肤色棕褐的厚面罩来掩盖自己。那深棕的脸色和那灰白的头发形成对比。那仍然像狮鬣的浓密的头发为了画肖像梳得整齐服帖，至少是在让画师作画的时间中是如此。）桌子摆在一片草地上，靠近大路边上，铺着白色的桌布，四周放着两把太师椅和三把铺了红色天鹅绒坐垫的乌木椅子。这些有扶手和没扶手的椅子好像是被那些吃过一顿美餐后舒展身体交叠双腿轻松地抽一支香烟的客人斜推到后面去了。他在看不到尽头的排成长队的人群中间慢慢行进着，这些人穿着肮脏的各式兵种的制服。他身上的骑兵长大衣沾满灰尘，他抽掉腰带，因此那长大衣在他腿上拖动着。俘虏们沉默地走着，疲惫不堪的脸上由于几天没有刮脸胡子拉碴。脸上毫无表情，似乎心不在焉，浸沉在一种极端疲劳后表现出来的心无别用（或专心致志）只是闷闷不乐的情绪中。他们的目光呆滞，好像眼睛原就是混浊肮脏，覆盖着一层灰尘形成的角膜翳。公路蜿蜒在野花盛开的草原、树林、池塘之间。有时他到了转弯处或山坡顶上，可以看见在绿油油的原野中一条粪便似的赭黄色的长队在慢慢地拖着前行。在那摆好的桌子上有很多空酒瓶和肮脏的盘子，盘子里有一些仅抽了半截就按灭的雪茄烟。俘虏们在旁边走过时，用黯淡的眼睛望望那些椅子、酒瓶和盘子。他总是心情寂寞。和那个意大利姑娘度过一夜后他心头留下一股辛酸的滋味：他用故意装作诙谐的口吻谈到这一夜，用开玩笑的方式笨拙地为自己开脱（比让蚊子咬好受一点），他急急忙忙，像逃遁那样走了。他直截了当继续讲下去，态度既生硬又粗暴。我急于想离开戈罗这个地方。我在拂晓中离开那儿到曼图亚去，那地方的维尔吉利亚纳广场的建立应归功于您。这个城市会变得更美，要是……他在一处小学校的院子里就地而睡，头枕在背包上。他睡在工厂仓库的水泥地上。他倒在草地上，试图啃吃野草。他睡在运输牲畜的车厢铺板上，四周围的人的身体堆叠得那样挤，他连腿也不能伸一伸。车厢中只有两个狭小的长方形老虎窗透气。他呼吸困难。旅程长达四天四夜，没吃没喝，难以忍受。从蓬波纳送到默罗拉的信费去两驿站的钱，从默罗拉到戈罗的往返信件费去两驿站，从默罗拉到马格那斯加四驿站，从马格那斯加到拉韦纳三驿站，从拉韦纳到里米尼五站半，等等。他意识到不能长时间继续在白天装作是有钱的外国人而晚上躲藏起来。所有被抓到的人全堆挤在一家放下铁栅的商店的底层，这个地方暂且就当作监牢了。他一心只想睡觉。这念头渐渐地压倒其他一切，他不再去思索那些他现在已经不再关心的事件的政治意义了。按照人们教诲他的那些箴言，他想只要大家遵守法律，他的安全不成问题。但他看到，实际上法律是什么样子，那要看警察高兴它是什么样。飞机在空中消失以后，到处是一片混乱。那些无主的马成群或单独地四处游荡，有的飞奔横穿田野，有的绕着自己转，无缘无故改变方向，有些四脚僵直地站着不动，还有几匹在啃吃野草。落马的一些骑兵想把它们抓住，在种了庄稼的田里松软的泥土上吃力地奔跑，双臂伸开摆起架势站在溜缰的马前，他们试图抓住缰绳，但马偏闪了一下避开了。在那些没有失去坐骑的骑兵帮助下，他们终于逐步找回大部分马匹。当他们调整马的缰绳和骑上马鞍时，他们感觉到马的肌肉在颤抖，胁部急促地一起一伏，张大的鼻孔充血并呈现红色细小的静脉的斑纹。骑兵们的肢体和手也有点发抖，不过他们使劲控制住。太阳开始西斜，光线像金色的流苏斜穿那铺石的长坡边上的树林叶丛之间。飞机头一次投弹袭击时，骑兵队就朝这长坡再回转跑上去。闪光的绿色麦苗在傍晚的微风中匍匐着，麦田面上像银色的波浪迅速流过。太阳晒的地方渐渐扩展其边缘，从西边的那个塔楼起像一支扇骨似的朝左旋转，以横面切开崩塌的阳台，阳光只晒到种着四季豆的方形田地的一个小三角平面上，同时，番茄作物开始被阴影掩没了。在那接近地面的夕阳中，黑色的月桂树丛清晰地衬托出那闪亮的丝织成的同心多角形的细网。战斗过后的第二天，当地的农民和马贩子把跑散到田野中的那些马低价再卖出去。他在弗里德兰买了一匹马。他在斯德丁请大军的第八兵团的两位主任医官证明他：第一点，他左腿下部前面，有一处发紫的没有很好愈合的大伤疤，虽然用紧裹的绷带固定，但只要稍为疲劳伤疤就又裂开。第二点，同是在左侧大腿朝里一面下部有另一愈合得稍为牢固的伤口；这两处伤口都是由于中了枪。第三，他患有双侧阴囊水囊肿，由于阴囊浸润到这样的程度无法探查这个巨大的囊肿以确诊睾丸的实际情况，在这样的情况下，他不能在常备军中工作，不能经受军事劳累，但由于他的官阶必须骑马操练，疲劳难以避免。他已不能骑马，只好在那渐渐被黄昏笼罩的田野中徒步行走，四处漂泊。他经常产生幻觉。他听见越来越响的铃声，跳到一堵树篱后面躲藏起来。在日暮的朦胧光线中，他看见路上走过一个戴着圆头盔的骑兵，头盔后面有一道新娘的长拖纱在风中飘荡。这骑兵的头像是死人，眼眶空洞洞的。马的快步疾走使摇摆的马铃发出一种清脆的声音，但这声音迅速变弱。他重新站立起来，怀疑地凝视着空荡荡的路。他的四周弥漫着战斗中的夜晚那种奇特的、凄凉的、过于沉寂的寂静。是到结束的时候了。衰老，甚至身体衰弱，老狮子已经筋疲力尽，疾病缠身，几乎成了一个残废人了。他那在巴塞罗那的政府，那卑鄙的警察制造的麻烦，有人想通过勒索，也许通过暗杀来使他吃苦头。他最后的爆发，最后的吼叫，他对麦克唐纳的指责作出傲慢的回答。他再也不购买马了。他在登记册上根据马死去的时间逐一划掉马的名字，以及他的那些母马和种马的体格特征。他把已减缩的清单送交加亚克专区的区长，向他着重指出他的田产收益甚少，他的财产已败落不堪。从一方面看来，无法想象这是警察搞的一手，因为他自认为并没有什么不法行为，但从另一面看，却又不得不承认事实如此，因为警察能够逍遥法外，可以随意在夜间或天刚亮时进入人家的屋子里，从床上把人拖起来并使之消失无踪，从这一面看，这与某种警察有关。秋天到处出现椋鸟。这些鸟百来只组成一群，看来像用细点子构成的云块，与小嘴乌鸦构成的云块，不同之处在于无法从中分辨出一只只的鸟。这一大群鸟所形成的云状物一时拉长一时收缩，它们组成一个由小点构成的集合体，随着鸟翼急促振拍，这些小鸟有时显现可见，有时消失无踪。这些鸟群与乌鸦相反，不论是在飞翔时转换方向或突然放慢或加速，它们都是全体采取同样的协调一致的行动。当这云状物密集时，它的颜色就显得较深，近于黑色，当它延伸开来时就变得浅淡，它朝着一个方向或另一方向疾飞，有时则相反，像悬在空中原地不动，密密麻麻，好像是指示器上闪烁的光点。它时而缩小了体积，时而聚在一起，忽然形成矛尖形，有时又拖长呈披巾状，它像锉下的铁屑受一块在天空中移动的看不见的磁铁吸引着，时起时落，形成巨大的旋涡在飞翔。这云状物由于内部不断发生细微的运动而摇晃不定。他利用部队医官发给他的证明，病假获得批准，在他的夫人于蒙莫朗西地区购置的房产中休养时，请了一位雕刻家为他塑了一个半身像。脸孔轮廓粗壮，鼻子有点塌陷，仍然壮健结实的肌肉特别鼓起，一直是那么浓密的狮鬣般的头发通过巧妙的手法乱蓬蓬地披在那穿着古罗马人的宽阔的长袍的肩上。雕刻所用的材料缺乏变化的冷色，被浓乱的眉毛半遮盖住的没有刻出眸子的眼球、眉毛之间两道深深的皱纹、有环纹的公牛般肥壮的裸露着的颈部，像演说家或辩论家说话时头部向前的姿态，古罗马人的宽阔长袍使整个雕像显得庄严但缺乏真实感。在光亮的大理石成吨的重量与肌肉、头发和衣服模糊地混在一起的幽灵般的灰色一团之间那种不协调中，显现出一种矛盾的东西，就像那并不真实存在但又有质有量的鬼魂出现。目前仅剩下一匹马系在近边墙上的铁环上边。一个骑兵手持水龙头慢慢地冲洗它的腿，围着它的身体四面转，从所有的角度洒水。他戴着军帽但把黑色的上衣脱去，把那鲜蓝色衬衣的袖子卷到肘部。在夕阳反照下，水龙头喷出的水像银子般闪亮。越来越暗淡的马和人的形象在铺路石上伸得非常长。记录册的切口处呈浅淡的粉红色。把记录册合起来的皮面扎住的橄榄青长丝带现在是解开着。册子底面贴着的蓝纸上，摩擦和刮伤的地方像一些发白的起绒毛的星座，像天文台的照片中可以看到的大概已熄灭了很久的那些模糊苍白的星体或星云。用羊皮纸加固的记录册的书脊上，用工整的圆书体写着模糊不清的共和历的月份和“军中事务”或“私人事务”的摘要。这些册子中存着百来封书信的复本，报告、回忆录、清单、仆人的账单、部队的草图、军火库的清册、各种命令和指示的复本，有时还有旅途记述或演讲词的草稿。那只在翻这些册子的充满皱纹的手目前全处在阴影中，漫射的一点光线微弱地照射在微波状的手的皮肤上，还照射在浅绿色的盘结突起的血管上。他写道：在曼图亚经常发生盗窃，我刚为这种事到那地方去。经过帕维亚时，我发现人们拿出来的子弹的口径显然不是从军工锻造厂生产的。看来有可能是承办人从那些在子弹存放之前就从我们那里偷窃的人手里购买来的。虽然对这种坏事再也找不到纠正的办法，但也总须加以阻止……他写信与驻北部省部队的军代表委员会，告知他从驻桑布尔-默兹河的部队的军代表那里得知奥地利部队在科伯伦兹和安德那赫一带调动，因此应加强桑布尔-默兹河部队的右翼，要把已划归莫罗将军指挥的两师军队拨还。他向他的发妻的兄弟，阿姆斯特丹的市长提出要求归还原属他的妻子的嫁妆的一些银器和贵重的餐具。他写信给国防大臣伽桑狄将军，向他说明采用新的炮架的好处。他在给女管家信中打听那匹叫作弗里堡女人的母马是否吸引了公马穆斯塔法，并吩咐要仔细观察母马流出的胞浆水。他提醒注意，他定购的两打袜子网眼要疏松，因为他往往脚踢得很高，脚后跟朝外蹬得厉害。他写道：要懂采取宽大的态度，但对危害自由的敌人却不妨冷酷无情。他记述他曾拒绝用一辆套着两匹与他身份不相称的马的车子，他认为穿着华贵的制服坐这样的马车有失体统。他把家中酒窖里所存各种酒类登记在清册上，其中有白酒、黑酒、卡奥尔酒、马勒瓦兹[①]酒、鲁西永[①]酒和烧酒。在卡尔维时，他对胡德和纳尔逊这两位英国海军大将派来的谈判代表说：当地并没有总督，只有一些部队指挥官，除此之外，还有一位具有最高权威的人民代表。法国宪法规定，不得与占领法兰西共和国领土的敌人谈判；我因此拒绝接受你带来的信件；你现在可以走了。他写信给女管家，详细地向她说明栽培马铃薯的最好方法（火车在田野中停下来，看守把车厢的拉门打开。俘虏们几个人几个人相连或成堆地跳下来蹲在路堤上解手。这路堤下面有一片草场伸展开来。这草场的地势先是朝下成斜坡，接着往上升直到墨绿色的枞树林的边沿。太阳已下山，从地面上腾起一股青草和湿土的清新气息。树林边沿的一条小路上，有一对男女慢慢地走着，女的穿着一件浅色的衣服。跑在他们前面的是一只白毛小狗和一个也是穿着浅色衣服的小女孩。小狗发出欢快的尖叫声。夜幕平静地垂落）。他向督政府要求发给四万镑的赔偿金，以补偿他在那不勒斯遭遇的风险和在突尼斯被俘时的损失。马匹登记清单上最后的马名是泽鲁姆，这名字写得比其他的名字大两倍，用力压下的鹅毛笔留下浓重的粗笔划。写完这个名字以后，向后过于急速返回移动的手扫过尚未干的墨水。化开的黑色墨水流苏似的从字母中着力写的下垂笔划开始，特别是从那巨大的大写字母 X 开始，朝左边拉长，像在疾跑时风中飞扬的马鬃。他写道：一旦渡过阿迪杰河，出于地理形势的需要，马上应将三个师的军队投入蒂罗尔和特伦蒂诺，或用于对抗敌人在这一侧投入的兵团，或继续往下开到德拉瓦

① Malvoisie，希腊小岛，过去以酿葡萄酒著名。
① Roussillon，法国东比利牛斯省的地区。

河谷，与可能已渡过费里乌勒河的部分军队在卡林西亚汇合，我调遣一组二十四门山炮跟随着这支部队，这一组炮……他写信给海军大臣要求照顾他在皇家海军中当尉官的儿子，使他得到提升。他记下：在国民公会结束时，我曾获得十一次任命，我曾任公安委员会的委员、立法会议[①]的成员、柏柏尔的俘虏，逃过议会的暴风雨中的许多险境以后，逃过战场上、海洋上和被掳为奴期间所遇到的种种危险，我返回自己的家园时，由于我收到三四箱彩釉陶器，就有人谣传说这些箱子装的全是黄金，好像是居然可以通过陆路邮寄把这些黄金成箱地运来！人们竟会相信我居然身后带着替我拿大衣的军官走马上任当上了大使？他写道：对加里古这个无赖，我过去不那么信任就好了，是呀，我和他是什么关系？我命人通知隆纪鲁先生，他可以随意支用一万四千法郎左右的有效的票据，要是这些票据没有如期支付，那不关我事，因为我当时身在波美拉尼亚地区不能监督债务人，没有票据兑现付款，那就……（现在附近四周冷冷清清。一个身穿粗布短工作服，头戴警察便帽的勤杂人员在扫路，还用一把铲子把几匹马留下的马粪铲成一堆。铺路石现在呈微带浅紫色的灰色。在马淋水的地方和马尿留下弯弯曲曲线形的潮湿痕迹上，阳光映照出一摊摊金黄色的水洼。那人随随便便打扫几下，使最后四散的垃圾分散开看不见了，就将扫把横搁在小推车上，然后抓住车把，在后面推着走掉了。）他记述对于决定是否应请人民批准审批国王的投票的问题，他的回答是：他认为只能请人民批准认可宪法，他说，他认为要人民来作出此项决定的办法其后果不堪设想，结果会引起内战和分裂，要是这种不幸的事发生，他负有责

① 指一七九五年八月为国民公会通过成立的立法会议，拿破仑称帝后被解散。

任，因此他反对。他写信给从埃及归来的营长公民德尔泰：亲爱的朋友，我曾在当时接到您友好的来信；承惠赠黑奴一名，我当时得知您带着部队在格勒诺布尔，我的一位朋友前往这城市时，我曾托他带去一封感谢您的馈赠的信，他本当把您的黑奴为我带到意大利来，但在格勒诺布尔没有能找到您，他就把信又带回来了。今天我听说您在里昂，我写信再一次表示深切谢意，我的夫人过几天回巴黎途中将经过这个城市，她将上门亲自道谢并把您惠赐的黑奴带走，如果您还没有另作处置的话。他写信给巴黎的国防大臣：公民M，帕维亚的仓库中刚发生一件偷窃七十箱铜制车轮的案件。已知盗贼是些什么人，目前正在追捕中，我按照共和六年雪月七日的法令，暂时将当地的炮兵指挥官停职。谨致敬礼。他写道：我发现在全意大利呈现一种不满的状态、一种闷闷不乐的神色，而有这种表现的是害怕我们的人，而不是喜欢我们的人。赢得许多战役也将徒劳无功，在这个国家的士兵从不露面的环境中，我们获得法国军队的荣誉也是枉然，一切都徒劳无益：群众纷纷起来保卫自己的安宁，我们所能得到的只有人类之间的残杀，毫无结果的大屠杀，如果法国政府想把那些在它保护势力下建立起来的那些共和国[1]置于自己管辖之下，如果法国政府想保存这种体制以反对……他写信给国防大臣麦克唐纳，问他皇帝[2]获悉两个将军与巴塞罗那警察干的一些可疑的勾当有关联之事是否满意。他写道：他第一次中风没有使他瘫痪，使他尚存希望，要是发生第二次，那将会是爆发性中风，那样的话，就会把他从人间带走了。他写信给一位老朋友：四

① 指拿破仑军队在意大利取得胜利后在该国一些地域建立的共和国。
② 指称帝后的拿破仑。

十年以来我一直在常备军中工作，今天我衰弱无力了，不久将不得不退休；我将到我那古旧的城堡去度过最后的岁月，我仍然能够回顾过去而不感到遗憾；今天我回想起我年轻时与你一起度过的时光，感到幸福愉快：在佛兰芒人的乡村中过的主保瞻礼节、对某个乡村女人或修女的吸引征服，那就成为我们当时最大的野心，多么幸福的时期啊！永别了，我亲切拥抱你。女歌唱家的声音由于从很远处传来，显得低弱到几乎听不见，开始时它与小提琴的声音混成一片，后来单独清楚显现，接着声调高扬，抑扬顿挫，放声高歌，凄楚动人，令人心碎。她唱道：*Avvezzo al contento d'un placido oblio fra queste tempeste si perde il mio cor.* ① 俄耳甫斯正想转过身来，但立即改变主意。他记述：随着我渐渐接近罗马郊外，我为附近的荒芜的田野感到难过，这干枯的废弃的大自然不是在预示接近坟墓吗？不是表明在这里一种荒谬的不配信仰的宗教的教皇，一个等于是副职的上帝统治的时间太久了吗？对于那些头脑中充满可恶的教条的人还能有什么指望？这些教条主张压制完全自然的激情，要一心只想……他吩咐在他发妻的坟墓所在的蓝区中命人种上意大利的杨树、山毛榉、白蜡树，特别要种刺槐。他在登记册上用斜划把名为“小美人”的马的身体特征划掉（共和七年牧月十五日生于圣-米歇尔的枣红色小马，是由名“德·费尔瑞小姐”的诺曼底种母马与名为“雄壮”的诺曼底种公马交配所生，母马头部有黑毛，身高四英尺九英寸，九岁；种马身高四英尺十一英寸，在共和六年时十二岁，枣红色皮毛）。他在这匹马下面写着：共和十三年在下日内维尔山时受伤致残，在都灵不值一文地卖掉。最后的一年。在他的一

① 意大利文，我的心惯于在迷茫的风暴中宁静地忘却一切。

些信中多次称之为“生与死之间的间歇”。这是最后的四季，最后的十二个月，经过冰雪、开花、下雾，他在圣－米歇尔城堡中孤单地度过……在那年老的女管家照料下，他只有面对着他的那些幽灵，他的那些秘密。建筑师勒杜用铅笔给他画的一张肖像上，绘出他有一只眼睛变得异常大，眼球细心画上晕影，眼睛上面弧线形卷曲的眉毛是用铅笔的尖端逐一细绘的。在眼睛的虹膜中，一部分用画笔拖过，使光线分散。在这虹膜里反映出贝桑松歌剧院的内部景象，阶梯座位和舞台在一条横向中线两边显现为相反的曲线。歌剧院建筑全部设计的风格甚为严谨，受古代建筑的影响。在点缀着圆柱的楼厅后面走廊与楼厅前面梯形座位之间，有一幅起绒的粗呢幕布隔开，这幕布上画有浅浮雕状的穿着属古代女子服装那种由肩上扣住的无袖上衣的人物。他写下：这一年他家遭到厄运，德·普鲁依纳先生患了一场大病，德·卢尔美先生去世，斯特拉斯堡的那位德·普鲁依纳三十五岁死掉，他自己也几乎从死亡之门走不出来。当倾斜地拿着登记册翻页时，像云母般小平面上发出闪闪金光的表示贵族姓氏的精心书写的锈红色的介词，在文字间特别显著，在翻动的纸页上慢慢地移动。好像汇集在一起的字眼、句子，由于部队的移动、战斗、阴谋、演说而得以在纸上留下的痕迹有如鳞片一般剥落下来，化为细屑，变成为尘埃散落，留在手上的只不过是这些细到摸不出来的干血色的粉末。他写道：财产和荣誉对我起了什么作用？最大的价值在于与那可爱的女人分享，但她已埋在黄泉之下许久了，二十年已过去，但我想起她时仍然心痛欲绝。

第二部

天气严寒，冷得酒都在军用水壶里冻结了。这些液体变得冰冻、发紫、辛辣（似乎连酒味也变紫，退色——像劣酒留在桌布上的那些淡淡的印迹，由淡紫色变为近于蓝色）。水壶钢铁受冻使金属和化学产品的味道更加浓厚。奇妙的葡萄酒也变质了，他们能感到舌头上和贴着上颚的细小透明的冰块，牙齿一咬就碎，立即融化。他们吃的只有一份定量的冷的牛肉罐头和像生石膏那样坚硬的干酪，这些东西也凝固冻结了。他们把干酪切开，没有刮掉表层就吃。这干结的东西被刀子一切就粉碎，变为一堆细屑，他们只好费劲收集起来搁在面包上吃。

由于天气严寒，他们把车厢门完全拉上关紧。把眼睛紧贴着那门上还留下的一条垂直的小缝，可以看见雪中单调而荒凉的田野慢慢地移动过去。他们吃过东西喝过水后，就坐在那粗木铺板上。他们吞食的东西在他们的胃里像一大块冷冰冰的石头。他们身体背部靠着车厢板壁，蜷缩在他们的军大衣中，沉默无言。

他强烈地感到神经受到了刺激（运载牲畜的车厢，未知的目的地，车轮驰过铁轨接口处引起的强烈震动，闷在凝止的、像螺丝帽般紧紧拧住的寒冷里，人数不少，但感到寂寞），产生刺激的（不是人，不是战争，是事物，是处境）。他童年时在一辆快车的厕所里就有过这样的感觉：他揿下放水的踏板，他从厕所圆形磁马桶开口处，看见路轨枕木和道砟石子飞奔过去，伴随而来的一些破碎的东西哗啦啦的声音朝他脸上扑来。一股恶臭的寒风似乎是从下面卷上来的。排出的粪便和浸湿了的发皱的手纸紧贴在黏糊糊的圆筒水管上。车厢猛烈的摇晃使他几乎站不稳，虽然他两腿分开站着，这时不得不用一只手撑在隔板上。珠串般的尿水在管道口颤动，接着脱落后以横向飞掉。

有时火车在一个车站停下，但远离旅客的站台，停在调车路轨上，夹在一列列装载货物、矿产或牲口的车厢中间。调车既费时又费解。有人把车厢门拉开一点，想看看停站城市的名字。这些变得麻木的人交换着含糊的猜测。

他们之间的关系：不是真正的战友关系——最多是互相容忍而已。既不存在憎恶或仇视，也并不真诚相见。在出身农民的士兵中，存在着一种并不是出于同情而形成的类似秘密会社的组织，但有点像共济会[①]那样的默契、自发性：这些士兵对马的态度举止是相同的，既尊重（由于其商品价值），又带有一种温情、契合，可以说是一种祖辈传下来的手工行业师徒关系。对于工具（长柄杈、独轮车）、垫草、粪肥、麦秸、燕麦，他们也是持同样的态度。压得很紧实的沉重的麦秸捆，他们不费力就背起来，而那些城市出身的士兵背起来却脚步摇摇晃晃。从城市来的人比起来是少数，他们在这充满牲畜和武器的过时的生活环境中感到不习惯，出于保护自身，用淘气的粗鲁行为为自己制造一副幼稚可笑的盔甲，这种行为

① Franc-maçonnerie，法国十八世纪以来民间的秘密社团。

主要表现在夸张地运用切口词语上。有几个骑师出身、没有被高等军官当作勤务兵使用的士兵在这两个社会集团之间可以说起着连接的作用。这类士兵本身是城市人但通过马又接近农民。所不同的是这类人不到年纪就早衰了，好像比别人大上好几岁。这种人语言不多。他们的眼睛冷酷、疲乏、心事重重，在他们的脸上像有一道无法抹掉的烙印、别的士兵所不认识的任意挥霍金钱的富人社会留下的一道伤痕。

由于战斗短暂，没有时间改变这种情况。首先是战斗十分激烈：一切都以大动乱的速度进展，乱哄哄一团，秩序混乱，不负责任的指挥，完全缺乏能把担当同样危险的集体成员统一起来的团结，杂乱无章，现场突发的混乱，这一切带来前所未有的神经刺激，因而每一个士兵自始就感到孤零零、茫然不知所措，他们感到自己不是在参加一种协调一致的集体行动，而几乎是随便被扔到这个地方来，听凭命运摆布，出于偶然地无谓地被杀死。部队的班组和分队经常随着减员马马虎虎又重新整编，由于失去个人之间的联系，每一个人很快地越来越感到孤苦伶仃。

当火车真的不再开走时，夜幕开始下垂。这意味着，他们听见车厢外面路堤上的小石子在脚下滚动和士官们的叫喊声。这时他们知道是抵达目的地了。他们默默地看着通过现在敞开着的车门方框里呈现出来的死寂的外部世界。他们以下意识的动作重整武装。冻得麻木的四肢，笨拙沉重地跳下到石碴上，猛然一震，从脚后跟一直到颅骨都给震痛了。和车厢里的寒冷不同，从雪里散发出臭氧气味像针似的刺痛人。

也许在这儿需要插入几句话，以便说明后来发生的情况，这就是说，不久以后，在他们中间充满着失望、惊慌、显然毫无道理的溃乱：既不是由于自然环境（虽然天气十分寒冷，但已经过了几个月——现在是二月——他们已经习惯了），也不是由于作战情况（也许路程的距离没有计算好，指挥方面没有充分考虑到低温天气和需要付出的体力（所需体力当然是相当大，但毕竟还没有超出一个人所有的体力，这一点事实上已经得到证明）两方面结合起来的影响——除非是这样推测：事情的安排仿佛是故意设置的神意考验裁判[①]，就是在这种安排方式下，他们离开度过冬季头几个月已习惯了的驻营地（对担任医院看护工作的修女情形也是一样，教会组织一旦发现在雇用她们工作的医院中有可能在她们周围（相互之间）形成一个友好或同情的圈子时，就采取步骤把她们调离），不过，看来这种行动是按照一种例行公事的想法安排的，而且是根据对第一或第二后备军部队换防的指示或规章制度实施的），也并不是由于发生某种严重的情况或意外事故，像在战争中一般可以预期发生的那一类事故，例如敌机的突然袭击或道路破坏（事实上只发生过一件意外的事情——不过，这可以称为意外事件吗？虽然这件事也许引起精神上剧烈震动，——那就是一列乘载平常旅客的火车驶过）。

这一切都不足以说明后来发生的情况：除了严寒（一直想解释不久在行军途中发生的溃散，这预示着后来交火时发生的最终的土崩瓦解，而这种情况在各级部队中都发生了，军中干部在此时都晕头转向，忘记作战最起码的准则，过了一段时间之后，就根本不管后面部队发生的情况，骑兵队军官或士兵中每个人只是想到自己，

---

① 中古时期条顿族等施行的裁判法，例如命被告将手置于烈火或沸水中，若不受伤，便是无罪。

单独行动——事实上，这样的事根本受不到什么惩戒、处分、谴责，过了两天，在新的驻营中点名集合时也没有对这种人有任何议论，这样无形中也就得到认可了：干部与军队都同意再不提这种可耻的事）……除了严寒的天气，处境平淡无奇达到极点，可以说是起了一种反作用，正像那暂停下来的火车停靠地点平凡乏味一样。这地方远离任何居民点，甚至远离城市郊外的运货车站，在这种地点最常发生的是他们熟知的活动（军队的上车或下车，马匹、物资的装卸）：在这种地方火车一般是从来不停靠的。这种地方都是田野，而他们整天只能从那没有关好的车门留下的垂直隙缝中隐约地瞥见这突然出现在他们眼前，像被雪盖得颜色单调，毫无真正特色的空间中明显冻结不动的一段地方。也由于像出乎意料突然置身在这种环境之中，而不是逐步地进入，像他们在骑马过程中习惯的那样有时间慢慢适应景物的转移变化——或景色的单调乏味。此外还由于时间太晚，冬天的下午较短，感到渐渐迫近的黑夜带来的隐约威胁。

他们像还没有完全睡醒（虽然没有人睡过：但由于长时间受到强制不能活动，冻得浑身麻木，吃的东西又冷又不消化），这时突然看到自己好像是被驱逐、被强行拉出他们的庇护所（那些运牲口的四面通风的车厢，总算是一个四面围住的地方），被粗暴地抛出去，被丢到像没有生命、渺无人烟、冰冷的星球表面那样一个地方。

这列火车前后的平行轨道上漫长的直线仿佛在白雪皑皑的平原上无限地伸延出去，只有这里那里稀疏地出现瘦削的小树林淡紫色的影子（甚至不是小树林：只是几株树四周围着一些灌木丛的朦胧一团）。铅色的雪天在黄昏中变得更加阴暗，沉寂，空荡荡，一长列红褐色木车厢的火车停在联络线轨道上，三四个生了锈的烟囱框架（在那边，是一座工厂，一个采沙场？），这上面剥落成鳞片的赭色油漆（生锈的平板呈岛群状，退色的油漆有点发红，在这些烟囱碎裂的周围化为细屑），路堤和路边的小树林之间有一大洼死水，在那发黑、昏暗、凝固不动的水面上（一种由于严寒而凝固、腐烂发臭的东西），小三角形的冰块像肮脏的发灰的毛玻璃。褐色荆棘丛枝条分叉处都挂着一撮撮松散的雪。

由于冬日强烈的寒光（正如长时间在轮子碾过铁轨发生的颠簸和隆隆震响之后，紧接着突然使人感到静止、沉寂），他们猛然一下看见这一切，而且看得细节分明（或更确切地说，裸露、清晰，像用铅笔芯画出的细致精确的图画）。这种强烈寒光照射下的一切，使人更深深感到凄戚、荒凉。

就在这时候（当他们朝那运马的车厢踉跄走去时），发生了旅客列车驶过的事，这无疑增长了他们的心绪慌乱。首先是出现声音的信号，从远方隆隆传来，接着是在那笔直的长线另一端那个地方出现了一个黑点，已迅速地增大，接着一切十分快速地发生了：列车以全速在主线上飞奔，发出天崩地裂般的金属震响，空气强烈地撼动，他们脚下的地面在颤抖，从转向架下面飞扬起一团团旋转的雪粉，而他们却动也不动地站着，望着铁轨接口处轮子滚过时配合产生的有节制的震响快速节奏中，一列列长车厢相继驶过。这些绿色板壁的车厢的窗子上点缀着一些带着好奇眼光或漠然表情、灰白、隐晦的脸孔；一方面由于列车驶过速度过快，另一方面又由于这些脸孔（像隔着鱼缸的玻璃看见的鱼）仿佛是属于另一个陌生的世界的，像水与火一样不同于他们这些士兵所处的世界，这些脸孔似乎是虚幻的（一个妇女用奶瓶在给孩子喂奶，一个头发上打着一个丝带结的小女孩在摆手——甚至有一个男人穿着背心露出衬衫袖子），这一切在几秒钟内出现，列车驶过这么快、这么近，他们都没法看清挂在车厢外面那块指明快车的出发点和抵达地的牌子上写的字，一会儿就只见最后一节车厢了，天崩地裂、雷鸣似的震响完全停止了，隆隆响声很快减弱下去，已经点亮的红灯也是很快地在黄昏中远去，后来再也看不清了，车尾像一个黑点在漫长的直线另一端越变越小，好像是被吸了进去，车厢载运的吮奶瓶的婴儿、头发打丝带结的小女孩和穿着背心露出衬衣袖子的男人，这一切也像被吸了进去，接着只剩下一个黑点，最后什么也没有了，只剩下最后一片无可奈何的沉寂。火车头留下的一股黑烟稍偏向左边在空中停留了一会儿，接着散开、飘沉，在宁静的空气中消散。黑烟的煤炭臭味渐渐散开，被苍白寒冷带金属味道的气息冲淡吸收了。

直到目前，这种情况还没有达到无可挽回的地步，只要有某种轻而易举的解闷消愁的办法，大概局势还可以挽回。譬如说，分配一点热的饮料或朗姆酒，或是在附近地方有零售饮料的小铺子（像在郊外货运站周围那样），每个班组可以有一个人担任交通员去购置一些廉价的劣等烈酒，把瓶子藏在军大衣下带回来（也许，在这种情况下对士兵的心境产生有实效影响的倒不全在酒精引起的及时的温暖，犯禁的行为也起兴奋诱惑的作用。那些军士、军官和士官遇到这种情况，不但往往闭眼不管，而且有办法装作没看见，这样不仅能使士兵们表面上遵守禁令，不敢违法，而且尊重这种违禁的游戏规则，这样不费什么代价（利用这些小小的违章所得到的好处，起着像安全阀那样的作用）就能保住他们的威信）。

可是这类事情全都没有发生：既没有分派饮料，没有能够偷买，也没有一点表示（哪怕是装出来的，也总算是一种安慰）在艰难困苦的处境中相互关心（或者是战友间的情谊），就像指挥部有时所作出的表示那样。

事实正相反，在同样的情况下（这就是说，当部队干部意识到上级犯了错误，轻率地下命令，没有充分的理由就布置操练或演习，而他（部队干部）却不得不保证执行），在军士身上（这类人的行为往往模仿他的顶头上司）就表现出一种强硬态度，或者是因为感到处境尴尬不高兴（军官和士官乘坐紧靠车头、挂在车前部的有暖气的车厢），或者是——可能更是出于这种原因——由于掌权的人完全自然的反应，为了预防士兵中可能发生想要提出抗议或不守纪律而先发制人，摆出一副不予受理和难以接近的态度来自卫（对军士们的这种对事态起很糟糕的影响的反常行径，还可以找出另一种解释，也许就是他们看到自己在不久的将来也须忍受严寒和疲劳的折磨，因而心情恶劣，对人漠不关心：很可能这三种原因同时起作用，不能分开）。

于是出现了这样的情况：那身体魁梧的队长（长着酒糟鼻子的肥壮的脸冻得发红，或者更确切地说，冻得发紫，他那被钢盔扣在颌下的帽带紧紧勒住的下巴，在下唇下面隆起），他跨着大步沿着准备出发的排成纵队的队伍往前走，经过一个分队又一个分队，对那些站队的人马一眼也不看，他的僵直的头部稍微向前，肩膀上耸，眼睛死盯着自己几米前的地面，他的长军大衣的下摆打着他那双巨人似的腿，交替地一时露出一时覆盖住那裹着他那庞大的腿肚的形状像葱头似的绑腿，他脚上那部队用的沉重的马刺每走一步就发出响声，队副在他左边稍后一点走着，那些年轻的中尉和少尉脚上穿着由著名鞋匠定制的价钱昂贵的马靴、镀铬的精致的马刺，一一陆续离开那队气冲冲盲目地走着的人，每人在自己的分队前头站好，接着在与其说是命令不如说是一片乱哄哄嘈杂声中，在从纵队的前端越传越近的马镫、金属相碰的响声中，全体人员上了马，在凝固、寒冷的空气中，骑兵队一时还静立不动，现在骑兵们在马鞍上看见小树林外面有几处工人住房：这不是村子，也不是小村庄，只是约有十多间独立的小屋，全都一个样子，深色的粗涂灰泥墙，肮脏红色的平瓦屋顶，露出灯光的三四个窗子，每家都有一个小菜园，种着冻结枯萎的蔬菜、留种的卷心菜，疲弱下垂的叶子上覆盖着霜雪（但雪量不足以覆盖全部，还露出有环纹的腐烂的茎梗、犁沟的土层顶、发黑的泥土），没有一个大人、小孩，甚至没有一只狗来看看这沿着菜圃外开始行动的骑兵队，在那有灯光的窗口上也不见有人影。在这之后，一旦走过这一排黯淡的房子和小菜园后，再看不见什么东西了，只有一片荒芜的白茫茫或更确切地说灰白色的平原，它与地平线上的天边只隔着一条狭窄的边缘，在日落的那一边，这边缘略呈粉红色。

黑夜很快来临。他们在那似乎是被雪包裹起来的微弱光线中前行，只能看见几米内的东西，公路两旁所能看清的只有被雪覆盖着的平坦的田野，甚至看不见壕沟（这是一条公路或乡村通道，要是有壕沟的话，雪也把它填平了，因此不论左边还是右边，到处是白茫茫一片平地，或者更确切地说，在黄昏中是灰蒙蒙的一片）。开头，似乎还有一点光线时，他们在那已经习惯听到的声音很轻的混杂响声中（钢铁、马嚼子、马咬嚼着的络头、有时互碰的铁器的当当响、打响鼻的马的喷息、马蹄在雪中闷响的践踏声），快步疾走了几公里，他们在马鞍上的上身无意识地一起一落，没有一点可以称为有热气的东西（冰冷的手、冰冷的手指、像冰的钉头似的指甲，在像冰的老虎钳似的鞋子里的冰冻的脚），但血液却流得更快，像在体内的喧哗，像增添生命活力，后来真到了什么也看不见的地步，他们驱马重新以常步走，冰雪从脚一直没到腿部，他们连指甲也失去知觉了，幸而这时队长下令暂停前进、下马。

他们重新出发时，走在自己的马旁。他们走路时上身稍微前倾，双手插在军大衣的口袋里，马缰缠在右臂上。领头的队长独自往前走，离他那个牵着他们的两匹马缰绳的勤务兵几米远。他踏着雪大步往前走，头缩在肩膀中间，没有转过来看一看。跟在他后面的也没有一个人回头，大家都不说话。

呼吸变得急促。队长继续以巨人的步子行走，后面的纵队越拉越长了（但能看清楚的，只是自己前面的在雪衬托下呈黑色的马尾及其臀部），有时在纵队的旁边出现一个站着不动的头戴钢盔的身影，从这身影发出的声音重复说（不是叫喊）：喂，大家靠拢，喂，大家靠拢，这身影和声音在队伍后部消失在黑暗中，这时几个骑兵开始向前奔去（其余的人继续以同样的步伐行走，他们一声不响，甚至没有咬着牙关说出一句抗议或咒骂的话），他们身边的马快步走着，空悬的马镫在跳动，有时碰到长军刀鞘发出当当响，但过了没多久人和马都恢复常步走。这样一来，一连串金属的清脆撞击声越来越近地传来，最后完全停息，重新又只听见雪在脚步下踏出的轻微沙沙声。过了一会儿，人们看见左边出现士官在深雪中笨拙地奔跑的黑色身影，这雪是堆在路旁，队伍还没有踏过的，也许是在田野上，看不见壕沟的痕迹，怎能搞清楚呢？那士官的膝盖高高抬起，鞋子在雪里陷到脚踝骨上，每跨一步脚上扬起的一些雪粉从他的腿部后面飞起，他比那些常步走的人快不了多少，但最终他还是在前面隐没了，有人像对自己说话似的低声说：好好瞧这个笨蛋。

这时候，骑兵队的队伍排列不得不作重大的改变，因为有些骑兵为了赶上行列而奔跑起来，而其余的人却仍以常步行走，大概士官提醒了队长的注意，不久队伍暂停下来。（实际上，在半睡半醒全身冻得麻木的情况下，人人几乎都碰到前面马的臀部，这样一来，引起了几下尥蹶子和几声咒骂，但事态并不严重，只不过是马随便朝旁边踢了几脚，这时一直什么也看不见，只知整个骑兵队渐渐停下来不动，因为被践踏的雪发出的吱吱声逐渐停息了，最后整列纵队从头至尾出现一片沉寂，也许不久会有重新上马的命令，但从队尾传来指示要传到队伍前头去，说是全部人马已归队集合起来了，或类似的话，但上马的正式命令没有下来，大家又步行出发。①

这样的情况重复出现三四次，每次暂停都稍微比上次长一些，在那走在后面压队的士官通知前头全队人马齐全之前，队伍几乎立即重新出发，因此对那些迟来归队的人来说，实际上并没有暂歇的时间，这些掉队的人一赶上来不得不马上又走。前后左右总是同样的一片覆盖着白雪的荒凉的平原，公路没高没低，有时沿着或穿过看不见的小树林（这时，声响、马蹄下的雪的嘎吱声有点与前不同了，使人想到现在的这种声音是发自碰上树干或树枝的回响——也许来自在荆棘丛与被霜雪冻坏的野草交错的枝蔓下的那些面上浮着一层薄冰的沼泽或发黑的一泓死水，也许来自藏在灯芯草丛中沉睡的黑水鸡或野鸭），四周一片沉寂，既没有一个乡村，也没有一个小村庄，只是相隔很远——无法衡量距离有多远——出现一点孤零零的灯光（是出自一个农舍？），但这也难得见到，就这样，一小时一小时地过去了，中间插入几次为了重新整编队伍的暂停行进。

① 文中多次出现括号错漏，似作者有意为之。

不应忘记的是他们清晨两点钟就起床，一口气从驻营地到火车站跑了约十五公里这段不算长的路程，在黑暗寒冷中等候天亮把马装上火车（也许事先校好闹钟就可以避免这场等候，骑兵队集合的时间可以推迟两小时），整整一天呆在冰冷的车厢里，吃的喝的都是冰的，在荒芜的田野中卸马，而现在他们在黑暗寒冷中已经走了约三个钟头，既不知自己是在什么地方，往何处去，也不知还要步行多少时间。

这时候开始落雪了。

也许现在最多不过是夜晚八九点钟，但应当考虑到冬季黑夜来得早，而在黑暗中行进的骑兵们对于时间心中无数。不幸的是，正当这场大雪表明气温突然回升时，从清晨起（确切地说是在太阳尚未升起之前）就无可奈何地忍受的寒冷这时大概累积到像是到了只能进不能退的不能回头的顶点（好像寒气在人的机体内部积存起来，如同取暖器在低峰时间把暖气储存起来以便后来散发那样），这种新情况的出现（这就是说，在几乎什么也看不见的黑暗中，脸上感到接触着一种幻影似的无法度量的在溶解的东西，这东西沾在眼睫毛上，带着金属的味道融化在嘴唇上，那看不见的雪花飘落时发出的轻微簌簌声同时使空间和黑夜都扩大了），不但不能解决问题，而且突然又落雪了（在人们的心情中，雪这个字常唤起的悲惨的形象难以避免会随之而生），对那些抵抗力已减弱的人将产生一种带有决定性的影响。

这种情况（就是说，这种土崩瓦解，或者可以说，一支干部配备很好、有组织的部队在夜行军的几个小时中完全分崩离析，而并没有发生过任何重大事故足以促成这种瓦解，一种惊惶、慌乱、无斗志的表现散布蔓延开来，自下而上（如同在行军初期那些走在后面压队的士官在队伍暂停前进时，向队长报告迟延归队和落伍的骑兵的情况那样，从后面往纵队前面传，越传越近，直至队长那里），像传染病一般，像一种无法抵抗的感染一般，由下至上，直至队伍组织的最高层都传染上了，以致最后只有不分级别的单独存在的人，每一个人都为保存自己与疲劳、黑夜、寒冷作斗争），这种情况（或这种现象）可以分为三个阶段：瓦解的前奏，瓦解危险的威胁（初步的分裂），最后的瓦解，可以说是完全彻底的瓦解被确认已不可挽回的既成事实，任何团结、任何纪律都不存在了（在像骑兵这样严格、纪律性很强的传统的部队发生这种事实在难以想象），不论怎么看，服从指挥的思想已经变得空空洞洞，毫无意义，全不存在了。

第一阶段：在荒芜光秃的田野中火车异常地停下来，从那冷冰冰的车厢下来，看见乘载普通旅客的列车驶过，再次集合，队长大踏步在那沿着火车排列成行进队形的骑兵队朝前走去，茫茫然紧绷着的脸孔，脸色发红，天气寒冷也不足以完全解释为什么会是这样（因为生气涨红了脸？荒唐的命令激起了忿怒？或者是因为感到羞耻，预感到无法避免的局势、屈辱的处境、最后失掉权力和威望的结局？——怎么解释队长这种具有预兆意义的举止呢？）：他匆促上马，不愿抬起眼睛（或者是由于怀有抵触情绪？），平时哪怕是作检阅演习，他在下令上马之前，总是出于他那认真仔细的怪癖停留一些时间，对行军背包作检查，对装备的小地方或套马具也一丝不苟，对保持清洁、擦得是否光亮的事项也吹毛求疵（可是现在，表现是这样反常，看来这只能是不祥的预兆，骑兵们把这种表现或多或少存心理解为漠不关心的证明，同时又是一种异常的心情烦乱的迹象），后来他不顾会发生滑马摔倒的可能（马蹄没有事先钉上防滑的铁掌），又草率下令快步疾走一段路程，似乎拼命想要利用光亮的最后时刻，过后在每次暂停行进时又仓促地指示重新出发，没有让掉队的士兵有时间喘一口气——这一切说明，这种具有感染性的放弃战斗的思潮，如果在最后阶段自下至上扩散开来的话，也许在开始时是出于可以说是指挥部的真正的失败，像经常发生的情况那样，由于指挥部过分严厉，或更确切地说，过于傲慢，不把士兵看在眼里，这种态度使士兵隐约感到像是不负责任，也就等于是上级放弃职守，上级既然如此，每一个个人也就有理由放弃自己的职守了。

第二阶段包括队伍行进中的头三个小时左右（在这段时间中纵队前头领队不时命队伍暂停，以便掉队者可以赶上，与队伍会合）：虽然疲劳这时已起破坏士气的作用，但在这期间还是有消息、检查、指挥。

第三阶段（这是真正瓦解的阶段，发出信号的似乎是雪的出现——或者更确切地说，在黑暗中接触到絮了棉花似的声音很轻的雪花，它在脸上慢慢地融化），只能按照零碎的现象本来的样子以零碎的方式来描述。开始是，与前两个阶段完全相反，在一次暂停后队伍又重新起步，不等后面部队的消息。除此之外（总而言之，在队伍没有汇齐之前就重新起步，等于认可队伍团结的破裂，这在正常的情况下任何部队的指挥都是不准许的），还有一个变化，大多数人变成了单独的人（因为再也组不成一个战斗单位了）。就这样，一个骑兵（不论哪一个）忽然意识到——可是不知道是怎么回事，也说不清到底是在什么时间里发生，从什么时候起的——在他前面走的马的臀部不在了，再也没有马了，也听不到跟在自己后面的马蹄声了，他听到的只有雪嘎吱嘎吱响，是来自他自己脚下和他那匹马的蹄下，他在前后左右所能看见的一切，都是沉沉的黑夜，只有一点朦胧灰色的光，他就在这上面走着，继续不停地机械地一步步跨向前，好像动物的本能（他的，还是他那匹马的本能？）支持着他走在被踏过变得坚硬的雪形成的跑道上，周围是一片沉寂，除了继续不停落下的雪花带来的那种细微但无边无际的簌簌响声，现在雪已下了一些时间了，但他想不起落雪已有多久，有时他似乎看见在自己的前头出现一个在黑暗中显得更浓黑的不动的形影，随着它越走越近，或者更确切地说，随着他的走近，他模糊地猜测有一匹马停住，它四条腿站着动也不动，像立在木桩上似的。牵着马的骑兵也站住，他头上戴的钢盔靠着马的肋部一侧，好像是在重新把马的肚带束紧；或者好像是他在解手，但事实上都不是，当这骑兵走过他旁边时，他听见像是在说他妈的，哎，他妈的，他妈的，可是他没停下来，继续往前走，他听到那骑兵和马现在走在自己后面，四只鞋子和八只马蹄踏雪的嘎吱嘎吱声，他走在前，那人跟在后面，他听见那汉子在哭，他没有转过身去，只是继续地走，后来他再也听不到那人的声音，他也没有回头看，他继续往前走，雪也继续地落下，天气现在也不是那么寒冷，但这已无关紧要，过了不久（也许他是睡着了？他想自己常常在马上睡着，他想也许能够一边走路一边瞌睡，发生的情况到底是在这之前还是在这之后？）刚才同样的情况又开始了，这就是另一匹马，另一个骑兵停住不前（也许还是前次出现的那个人和那匹马，或者也许现在这停住的骑兵是他自己。而且也是轮到他自己发出令人鄙视的异样的声音），一匹马和一个骑兵没停下就走过去了，而那刚才停步的骑兵（也许就是他自己？）又重新开步走，继续向前走了一阵，同时一直发出异样的声音，后来他不再出声了，这样的情况在黑夜里发生了几次，但时间相隔越来越长，有时他行走（或停步？）了十分钟或一刻钟（至少他感到有这么长的时间）没看见一个人，有时却有不止一匹而是三四匹马和它们的骑兵（或者只是他似乎觉得如此）停下来或赶到他前头去，或在他前面或后面走着，接着他又是孤单一人走着、停下、头靠着马鞍的护肋，过了一会儿，他感到身上的汗水变冷，他又重新起步，他步行、停下、步行，雪不停地下着，他停下来休息，他又再走，向前走，看见一点光亮，他又再前行，看见一个头戴钢盔的人在他手臂末端挂着的提灯照射下站着，他走到这人的近旁，这人举起灯看看他的脸孔，然后用灯朝旁边指一指说：朝那边去。他朝那边看过去，见一个马厩或牛棚有点亮光的门，里面有一盏灯，已有几匹马在那里，灯光反射在马的臀部和潮湿的马鞍上，他把自己的马赶到其他的马旁边，系在食槽边上，没有卸下马鞍；在灯光照射下，他看清靠里面有一把梯子，他爬上去，梯子上面有一些柔软的东西，他走上去身体就陷下去，在稻草中卧着一些人的躯体，他摸索着找到一块空着的地方，他只卸下短枪，没有解下其他的装备，躺下就睡着了。

当他张开眼皮时，四周全是灰蒙蒙的，什么也看不见。他用手揉揉眼睛，雪花掉了下来。他全身被一层约三厘米厚的雪覆盖着，可是不觉得冷。原来他是靠着留有空隙透光的堆放干草的谷仓板壁上睡觉，壁上的直板中间有一道道的空当。现在雪停了，他看见外头还有一座建筑物，它是用泥土和黄色的黏土建造的，用一个显眼的木梁架支撑着。木梁是灰色的。由于雪色的反衬，黏土呈鲜黄色。这建筑物后头有一个被水淹了一半的小树林或荆棘丛。在小树丛之间发黑的水上浮满灰色的冰块，但在水流中央却没有冰块，一些小鸟（还是鸭子？）站在水上，转过来的前胸逆着水流的方向，在水流中稳立不动，有时让自己慢慢地朝后面漂移，后来又回到原来的位置上。

他们在一部分地方覆盖着密林的山峦起伏的地区度过冬季，这一年天气非常寒冷。十二月中就开始下雪了，而且在几天之内雪只化过两次，在这几天，他们在结冻的发黑的泥地里行走。马得了一种马蹄病，据说这是这个地方特有的病（有些人说这是由于泥土组成的成分特殊），能不患这种病的只有本地种的马：这种矮壮的马，长有环纹的颈圈粗大，红棕皮毛黑马鬃，像从前的骑兵用的那种力气大的坐骑，有足够的力量承受沉重的盔甲重量，那线条丰满的臀部、腿胫和前胸配上从前骑兵用的马鞍上的几何图纹装饰、长枪粉红色的杆子、点缀着红白黑三角形格子的马披，显得协调和谐。现在能见到的只有耕畜了，它们或成双成对，或三五成群静止不动地待在白雪皑皑的草场上，清晰地映衬出的是它们那像油一般深黄色的巨大的躯体，四周好像用木炭笔勾勒出来的，身上还加上黑点（马鬃、尾巴以及马肢的球节与蹄之间的浓密毛丛），这些没有套上鞍辔、系上缰绳的马，温顺、沉静、奇特，未加驯化的特征，像纹章上面引以自豪刻上的那种马。

队中有些本来是种植者或农场主的骑兵以及一位本是大地主的军官利用冬季这几个月时间与当地的农民以便宜的价钱成交，买了几匹长得像战马或中世纪君主贵人乘骑的马运回老家去（天知道是通过什么诡计运去的，在这种时期，只有军用物资才享有优先运输权，而且一切决定于有职权的军官手中，至少在军区是如此）。有时在栅栏的另一边，有一匹这样的马，鬃毛飞扬，抖动着身子，以轻盈跳动的快跑步伐，像在慢镜头的电影里那样，跟着马蹄下溅起的雪片平行疾走，这时一小队骑兵在田野中一条车辙和水坑都结了冰的道路上经过，发出钢铁相互碰击的粗犷的响声，这些骑兵的鼻子、耳朵冻得通红，颈子缩在长大衣里，由于手冻伤手指变为麻木，他们的上身弯起，像是蜷缩在马鞍上。

每天都得为马钉上防滑的铁掌，那些干活的人对着自己的手指呵气，一边咒骂，一边把大钉头的螺母拧进马蹄铁里。他们走进屋子时，变得坚硬的冰雪好像已经把钢铁的东西焊在一起了，他们为了把紧固的螺母拧开，用力费劲地使用扳手，给马蹄铁的前端或螺母头划破了手，但伤口却没有受到感染，虽然他们回到马厩时，那些马已经践踏过的龌龊的垫草、厩肥已与冰雪粘合在一起。他们的伤口甚至很快就愈合，既没有发生一例破伤风，也没有发生甚至是轻微的感染后遗症，在一般情况下，这种后果本来是意料中的事。这种寒冷（达到可怕的程度，变成了某种广大无边的事物，它无情、活跃，像一种狂暴的力量，像世界末日出现的棕色马，它既宁静又顽固、强硬，像一把老虎钳或者可以说更像我们在精装书装订工场可以看见的那种生铁铸的压力机，机身漆黑（天空这时期常是铁灰色的，单调、低沉），机上有一个绞盘，旋转杆的末端呈球形，这压力机一次就把一种透明像玻璃的锋利的物质紧压在树林、山冈上，散落在白皑皑的田野（或更确切地说是和天空一样呈灰色）、稀疏的田庄上面。这些物质既坚固又有流动性，什么地方它都能钻进去：鼻孔里、嘴巴里、肺里、衣服底下，不仅能透过最小的空隙，最细的裂缝，甚至纺织物品的组织，不仅能钻入皮肤，还能侵入人的内部器官，它循着支气管、细支气管、血管的复杂网络进入体内，分裂，分叉，在四肢、手指、脚趾的每一部分生长出带刺的侧根，在制服的粗呢和皮制装备下面的身躯似乎也变成玻璃那样坚硬了，要是没有制服上装、军大衣、发硬的皮靴，那就可以看见人体内部，像透视医学院学生用的没骨没肉的透明的人体模型（或像在解剖图上看到的，在图解式的身体轮廓内部画出的人或两栖动物或冷血动物的血脉分布图），像各种曼德拉草的根织成大河、小河形的网络，还有带刺的支脉，四边竖起像钓鱼钩般能扯伤人的芒刺，黑色锐利的尖端……），除了严寒以外，工作并不怎样难以忍受，工作已压缩到必须的最低限度，一方面为了满足日常必需做的事（把马洗刷干净，带到外面去牧放，马马虎虎地保养武器，为食物供应而忙碌奔走），另一方面，为了满足那遥远而又看不见的参谋部官员坐在过于暖热的遥远的办公室里弄出来的指令，这些人手拿着直尺在军用地图上画出作战防御工事或一再重复、荒唐可笑的演习详细示意图。在演习的日子里，那些平日很少露面的军官出现了。这些人平时只是早上点名时可以瞥见一眼，他们身体挺得笔直，一脸烦厌心不在焉的神色，穿着年轻的骑兵中士们笨拙地仿制出来的讲究、漂亮的制服，这些中士或来自教养所，或失业登记所，或在农庄里养家禽的院子：这些军官出现几分钟，像一群稀奇古怪的鸟那样，挺着胸脯，武器马具擦得发亮，样子看来不在乎寒冷，跟在那巨人似的队长后面。这位姓名像条顿人的队长，身材之魁梧如同十五六世纪法国雇佣的德国步兵，这大力士直立在那里，冻得脸上充血，酒糟鼻子和面颊都发紫。军官们难以忍耐地听着站在他们自己分队前的士官们轮流报告队伍人数和情况的细账。他们的士兵有的原是农庄雇工，有的是商店售货员或商号职员（在战争初期，工人、矿工、铣工，凡能够使用工具或机器的人都陆续在后方应征入伍了），这些人经过乔装打扮变为士兵，组成这骑兵队的兵员，现在在那扎上草御寒仍然冻结的喷泉的广场上排成方阵，听完骑兵队实有兵员报告后，他们（这些军官）鞋跟噻的一响，把紧套着手套的一只手举起到头盔的脸甲上就走掉了，其他的人（那些士官）把军帽换为钢盔，快速地检阅那些牵着自己的马匹缰绳以立正姿势站着的士兵，然后纵身上马，连头也不转过来看看就出发了，跟在他们后面的是在积雪的田野上疾步奔跑的发出叮叮当当撞击声的一大队人马，一直走到小树林边沿，某一山冈，大路拐弯的地方，他们才下马，一边装作监督士兵挖掘壕沟，一边谛听碰到冻土的十字镐和铁铲发出的声音，他们沉着的脸冻得发蓝，他们站在那里似乎只是为了满足某种既没用场也没意义的形式的要求，似乎演习训练的目标不在于寻求和建立最坚固的防御工事，而是在一种令人厌烦的天天做的试验中（如同一位科学家在实验室中不断地一再从头开始观察同样的肉汁培养基或酸的混合物）衡量人这种动物置身于保护舱之外被放在广阔宇宙空间中寂寞孤单生存下去的耐力。

冬季似乎没有了结的时候，它总是在这儿，哪怕日历上的日期已划到五月或七月，它还是留着不走，春季和夏季已一去不复返，就是在这样的一天，一位部长由一位侍从引进入金碧辉煌的大理石建造的客厅中，把一份用火漆封口的文件递交给另一位部长，冷淡地致意（或交换几句话，几句友好的说明），接着转身走了。这文件不过是一个简单的通知，或者更确切地说，一张布告（如同贴在市政厅里的布告或登在报纸上的通知，宣布某日某时水或煤气将被切断，时间多长尚未决定），前一天晚上（或三天前就已写好以备用）由五六个筋疲力尽、半睡半醒的人撰写。几星期以来，这些人接收到一些密码电报，他们怀着同样疲惫沮丧、同样恐惧惊慌的心情逐一拆阅：这些人衣着不合身，裤子和背心是从前任学监或初级中学教师时穿的。这些共济会支部的重要人物，来到这里，更确切地说，是被遣送到这里（这宫殿式的建筑物中，有千篇一律的豪华装置：精雕细刻的护壁板、桃心木制的办公桌、绣着英雄人物和装饰叶簇的庸俗的挂毯），这些人可以说是由于一连串的偶然机会到这里来的。这些人的消化力很强的胃口使他们多年在选举运动中到各地活动时能毫不畏缩大口喝下无数杯的烈酒，同时也能接受那些对朝鲜蓟、甜瓜、牛肉市场生意萧条的种种诉苦，能容忍那些退役的士官、肉店老板、房屋油漆粉刷工人的威吓怒骂。这些人把自己那胖得发软变形的肚皮和腹肌紧束在腰带中。虽然穿上长靴，戴上大盖帽，这些人充其量不过能胜任养猪或管理屠宰场——他们在内心深处不断地盘算着自己的机会。这里还有一些貌似得人尊敬的教士，还俗的神学院学生或有抵押放债者的人物，这些狡猾诡诈但头脑迟钝的整天只知为自己盘算的人，几乎全都是像野生动物那样缺乏创造力，在他们看来，能解决他们面临的问题、他们的前途、他们担心害怕的事，最简单的办法可以用一个字来概括：杀。

现在部队就处在这种境况中。秋天已经过去了，夜间骑马行军连续不断，朦胧的晨曦却缓慢来临，迟迟出现的阳光下展示出的景色是：纵横交错的铁路、黑烟弥漫的城郊、烟囱、火车厢、披着被雨打湿的马鞍的马匹臀部发出暗淡的微光，骑兵们站在地上等候着命令。他们偷偷派遣其中一人溜到附近小酒店去买酒，把几瓶刺柏子酒像藏在老婆婆的裙子下似的塞在军大衣下带回来。酒瓶口从一个嘴巴传递到另一个嘴巴上，酒的烈火直下空洞洞的食道中，与此同时，一辆蒸汽机车在某一地点气喘喘地转动，喷出一阵阵肮脏沉浊的黑烟，这些烟好像也被雨水搅得泥泞不堪（机车在铁道交叉路口或月台上偶尔遇到登车的炮兵部队、步兵部队、脸色灰白的北非军团，当骑兵们进入这些部队离去的宿营地时，又见到种种垃圾和污物——这些遭遇像一种莫明其妙的游戏、一种花样复杂的芭蕾舞，参加者得按照经过巧妙安排的线路，依次占领别人放弃的位置）：部队来来往往，行军前进，或更确切地说是在踱步丈量，唯一能想象得出的目标（凡事总得有一种原因，一种动机——除非是能想得出，那并非令人难以置信，一旦那份用蜡封好并盖了印的著名的文件在两位部长之间交换转阅后就会发动一种机制、一种机关，这种机关遵循某些重力或吸力的特别规律，遵循某种物理的和移动的占优势的法则，可以超越宇宙空间，用不着有什么理由根据），也许是让士兵们认识过去或将来的表演屠杀人类的千篇一律的戏剧，使他们的头脑由于重复出现的同样的交通信号牌而印刻上历史教科书上到处出现的长了锈变成灰色的地名：巴泽耶、色当、梅济耶尔、罗克鲁瓦、吉维、瓦蒂格倪、默兹、摩泽尔、阿登、隆维（以及更远的地方——越过最后的哨所，越过横在铺着发亮的沥青的公路上最后的带刺铁丝网的地方，那没有人把雪扫掉的地方：蒙斯、沙勒罗瓦、科伯伦兹、皮尔马森斯、特雷维、美因斯：这些都不再是有电车、商店、电影院的城市了，只是一些半谐音，一些字母的联合体，没有其他意义，除了意味着围攻、投降、大火或逃亡国外的人举行的舞会。后来，严寒的日子来到了。似乎事情本身就是如此，是战争中两个行动时期之间的组成部分，大概目的在于使一切都合乎正常秩序，使历史教科书上的字句或胜利者的回忆录像在举行仪式中那样在指定的位置上出现，好像在充满自豪感的战役记述与由于流行疫症、发烧、痢疾损失的兵员的统计报表之间，应当在定期更替的篇章中出现关于冬季驻营的篇幅不长的记叙，其中还带有腐烂稻草的臭味、围着宿营地闪闪欲灭的一点火的一队人马颤抖着的身影，他们跺着脚，眼睛粘满眼屎，鼻子发红，站岗士兵的胡子由于粘着霜雪而像上了浆那样发硬。

霜雪、冻结的池塘灰暗的水面，在静寂中回响的鸟类的啼叫，它们在空中的旋飞，在积雪的田野中突然坠下的乌鸦。有些日子里，黎明时，从夜间巡逻完毕归来，经过几小时蜷缩在寒冷中静止不动后（感到一种看不见、无法摸到的、但确实存在的物质，而且像钢一样的坚硬，渐渐地侵入他们体内，无法逃避——还有他们周围静立不动的树，夜间纯净的宁静，只是偶尔被雪团从树枝上滑落发出的低微声音所扰乱：但他们不会惊跳起来，因为他们知道自己之所以在这个地方，也是为了满足某种无谓的仪式的需要，早已了解到那些特务或携带失败主义者传单的人坐在过于暖热的豪华特等火车车厢中舒舒服服地越过边境，为了弹掉手上雪茄烟的灰才搁下正在阅读的杂志或有关黄铜与水银的国际行情，对这些人，海关人员和宪兵恭敬地（如果不是护送过境的话）打招呼）……有些日子里，某一黎明，寒冷再进一步变得严厉的同时，似乎突然发生了一种蜕变，如同手指、四肢已不再传递痛苦的信息，现在好像失去知觉，大概也变成了另一种物质，超越了痛苦的界限，好像冬天从液体状态（潮湿、下雨）转入固体状态，然后结成晶体（感觉到寒冬的再不是他们的肌肉、骨头，而只是他们的鼻孔，他们好像从药房的细颈小药瓶里呼吸到一种冰冷的散发气体，像乙醚似的），现在寒冷已逾越它的第一变形阶段，好像忽然从粗糙、灰色、暗淡无光的虫茧里跳出一种有翅膀的颜色非凡的东西，昙花一现，其实际的存在如同亮光的一闪烁，这时巡逻的士兵就像服了麻醉药似的，由于瞌睡和疲倦而迷迷糊糊，失去一半知觉，一个跟着一个在一些包裹着亮闪闪的水晶的树木的果园中间行进，这些树像水晶吊灯或枝形大烛台那样绚丽多彩，在它们的棱镜中分解出粉红的、北极明净的天空的翠绿色的花瓣般的亮光，在这种境地中，他们推开宿营地的门时（其实是农民被赶走后留下的阴暗的房子，发出一股长霉和臭虫滋生的气味，他们没脱衣服就躺下，三个人睡在黑色的橡木床或搁在地板上捅破了的床垫上面，在房屋的发潮的墙灰和潮湿的木头所产生的陈旧难闻的气味之外，再加上他们身上的臭气，不是牲畜发出的（因为牛棚里的牛，马厩里的马，甚至猪窝里的猪所散发的气味可以说是纯净的，在化学上可以鉴别出来，根据其简单的有机成分像氨水或厩肥粪水等，可以将其分类）而是人散发出来的，这就是说唯一一种裹在衣服里的动物的气味：浓厚、令人感到厌恶的、来自内脏的臭味），他们手脚僵硬地卸下武器，在冰冷的火炉前吃力地跪下，他们忽然感到离开钻石般发光的黎明那光彩灿烂悦目的高峰，进入当前境况中产生一种说不出的恶心、说不出的倒胃口，为了想重燃炉中的炭火，他们用麻木失去知觉的手指，把从宗教书籍或小学教科书上撕下来的纸拧成细细的点火纸条，这些书籍是从壁橱架子上被扫下散落在地板上的，和一些从廉价的画报上扯下来的照片乱七八糟混在一块儿，照片上有一些半裸体的或穿着吊袜带的少女，她们把自己身上的连衫衬裙稍微提起或趴在地上故意展示臀部，同时摆出姿势和模拟手势，不是引诱人去搂抱，甚至发情，而是满足某种臭不可闻的生理上的需要，像在部队野营时设立的茅坑或厕所里的恶臭中解开裤子纽扣以获得满足的那种需要。

这些事情已经过去很久了（那时巡逻归来的士兵们跪在火炉前，身上还紧束着皮革装备，一边出神地看没穿裤子的年轻女子的丰满肥腴却并不怎么动人的大腿，一边咒骂）……这已是过去很久的事了，当时营房空无一人，点名已过，军官们已回到自己十分暖热的房间里，书桌上摆着战地工作教科书和写给贵族出身的未婚妻没完成的信，这些信下却藏着那些挑逗的女人同样性质的照片（虽然一般士兵所收藏的相片是用一种廉价的茶褐色油墨在劣纸上印出来的，而军官们所收藏的是在铜版纸上用彩色印的，这些裸体女人晒得黝黑，懒洋洋地躺在游泳池的边沿上或加利福尼亚式的内院中）；这也是过去很久的事了，后勤部门的军官从那空荡荡的小学教室中走出来（除了还有一张青杏色、赭石色和粉红玫瑰色的马格里布地图，一块黑板和一个散发出焦油沥青味的火炉），他一边打呵欠一边走，在黑夜的寒冷中眼花目眩地模糊地看见自己前面走过一队古怪的朦胧的黑影，在微弱的灯光中推着自行车。这些士兵穿着黑皮上衣，帽子上拉下来的帽耳环绕着蜡黄的脸：他认得这些人——不是认识其中的个人，而是那同样疲惫不堪、精力耗竭、消极被动的面容：每两星期一次（对于这些人（骑兵队和部队的士兵，那些披上军服，装备了武器，戴上钢盔，穿上皮靴，爬到军马背上的农民、会计、商店售货员）有所照顾，既关怀备至又吹毛求疵，但方式粗野，安排他们居住在弃置的房屋中以避寒，到底提供了屋顶和围墙，同时也为他们的食物供给了一些令人厌恶到难以形容的坏透的东西（发黏的米，十年前在阿根廷冰库中贮存的大块牛肉，在发黄的肥肉上盖着紫色的屠宰储存日期的戳子），但是这些食物富于营养。此外，还为他们给马注射预防疾病的疫苗，必要时也给他们治病（也是用医马的药——不过总算是药），他们像那些判了死刑的人一样，死囚就成了监狱管理人员细心照顾的对象，有需要时还把最有权威的医生请到他们的床前来替他们看病，好让他们活着，唯一的目的是到了那一天能够在灰蒙蒙的拂晓或一个春日阳光灿烂的清晨由两个行刑助手拖出去或骑在劣马上送去受苦、流血，就是为了这一点，人们才精心照料他们，让他们能够维持呼吸）……每隔两星期，骑兵队规定洗澡一次，一小队一小队地走：他们进入一个院子中，站在那在肮脏的雪地中不停跺脚的马的旁边等候，然后走到玻璃窗都坏了的砖头建筑物中，里面有一种钢铁碰击发出巨大嘈杂声，要听见彼此说话得大声叫喊，他们脱去衣服，把肮脏的汗衫、肮脏的衬衣、肮脏的短裤叠成一堆搁在木板长凳上，在波形铁板造的隔板之间，马马虎虎擦上肥皂，在那烧到半沸滚的淋浴莲蓬头喷射出的滚烫的热水下冲洗，好像它（这水）是先从烧得通红的铁板上流过，在蛇形的铁管中流出来，过去他们经常看到这种铁管从轧钢机里窜出，弯弯扭扭，被那些现在骑摩托车的士兵手里拿着的长钳悬空夹住，现在这些士兵脱下身上皮革的盔甲，他们借助火光模糊地看见这些人精疲力竭、分辨不出年龄的脸孔，这些人重新把积垢发硬的衣服套上那还没有揩干的四肢上，在穿上靴子之前，他们擦一擦自己那还沾着煤烟色和锈铁色的细尖的脚底板，有时那脚底会闪出铁屑像钻石那样的光芒，他们骑马后一边走一边转过头来往后看，在带蓝色的雪景中，那黑黝黝一堆的建筑物、烟囱、天桥、桥式起重机、仓库显得阴阴沉沉，渐渐地马蹄笃笃响声代替了那像是从地下深处发出的震耳欲聋的震动声，这时像刀割般尖锐的纯净的新鲜空气把动植物腐烂后发出的臭蛋气味和碳酸气从他们的肺部驱逐出来；对于那负责岗哨的队长，这些士兵不过是这么回事：谈不上有个人的声音或听得清的字句，只不过是一片杂乱的喧哗声，刹车的摩擦声，当他们在检查站的挡板前从车上下来时靴底踏在地上冻结的冰雪上发出的震裂声，脚镫互碰声，车把的响声，由于不小心碰擦到的车铃的当当响，在哨兵拿着的灯笼那暗淡的光线下列队而过的不是一个个人的脸，而是一些形状模糊的面具，眼睛带着眼屎，由于寒冷脸上的肉色苍白、软弱无力、疲乏不堪，这时候，戴着手套的手在光亮的地方一只只陆续伸出，手里拿着印好的一式一样的通行证，对这种用发黄的云母裹好的小小长方形证件，他（岗哨队长）连看也不看，他从小学教室里出来后，黑暗和严寒弄得他目瞪口呆，只是心里琢磨怎么会冷到这种程度（怎样说呢？野蛮残忍？不怀好心？——好像有关的是野兽、豺狼、狂犬、疯子），而且每次向自己提出这个问题总是怀着同样幼稚、不相信的惊讶心情，因此像赶一群牲畜进栏一样，他总是机械地重复同样的手势，前臂总是同样来回横里摆动，他戴了手套的手把那拿着长方形证件的人一个接一个地送回黑暗中去，这些异常肮脏的证件上面签着字，看不清的钢印盖在同样看不清的证件照片上，波兰人、卡比利亚[①]人、瓦龙人[②]、疲惫憔悴的克罗地亚人在照片上都是一样的脸（也许这些人中间有两三个人没有运输一些分量足够的东西以致他们的雇主认为没有必要出钱让他们睡上特等豪华列车的卧铺，他们也许甚至没有任何工钱或额外报酬，就将印好的宣传失败主义的宣传品搁在他们的自行车的工具袋里或用调紧装置与饭盒一起缚在车后行李架上偷运，让那些在林中小径埋伏窥伺冻僵的巡逻兵空等一场……）。后来再没什么事了：最后一张小小的长方形褪色的通行证消隐了，守卫人员用脚把挡板上的那些稻草捆踢回原处，没有好好上油的脚踏盘摩擦声逐渐变微弱，走在最后的自行车后部的灯反射出暗淡的信号亮光，在凛冽严寒的暗夜沉沉中，这些灯光投下红宝石般转瞬即逝的闪光，杂乱的金属响声，越

① Kabylia，阿尔及利亚山区名。
② Walloon，比利时讲法语的民族。

去越远，越来越微弱，最后完全消失了，留下的只有黑暗和严寒，岗哨队长爬上屋前台阶的石级，反手把门重新掩上，在黑暗的过道中摸索而行，最后重新回到教室里（或者这也许是市政厅的厅堂，在半边靠墙的涡形脚桌子上摆着一个象征法兰西共和国的女人上身石膏塑像，它的乳房鼓起的圆球上盖着一层灰尘，还有一个长着胡子的人的照片，他穿着礼服，胸前悬挂着勋章的饰带，一只手的两个手指按在一本书上？），他站在教室暗淡的灯光下不动，仍感到四周冷冰冰（这种冰冷像一个弹头形的罩子似的，他裹着那起皱的阔大的军大衣的样子也像尖形穹窿，或者更确切地说，带有中世纪的味道[①]，脸部隐没在头盔的帽舌下，缩在他身上冰冷的皮革装备、冰冷的毛呢衣服之中，他整个人就像一座碉堡、某种战争的机器，或者更确切地说，像某种甲壳动物，像乌龟，像一颗直立的炮弹，样子冻得麻木僵硬，带着象征男性生殖器的手枪套（像拳击者下身的贝壳形护体，不过他是挂在旁边，好像是，可以说把他由于寒冷而蜷缩在那不干净的短衬裤里的生殖器官阉割掉的同时，为了补偿，给他一具辅助器官，这种器官的能量无与伦比，用不着解开裤子前面的开裆就可以轻易抓住，它（包括睾丸和阴茎在内）是用红色的皮革裹住的，这皮大致与碉堡上的枪孔吻合，其形式是既怕难为情又猥亵淫荡）；后来（刚才也是如此，受外面寒气的侵袭，他一时动也不能动，静立在那里气也透不过来），过了一会儿（现在要不是感到热气猛扑过来——那散发出焦油沥青气味的火炉总算能使室内维持稍高于零度的温度——至少感到（怎么说呢？……房间里适于人居住？）——他在等着随自己进入室内的寒冷气团渐渐

① 西方中世纪哥特式建筑的特点是尖形穹窿，形如弹头。

消散），他慢慢向前走，用拇指把固定在下巴下面的帽带拉掉，先后把头盔和手套脱掉，接着又静止不动地用沉思呆滞的眼睛凝视着光秃秃的墙壁、色彩悦目的地图，没有铺地毯的地板，就地而睡的士兵那模糊不清的褐色的体形，他不久前离开的床垫，后来看一看自己手上的表，开始翻看一本书页卷了边的画报，但不太知道眼睛传递的事物的内容是什么，画报上有打扮成妇女辅助队人员的年轻公主的炭笔画照片，她正在驾驶一辆卡车或在拆卸一部发动机，有一艘装甲舰倾倒半身淹没水中的图片，船壳被烧得发黑，还有教士和戴着咖啡馆侍者的帽子的退休的中学校长在检阅穿格子裙的士兵图片，后来他（岗哨队长）用鼻子吸气，拿手背去揩鼻涕，接着又用军大衣下摆去擦，一边又再慢慢地翻看那本画报，随着血液重新开始在他的血管里流通，他慢慢地念那些带有异国情调的音韵（里奥①、普拉塔②、海兰德③、普林西斯④），后来他不是扔下而是让那本画报掉到灰色的地板上（这画报是两三个星期前出版的，大概是作为岗哨的室内装饰附加物品而被人遗忘在这里的（像在牙科医生诊所候诊室里一般），这画报的封面已扯掉一半而且揉皱了，在铜版纸上出现的灰色折痕纵横交叉，像蜘蛛网一般覆盖在两位年轻公主放大而且事后上色的马脸的照片，两位公主的嘴唇显得太红，她们身上油污乱涂，她们按身材大小定制的军装呈现出难看的黄色），岗哨队长坐在那里动也不动，发红的双手垂在分开的大腿之间，一边谛听入睡的人的鼾声，一边再次看看手腕上的表，最后移

① Rio，大概指巴西的里约热内卢。
② Plata，大概指阿根廷的拉普拉塔。
③ Highlanders，指苏格兰高地人。
④ Princess 指公主。

开那熟牛皮制的像生殖器的手枪套，从大衣的一个口袋里抽出一本书角也是卷起的书，彩色的封面装点着黄色的小圆点图案，印成黑色的标价在这图案上十分显眼，他把椅子拉得更近灯光一些，打开这本书，找到折角的那一页，全神贯注地阅读有关一些苍白软弱但拥有称号的人物的故事，这些人物在自己的城堡或豪华大厦的阳台上热烈交谈，所使用的语言有一半是难懂的，但对这位岗哨队长（他在入伍之前是肉店学徒，由于老板的钱柜里的钱几次发生不翼而飞的事件，他才到部队里来）却能使一个充满亿万富翁、伯爵、女神的奇幻的九重天出现。

守卫要到十一点钟才换岗。天亮已经很久了，挡板的稻草捆重新推到公路一旁，这时候，岗哨队长陶醉在书中人物以奇特的表达法进行的对话中（现在他把剃刀往火炉上铁饭盒里有点温热的水中浸湿一下，刮了胡子，两颊刮出了血，这时他已读到最后一章了——在这一章中，年轻的浪荡子对那出身寒微的女教师吐露满腹的温情，为了她，这浪子放弃狂饮作乐的生活、他养的狗、他的赛车和辞退他的养马场的饲养员），他看见慢慢地向树林走去的杂务班组在四周结着扇形霜花的玻璃窗外经过。这四个戴着低压到耳上的橄榄帽的人（或者可以说是不成样子的四堆东西），军大衣衣领拉高，蜷缩在一辆四轮运货马车上，车后跟着一个骑在马上的下士，但这人头上戴的不是橄榄帽而是钢盔，他的军大衣衣领也同样拉高，他半睡半醒，双手插在衣袋里，缰绳绕在右前臂上，任他的坐骑自己行走，他的上身一前一后地摇晃，其节奏和那马颈圈像撑杆顶端似的把头向前伸的节奏一样，他的鼻孔里竖着细小的冰棱，马头几乎粘在马车的带钩长绳索上（好像是用什么看不见的捆缚的东西给系住了）。

但现在那光闪闪的美景消失了，杏黄色、粉红色钻石般光彩的冰雪烟花也熄灭了。天空一片蓝色，没有一点云，甚至没有凝滞不动的像纱似的雾气，没有像巨大的画笔有时留下的那半透明、极细薄的长条拖痕，没有一点幕布阻挡那从天体发射出来的蔚蓝色的寒冷，这种从宇宙空间深处密集猛然冲下的寒冷，以它全部不可估量的分量重重压在山冈、覆了雪的果园，直至树林浅紫色的边沿。

劳务队为了要到达目的地（两匹拖车的马沉重地摆动着它们的颈圈，四个士兵冻得蜷缩在马车上，班长在坐骑上昏昏欲睡），经过了哨所以后，还沿着大路走了一阵子，到了十字路口，才朝左边斜走插到一条环绕着一座山冈的略略上升的道路，再次往下走，来到一处山谷底下，又往上爬，最后深入到树林之中。

这里也没有风。好像严寒把空气冻结或者可以说凝固在原地，好像组成寒冷的看不见的微粒通过某种化学作用全部凝结成透明发光的整体，在这中间一股不是来自炮火而是来自燃烧的炭火的烟笔直升起，这烟最初冉冉上升得很快，后来盘旋卷动，从炭火中喷出带着爆裂声的猛烈的火焰，起先这火焰是从燃烧的几根小树枝，几根收集来的枯枝中冒出的，后来就变为从投到火中加料的整株树干、幼小的桦树、像手臂般粗的山毛榉，连交错的枝叶一起，堆叠成为巨型的柴火堆中喷冒出来，好像他们（干劳务的士兵们）要复仇，对抗，好像他们想要用一种发狂的烧毁来抵偿寒冷本身的狂暴，他们像被抛出“历史”之外，或被置于超出任何分寸之外的事物支配之下（如同温度计胭脂红的水银柱长时间以来已降到最低温度（零下十五度）以下，这是为那种生活方式不算文明也至少是有计量标准的时代、生活习惯而设计的温度计最低点）：这种处境（时间、空间、寒冷）大概是属于人类穴居、古生物猛犸生存时期的世界的，那时候身体巨大的人在无穷无尽莽莽森林中猎取野牛以及其他巨兽，靠剥取皮毛作为衣服，饮它们的热血求得生存。

现在在这里：幼树的金黄色润湿的体肌在斧头的砍伐下飞溅的碎屑散落在雪地上，后来折断裂开的断口竖着尖锐的刺的树干，最后倒下被拖走（他们不得不使尽全身的气力，一边互相打气，一边诅咒，某种狂暴、疯狂使他们兴奋起来），树干被扔进火焰中，开头时好像毫无反应，接着在粗野、欢快的噼啪声中发出微弱的被淹没的呻吟，然后渗出像巨大的蜗牛流出的灰色黏液，这时候树干燃起了熊熊大火，再次折断，在火星溅射中失去平衡翻倒，加倍猛烈的火焰腾起有三四米高（现在，他们（劳务队的士兵）甚至无法停留在火堆旁边，不得不离远一些，每次把新的一株树拖到火堆旁，四个人一把抓起它来，不管三七二十一就把它扔到火里，立即往后退），火焰成波浪形起伏，在空气中飞舞，分为两岔的火舌在绿色的木头发出的浓烟中消失了，这烟卷成一些旋涡，互相拥挤，像受到吸力似的向天空升上去，忽然间（达到一定高度，它像林中空地的影子、蓝色的雪、黑色直立的树干，橘黄的火焰伸进其中的灰色旋涡），阳光，几乎还是横向展开的光线，贴着树巅，那橙红色的烟柱一下子变为粉红，好像它的实体跟随着用刀切的一条线路改变了性质，好像它戳破某种无形的天花板，进入一个由赏心悦目、绚丽奇幻色彩组成的令人惊奇的世界，这种色彩通常只有在花瓣、众神居住的奥林匹斯山岩石、女人的皮肉上才能看到。

在这种情况下（站立在那里，面对着火堆，背和肩冰冷，脱了手套的手伸向那烧红的火），他们没有听见他来到，他们中有一个人在诅咒，使大家都惊跳起来，回头一望，意识到自己应受处罚，一边站直一边举手至太阳穴致敬，这时候他从林中小径走出来，慢慢地走过去，他那骑在栗色母马上的瘦削的上半身既刚硬又柔软，那匹马鬃毛很长，大腿纤细，蹄子灵巧，踏在雪地上无声，它的颈圈肌肉结实，肢体的连接部分细致，它的头尖而细长，体型十分苗条，和那些结实的战马、那些耐劳的半纯种塔布马站在一起，它似乎有点弱不禁风，虚而不实，它的皮毛呈金黄色，它的前胸狭窄，柔软的肌肉在古铜色的毛色下好像涂了油，熠熠有光。

原来是年纪很大的将军到来（至少在他们看来是这样），他也是（像那匹标致的栗色母马一样）身上没有一点点肥肉，瘦削甚至是干瘪，面颊剃得光光的，像羊皮纸一样干瘪多皱，可以说是纸板般又干又硬，好像是为了情势（战争）的需要，把他那类似象牙成了木乃伊似的身体完整地从古埃及法老时代的坟墓里挖出来，或者也许是从严寒的保存中发掘出来的（他似乎并不感到寒冷，只穿一件珠皮大衣呢制的薄大衣（更确切地说是一件长上衣），后面开衩，好像他早晨穿上到巴黎森林公园里去散步，在那里的洋槐林荫道上遇见一些坐在敞篷四轮马车或旧式敞篷马车里的风雅的妇人、与他年轻时同一代但现已年老的轻佻的女人（在他们这些人看来，他至少是属于那个时代的人，也就是说，不是这次战争而是另一次战争之前的那个时代——现在似乎已是既成事实，历史不应以世纪来划分，而应该以二十年左右短时期来划分，这样，时间就可以适应巴比伦式极其豪华的服装师让妇女们穿上紧裹着身体的管形金属丝交织的衣服，给她们的眼睛化妆成绿色，在她们的客厅里挂上立体派画，然后在支付扣押之前拍卖掉，这之后，正常的世事（战争）就又恢复，在冰库里保存着的老将军们重新出现，完好无缺，可以再去工作，这就是说，去行使生死予夺的权力，这对他们自己也是必要的（这位老将军不得不朝着自己的头上开一枪），代价是在迫不得已无所作为的年月，这种权力让他们得到可供传种的英国-阿拉伯种良马，这样不是为了让他们能够致力于检阅部队，而是每天可以骑几小时马呼吸一点新鲜空气，这大概对木乃伊是必不可少的）。

不过，劳务队的士兵虚惊一场：他甚至不看他们一眼，孤独的将军心不在焉地走过去，也许内心思量的不是未来的战线如何布局，野外防御工事如何安排，而他们（劳务队的士兵）的任务就是为这些工事供给输送粗圆木，他思量的是手枪口对准自己太阳穴的最妥善的方式，能得体地炸开自己的脑袋而不会有死不掉变成瞎子的危险。也许是（从外表上看来，从一次战争到另一次战争，寒冷的天气居然使他保存得这样完好，尽管因为战争服装师破产，银行家跳楼自杀，模特儿憔悴黯淡，画商尝过把握不定的苦恼，超现实主义画家把自己的作品出售给豪富们，而这些富人却在交易所做失业人口的投机生意），老将军在这里（在冰冷的树林中清晨散散步）只是为了按照规定履行某种工作职责，按照等于是命令的某种医疗方案，其目的是使他的身体得以拖到适当的时刻，他开始腐烂的时候（总之，他们（医生们）预诊他不会活到春光明媚的日子来到，一点不错：事实上他甚至没有活到五月的后半月）。

这位老将军从盖满霜雪的荆棘丛中走出时，带着沉思的样子，气派雍容华贵有如王侯（他率领一大队上校伯爵、上尉中尉侯爵、男爵，而他的姓氏不过是普普通通叫做沙博尼耶、迪库尔诺或拉孔布），像是来自爱丽舍宫的人，像死神王国的使者。他心不在焉神态冷淡地走过，他骑着的栗色母马以庄严威武的步伐行进，后面跟着的是另一匹纯种马（这匹枣红色的马那桃花心木色的皮毛之光亮，像皮鞋店玻璃橱窗里摆着的皮鞋那样反射出闪光），在这马上，一个像小猴子的异常矮小的人蹲着而不是骑着（这是一位在平民时期著名的骑师，他穿上马靴，站得笔直，稳立在他那弓形短腿上，下巴高高抬起，全身挺直，这样也不超过一米五十五），他蜷缩在骑兵宽阔的军大衣之下，或者更确切地说，缩在其中（好像这件大衣是可以居住的地方，像头、四肢都能伸缩的动物躲到贝壳或甲壳里避难），在大衣展开成裙形的下裾里，刚好露出那被马镫托起的极细小的脚，小手像黑皮卷尾猴一般，从那过于阔大的领子上露出一个不比拳头大的小阿飞似的苍白的脸，嘴巴的线条薄而长，断裂的鼻子，两个狡猾的小黑眼睛冷酷无情，像玛瑙弹子那样既缺乏生命也没有灵魂——这矮小的骑马人也没有转过来望一望，两个骑马的人（一个是像古埃及干瘪的法老，另一个像是猴子、小头畸形、阴险冷酷）仿佛是又可怕又滑稽的鬼魂，真像是从战争、严寒中跑出来的，或者是出自某一古怪的版画家病态的天才手笔，在雪白的纸上显示光秃的树上带刺的网扣、武器闪射的寒光、传说或恶梦中的寓意人物。

他们（四个士兵和他们的队长）在那里逗留了一段时间，忘记了寒冷，也忘记自己背后噼啪响的新石器时代的火堆，他们背对着林中小径，有点难以置信，他们继续望着现在空空无人的荆棘丛，刚才两个骑马的人在这个地方隐没了，或者更确切地说，无声无息地消散了，他们的坐骑纤细的马蹄静静地踏在雪上，刚才那两个人也同样像幻觉一般从子虚乌有中显现，士兵和队长继续呆望着直至一个士兵清醒过来，说出一句咒骂的话或一句无论什么场合都可以用的短语，把惊愕、畏惧、尊敬的心情同时表示出来，队长也清醒过来了，好像从梦中惊醒，突然大声斥责士兵们，一边指手画脚，一边吼叫出夹杂着下流字眼的命令。

虽然这位老将军的存在好像带有一些神秘色彩，但他们不是没有见过他（说实话，几乎等于从来没有见过，从动员起，骑兵团离开他所在的营地后就没有再见到他，他们有时还瞥见上校军官，他们知道，上校以上，有一个复杂的等级，从旅长到师长，然后是中将军长到上将集团军军长等等，越来越高，直至退任的中学校长和穿着大宾馆领班制服留着胡子神色忧郁的人物，隶属于这些人之下的是（从普通骑兵起一直到总司令官的）全体官兵）： 过去有一次他（将军）曾出现在他们面前，那时，不是像幽灵一般从寒冷的灾难中出来的虚无缥缈的人物，而是被恭候着的人物，从远处传来的一系列命令宣布他的来临，越来越近和越来越响的叫喊声使他们这些士兵挺直身子，通过一连串短促而不连贯的动作使自己最后保持不动，一只手臂横摆在与前胸齐平的地方，另一只手把短枪的枪托支住靠紧大腿。 这时候，在公路的远处，在他们冒着雨已等候一个多小时的湿漉漉的草场另一端，一队汽车停下来，从车上走出来一些细小的身影集合在一起，按照一定的礼仪，其中插入短时间的休息，几分钟的静止，彼此相对行礼，身体挺得僵直，后来又动起来，大家散开，但一直保持同样的姿态，同样的自动木偶似的断断续续的动作，最后聚集在一起，成为褐色的杂乱一团，随着老将军沿着部队的前列走近，他们这才看见很瘦的身影渐渐凸显出来，他走在其他人稍前一点，他的整齐步伐似乎以阅兵典礼的节奏威严而缓慢地前进（也许是由于他体高身瘦，或者更确切地说，由于他的瘦骨嶙峋（也许，事实上他并没有那么高，也许只是由于一种视觉上的幻觉的影响，这种幻觉来自那一块一块组成的全部骨头覆盖着一层绷紧的、光滑得如同象牙的皮肤，它本身的素质可以说就是骨质的、不会腐烂的东西），也许是由于他流露出来的那种烦恼、幻灭、厌倦权势的情绪）。

实际上他们注意到老将军往前走得很快。置身于士兵队伍稍微前面的军官们，手拿军刀垂直举起（人们给他们配备了军刀：不但是军官，普通骑兵也一样配备了军刀，好像是为了嘲弄，好像人们把定罪的死囚送去受刑之前，替他打扮一番，冷酷无情地精心打扮，用许多模仿性的标志或奇形怪状的王冠把他装扮起来：这些马刀就成了他们的装备的组成部分，搁在左侧的马鞍护肋旁，靠近刀柄球饰有黄铜的护手，闪亮的刀鞘隐藏在褐色的布套里；人们甚至教他们怎样使用或最低限度学会摆弄它——这大概也不外是那种嘲弄的意思，那种滑稽模仿和骗人把戏之类的思想）……所以，这些军官（士官们稍向后退）垂直地举着军刀，刀柄护手触及嘴唇，这些军刀仿佛组成了一排栅栏，一道道的金属条，那尖锐锋利的刀刃，在雨中远远看去变成迷蒙一片，闪射出冷酷、凶狠、致命的黯淡的光芒（好像白刃武器的名称不是取决于它的外形、材料，而是取决于它的功能——戳入活生生的肉体的功能（如同新娘洁白如百合花的披纱预示着流血的鲜花凋谢或医院中的被单），预示着脸色突然变白，像盛酒的羊皮袋的身体里的血很快就流空了），所以，军刀像组成一道栅栏的金属条，间隔渐渐变得疏阔，每一个骑兵分队前列只点缀三把军刀（中尉一把，两个小队队长共两把），他们（列队成行的士兵）站在小队军官们的后面，能看见逐渐走近，在他们面前走过的，是他们的死神：不是那个从古墓里挖出或从他的寒冷的房间里拉出的象牙色的人（老将军），这人可以说是缓刑未死还有生命的人（或者也许已经死了，仿佛已经得到什么预兆，成了飘忽邈远、若有若无的了），也不是那些离开自己的岗位，伴随着将军，沿着自己的骑兵队在他身旁走的上校或中尉，而是那一群乌合之众，他们气喘吁吁，跟在将军后面，或者更确切地说，在吸满雨水的草场中跌跌撞撞紧紧追随他的一大群奇怪的牲畜，或者一群家畜，这一群人长着会计员或商业推销员的脑袋，头上戴着的钢盔掩盖了经常坐着不动的人过早脱落头发的秃头（虽然现在这头部看不见，但那软软的肚皮，过分短小的腿和狭窄的肩膀可以补充说明），这些老坐办公室的人的标志不是坐骑的四条腿而是椅子的四只脚：现在摇摇摆摆地疾走，像追随在一只涉禽后面的一队鸭子，他们是经过选择的（或者应该说，是经过精心选拔的——如果他（老将军）不是（怎么说呢？）仅仅把他们登录在花名册上，如果他是这样选择（他用一种漠不关心、看破一切的眼光看了一下新入伍的人，接着就把他忘记了），受某表亲、某一位住在合欢树林荫道的旧日情妇、或某一与耶稣会教士或共济会人士有勾结的办公室主任的叮嘱，关照他们的一位亲戚的命运（或前程？），或者更确切地说，他们的乳品供应商或门房的亲戚，他们从外表上看是这样），所以，是挑选出来的，不过不是根据这些人在战术战略方面具有的专门知识，而是看是否有某种一技之长，例如能把各种颜色的铅笔削好，齐整地排列在带有吸墨纸的垫板一旁，或者能够运用一些粉红、淡蓝或杏绿的小卡片清楚明了标出部队人员和物资的情况。

他们看也不看一眼那些列队站着的士兵，在冷雨下急急忙忙走过去，只留心不要在将军身旁过多失去地盘和自己脚踏的地方，同时恪守那按身份等级和排列先后的神秘规范，在高低不平的地面上扭了脚踝骨、讲究的地图套在他们肚子的下方摇来摆去，他们脸上神气十足，特别表现出对胆怯的士兵和等待屠杀的小伙子的冷酷无情，他们的肥厚的腿肚用发亮的黑色的护胫裹着，摆出一副目空一切的神态，好像他们在电话里用高高在上、不容置辩的声音说话，啪的一声把电话机挂上，用粗黑铅笔在地图上标出部队前进方向，不可改变的进行抵抗的线路。 对他们来说，军用地图不过是普通的纸面上插有钉头上着色的大头针，不是什么（怎么说呢？那不是战场或演习的场地，但对那个曾经见到战场全景的人，很像是一块圈地），像是一个畜栏，他们（骑兵团、队、分队、班组或至少是剩余的部队）就像是一群惊慌的牲畜在转圈子，四面八方奔跑，互相碰撞，重新朝另一方向出发，在牧人大声驱赶呵叱下，朝偏斜方向奔去，摔倒在另一道栅栏上，碰上另一堵火墙，又掉转头来朝相反方向走，这么跑一次人数就减少一些，脸色就更加惊恐、更加疲惫无力，眼睛由于没有睡眠就更加充血发红，甚至最后不能分辨左右，变得更加狂乱失常，看到天空、树林、道路转弯，甚至看见一处村庄、一道普通的树篱笆都害怕。 可是在什么地方一处别墅里、城堡里，那些配备着铅笔的冷酷无情的人物又在电话耳机里叫骂，挂上电话，一边低声抱怨，一边移动大头针的位置，后来，电话开始一架接一架没有回音，传令兵一去不复返，这时，他们渐渐失去傲慢的姿态，变得神经紧张，不断揩拭额头的汗水，在房子的角落里低声一起商量，然后越来越畏缩地去敲将军办公室的门。 他（将军）在里面来回踱步，或站在窗前动也不动，双手搁在背后，通过窗子，他看见一些满身灰尘的骑摩托的人来了又走了，这些骑车的士兵经过公路，越过花丛和修剪整齐的树篱笆丛，呆头呆脑地和逃难的人混在一起。 头一批逃兵最初是单独走掉，后来是成群结队逃走，先是骑着自行车，后来坐满卡车走，而他们（那些冷酷的门房的表亲和受到照顾的共济会里的人）越来越精神不振，汗流满面。现在他们也惶惶不安了，不停地拿起那无声无息的电话机，又一一重新挂回原处，一直到从门的另一侧传来砰的一响，他们只听见一声响，接着不见有任何动静，他们急奔入门内，看见他翻身倒在办公桌后面的椅子上，只剩下半边头颅。这时，他们完全失去了控制，也开始乱跑了，在楼梯上爬上爬下，收拾他们的衬衣、内裤、牙刷，捞出钱柜里的钱，用那会计员和抄写员的纤弱的拳头，不顾死活凶狠地互相殴打，为的是好挤上三四辆汽车里逃走，甚至把档案和插满大头针的地图烧掉也顾不上了。

不过现在还没到这种时候。大概他们（士兵，骑兵）在春天来到之前，达到那至高无上的最后接纳仪式之前，首先还得经过长期习惯已有规定的一系列考验（像宗教组织或秘密会社对初次加入者举行接纳仪式时施行的那一套）（先是秋季淫雨连绵，然后是寒冷、愁苦烦闷）：这最后的仪式就是突然到来的猛烈炮火，时间短暂，短暂得仅仅让他们懂得过去它们（部队的指挥和诗人采用的隐喻）对他们隐瞒的东西，这就是说，知道一般人称之为火的，是真正的火，燃烧的火，那些曾经是房子、谷仓、十字路口的小咖啡馆的东西转眼之间会变为废墟、一堆堆肮脏破烂的砖瓦、竖着还在冒烟的屋梁的碎石堆，还在燃烧的卡车、摩托车、汽车（以及开车的人）的骨架残骸，让它们慢慢烧尽，让短小的火舌在上面舔吮，东一点、西一点地把它们分散撒开，发出一股恶臭，火甚至把鲜花盛开的绿色田野也烧光了（他们骑在疲乏不堪的马上，精疲力竭，目瞪口呆，分队的人马日益稀疏，经过重新编队后不久队伍又是稀稀拉拉，于是进行第二次整编，接着又进行第三次，直至整个骑兵团仅剩下两个军官、两个骑兵和两个骑自行车的交通兵，后来只剩下两个军官和两个骑兵，最后仅剩下两个骑兵了），他们在一刹那间受到集中的火焰袭击，分崩瓦解，这火焰震动着空气，震撼全部景物，像震动一台平常的布景一样，过后只留下一片炭黑色的印记，留下一层同样铁灰色的东西不加区别地覆盖在砖头上、石板瓦上和死人身上，留下一些黑色的拖得长长的痕迹，就像没有通好的烟囱或炸食物的油锅锅底那样肮脏，脏得平庸无奇。

对，时间还没有到，事情（这是指那些提升为共济会中重要人物的中学校长、神气十足的教士、狡诈的富豪、当过修道院修士的人、年老的美国蹩脚演员、一身皮革装备的屠户等在他们过于暖和的办公室里决定的——或未作决定的——事情）大概还没有达到成熟的地步。也许规律（可以说是一种命令，或者更确切地说一种难以发觉的安排，但它的性质之不受时效约束和毋庸置疑是和主宰贝壳的螺旋纹、组织雪花结晶成星形或结构最微小的生命微粒的规律是同样的），这些规律的意图是事态发展进程（或仪式的进程）各不相同的侧面、各不相同的阶段得到恪守。或者，“历史”在第一次打击后，自己也被吓坏了，因而也缓解一下，把战争灾难开始的时间推迟了（像那些软弱的凶手喝酒壮胆后迟疑不决下不了手），到那时候，千万座房屋哗啦啦倒塌，大批的儿童死亡（成千上万），成千上万的男人和妇女在痛苦折磨下号叫，这一切也不过是每天都发生的社会新闻、车祸、流氓阿飞凶杀事件中的一部分。也许已经到了最后阶段，不是暂时停顿，而是最后一个时期，进程的最后阶段（或者是另一进程的第一阶段）：就在这阶段中，人们在沉寂的黑夜里有时听见火车遥远传来的没完没了的隆隆声，好像开始发动的神秘莫测的机器利用寒冷和黑暗赶紧运输火车所运载的加工过或未加工的铁，矿物，炮弹，一切为碎裂、撕开肌肉而制造的东西到目的地，火车经过很久以后，冻结凝固的空气似乎还继续发出回响，像大钟的振荡，好像空气所包容的一切：树木、树篱、房屋、动物、人类都随时会被击碎，由于越来越近地发出玻璃和金属被击碎的灾难似的叮叮声有传导性的震动，这一切都会变为尘灰崩落下来。沉沉黑夜像黑色的钻石，笼罩着那些梦游般的、发愣的站岗士兵，有一个生病的士兵由于腹泻不得不跑出那发臭的房间，蹲在茅坑里一堆冻结的粪便上面，内裤掉落在他的脚跟上，身体最隐秘、最娇嫩的部分毫无保护地暴露在那黑黝黝的寒冷中，仿佛任凭它鞭打、强制闯入，好像是什么可怕的神灵突入体内，使他变得有气无力，痛苦不堪，这时他怀着一种平静的绝望心情，细听饱受痛苦折磨的肚肠在可怕的幽闭的寂静中倾泻一空，得到解脱。

后来又是新的一天，太阳升起，阳光在这寒冷似乎稳定下来的时期里变得晶莹清澈，呈现像北极光般虹彩色，寒冷似乎已到了极限，好像通过严寒就把一切可能成为障碍的东西（云、雾）全部驱除掉：接着出现暗淡的灰色黎明，本来模糊一团的树林、果园里的果树、房屋、沉寂发白的景物，渐渐从黑夜中挣脱出来，显出各自清楚的轮廓。随着时间、天色、晨昏的变化，白色景物中的林带呈现锦葵浅紫、丁香浅紫、石板灰、棕褐色或全黑像戴孝似的凄凉的远景。有时，随着季节迁徙的野雁排成三角形，在负荷着冰雪的云层低垂的天穹下，缓慢地拍着翅膀在群山上飞过，渐渐消失在远方的地平线上，那里东一点西一点冒出居民已走空的小村庄的钟楼塔顶。士兵们抬起头来，眼睛眷恋不舍地跟着那些野雁（有几个士兵，本来是一些经常偷猎的狡猾的农民，他们估量逃走被逮住的可能性，暗中策划朝某处池塘、某处沼泽地去的夜行军以便做好准备，他们等到天刚亮才从那些地方回来，全身都冻成冰了，为了不致冻死，他们喝了不少烈酒，喝得半醉，说话含糊不清，胡说八道），士兵们很快又拿起自己的铁锹和十字镐，并不是那个带领他们挖战壕的士官（他暂时忘掉自己的威信和懒惰的习气，恢复喜欢交谈的平民天性，朝掌心里吐了一口唾沫就狂热地刨起地来）使他们遵守秩序，而是严寒让他们难以忍受地保持警觉状态。

对，是暂停，暂时的缓和，不是休战，而是好像霜雪使庞大机器齿轮冻结在金属静止状态之中，这部机器起初开动运转，后来突然停止，好像有一个机件突然卡住，或者机械员发现装置有遗漏，全部机件须最后做一次检修，包括传动杆、操纵部件和齿轮机构，这一切，在接到一定的信号时就会以一场大灾难来临的猛烈之势爆发、炸裂，但目前还要等着看一看，在另一种不同性质的灾难发生之前暂时可以免去麻烦。这场灾难，使山丘、一带蓝色的树林、发黄的天空下覆盖着白雪的田野，全都冻结了。在这黄色的天空上，乌鸦一群群不断盘旋飞翔，同时发出刺耳的叫声，它们抖动着，倾斜飞行、用力猛扑，在雪上留下黑色的斑点，在雪地上奔跑的强壮的小马像是用铅笔画出来的形象，这些马脚的球节与马蹄之间的部位长着须毛，颈项粗壮，乱蓬蓬的鬃毛抖动着，当小分队在闷响的马蹄声中骑马大步疾跑时，它们的鼻子就喷气作响，士兵们面孔冻得发红，眼睛发呆，由于寒冷的刺激而流泪，冻得沉默无言（只是有时发出马打喷嚏、铁器碰击、咒骂的声音），从鼻孔里冒出的蓝色的气息像水蒸气似的一股股地喷出，从马的肋部和出汗的臀部腾起带着氨水气味的水汽，像轻轻的浮云似的包围着两列骑兵，他们在一段时间中（走过草场畜圈的长度，圈里有一些小马站着，样子像神话中的走兽，传说中的独角兽或双头鹰，看来对寒冷和饥饿毫无感觉（也许它们以雪作为食物？），它们那像埃及舞女长着长睫毛的大眼睛，既温柔、胆怯易惊又懒洋洋，雌雄不分）……对，这些贵族纹章上的马伴随着他们走了一会儿，似乎显得毫不费力地以轻盈无声的疾走步伐的节奏移动，好像是在两个海洋之中浮游，在放慢镜头的影片中行动，它们那壮健有力的大腿的肌肉和隆起的前胸每跨一步就弹跳起来，像慢慢拉橡皮筋似的一张一缩，由于深雪使它们奔跑的声音变轻，产生一种虚幻的寂静，与那些战马生硬步伐发出的蹄声，金属相碰撞、践踏的脚步，上气不接下气的呼吸，混成剧烈刺耳的噪音，那短促的气息像雾气似的在冰冷的空气中环绕着那一小队人马，跟着移动——直至到达草场拐角处，这时它们（未经阉割、体态漂亮的壮健的马）停步不跟着走了，前胸靠近竖有带刺铁丝网栅栏，结实的脚凝立在雪中，鼓起的肋部不断地一起一伏，与此同时，它们望着那跳动的身影越去越远，越变越小，在远方隐没、消失，像在沉寂荒凉的广阔无垠的空间中被吸收得无影无踪，在那里，在相隔很远的地方，出现了屋顶冒起一缕炊烟的农庄，或青石板尖顶的细长的不知名的钟楼，这些钟楼就像是插到严冬天空中的铁钉。

那里还有一些建筑物，也同样阴暗凄凉，毫无生气，像没有灵魂一般：过去这些建筑物经常被烧毁（有时是为了取乐，这时候武装的强盗或者是强盗的武装队伍从绘有纹章的坐骑下来，把农民的脚搁在火上烧，挖出他们的金子，剖开他们的女人的肚子，后来这种事是在炸弹和炮火纷飞之中干的），过去的几个世纪中，人们经常重新修建这些建筑物（最近一次，不过是在几年前），但采取的方式与外省城镇的情况相反，在外省从教堂或建筑物的正面、梁架的破旧、装点门厅的圣徒突出来的面部形象，可以看到过去，在这里可以看到作为“历史”所承受种种的见证的，不是古老的石头或门楣横梁上刻着的某一过去的日期，可以看到的只是一些毫无特色的机器压制出来的屋瓦、白铁做的檐槽、水泥粗涂的灰泥层，在那钟楼样式单调的教堂里摆设的圣徒塑像，面颊涂成粉红色，嘴唇搽着胭脂，带着香皂包装纸上印的人物的脸上的那种乏味的微笑。就在这同样的道路上，同样的结冰的沼泽，同样的静寂的树林中，过去曾经不断有成群的劫掠者、放火者、谋杀者走过，开始他们是来自亚洲腹地，后来是一些穿着铁甲的红胡子，他们骑的马也披挂着铁甲像甲壳动物似的，他们让人举着的旗帜上面点缀着凶猛或古怪的野兽，野猪、大熊、吐火的蝾螈，这些野兽都有禽距、利爪、尖利的喙，后来，在这里经过的是脚上只有破布裹着的军队，过后，又是另一些军队走过，但一直是在同样的峡谷，同样的山坡上攀登、穿越、破坏、再次穿越、重复破坏，就是因为这里是最方便的从东到西的通道[①]，这里的乡村、城市上百次受到侵略、劫掠、焚烧，似乎在那无可名状的水泥之中，中世纪法国雇佣的德国步兵和德籍雇佣骑兵的鬼魂频频出现，这些德国兵的雇主是那些袖口镶着花边、用棍棒训练士兵的、宫廷中养着一些乐师的王公：同样是绿色冰冷的晴空或木炭勾勒出来的黑色天空，同样是山峦起伏，同样是便于埋伏的荆棘丛……

现在，那些坐在设置在遥远的豪华大厦、或毫无装饰的砖头房屋、或有大理石墙壁的旧大使馆里面的办公室里的人，那些过去的中学校长、受尊敬的教士和装扮成上士的画家，都已以这种或那种方式达到中学校长、教士或上士的晋升的顶峰了，因而他们（这是指几百万的农民、办公室的职员和商店的售货员经过调查登记、应召、预防接种后来到部队）来到这里，披着泥土或烂泥颜色的军服，神情沮丧麻木，驯顺地吞下自己那份定量的阿根廷冷藏牛肉和

① 大概指欧洲东西交通要道弗兰德地区。

发黏的米饭，满足于贪婪地看着那些公主的照片、穿着护胸甲的或向你翘起光屁股的下流年轻女人。他们睡在牛棚或马厩里；利用牲畜的体温来取暖，有时睡在发出霉味的无人居住的房屋里，有时在学生已撤走的学校里，一个月才换洗一次油垢积得发黑变得硬邦邦的衬衣，他们睡觉也不脱衣服，早晨起来只要把那没有好好剃过的颈子下面的油腻的领子马马虎虎笨手笨脚扣上钮子，眼睛睡得发肿，每天清晨，听到在黑暗中和在冻结的泥土上深陷的车辙中踉跄地行走的值班守卫的司号员绕村子走了一趟吹起床号以后，他们必须在挤着十个人发出臭气的房间里起身，站在已熄灭的火炉旁冻得直发抖。

因霜冻而失去光泽的玻璃窗外，灰中带黄的光线刚刚出现。这时透过那霜花成几何形的银瓣还分辨不出天空与屋顶。有时窗玻璃上部出现一片朦胧的天蓝色，他们一边弯腰绑半统马靴的鞋带，套上皮绑腿，扣好马刺，一边低声咒骂或彼此恶意地争吵，一肚子不高兴，因重来的严寒而事先感到浑身冰冷，这种严寒将带来冷酷无情但像蓝宝石般明澈晶莹的天气。

与此同时，身躯像纯血种马那么瘦削的老将军，身穿一件汗衫，用冷水和着肥皂涂抹他那干瘪的面颊。在这之前，他用作勤务兵的两个像阿飞那样面孔苍白的骑师中的一个已为他捧来一杯热气腾腾的咖啡，这时他正蹲在火炉前用劲把炉火重新燃起。与此同时，另一个勤务兵正把马鞍安放在将军每天早晨要骑的两匹栗色母马的头一匹的背上。这人脸上毫无表情，嘴唇紧抿，面色苍白，小眼睛神色冷酷，双手像小猴子的爪。仍然是在这个时候，那些穿着讲究的中尉一边在温水里泡浸剃须用的肥皂刷，一边计算晚间打牌输了多少钱，然后套上马靴和紧紧的手套，骑兵们穿好衣服，这时，房间里进来一个干杂务的士兵，他捧来几军用水壶的滚热咖啡，从外面也带来了一身的冷空气，从他身上散发的冷气像光晕似的。他怀着存心报复的心情，走到窗子前面，不管强烈抗议，猛力推开窗户，可怕的严冬这时直冲而入，闪闪发光，有黑有白，像珠宝商打开一个黑皮盒子里的东西，眼前突然出现宝石的冷峻的寒光，仿佛这些矿石神化幻出异彩，仿佛煤炭最后的辉煌的变化，发出刺鼻的乙醚、臭氧，这是深埋地下千千万万年的森林发出的气息，又像是堆放在陈尸室的鲜花和花束散发出来的令人晕眩、代价昂贵的芳香，这种气息就像在死人身边为在生蛆腐烂前保存几小时而放置的干冰块那种难以捉摸的死亡的气息。

第三部

每月一次，老太太（总是穿着黑色衣服的老寡妇，面孔像蜡烛，一直是满面忧伤，一直是泪水涟涟，披在那老筋肌和老皮的皱纹上的黑短衣上身部分总是用那个椭圆形雕玉别针扣紧，在像裹尸布或死人骸骨那样发白的淡紫色玉石衬托下，那轻飘飘的皱褶像庞贝古城击鼓跳舞的舞女身上穿的绉纱褶裙，她似乎是出于忠贞守节才把这枚别针扣在身上，好像它也许是拿破仑一世称帝前一代代传下来的世俗的圣物，它有点违背常情地替代了传统的石榴红宝石镶的十字架，挂在相继几代的老祖母的干瘪的脖子上，这玉雕饰物暧昧地以伊奥利亚[①]的款式展现古希腊时代的高级妓女或舞伎那几乎完全裸露的线条分明的身形体态：虽然她也许很久很久没有见到它（玉雕），甚至没想到它，但她的手指每天早上都在她的长袍那像军官制服一样扣紧的领子上笨拙地被珠宝首饰上的金针刺痛，这是她少女时代过生日时收到的一件礼物，那时她还姓现在再也没有人会作出反应的姓氏，她曾是在她的那些书的衬页上书写这姓氏的最后一个人（这些书是那些教会组织或军事教育的管理严格的学校颁发的奖品，精装封面带有浪漫主义色彩，淡紫色或宝蓝色，上面装点着哥特式饰物的凸起图案，或者是《大家闺秀报》之类的刊物，上面的插图有的是裙褶用腰垫撑起的太太小姐，有的是穿着圣马洛[2]服装的小孩，有的是腰间系着灰绿色的花结、脚上穿着上光的黄山羊皮高帮皮鞋的小女孩）；后来，从她结婚之日起，再也找不到有关这姓名的东西了：只留下一种传闻，在地图上或路口指路牌上几个写在一起的字母，但现在只能指示一个小村庄或已出售了很久的破旧城堡所在位置（这位老太太和她的父亲从来没在这里住过），事实上，这是一个巨大的农庄，塔楼顶已倒塌，只有建筑主体的外壳保存下来，不过也有一半坍塌了，在西塔楼与建筑物侧翼之间左边那部分还保持完整，现在是铁板屋顶的库房，里面堆放着草捆，旁边凌乱地放着生锈的割草机、钉齿耙、没用的两轮载重车、种四季豆的撑杆、柴捆、旧木桶、生霉的钓鱼用具，这一切混杂在一堆凌乱不堪的轮子、破裂的车轴和犁柄之间，在这些东西中间有几只瞻前顾后、走来走去的瘦母鸡像红棕色斑点出没显现；除此以外，还有一部拖拉机的残骸，它那本来鲜明诱人的橘黄油漆颜色在油污和泥土积成的一层尘土下隐没了大半，看起来像一只死去的甲壳动物（好像从倒塌的城堡、裂痕处处的建筑中冒出一种厄运，一种对这个地方恋恋不舍、怀着悲伤的鬼魂、厄运的精灵，他们在屋顶和大门的意大利式门拱崩塌之后，还继续活动，没完没了地拼命啃噬、腐蚀、摧毁），这拖拉机的残骸在这充满昔日荣华留下的衰落的遗痕的背景中，也显得过时了（过去的荣耀只剩下神气的纹章，带有钢铁、羽毛、鲜血各种颜色的盾牌，对这些东西，她（那位老太太）总感到有一种特别苦痛、尊严受辱和惊愕不解的混

---

① Aeolian Islands，古希腊一个地区，以文艺繁荣发达著名。
② Saint-Malo，法国西部地区，以传统服装特殊著名。

合心情，虔诚地加以保存，作为哀丧的标志，放在一个小三脚乌木支架上，平时这个架子是用来放镶金的乌木框里的合家微型画像的），好像这架拖拉机也和正门发出金刚石光泽的砌合石块一样属于遥远的过去，似乎附近城市某种牌号拖拉机特许经销者刚把它送到，刚刚接触庭院的地面，它同样地中了魔，从此动也不能动，变成一堆拆散的铁皮和卡住了的齿轮，既不能用，也从来不曾使用过，逐渐生锈，只好成为棕红色母鸡的栖架，歪歪斜斜地翻倒在失去一只轮子的一侧，显出一副又难看又凄凉的样子，好像它的存在和那些被毁坏的塔楼、倒塌的侧翼以及为野草和荨麻所包围的正门存留下来的灰泥脱落的那部分一样，仅仅是为那一次无法平息的公诉作证，在这一次公诉中，那被斩首的国王的无头鬼魂，不管时间、人物和几次陆续出售，以及机器发展所带来的变迁，都怀着他那复仇的狂怒，不管过去多少年代，五年，十年，不论人物和房主的改变都不加区分，判他上断头台的审判官的这处祖宅和百科全书时代的精神，具有创造性而又冒犯亵渎的精神，也都混成一团了。在他死去的同时，一系列肮脏的机器生产出来了，其中最为卓越的体现却在这里垮掉完蛋，成为一堆福开森牌拖拉机油污、无用的破铜烂铁。

所以这里有业主，也有居住的人。它不是一堆触目的长满荆棘的崩塌后剩下的破砖残瓦，夸张地竖立着古老的树桩和锯齿状的墙垣，从某个角度看它还保持着原貌，也就是说，尽管无人居住，但由于已成废墟，所以身后不曾受到凌辱，也可以说，没有受到亵渎；又因为没有完全成为废墟，所以还可以居住，可是它也没有完全保全下来以致可以作为真正住人的地方：只能当作一个栖宿之所，就像一个破了的大大的旧铁罐，用来搭棚屋或简陋的歇脚的地方，只是这里这个大铁罐有点不同，它有两层楼高，墙壁有一米厚，而且它的破洞不是用硬纸板或柏油纸而是用砖头和砾石堵的，在这广阔的建筑整体中，一部分的破洞已经没有人想去管了，另一部分勉勉强强加以堵塞（例如塔楼残余的躯干、谷仓、农具库、过去曾养过三十五匹驴马、种马、母马、小马、骡子的马厩、牛棚、小阁楼、作厨房等用的附属建筑物），这种情况令人想到手里拮据的居住者由于没有能力对这些地方维修只好把客厅和房间陆续关闭（堵死再不使用），最后栖身（暂时住宿）在同时是厨房、饭厅、客厅、卧室的一个房间里，其他部分任凭风吹雨打，门和堵得像死胡同的过道全都马马虎虎地用一堵堵连粗灰泥层也没有涂的墙拦住，从拱基石的接缝中流出的灰泥浆黏糊糊地凝结不动，好像不仅要阻挡倾盆大雨或狂风冲进里面，更重要的是不让空虚、破灭、最后的末日闯进来。

这座破旧的城堡屹立在大风吹着的高原上，以其仍然极其庞大的躯体高踞在小村庄的房屋之上，虽然它上部的建筑已没有了，但仍然残存着，执意要继续存在下去，哪怕是被砍成两截（在远处是棚屋，用来堆放无用的什物的低矮农具库房，这建造在还没有倒塌的侧翼和只剩下半截的塔楼之间的库房是看不见的，因此像一艘一半浸在海水中沉没的船只，仅露出前部的艏楼和城堡主体），它已经到了再也不能摧毁的地步，不仅因为它有地基牢固地扎根在岩石基底中，上面覆盖着一层贫瘠的泥土，用矮墙分隔的多石的田野一直延展至蓝色的天边，微微地起伏波动，四处有一些树木繁茂的山谷插在其中，此外还因为它庇护了顽强的最基本的生命品种，似乎它既是保护者，又是受保护者（它让这样的生命品种定居生长，牢牢地紧攀在这残存的城堡的一个窗子上，长着天竺葵，好像是为了掩盖一个伤口，靠着门穹已破碎的大门梃子、靠着现在朝着一堆木柴和一些家兔棚开着的（或者更确切地说，愕然张大着嘴巴）从前宏伟的大门、靠着像一块膏药般横拦着建筑的正面代替那倾斜倒塌了的楼梯的一段水泥梯级，都种上了月桂树丛），这座摇摇欲坠的古老建筑被团团裹了起来，或者更确切地说，是从它自身像纱披似的延伸、展开已经死去的时代留下的沉寂无声的光晕，这受凌辱被抛弃的古老建筑，臂断肢残，伤痕累累，仍然坚持屹立着，像是对那些不肖子孙的控诉和无言的责备，他们把老屋卖掉了、抛弃了、当作包袱丢掉了，不是出于生活上需要或手头拮据，而是可以说出于蔑视、鄙薄、一心想赚钱发财，其实这家族的财产后来通过一系列手段精明的联姻有增无减，但这些婚姻关系不是缔结的而是商定的（像做生意一样），首先是从那位在这城堡中度过最后一个冬季、最后一个春天、最后一个秋天的那位老人的亲生儿子开始的，后来的几代人连续不断地致富，这种财富在拿去出售旧城堡的钱银的同时，也夺去了滥用过去的光荣的碎片装饰起来的家族姓氏（那些留着颊髯，结着无懈可击的昂贵的领带，在照片上僵直地站着，态度刻板拘谨，带着有闲者的神气，全身裹在硫代硫酸盐那样黄褐色的军装中，在他们的旁边是那些有遗产可继承的夫人，她们头发上装饰着头带、身穿硬直的短上衣和闪光波纹织物制的阔大的裙子，这些人相继带着弑君者那种肆无忌惮而又郁郁寡欢的傲慢姿态，头上顶着那个好像也是断肢截臂，也是变性堕落的姓氏，这就是说（这些不肖子孙为了城市住宅和肥沃的田地，卖掉了古堡和贫瘠的土地）这些人使（家族的姓氏）缩小成为他们认为值得为之洋洋得意的回声，因为这姓氏令人想起权力、战役、金碧辉煌的装饰，因而抹去、擦掉或者可以说从知觉上消灭（像有社会地位的家庭把遭到诱奸的女儿暗中隐藏在修道院幽闭处），他们认为在他们故作高傲姿态的社交规矩中这仿佛是一个污点，一种羞耻，使他们想起并比较那不可告人的青年恶习和赌博欠债，与艰苦地使一个新社会得以产生以及把国王杀死的事业两者之间不同的价值），是的，财产在不断地增加，家族也在不断繁衍，在那高傲而且体面的护胸甲中不断地加固，直至蔓延的葡萄根瘤蚜虫害使一切都崩溃而且同时带来了一连串的不幸，随着这些不幸的境遇，不可避免发生了破产的灾祸、一连串的死丧和年轻守寡的事，因此使这位老太太的脸渐渐呈现出忧伤悲痛，在这过分广阔、过于奢望的房子里从一个房间踱到另一个房间：两次遭难，那被抛弃的城堡或者可以说是农庄，那庞大、难以形容的石堆，虽然受到侵蚀破坏，窗子也堵塞了，但仍然不顾一切冷漠地维持着生存，作为一个象征仍然继续屹立在也被抛弃的土地上，看来有点令人望而生畏，这城堡屹立在那里，像是冰川露出水面可以见到但仅仅是假象的那一部分，虽然面积很大，但从支撑它的历史基底来看，它是微不足道的，它的侧翼被截去了，塔楼也被截去了，就像那些墙垣陡立的奇怪建筑一样，暗示着外表之下隐藏着许多摇摇欲坠的阴险诡诈的巨大冰块，一声雷轰或炮响（或一排枪齐射发出震耳欲聋的响声？）就会突然脱离冰层，重新露出埋在严寒和时间厚度下面的死去陆地。

的确是有什么东西隐藏在这个地方。为这件事，古堡紧闭，这件事曾经既使它受到突然的摧毁，也让它像是一座坟墓、一个残废的看守那样仍然屹立着，对于这件事，它是见证者同时也付出代价：不仅仅因为把国王斩了头犯下的罪（虽然她（这胖乎乎有气无力的老太太总是充满哀伤，似乎永远不得不带着钥匙串叮叮当当的响声游来荡去，找寻串上的钥匙，把房门和壁橱陆续打开，又关上）有时在她那像夹带着哭泣的伤心的呜咽中，曾以暗示的方式提到当时以一票之差的多数票决定将国王处死之事，她发出一种呻吟，具体表现了伤心，或者可以说，赎罪的心情，好像那犯有渎圣罪的三百六十一票中，只有他的一票使血染的污迹完全集中在他一个人身上，似乎那殉难的国王之死是由一个人的意志决定的，是取决于那唯一的凶手的意愿的，这个人不仅是与她同一姓氏，而且是生下她的父亲的父亲……），也不是因为这城堡所属的家族中倒数第二位主人抛弃了它，而是由某种在这一家中从来都不谈的事（该怎么说呢？事件、悲剧、秘密？），这件事把它（家族）震撼到五脏六腑的深处，这事发生之后，城堡也难逃劫数，被弃之于死亡之境（好像人家赶紧逃避它，好像赚钱赢利的念头在憎恶讨厌它中找到理由把它摆脱掉），注定只能以这样不成体统、残缺不全、截去半身、像一座坟墓一样存在（似乎它的墙壁和修补过的屋顶是夹层的，或者更确切地说，是套在一个较广阔的、透明的、板壁隔音的建筑物之中）全身裹着好像是它自身散发、渗出的死寂气息：这种气息保持在离墙一定距离之处，在某种时候才会产生，那就是当它越过一条无形的界限时——不是越过正门的时候（长锈的巨大铁栅上面一扇门扉已朝里倒下，仅靠着一条铰链和自身的重量支撑住，但这重量已渐渐使它歪斜地陷入地面——另一扇门扉已不见了，也许是按铁的重量卖掉，或者被偷走了……），在这条界限以外，田野的一切声音（微风吹拂小橡树的簌簌响声、鸟雀唧唧喳喳的鸣叫、玉米叶子粗糙的摩擦声）似乎骤然止息，其存在被抹煞取消了，取代它的是那种只有在坟场里才可以找到的那种可怕的死寂，打破这死寂的（或相反地使它更明显的）只有那些颈子瘦削、颜色鲜艳粉红的母鸡偶尔发出滑稽可笑的咕哒咕哒叫声，这声音似乎把死寂的气氛撕裂，洪亮、粗野、亵渎，像某种阴沉抑郁、迟钝、不祥的、飞不起来的鸟的那种刺耳的鸣声；前来访问的人（那位老太太已去世很久了，她的儿女们也死了，那著名的姓氏、盾牌、纹章只是可笑地被滥用，印在一种在杂货店里出售的廉价开胃酒的商标上……），对，来客停下脚步，用那疑惑、难以置信的眼光慢慢地看那灰泥剥落的门面、摆着一盆盆天竺葵的窗子、铁皮搭成的棚屋、坏掉的拖拉机，感到惶惑不安，有点惊慌害怕，他突然惊跳起来，因为发现有人朝他走来，这人的样子也是阴阴郁郁，穿着黑色粗布短工作服和天鹅绒裤子，这是一个古怪的人（（来客）在想："是房屋看守人吧，他管着地窖的钥匙，也许还管种花，防止外人闯进……"），这人看上去年纪还轻，长得过分肥胖，带着温和的怒气、谦卑的愤慨，打量着来访者，他站住不走，含糊不清地说了一句（是询问还是命令？），接着沉默地站在原来的地方，像一头大熊或玩具机器人，双臂摇来摆去，样子既咄咄逼人又可怜巴巴，来客赶忙道歉，作出解释，作手势指划周围的庭院、荒凉的建筑物、崩塌了的塔楼，那像熊或更确切地说像狒狒或巨大的婴孩的人的面孔变得神色严厉、紧皱起来，他提高声音，从动得很快的嘴唇里，一口气说出几个发音不清的字母，或者更确切地说，相互碰撞、破碎不全的字，语调既带有对抗意味和威胁性，也含着哀怨："不是我的过错！"来客一再道歉，力图解释清楚（由于好奇心，或者更确切地说，由于很感兴趣、还有远亲的关系……），这个像狒狒的人仍然带着疑心重重、咄咄逼人而又谦卑的神情盯着他，直到听见来客说出那姓氏，这古怪的人的脸部才放松下来，一下变得开朗，现出喜悦的神色，厚嘴唇又蠕动起来说："就是我！"他带着骄傲、挑战的神情重复说出的这姓名其实只是他祖上复姓[①]中的第二个而已，这个被剥夺了继承权（世袭领地的继承）和父亲祖先的名字后来变成了不过是这个地区的一个普通姓氏罢了，像叫法布尔或罗克那么普遍，接着那人的脸色没有经过任何过渡、没有任何明显的信号，就又变得严厉、可怕、咄咄逼人，他的身体在移动，向前跨出了一步，好像要打人似的，以带威吓的声音说："这是雄鹿，难道您不知道什么是雄鹿吗？"来客感到窘迫不安，把那指着正门上面的一块石刻的手指转移了方向，那儿也许曾经是一个躲藏着一群猎狗的狗窝，来客赶忙说："是这样，是这样……我只是想要……我……"后来就沉默下来（也许不自觉地继续含糊不清地说了些含混的道歉、和解的话），努力做出微笑的样子，开始一边慢慢往后退，一边不断地道歉、微笑、摆手做出和解、接受意见的姿态，那个狒狒（疯子？）也以同样的步伐跟着走，那犹豫不决的肥胖的脸悲痛地绷紧，厚嘴唇在蠕动，现在他说："请留下来，没关系，请看吧，不碍事，什么人都可以……"这时他脸上的表情再次改变，面部线条紧皱，眼睛盯着那个来客后面的超出他肩膀的什么东西，脸上骤然呈现出极端不安的表情，来客转过头来，现在他和狒狒都停下脚步，一起望着一个黑发棕肤、蓄着小胡子的人，浑身油污，从拖拉机底下钻出来（来客感到像一幕滑稽戏，像电影或杂耍歌舞剧场的一种特技花招，一个空寂无人的场面像变魔术一样忽然人来人往热闹非常，他怀疑那窗子是否会打开来，出现一位女高音歌唱家正在放喉高歌，或一群蒂罗尔[②]的舞蹈女演员在下楼

① 全名为J. P. L. S. M.，即让-皮埃尔·拉·圣-米歇尔。
② Tyrol，奥地利西部地区。

梯……不过，看来，也不过如此）： 现在，他们是三个人，站在杂草丛生、秋光澄明的庭院中间，来客稍微站得远一点，狒狒靠近那架出了毛病的拖拉机，好像快要哭出来的样子，聆听着那浑身油污的矮个子一边滔滔不绝地讲话，一边手里拿着一把活动扳手在做手势，这矮个子忽然转身走到一辆小型有篷的运货车那边，这辆车也是拆得七零八落，朝一边倾侧（他（来客）刚才没有看到它： 也许因为它的油漆呈暗淡灰色，它破烂不堪的样子，使它与其他废置的机件相像或可以说配成一套），他（那矮个子）把扳手扔到小货车里面，从中拿出一块破布，一边返身朝拖拉机和那位主人走去，一边滔滔不绝地讲话，手臂不时做出一个姿势指指那个残废的、满身污泥的金属甲壳动物，不停地用那污黑的破布细心地逐一揩拭他那双污黑的手的手指，来客迷惑地发呆，场景似乎继续在寂静中展开，无声电影似的，或者等于是像那修车工匠用外语说出一连串充满难懂的专门名词的字句，除他自己以外别人都不知所云，最后他大概也意识到这种情况了，那副也被油垢污迹弄脏的面孔显出厌烦反感的表情，好像受到冒犯似的，他再不采用语言来表达了，只是多次耸耸肩膀，同时把手臂分开，那弯曲的手肘举起来又放下去（双手一直连接在一起，一只手继续用那块发黑的破布擦另一只手，在这动作当中，手上突出的部分开始现出东一块西一块粉红色的皮肤，就像黑人的手掌心那样），他这样子像一只有翅膀的企鹅或海雀，后来他突然旋踵朝那小货车走去（一直拍着翅膀），把破布扔到车里，登上驾驶室，砰的一声把车门关上就开车，一边还从那开着的车门玻璃喊叫着什么话，听也听不清，与此同时，他驾驶那颠簸的小车在泥灰剥落的院子中绕了半圈，消失在那没有铁栅的正门里，长久留在人们视网膜上的是那用天蓝色油漆写在车后两扇门上的“修车”两字，还有那些一直处于梦幻、杂乱的气氛中的人和物，后来他（来客）说不出来（努力想回忆起来也是徒然）自己是怎样忽然置身于一间巨大的房间里（就是窗上摆着天竺葵的那间），里面一切东西：墙壁、天花板、地板、家具（碗橱、床、椅子、桌子、衣柜、箱子、长凳，直至按个儿从大到小排列在壁炉台上的系着丝带和勿忘草的白铁盒，这些盒子上面用洛可可式字体写出作为标记的字：“咖啡”、“白糖”、“面粉”、“盐”、“胡椒粉”等），这里所有的东西好像都是染过、水浸过或一律涂抹过一种掺水稀释的烟褐色染料，透过色层可以隐约看到路易十五时代的花结的青蓝色（事实上已变为绿色），这花结画在有锈点的赭石底色上写着的香料和调味品名称的四周……

巴黎，共和国历三年芽月九日，致总指挥莫罗将军——亲爱的将军，公安委员会寄与北部省部队信件指示它在新的命令下达之前应坚守阵地，我利用这次送信的机会给你写这封机密的信并向你提出一点意见。在我看来，你的部队的左翼北向有点过于突出；战线过长而被切断，那是危险的。再说，什么应当是你的目标？……应是掩护荷兰使其免受任何侵袭，遏制斯塔杜德里安这一派的人，加强你在桑布尔和默兹河左侧的右翼部队，注意观察莫伦多尔夫的军队。我深信普鲁士国王的诚意，但还应保持头脑清醒的戒备，即使你须将你的左翼部队后撤，也应小心守卫莱茵河和伊瑟河，即使左翼战败，那也远没有在莱茵河方面的失利那么严重，公安委员会的意图并不是给你规定死作战方案，它的命令也并非绝对不可违反。按照实际情况，现在主要的任务是打击敌人，靠敌人来供养自己，我们的部队遵守严明的纪律。还有，我的这封信只是心腹之言，你没有承诺的义务；我仅仅是把自己的想法告知，你要运用你的聪明才智去考虑和组织这些想法；我可以告诉你，公安委员会深知你的才能并对你非常信任。

桑布尔河和默兹河地区的部队将接替封锁卢森堡的部队，现在且守卫从格勒特尔河至雷弗勒墟这一段的莱茵河，只有等到摩泽尔河和莱茵河地区部队取得胜利时才好渡过莱茵河，这支取得胜利的军队将来要把在乌南格的马耶讷的部队与目前在卢森堡的合并起来，那时候就越过莱茵河两个地点，扫荡马尔格腊维亚和巴里勒格斯，进而打击在内卡河已战得疲惫不堪的帝国联军[①]的左翼，攻下菲利斯堡和曼海姆，横扫莱茵河右岸：这时桑布尔河和默兹河地区的部队将渡过莱茵河向法兰克福挺进，以形成掩护马耶讷围攻战的作战形势。

这就是现在要下达的命令，不过它将根据实际情况再加以变动。

至于你，将军，你现在是处于积极防御的位置，不过你知道，法军要能很好防御就必须保持不断进攻。

再见了，我以后将常以个人名义给你写信，希望你也一样。

……那些香料、调味品的名称写在有锈点的底色上，还有悬挂架和彩色石印画片的镀金已剥落的框架也像房间里的东西一样，

① 指当时反对法国大革命的奥匈帝国、沙俄、英国等联军。

（在这画上有一个长着棕黄色胡子的耶稣基督，他拨开他那短上衣的皱褶（这上衣过去是普鲁士蓝色的，现在变为黄绿色了）用手指点着那淡红色的四周有辐射光芒的流血的心），两幅用乌贼墨颜料放大的照片，用同样的颜料富有艺术性地画出一些渐淡的光晕，照片上是挺直僵立着的一男一女，穿的衣服也是笔挺、僵硬的，这两人已看不出年龄（虽然从照片上看来，显然是结婚时照的），在这房间里的一切都是发黄，或者更确切地说，是土灰色的，似乎（虽然过去这个房间清洁异常）现在居住在这里的人每天晚上带着浑身灰尘或泥浆进来，使尘土、田间的碎泥、路上的泥土逐渐占有了这个地方和这里的家具，甚至渗进墙上的粉刷，仅让深浅不同的褐色和赭色像单色画似的存在，在这种单一的土灰色环境中，显得十分奇特的是这里摆着一架天蓝色搪瓷铁炉，一个古老的装配着铜开关龙头的大理石水槽连同它的盛水盆悬挂在窗子的左侧，还有一把俗称“大西洋”的全新折叠式帆布躺椅，大概是在邻近城市广场上赶集的日子买的，颜色刺目，木架是橙黄染色，帆布的纵条纹具有彩虹上的各种颜色，一位病弱的瘦小老妇的变形发皱的双手颤抖地贴在那单薄的扶手上（这老妇可以说是更像一种东西：像一小束随时都会折断的柴枝、一捆无法称量的骨头，靠一种韧带以及任何时候都会断掉的肌腱的网络维持着这个已成问题的石灰石和干瘪的生理组织形成的综合体，像那些在棚屋下游荡的黄色脱了毛的干瘪母鸡的滑稽仿制品、按照人的尺寸比例的滑稽化身——但事实上，这是一位妇女：一个人，在她的外壳内部环流着蓝绿色的血液，鼓起的血管，或者更确切地说，多分叉的厚厚的管道，在皮肤透明的薄膜下它们分叉、蜿蜒、蜷曲，分明可见，使它们得到灌溉，或者更恰当地说，得到活力的，是那眼睛无法看见的神秘的液体，是各种酸、碱、盐的一系列不断的作用和反作用，是导致理性、悲伤或欢乐的心情、记忆、语言的信号的转播站，其结构异常复杂，其速度有如闪电）：对，这个东西，由管道、液体、关节、生理组织、分泌、衰退甚至是疲劳不堪的器官组成的既脆弱、短暂而又奇妙的结构（来客在想：“是这样，就和火柴一样：能够在几秒钟内燃尽熄灭的东西。”她用力使自己的身体半站起来，背部弯拱，靠着双臂支撑，她用力下压的花花绿绿的“大西洋”躺椅两边单薄的扶手也抖动起来了，分开来又合拢在一起），老妇用她那穿着黑袜的腿慢慢地抬起身来，瘦削的颈子把脸往前伸着，虽然来客请她不要客气（两个男人进来时，她中断读报，现在报纸放在她脚旁，戴过眼镜的地方在她鼻梁两边留下两个陷进去的粉红色印痕），她声音细弱、颤抖、低微，像背书似的，怀着小孩子的热切、费力用心的神色，念出一些对她是毫无意义、但记在心上不忘，像拉丁文祷辞或一则寓言，总之，一定得站直着说出的，这些字句（处于发黄的积满污垢的墙壁中间，房间里有食品杂货和宗教供奉品，再加上桌上铺的褪色漆布、灰色的草织底垫椅子和两个神情严肃、穿着节日盛装的人物放大的照片，其中之一大概就是五十年前的她），似乎（从掉了牙的嘴巴里吐出的字眼、诗般的节奏、墓志铭）都不过是一连串荒唐可笑的声音，为讲一些实际上并不存在的事物而创造出来，例如大理石柱、海洋的浪花泡沫和蔚蓝的颜色、建筑物的三角楣——后来（他（那呆子）似乎狂热起来，神魂颠倒的样子，带领他穿过一些狭窄的长廊和狭门，通过狭门时，那呆子用他的双手模拟那身体巨大的人的肩部的宽阔。他像一只螃蟹似的溜到一旁，同时逐一指点着那些护壁板从前粉成特里阿农宫灰色，现在长了霉斑、百叶窗钉死的房间（说这是客厅，那是图书室）。在这些房间的地板上堆放着抽芽的马铃薯。他还指点着另一边门面，在两个残存的塔楼之间有一个倾塌的平台，既没有围栏也没有楼梯，这平台已变为一堆隆起的泥土，上面有几株西红柿和枯萎的四季豆在与荨麻争夺地盘），后来那个狒狒人沿着一条植了树的山坡斜下的小路向上跑去，在斜坡的黏土上来客滑了一脚，马上站稳，渐渐感到冻结的泥土的寒气钻入他那双城里人穿的单薄的鞋子。他停下来，想要往后退，一边说："不……没什么关系……有太多的……等另外一天……我会再来……"呆子返身折回，三步作两步重新爬上斜坡，在黏土小路上摇摇晃晃，两腿分开，两脚一左一右地撑着，像溜冰的人那样（或像猴子或四脚动物：腰身弯成两截，几乎要跌倒时就一只手臂撑在地上，但立即又挺起身来，顽强地往上走），他的那副面孔仍然是随时会变得阴沉起来，带着威吓的神色，他抓住来客的手臂，嘴里说："到啦……就是那儿……很近……"他强拉来客继续前行，他那巨大的手像一把钳子似的抓住那想逃脱的手臂，使出似乎只有天真无知或狂怒或发疯的人才会有的巨大气力，他滔滔不绝地说着，一点也不让步，一边要来客安心，一边拖住对方半个身子，几乎强使他奔跑，两人在不久刚下过的雨形成的水洼里行走，水浸到脚踝骨，两人一起滑倒又站起来，现在每走一步，水和泥混成的冰冷的液体在鞋子里叽叽作响，经过难走的路时，那呆子叫喊着嘀啦，嘀！……嘀嘀！……嘀啦……像给一匹停步不前或受惊退缩的马鼓气，两人紧连成一整块，像一只四脚动物，来客屈服了，放弃原来的打算，让自己被拖着走，好像他变成了一个旁观者似的，似乎可以看见自己，或者可以说是看见他们两个人：样子古里古怪，他自己是穿着城里人的衣服，裤子直到腿肚都沾满了烂泥，另一个几乎是提着他走，（来客）怀着一种带有嘲讽的、既生气又要笑的抑制着的忿怒想着："两个醉鬼……或者更确切地说，一条狗，一条大狗硬赶一头牲畜往前走，要赶到哪儿就赶到哪儿去……"过了一会儿又想："一条狗，我想得对……完全是一条狗……"现在他站在湿漉漉的草场上，望着自己的双脚，呆子跪在地上（前几天这里下过大雨：现在是秋天，但在堆成地毯似的枯叶之间冒出一簇簇季节反常的嫩绿的野草。这些枯叶呈棕褐色、铁锈色或赭石色，有的已开始腐烂，变黑发黏，叶子的脉络只剩下架子，但仍清晰可见，有时围着橄榄色的条纹，这些脉络在黑色稠黏的衬底上分布成星形，枯叶层有的地方堆得很厚，脚踏下去像深陷到如同寂静本身的东西里，像走在寂静上面，在这深谷里，寂静不仅可以听见（这就是说，在其中人们可以感觉到最细微的声音，感觉到鞋底静悄悄踩上正在腐烂、胀成海绵似的植物黏糊的混合物，感到一片落叶极其轻微的窸窸窣窣声，它从一根树枝轻轻地滑落到另一树枝，在静止不动的空气中像一根褪色的金羽毛在摆动，没有重量，转瞬即逝的一叶最后无声无息地落在红与褐杂色的地毯上，与其他的树叶混在一起，不久也就开始腐烂了），而且（这种寂静）可以通过某种人们能呼吸到的东西感觉到，通过那潮湿的新鲜空气可以感觉到，这空气含着一种有毒的幽香，但不是来自死亡、垂危、腐烂；而是（该怎么说呢？）出自蜕变：肥沃的土地、泥土回收自身所产生的滋养的东西，回过来再拿这些东西滋养自己，使软绵绵的身子鼓起，当雨开始落下时，平静的土地产生另一种寂静，一种弥漫性的寂静，一种轻微的响声逐渐扩散到山谷植了树的斜坡上，最后把两人全部包围了，在这响声中间插入从最后的一些枯叶落下的几点较大的雨滴声。雨点有时在近处跌落在腐烂的地毯上发出沉闷的声响，有时在较远处落下，似乎通过同样的清晰、有间歇的震动的重复——像诗歌音步的划分，像钟表一个无形的构件的跳动，耐心而又漠然地数着时间连续的小串珠——把空间扩大了），跪在潮湿的野草中的呆子，对雨水和烂泥无动于衷，一脸兴高采烈的神色，朝那刻在表面呈粒状，已受到侵蚀的石块上的碑文、墓志铭指去，来客俯身去看刻在上面的文字（或者可以说，是在石碑上浅浅凹入的地方，在一块块地衣苔藓之间，猜测刻着的字——橘黄色的地衣斑点汇集成一片，像吸墨水纸上的渍点渐渐地扩散），为了说出这些字，那抓着靠背椅扶手的老妇人曾站了起来，那开头的几个字（希腊、斯巴达）重新出现在平静的雨下，在雨水、吸满水分的泥土和正在腐烂的叶子发出的宁静、清新的气息中，似乎显得更加异乎寻常而且奇特，呆子说得很快："您看见吗？……您看见吗？……"（又重新用他刚才说"这不是我的过错"那句话时那种含混、粗暴、支离破碎的讲话方式，）他的手指沿着"玛丽安娜……"排列成行的字母移动，同时嘴里念出来，接着用指甲把石块上的黄色鳞片状地衣刮碎，口念"阿塞尔……"，名字的末尾全看不见，石块在这地方出现裂口，较远一点，字划又重新显得清晰，写着"希腊美好的日子"，接着指甲乌黑，手指头呈方形像铲子似的手往下移一档，又再从左往右移动"在斯巴达"这几个字上面逐字移过去（雨继续地下，也许下得更密，更大，它总是耐心持续地没完没了地下着，在杉树几乎没有叶子的树枝的那边。山谷斜坡现在披上灰色的面纱，往后隐退甚至消失了，好像是处在一个没有边际没有轮廓的中心），接着出现"本来自豪受到表扬"这些字，手指又往下移一档，迅速地刮落一块地衣（下面的石头嵌着泥土，呈棕褐色），声音又逐一按字母拼读"她有过"（依然是密密麻麻的雨没完没了地下，它发出微细的啃啮声，像具体化了，或者可以说是声音化了，越来越密的大雨千万次有节奏地敲打，时间被分割成千千万万无穷小的分数、分秒、年月、世纪……），石上刻着："在任何国家里，不论牧女或公主……"一直跪着的呆子直起身来，整个人转向来客，眼睛盯着他，激动、狂热地重复说："公主！"接着又再说了两遍，或者更确切地说，不连贯地重复说："您看见了吗？您看见了吗？"（现在他的声音中含着对抗、狂热、忿怒的情绪）他又俯下身子，手指又摸着石碑，一停一停地跟着字行往前移动："固定全部的视……"（大概他背得出刻在石碑上的那些模糊的条纹能够让人勉强猜测出的内容，那被风雨侵蚀剥落的哀悼、惊心的痕迹，"视线"这字眼，像字母或词语的鬼魂一般出现。）在"获得同样的接待"这几个字之后是一行空白，上面没有任何刻写的痕迹，仅仅呈现出光秃秃的、冷漠的灰色石面，呆子动也不动地沉默了一下，好像在石头刻的书页上浏览的眼睛在辨认沉寂与哀伤所表达的东西，后来那四周发黑的指甲，那手指又重新开始沿着几乎看不清的一行字母移动，在稍后的地方可以猜测出上面刻着"她到卡勒泊"，声音同时念出，接着停顿下来，上半身再次挺起，迷惘的眼睛痛苦地凝视着他们四周隐没的景色，以及逐渐溶化的浸满雨水、泪水的山谷，声音喑哑地重复说"到卡勒泊"（像一头野兽发出的声音，像聋子在学说话），头向后摆，下巴指指稍下面的溪流、水漫的草场、凝结起来的发光的水，稠密的雨点在水面上画出银色的圈子，最后上身又俯下来，呈方形的指头慢慢地在省略号上逐一移动，接着迅猛地移到最后的一个字，声音现在变得异常激动，充满真切的痛苦和绝望说道（不过没有手指移动那么快，也许来客的眼睛已经扫过墓志铭上的文字——但没有阅读：不需要看到这些字之前就知道了，那张年老没牙的嘴巴刚才念时他已听到）：“……这就是她的棺材！”浓密的雨水现在在那张朝他抬起的温顺而又粗野的紧皱着的痛苦脸上流淌（同时容光焕发，像被一种自豪感和幸福感所照亮），像泪水似的在面颊上形成两道漫长细流蜿蜒流下，有时积聚成闪闪发亮的水滴挂在没刮干净的下巴上，在没有滑落下去之前一直抖动着，被雨打湿的黑色粗布上装的肩头发出钢灰色的闪光，来客望着他站起来，以机械的动作揩拭他那灯芯绒裤子膝盖上潮湿的黑印（其动作之认真和仔细倒有点可笑，如同刚才那修理工揩拭布满油污的手一样），来客的眼睛又一次望望他们四周的景物、山谷深处、溪流、植成方形的杉树、点缀着被风卷聚在山楂树篱下的枯叶的金色斑点的还呈绿色的草地（山楂树的像三指小手套的小叶子也开始枯萎，呈粉红、橘黄、珊瑚红各种颜色），他本能地用眼睛在寻找着……

米兰，共和九年雪月十七日。致女公民巴蒂——亲爱的巴蒂，现在已到二月份了；要吩咐路易·科泰叫人认真管理好全部葡萄藤，包括小径树林里的和北屋里的在内。希望他对每株藤都好好照料，使来春长得更茂盛。现在要叫人种上麝香葡萄，我想种在地上圈起来的果园里；如果仆人们没有时间去种，那就交给一个雇工去干，工钱按一般惯例计算，要选择能干得又好又快的人；要记住我只要种麝香葡萄。叫人在喷泉的墙垣四周以及它前面杨树四周种上常春藤；要当心仔细种好，因为常春藤最易生长，倘若不长，我会推测那是因为您没有用心去做；不要忘记叫人去看那些种在喷泉葡萄架四周的葡萄，要是有缺少葡萄植株的地方，那就补种上麝香葡萄。我曾经吩咐布朗夏尔更换小河旁和岸边的柳树，而且要种得很密。您要叫人把波尔那泽的柳树修剪枝子，把草场沿边的全部壕沟里都种上柳树，在这种地方柳树会长起来的。您告诉我，您已经织了三十五尺[①]的下脚麻布和十二尺的粗布。这算不了什么：一个家庭需用很多的日用布制品；我不满意您织了这么少，应当每年每一种布织五百尺；要在布里掺麻纤维，拿去纺纱，如果加工费便宜，那就付现钱，如果不便宜，就付以部分原料，加工费用我照付；既然您在我家，我的橱柜就应充满日用的布制品，但事实上我的这种用品很少。

全部的篱笆和枯死的小树是否都已更换了？

要收集树叶，很多的树叶，大量积肥。

北屋要种上小葡萄植株，全要麝香葡萄，在果园中间要留下一条六尺宽的通道，其走向一如去利倪的方向，同样宽度的另一条要沿着从商人之路向下按斯特雷波拉走向的墙垣建造，要当心使葡萄种在合适的犁沟中，不要像蒂朗那个混蛋过去干的那样。

夫人向您问好，我的儿子身体健康，我拥抱您。

……他本能地用眼睛寻找另一块本来也应该是在那里的石碑，另一个遗迹（因为不可能称之为一座坟墓，至少不像人们习常见到的那样的坟墓：上面没有十字架，没有天使或哭泣的小天使的石像：人们会说这是一个喷泉池或古代的一座俗人的墓地，庄严朴素典雅，如同古罗马庞贝城为家神或维纳斯女神所建的祭坛，刻着墓

① 这里指的是古尺，每尺合一点二米。

志铭的模糊的直立的石碑上端有一个三角楣，在挡雨披檐有裂痕的突饰下面，仅见刻着一个日期，四个数字：1、7、9、0，别无其他），大概是，不需要说话，那呆子就了解来客要问的问题，他又用那特别的方式急速地说了起来，好像呼吸短促上气不接下气似的，来客眼睛随着他的手指所指的方向，朝上望那座城堡（从他们所在的地方看去，被刺破的灰色天空中，出现一片灰色的东西，孤零零地屹立在被遮掩小村庄的山顶上，呈现出一副不同于平常的样子，像在一块铁皮上剪出的一个剪影，有缺刻、夸张、带有戏剧性），从附近树丛中冒出教堂的石刻的十字架，来客在想："什么？十字架？……他！……十字架！……"他高声说："他的坟墓上的十字架？可是为……"呆子于是解释道，由于新开道路，坟场被截断，坟墓被糟蹋，因此只有把十字架竖在钟楼顶上，来客一边与心中的怀疑、惊愕斗争着，一边说："不过，在哪……"呆子做出一个模棱两可的手势表示不清楚、无能为力，嘴唇无声地动着，脸部忽然呈现出仇视、恐吓的神色，好像他在怀着一种阴郁、绝望重复念着几个可以使他得到赦免的字，念着一种能使他洗掉任何罪愆，防止或回避任何责难的符咒："这不是我的过错！"来客感到惊愕，像刚才那样一半惊讶、一半想笑，心里想着："这不是真的。这不可能！"好像一切（坟墓被糟蹋，吼叫着的掘土机的爪子粗暴地乱扔白骨，把它们与老仆和旧有的奴隶的骨头投到共同的墓穴中混在一起），好像这一切都是经过一种并非出自嘲弄、戏谑而是按照一种合乎逻辑、理性的力量组织、安排决定的，是为了越过死亡、腐烂以完成某种独特的命运：它既是狂暴、亵渎，而且难以约束，甚至可以说难以制伏（来客在想：不仅如此：还有别的，它比那砍掉头的国王的鬼魂更纠缠不休，更强烈有力，甚至比那死去的年轻女子的鬼魂更厉害，人们拒绝把这位信奉新教的女人安葬在基督教徒的土地上，为此，他在潮湿的小山谷中偏僻处，建造了一座孤单的陵园，而在他死后，人们违反他的意愿，不让他与这女子合葬在一起，她是在观看歌剧的一个晚上被征服、诱惑的，从她那北方平原的祖国被带到这里来，被诱拐离开了那到处是运河、船东、钻石商和呢绒商的故乡城市，在这离开海洋很远的荒僻地方上建立的一座荒凉的城堡中，过着闭门不出的生活，违背自己的意愿安身在一些半野蛮的人中间，处在一些戴有衔头和具有没落的贵族姓氏的农人组成的家庭中，因一匹种马似的男子而怀了身孕，接着被抛下孤零零一个人，而四周是一些心怀敌意、虔诚信教的粗野的人，她之被遗弃不是使一个对手、一个女人得益，而是有利于某一事件，对这一事件任何女人、任何男人都无力抗争，在多少年中，它将毁灭儿童和成人的生命，把城市、王国，然后是整个大陆搞得乱七八糟……）黄昏很快降临（或者是由于云层又变得浓厚），雨下个不停，像是存心一意地下，现在城堡（废墟）在山丘顶上显得黑黝黝一片，教堂的十字架也是黑的，呆子又滔滔不绝地在说话（他们两人在雨水浸湿的小路上重新往上走，在泥泞里滑步，身体失去平衡，你抓我，我抓你，每次呼气时他们的嘴唇间冒出一股灰色的水汽），他用那由于往上爬而上气不接下气断断续续的声音一一计算清点全部住在小村庄或四周农舍里的同姓氏的人（好像是为自己洗清亵渎先人遗骸之罪，但似乎又带着一种不大重视、轻蔑的态度明显示意这些人都是远亲、旁系，不值得重视，没有什么权利值得看重）：其中有一人是咖啡馆老板，一人是佃农，一人是马蹄铁匠，一人是牲口贩子，一人是城里的汽车库工人（也许就是修理那个小货车的工人），还有其他职业的，似乎巨大的祖先身后留下两系子孙，一系是出自私生子，是不合法的，只能享有他的姓名的三分之一（或更确切地说三个姓名中的一个），这一系的人像旧日的奴隶与土地拴联（或更确切地说攀缘、生根在土地上，组成的人员是手艺工匠、种地的人以及其他今天替代饲马员和马车夫之类的人，这就是说，他们配备的不再是铁齿刷、马刷和长柄杈，而是活络扳手、油泵和千斤顶），另一系（另一种家世），出自直系的继承人，可以说享有全部的权利的人，这一系的人——如果人们认为适于传宗接代的只有男性的话——将在那居住在离此地三百公里的老太太身上绝嗣（事实上，已经绝嗣了），这一系留下的痕迹只是一系列的样子刻板的人物，神气十足的画像或照片，连最后一块石子也抵押掉的地产，这座过于巨大的房子像是一个世纪自豪、富裕、故意摆阔的生活荒唐可笑的住所，这座不顾破产（或不承认或咒骂这桩事？）购置的过于广阔的房子，有入门的庭院、花园、大而无当的地窖、现在不养马的马厩、地面铺石的堆放工具的库房，那里面现在不是停放旧式的双篷四轮马车和敞篷四轮大马车，而是夏尔叔叔的老福特牌汽车孤零零地不恰当地摆在那里，高高架在轮子上，瘦骨嶙峋的样子像是某种奇形怪状的昆虫（包括车身、帆布车篷、突出的车灯、挡泥板、灰暗的油漆、散热器的端部）——二十多个房间、两个客厅、平台、阳台，就在这阳台上，这个姓氏的最后一位男丁曾经让人拍照留念（拥有这个姓氏的一个人曾左右那次致命的投票，曾在后来骑马走遍欧洲，现在这姓氏的开头字母仅出现在用烙铁印在采杏子用的梯子上或用刷字板印在装酿酒葡萄的马口铁桶或大酒桶上），他斜坐在一张椅子上，癯瘦、傲慢，一件皮毛大衣披在那缩起来的肩上，头上戴着一顶卷毛羔皮直筒帽子，手里随随便便拿着银圆柄头的手杖，稀疏的胡子像中国古代官员，鼻子像鹰嘴，颧骨突出，神色严厉、傲慢、刻板，像奴隶主或浸礼会的牧师或高加索哥萨克的酋长，四周围着他的儿孙和他的女儿们，从中可以辨认出那位老太太，那时她并不显得比现在年轻多少，似乎永远是个老女人，好像预感到来日不幸而不安，已经是满面忧伤，她命中注定要像患梦游症者那样糊里糊涂在走廊下没完没了地游荡，这些走廊不论冬夏墙上总是发潮，贴的墙纸颜色已变得暗淡，发霉，变硬，剥离）……

每月一次，老太太把几位旁系的或比较亲近的亲戚朋友请来与她的家人（或者更确切地说，她家的残骸）相聚，在这种时候，她就把大客厅打开，在其他的日子里这地方是双重锁住的，除了像这种盛会，平常禁止入内，这时大厅灯火辉煌，展现涂金的装饰、丝绸幔帘、摆满珍贵的小摆设的玻璃橱，这些小珍品是特意为这阴沉的生活中一个晚上拿出来或者可以说发掘出来的，在其余时间他们在这宅邸深处一直过着阴森森的生活，关闭的大门油上棺材漆，门柄是发黑的乌木制的，从开向阳台的门窗洞透进来一点灰蒙蒙的亮光，像教堂内部那样，整天停留在屋内，一些重新用白色椅套（或可以说，在灰色的光线中呈白色）罩上的靠背椅排成两行，这些人面对面坐着，像鬼魂集会，他们瘦骨嶙峋，皮包骨的手搁在扶手上，稍微提一提裹着身体的裹尸布，样子庄严肃穆但面目模糊，在墙角那里的长沙发后面摆着的一个巨大的半身像，呈现出阴暗、模糊、灰白的形象，从塑像的底座上居高临下俯视着他们，这半身像的肩头披着大理石尸布，面容威武，同时又显出宽容而含有嘲讽的神气，一道既含有荣光、尊敬，又含诅咒的神秘的光晕环绕着它，跛脚的老仆人定期雇人用鸡毛掸子把上面的灰尘掸去，由于这种聚会，请来了打扫、擦地板的雇工，对这些聚会，日后在孩子们（或者更确切地说，当时是小孩的人）的记忆中，与打蜡、流汗、灰尘飞扬的持久不散、有点阴森森的味道密切相联。

人们剥去椅罩，把地毯横搭在阳台的栏杆上拍打，地毯散发出一种事物衰败产生的淡淡的幽香（苍白的玫瑰花串，与褪色的涡形装饰交织的颜色暗淡的花环），枝形吊灯的水晶坠子忽然被过堂风吹动打乱了，在一阵阵清脆、轻微的响声中互相碰撞，像微微刺耳的音乐，在它的乐声中，木偶似的人移步、转身、弯腰，他们穿着侯爵或牧羊女的服装，既优美又令人伤感，像萨克森陶瓷制品或像用水彩画在扇面上金色弯来扭去的曲线中间的人物，这些象牙骨的扇子展开着摆在那些充满精细、珍贵的东西的玻璃橱里（里面还有螺钿枪托的手枪、珍珠绣花手袋、佛罗伦萨出产的匕首、盐瓶），这些东西聚集一起放在蒙着锦缎的架子上，像是清点财产似的，一整套的象征着原始和粗暴行为——如谋杀、以货易货、交媾——的东西，上面饰有细小彩画，既漂亮又珍贵，但又有失体面，这些见不得人的东西已经锁起来了，可以说起不了什么危害作用了，它们好像是由于一种迷信、敬畏心情而保存在那里的，像这些生活中熟悉的或异常珍贵的东西一样，像这些武器、珍宝，这些用以伴随在阴间的某位死去的统治者的高脚酒杯一样，那位伟大的祖先永远是时时君临一切的，被雕刻在两百公斤重的大理石上，一百年前用大车从遥远的城堡运来的，局外人似的被安置（也可以说是被流放）在浮夸、过分广阔的邸宅深处，而庞然大物的尸体刚冷，叛逆的儿子就迁徙了，一个玳瑁鼻烟盒盖上画有这儿子的一个微型肖像，粉红色的脸胖乎乎的，爱赌气的样子，头上披着大概是从他那荷兰母亲遗传下来的金发，梳成鬈毛狗的样子，他廉价出售了祖传的一堆古老宝石后就远走高飞了，同时还脱去、抛掉那有贵族标志的上衣，开始那阔绰的、游手好闲的没落生涯，对此，那位双眉紧锁、神情严峻的老祖宗的半身像似乎在警惕注视着，他怀着一种机智的忍耐，一种对灾难的麻木，像那从流血的分娩中脱身出来精疲力竭的时代，他渴求得到尊敬和利益，在流产的革命中失足绊倒，对殖民地进行横征暴敛性的征服，而身后留下《沙龙》杂志全套作为正式的见证，这些杂志是那位假浸礼会牧师（叛逆子的儿子，老太太的父亲）逐年购买得来的，书名（《艺术家》）可以从那红皮精装书脊上的金字看出来，这些装订本把陆续出版的分册合订起来，放在有玻璃门的乌木大书橱的架上，按标上的年份排列起来，她（老太太）怀着高乃依式的孝顺精神把它们像不可碰触的圣骨一般收藏着，这些杂志也是加锁存放的，也许并不大怕会被偷掉，更多的是为了免得小孩子们看见（后来在清点和分摊财产时他们将会发现）那安德罗梅德[1]或那些外阴拔光阴毛、身体前仰后合、浑身丰满多肉、毛发全都剃光的古代土耳其后宫中女奴苍白的裸体，像那些充满东方风物画和神话中九霄云里脸色苍白的淫荡魔女，这些裸体画鬼鬼祟祟地出现在《吉斯公爵被刺杀图》与像患萎黄病似的寓意画或黄昏放牧归来图之间的一页中。

仿佛在一定的日期，她觉得她不得不为某种礼仪作出牺牲（通过老年，重获一种不会生育的童贞，成为一个充满哀伤的贞女，负责的职守不是维持火焰不灭，而是保持某种长久以来已经熄灭、被遗忘的东西），一旦发出了请帖，选定了菜单，选好宴请时饮用的酒，绿色的花草布置妥帖，她大概就认为可以满意了，似乎对这件事从此也就不再有兴趣了，仅满足于出席坐在那里，嘴巴微微张

① Andromeda，传说中的埃塞俄比亚美貌绝伦的公主。

开，面孔像石膏一般发白，眼睛下面显出发蓝的眼泡，像活鱼缺氧，像一条双目无神两颊呈鳞片状发出珠光的鲷鱼，她苦恼忧愁地、庄严刻板地主持那没完没了的晚宴，眼睛茫茫然呆望着，用手一挥命人拿走她几乎没有碰过的菜，有时点一点头表示同意（这就是说，当她似乎迷失在另一个世界里，被其中的深沉的寂静所攫住而有所警觉，对身旁那个老头子的说话停止倾听时），这老头子讲的话（在小孩子们看来——老太太的孙子们——这些亲友都是年纪很大，都是一样的庄肃、严厉，有点令人生畏），她总是安排他坐在自己右边的座位上，出于一些说不清的原因，或由于沾亲带故的关系，或因他处于优先地位，这老头子像侏儒，身高仅及她的肩头，好像是从一个散发出樟脑气味的衣橱或盒子里自己跳出来的，与老太太的衣裙出于同一地方，老头子和她组成漫画般的、令人毛骨悚然的一对，而他是担任演唱的……

飞机第一次袭击。共三架相当慢地并排飞行，朝着东面飞去（是执行任务后返航？），它们的路线斜切过那铺着石头、边上植着白蜡树的长形笔直的山坡，在这山坡的一侧，逃难的人的队伍朝与骑兵行进相反方向流动。看见飞机出现，逃难的人扔下他们的手推车和行李，跑离公路或卧倒在壕沟里。三架飞机在一般的高度上继续笔直地飞行（在机身上可以清楚看见黑色的十字），看来它们对公路并不注意（不过，大概由于浓密的树叶遮挡着，路上挤满人，不大看得清）。头一批炸弹突然在田野上（或者更确切地说，绿色的麦田里）左后方爆炸，与其说是爆炸，不如说是响起一阵急速连续的爆裂声，一丛烟火和尘土飞腾而起，好像这个炸弹或这些炸弹分裂成许许多多的小炸弹，连续迅速地炸开，有点像烟火燃到最后喷出一簇簇火光。

实际上这一切是发生在一瞬间，几乎是同时到来的，事后他也不可能确切地说，情节的不同段落是以怎样一个次序进行的（例如：譬如说，先是出现飞机隆隆响声，然后逃难人群发出恐惧的叫声，四处逃遁，接着爆炸声，这时他转过头来看见冒出火星和闪光的一丛灰色（或灰褐色）硝烟——或者是相反，逃难的人先开始奔跑，不知是什么缘故，在听到飞机响声之前就已经看到它们，还是在逃难的人开始奔跑四下逃窜之前，由于他们惊慌的叫喊引起注意，或者是在听到飞机隆隆响之前，一连串的炸弹已经落下，是炸弹爆裂使逃难的人群四处逃遁，还是事情发生不是按照这样的次序进行的）。

这时，三架飞机的路线已横穿过公路的中心线，它们好像是漠不关心地飞远了，似乎只是在返航的路上把自己多余的载重卸掉。

就在这时候（就是当它们飞远的时候），第二颗炸弹——或者是第二批炸弹——爆炸了（因为震响是连续不断的，好像是第一次爆炸内部附带的爆炸，所以给人的印象好像是有许多炸弹在爆炸），仍然是在左后方，但这一次很靠近公路，震耳欲聋，以致他以为自己受了伤，大概是被炸弹的气流击中，他感到这（气流）像在自己全身上一种连续、急促的震动，像是拳头猛击，与此同时，他似乎感到眼前一片漆黑（要不然是他本能地闭上了眼睛？）：一种黑色、棕色的东西击碎了，一些三角形的东西滚下来，像四下飞溅的无数玻璃窗碎片（虽然事情发生在田野中，四周并无房屋），这些三角形的碎玻璃的边缘光亮耀眼，声音（现在不是爆炸的响声，那又是什么声音呢？）像是打碎玻璃的哗啦啦震响声，与此同时，一种乙醚的怪味直刺他的鼻孔。他总是在一瞬间感到这一切，感到身下那匹母马在向前奔驰，这就是说，感到在他的大腿间马的强健的肌肉和骨头的组合物一收一缩，当他重新张开眼睛时（或当他重新看见东西时），他正在骑马飞奔（或者更确切地说，他的母马正夹在一些马中——有些是没有人骑的——飞跑），已经几乎跑到刚才他们开始爬上去的那个铺石的长山坡的顶上，他猛力拉缰绳，来回拉动马嚼铁好重新把马控制住。这一切动作都一直是在糊里糊涂、半知半觉中进行的，他一直以为自己受了伤，虽然并不怎么感到疼痛（他仅仅是出于无意识的反射作用，保持坐在马上和拉紧缰绳）。到了他终于使马重新快步小跑时，他已完全到达山坡顶了。在这顶上的公路，边沿上再也没有树了，整个地方没有任何东西遮掩。这时他看见三架飞机向后转朝他飞来，这一次飞得又慢又低，两翼微微晃动，像准备着陆的飞机。飞机的身影迅速增大，这时，他听见机枪哒哒的声音越来越响。他把自己的母马抛到左面横道上。

……用一种干巴巴、带鼻音的声音，他（那矮老头，那贵宾）滔滔不绝地说话，或者可以说是独白，在那教训人的语气中透露出像是误入不该去的地方，来到此地是出于屈尊相就的人那种傲慢不逊的态度，在他与老太太之间不仅财产大为悬殊（尽管他的葡萄田遭到葡萄根瘤蚜虫病害，他仍然非常富有），而且存在着（至少他这样看）一道不可逾越的鸿沟，他极力通过他的举止、刻板的态度，掩饰不住的（或者是在他表面彬彬有礼的态度后面，故意展露出来）咄咄逼人的性格，使人感到这一点，而且动不动就提到他那毫不妥协的保王党的信念，也许是他认为这种信念与他引以为荣的贵族姓氏是不可分割的，或者是他由于一种天生的同情心感到自己与那个不幸的锁匠国王[①]有相联的关系，他与这位国王一样喜欢修修弄弄小五金，似乎他的百万家财、无所事事的生活以及极端的言论使他与众不同，使他不用更新衣着（他总是穿着那磨损、寒酸的总是一样的上衣），使他认为有必要亲自动手制造一系列巧妙的小东西，从巧妙的领带到削橘子皮的特制小刀，样样俱全，他一边展出这些东西一边评述其优异性能，小孩子们既惊怕又迷醉地看着他从胸袋里掏出一个匣子，从中抽出一件像绷带或牲口的衔口之类的东西，他得意地把它在光亮处举起，像拍卖研碎菜蔬的磨子或捣菜泥器的表演者一般，他把那绷带似的东西在自己的后脑上用两根绳子系住（每一个动作总伴有评述），他那翘起的大胡须就像隐没在一个长方形的小口袋中，接着他再昂起头来……

这一次的文件是印在摸起来很厚的一种奶黄色有点卷缩的纸上，手压机像在一种永不损坏的物质上印出凹形的铜版字体（用手指摸一摸就会感觉到），是手工描画出来的，不完全规则整齐，有的并且显出轻淡的墨迹，方方正正，毫不含糊。

整个文件不满四页八开的纸，只用一根普通的线打结装订而成，第一页的开头是用小型大写字母印着：

国 民 公 会

这几个字用两道横线框住，下面印着：

① 指平时喜欢以修修弄弄各种锁为消遣的路易十六。

意　见　书

J. P. L. S. M.

塔恩地区代表

对路易·于格[①]审判的意见

据国民公会命令印出

我曾经命人登记以便对许多重大问题发言；虽然会议开始时我为达到此目的采取了措施，但我被排在顺序第一百人，甚至还不止于此。我甘心多次让自己的意见作废：我无意启迪我的同胞；但对这次讨论过于长久的问题，不论采取任何一种态度，甚至保持沉默，都将得不到正确的理解，由于我的意见未能得到听取的机会，我立意写此意见书，如果我对国王有罪，我宁愿负罪到底。

路易是否有罪？……几乎所有的人都认为他有罪……那就好办！要是他有罪，那就必须或者撕毁权利宣言[②]，或者对他加以惩罚。有什么理由中断你们的审判？……出于正义吗？……拖延惩罚一个有罪的人是违反正义的……出于政策吗？……让我们好好想一想。你们认为一种胆怯的行为就能使各列强让步？……你们相信回避审判就可以减轻自己的责任？……国民公会中充满何等懦弱？……难道一个共和国是这样建立的吗？……难道是这样支持我们的战士在一七九二年革

---

① 国王路易十六作为平民的本名姓氏。

② 指一七九三年发布的《人民与公民权宣言》要求人类平等、公民有工作和受教育的权利，甚至对压迫者反抗的权利。

命所显示的力量？……你们曾经立誓不自由毋宁死：既然如此，外国列强对你们有什么紧要？你们认为列强如果变成最强有力者，你们所有的人就无须为曾经敢于说出共和国这个词而付出自己的头颅吗？……为什么我们把案件移交初级法庭？……是为了弄清我们在这里办理至今已有数月的案情吗？初级法庭知道……

……接着再次昂起头来，（那侏儒）这时展示出他那被横缚的带子把脸部硬分为两半的蒙古人面型，这带子好像是为了掩盖一道可怕的伤痕，可能被长马刀把脸劈开直到鼻子下部这样一道伤痕，他每喝一匙汤就发出声音往外吹气，对他的一举一动，孩子们都同样地沉默无言如痴如醉地追着看，现在他们的眼睛凝视他那在吊灯的亮光下轮廓分明的面孔，这干枯的脸上用一条发黄的皮绷带横缚着，像死神显现的样子，像那些经过巧妙处理后缩小到拳头般大小的印第安人的头颅，像一个不祥的人物，他在老太太身边出现（虽然孩子们说不出到底是什么缘故，他们无法把摆在大客厅里的那个半身塑像所产生的印象与这侏儒的充满恶意的行为联系起来），在孩子们模糊的感觉中像是一种冒犯、亵渎，老太太似乎是用一种莫名其妙的赎罪苦行来折磨自己，她坐在那里，面对着她仅仅尝了一尝的盆子里的菜肴，陷于沉思之中，思虑着这一系列的不幸遭遇，葡萄根瘤蚜虫害大概在她脑海中隐约出现，还有一连串使家庭受到打击的死亡，这场虫害像不幸的顶峰，命运的报复，是对于在动荡暴乱中获得的财产的无法逃避、时间相隔已久的惩罚，她认为自己大概命定要为这种惩罚永无尽期地抵罪，她甚至安于（如同她保存那套下流猥亵的《艺术家》全集一样）终身佩戴那个玉雕别针，每当举行这种晚会时，总用来扣紧上衣领子，或者更确切地说，扣紧那件每月才拿出经过拉平、刷干净后穿上一次的上衣，（也许是为了节约（虽然她有巨大的房子、相当宽裕的收入、土地、家具、珠宝、家用布制品和银器多到放不下的橱柜，但总是摆脱不了破产和贫困的噩梦的困扰），对，也许是为了节约，她平时用丝制纸把这上衣包好，仔细地置放在某个地方——或者是出于顽固地忠于她的寡居、她的时代和过去流行的式样，她总是叫她的裁缝重做同样款式的上衣，）这种维多利亚时代式样的上衣有许多直裥，绣上炭黑色的宝石，只要她的身体一动，或叹一口气有时使她那柔软的胸部鼓起，这时这些宝石就闪闪发光，像那些在墙上乱撞的瞎眼大苍蝇的前胸，呈现深蓝带有金褐色和病态绿色的反光。

一方面，城堡（或者可以说是废墟：被他（那叛逆子，昔日的海军尉官）转让给一位采石厂主，这人很快就动手把城堡拆掉以便出售石料，但房屋左翼一旦拆完，采石厂主发现这样干不合算，于是再次廉价出售，大概就是卖给那个呆子的曾祖父重新修补粉刷了一番），或者可以说（像后来停在院子里的那辆破拖拉机）马马虎虎修理一下，作为农舍使用——另一方面，这巨大的陵墓似的房子中央的大客厅每月一次灯火辉煌（反衬了那同时作为厨房和住房的被熏黑的房间，形成带侮辱性的对比——至于那个呆子，大概是和牲口睡在一个什么地方，或睡在牛棚里，也许是在走廊上，也许是从前的图书室里堆放着的发芽的马铃薯上），通过那灯光明亮的落地门窗，人们从外面穿过小棕榈树扇子状的尖形叶子和摆在阳台上装饰性的绿色植物之间可以看见枝形大吊灯的水晶坠子像钻石般闪闪发光和假的蜡烛发出闪耀的光辉，这故意摆阔的豪华场面与同时在笼罩着那贫瘠多石的高原上黑暗里保存着的微光相应和，这发黄油亮的微光大概在三盆天竺葵的黑色剪影后面微微抖动——或者是已经熄灭很久了：那巨大的废墟在沉沉黑夜中漆黑一片，沉寂零落，阴森可怖，就像一大堆石头靠着一种说不出的石头固有的顽固性，以不容置疑的、瘦骨嶙峋、饱经风霜的姿态，屹立在那里。

两种废墟，虽然外表不同。一种是屈从接受（或傲慢地公开表明）作为废墟的资格（或身份），另一种可以说是废墟的保存或更确切地说，废墟存在的延长（像人们为了延长一个垂死的人的生命采用输血、输氧和注射），这个大摆阔气的破旧剥落的客厅，尽管曾是金碧辉煌，摆着水晶的多枝烛台，大量的灯光直泻在过于隆重的晚宴后聚集在这里的人身上，但像一幅特大的布景竖立在老太太的四周，她穿着一身波纹闪光的黑色衣服，身体蜷缩在壁炉的一角里，对着一位女友或远亲女眷坐着，眼神发呆、迷迷惘惘，有时弯腰拨旺炉火，她听不见客厅里客气而又混杂的谈话嘈杂声，如同听不见那跛脚老女仆四处捧着那托盘上玻璃杯发出的清脆响声，这些声音都被那侏儒的带鼻音的声音所压倒，现在他拿掉那保护胡子的带子一直坐在打桥牌的桌子旁，总是故意地背对着那座大理石半身雕像，夸夸其谈，评论打出的牌，对牌友不是冷嘲热讽洋洋得意就是加以训斥，以老箍桶匠似的灵巧的手指拿着纸牌，用他那双干枯的手打牌，把分成两半并列摆好的牌噼噼啪啪地混在一起洗，然后（那侏儒）重新挺起身子，再次分牌，他的角质的烟嘴（他用心亲自制造的）夹在左手两指之间，与此同时，那些印着国王、王后，还有那些穿着鲜艳的紧身上衣、面如陶瓷、毫无表情、神秘莫测、掌握什么神秘法术的侍从的五颜六色的纸牌，陆续摔落在绿色的桌面上，它们轮流或彼此配合，结成同盟，或相互消灭，你攻我打，轮番变化，这些牌散落在那捉弄人的战场上，又被收拢起来重新混合，准备好在短暂相遇和短暂的阴谋造成的偶然机会中再次进行对抗。

后来老太太死了。孩子们被唤进来跪下……

米兰，共和十二年风月二十日。亲爱的巴蒂，青草生长的时节快要到了。现在需要好好地把种金花菜的园地、草场，种苜蓿的田地里的小石清除，您叫人把大田那地方的石头运到我为了到小榆树林种植区去曾命人修建的交通道路上去；法勒吉埃尔那地方的石头，需要搬到那条道路上去。

已有两个月了，您写信告诉我母马纽米德、埃默罗德、小美人和费尔瑞都怀胎了，从那时到现在，也许会发现别的母马也怀胎；叫人好好看看去年和公马穆斯塔法交配的诺曼底、迦太基和多巴兹，以及和其他公马交配过的母马玛戈、科地区女人、摩尔海岬女人，叫布朗夏尔在它们喝水时好好观察，以后每次来信都要把情况告诉我。

在配种之前的一个月，要好好喂养穆斯塔法，要让它吃些燕麦，现在是着手这样做的时候了。

要追加肥料！现在要把肥料留在城堡里种植大麻和马铃薯。至于堆在田里的肥料，您叫人每次在田里加上好泥以后就撒上去，覆盖田上的好泥要达两指厚，这样太阳就不会把田晒干。

夫人向您问好，我的儿子很健康；请为我们向布朗夏尔致意。再见，我拥抱您。

共和三年风月二十九日——致桑布尔河和默兹河部队的人

民代表们：亲爱的同事们，肯定不是只靠我们自己就能够按照我们的意愿创造出办法来的。我们跟你们一样曾敦促我们的荷兰同事为你们提供粮草；我们已经写信通知你们说，我们希望负责炮兵部队马匹供应的人能作出努力顺利地配备你们的兵力。在这期待中，亲爱的同事，你们为什么这样沮丧？是不是敌人所走的道路要比你们的好些？一支军队难道能够以这么短的时间渡过大河而你们居然没有得到消息？要是你们得到消息，你们是否绝对没有能力抵抗？难道我们的士兵再没有战斗力能装四号、八号甚至有朝一日能够帮助作战的十二号大炮吗？我们的师长们连一匹备用的马也没有吗？最后，连刺刀也没有了吗？大量的防御手段，要是能够获得的话，当然不应忽视，但无法获得时，是不是就绝对应当撤退？你们带着桑布尔河和默兹河的部队将跑到哪里去？你们自己说：在默兹河一些防守点不论哪种军需品都匮乏，一旦军事失利，只能稍微抵抗一下。你们必须战胜，否则撤退到什么地方去？你们希望防守点得到更好的供应吗？亲爱的同事们，从以上提出的那些问题你们会看到，当缺乏常规的办法时，那只有诉诸于自己的勇气，只有依靠惯于战胜的共和国士兵的勇气。假设敌人能渡过莱茵河而不遭到任何抵抗，那么，他们势必随同带有粮草和弹药，因为你们一致认为地方上没有这些东西可提供：在这种情况下，你们不是可以从他们那里夺取这些东西吗？只要切断他们的交通路线和撤退的后路就行。

亲爱的同事们，我们相信，在你们全盘考虑并与将领们讨论意见成熟后，我们将在下次接到你们比较令人放心的信息。致以敬礼与友谊。

共和十三年雨月[①]十五日

亲爱的巴蒂，我到达都灵时接到您的四封信。我现在对这些信作复。您很清楚，只要您想要做到，您就能准确无误做到。我要告诉您，我感到满意，但我想让您知道，一旦您不是准确地每隔十天按时写信给我并回答我所有的问题，我会狠狠地训斥您，为此您应加以注意。

我曾吩咐您杀两头猪，不是杀一头，因为今年夏天我要回来，但是，既然沙福尔先生叫您把这两头猪卖掉，倘若已这样处理了：那最好不过了。

我高兴地知道金花菜生长得很好。到三月，不要忘记把燕麦和金花菜种植在横穿法兰西楠全部的地方上，从它与法勒吉埃尔之间的那条路起，直至园圃为止，还有在瓦乌尔和加纳斯两条路上全都给种上。

我很感安慰，得知我的那匹小美人吸引的是穆斯塔法而不是那头种驴。希望以后不要把这匹母马带到种驴的身旁。白荆棘的种子生长得好吗？

您现在把麦子按时价卖掉，但只有现钱交易才卖。

我想叫人用瓦乌尔的树木制成木板。别的地方找不到这样粗大的树。这树林是属于加里古先生的，我不愿意再和他做交易：您命人预付我的出价。

对母马，特别是对穆斯塔法，人们有没有每天细心梳刷？我遇见一位军官，当穆斯塔法被带到加依亚克时他看见了，他对我说那时这公马情况很糟糕。

---

① 法兰西共和历的第五月。

您要查明吉沙尔路那边的通道以及向上通到小榆树林小径那边的通道是否都牢固封闭以免牛羊群进入。您要确保河边的草场封闭妥善。您要留心在那里种植些荆棘，以保证种在大田四周的荆棘幼树到春天时生长良好。在花园的脚下修建一处意大利杨树苗圃。要是有人向您提出让穆斯塔法配种，最多只能答应五六次，而且只能让它与漂亮的母马交配。

我叫人给您从图卢兹运去一个大犁和一个备用的加接部件。我给您寄去三个装了箱的晴雨表，让它们仍旧摆在箱子里。我给您寄去八斤巧克力，我留给您两个圆锥糖块和两斤咖啡，这样的分量是够多的了，因为在殖民地出产的东西这样昂贵稀少的时候，只有在生病时才应当食用这些东西。

我的夫人和儿子向您致意；再见，我拥抱您。

共和三年芽月五日——致奥什将军：

马耶讷省、萨尔特省、奥恩省的一部分目前都受到朱安党人的严重骚扰。在我们风月二十七日的信中，我们已向你示意需要派遣足够的兵力驻扎在那些还没有受到骚扰的省份边界上以防止其蔓延，根据这些省份的代表团接到的全部信件看来，不但没有部队增派进来，而且每天都抽调出去。

我们没有向你明确规定部队调去的目的地，因为我们不能在这里判断各地情况，我们现在再次向你示意必须派遣一支庞大的军队到上述三省以达到双重目的，一方面为了制止朱安党人的蹂躏，一方面必要时急行军前往芒什海岸沿线，保卫这个半岛免受任何侵袭。

你的部队目前的处境和造成这种处境的困难往往引起重复不断的抱怨。我们对这些抱怨只能以审慎、公平的态度来接受，但当我们发现你们工作中有明显疏忽的地方，我们就不得不向你表示不满。因此，我们对风月十九日发生的情况向你表示我们的惊讶：一辆驿车难道可以没有武装护送就行驶在由于内战的蹂躏而乱糟糟的地区吗？我们命令你整顿工作，全部的交通邮政都有武装人员护送押运；你对违反规定的罪魁祸首怎样惩罚，我们要求你交代清楚。致以敬礼与友谊。

芽月九日——致阿尔卑斯山区和意大利部队的人民代表们：

亲爱的同事，我们接到你们本月一日来信。我们已写信给军需供应委员会使你们缺乏的鞋子得到供应。从附寄的决定中你们将知道意大利的部队在没有接到新命令之前要保持进攻的姿态，但目前我们无权为你们提供开进皮埃蒙特所需的一切。首先要对莱茵河区的各军供应他们所缺少的东西。十二支军队的消费品是庞大无比的，过去的头几年采取极端慷慨的办法，现在我们不得不对部队供应的分配尽可能节约，还有，我们无法做到同时供应所有的军队。

我们把你们希望得到现款以付军需给养的要求转达军需供应委员会。不过我们要提醒你们，现款非常短缺。一俟情况允许我们向你们发出开进皮埃蒙特的命令，那时将会有命令拨给意大利部队很多很多的子弹火药。

亲爱的同事，我们希望你们就地补充我们无法运送去的东西；我们知道你们的勤奋。请相信我们的诚意，但当缺乏物资时，就要利用身边现有的，而我们的部队去年就常常运用这一方针。致以敬礼与友谊。

同日——拉·圣-米歇尔致军需供应委员会：

公民们，阿尔卑斯省的部队的人民代表萨尼抱怨士兵缺乏鞋子，我以委员会的名义敦促你们批准他的要求。

……孩子们被唤到那朝向冬日阳光灿烂的平台的房间里面跪下，在那里，他们最后一次看见那带灰色的面孔仰卧，或者更确切地说，埋在枕头中，眼睛下面现出紫红色的眼泡，紧闭的眼皮动也不动，微开的嘴唇慢慢吞进一种呈粒状几乎有毛绒似的灰色东西，神甫把圣体饼就放在这上面，接着这东西（像一只动物、一条虫、一只钻进洞穴的地下动物）朝后移动，在嘴里消失了，能看见的只是：在花边中一绺绺灰色头发，在平躺着的身体上鼓起的被单，四周衬着石榴红天鹅绒的耶稣象牙雕像，穿插在十字架上干枯的能存储永久的黄杨圣枝，此后，他们（孩子们）只能在她入棺时再见到她了，那时她重新穿上她那些波纹闪光的衣服中的一件，大概是她一生中第一次，显得那么安详，像一个没盛东西的羊皮袋那样松弛起皱的嘴巴用一条布带扎住合拢起来，不过，仍然使人感到一种说不出的庄严肃穆，她头的两侧燃着两枝蜡烛，成串起粒的烛泪不断滴下来，头的四周陈列有栽在盆里的植物，过去每当举行接待亲友的晚会时，怎样摆好这些盆花总在她和跛脚女仆之间引起没完没了的争执，这瘸腿的老女仆吩咐擦地板的工人这一次按照女主人的意愿来摆，大概认为这是对老太太最后应尽的责任，对这位女主人，她一直到最后都唯恐有失地守护着（在老太太临死前的几天中，只对她一人说过话，只说过一次：老女仆靠近床坐着，眼睛一直不离垂死者，忽然看见那发蓝的嘴唇微微蠕动，她吓一跳，站了起来，用心猜测，同时用眼睛去找寻水杯或茶匙，后来明白过来，俯下身子谛听那微弱的声音，那含糊的细语，垂死者最后的思想，最后的缠扰不休的忧虑交托给她，好像老太太陷入朦胧黑暗的世界之中还带着那串永存的钥匙，在跛脚女仆的陪伴下再次下到大部分是空的地窖里去，用难过的眼光凝视着仅剩的一个架子上放着几瓶名贵的酒，忧虑重重，大概由于这种焦急不安而最后一时意识清楚时，又重新恢复那种持续不去的忧虑，不断地担心礼仪不周，计算、估量准备赶来——有的来自远方——为她送殡的亲友的人数，她关心的不是自己的痛苦或死亡的来临，而是她将提供（主持，虽然已下葬在家族的墓穴深处）的最后一顿饭上菜次序，她用最后的一点气力，最后的一点微息，绝望地说话（她用“我们”这个词把自己和那跛脚的忠心女仆包括在内，好像她就是自己的影子，好像是古典悲剧中那种亲信或区别不出年龄的奶娘）：“所有的这些人……不过，让他们喝什么呢？……”后来，就永远沉默了），现在她安息在那些用来摆排场的植物中间，在装点客厅用的叶子像扇子、长刀或喷泉的热带植物中间，这些植物围着躺在那里的死者似乎是最后一次守护，使她最后心情宁静下来，带着对她曾生活其中的那种持久不变的秩序的回忆，进入坟墓，她同时还随身带去了一个秘密，出于对那染了鲜血的姓氏的忠心，她不感到自己有权摆脱或销毁这个秘密的痕迹（这一次不是在上了锁的书橱玻璃后面遮掩起来，而是藏匿了起来，至少是在她活着的时间内，只要她存在，她就要反对更换贴在庞大楼梯上四壁上的糊墙纸，因为它遮住了那壁橱的门，在这橱里堆着一堆堆的旧文件、过去的信件和登记簿，这些东西上面积着一层发霉的会吱吱作响的细尘，也许她想（或者避免去想），像后来夏尔叔叔所说的，一旦自己死了，一旦这姓氏最后一人的肉体消失了，这一切也就再没有什么重要意义了……）：这些东西像一个尸体埋在暗淡红色的交织叶饰后面，叶饰对称重复，由于潮湿而化开和鼓胀起来，脱胶的部分随着重新粘贴起来，裂开的地方用同样过时的花纹纸上剪下的小块补上，（老太太）大概就是为了这种用场整卷地收藏着以备用之不竭，她不让别人去监督擦地板工人和跛脚女仆，这两个人在她亲自指挥下勉为其难地在退色的花纹图案上补上小方块或长方块，这些小块都吝啬地量好，这并不完全是由于寒酸或节约，而大概是由于老太太每次看见纸卷缩小，储备的东西减少时，表现出来的焦虑所产生的影响，她担心最后一卷不得不启用的时刻来到，那用糨糊和纸构成的昙花一现的屏幕无可挽回地腐烂、无法补救地脱胶的时刻来到，在鼓胀起来的地方下面，在裂缝之中，露出了阴暗潮湿的坟墓，在那里面，像一具腐烂的动物尸体那样，有某种无法补赎的（可怕的？）事件的见证在腐化分解（也许她希望——虽然她也许并不确切知道到底是怎么回事——受潮化开的泥灰、发霉腐烂会战胜），这件事已过去一个多世纪了，至少对她来说，应该忘却，应该否认。

好像是（不过夏尔叔叔后来也说，她大概真的是忘掉——她有时连自己的孙子的名字也搞混了——认为除了放在她的珠宝盒的夹层中叠成四折的那封信（也许她连这封信也忘记了）的内容以外，其余情况一无所知，这内容本身就是一个没有得到解答的问题，那偶然的重新拼补裱糊，对她来说，只是老人顽固坚持要把事物保存自己过去一向熟悉的状态的一种反应）……好像是，她认为自己与一种甚至比道德信念更重大的责任连成一体，好像身体上提供营养的脐带一般（经过三次性欲高潮，三次射精，这姓氏得以保存，直至轮到她来接替继承），为了纪念她所接替的那个人，她把那刻有姿态猥亵的庞贝舞女的玉雕，像一个印章或一件圣物似的，佩戴在明显的地方，对这位萦回在她心上的祖先，有人会说她在为他守丧

（或忍受羞耻），不仅是为了自己而且是为了全体家族，好像她近八十年来可以说是像一个孤女似的活着，这个家庭也似乎从一个多世纪以来，自从那位形象高大的先人最后一次中风以来，成为孤儿，在他身后苟延残喘地活下来，埋没在黯淡的环境中，对这位老太太来说，在这样的环境里，日常生活中最微不足道的事或最痛苦的事都已混合成为包括过去或即将来临的种种不幸的前景，能够构成担忧、焦急的原因或时机的一切事件都同样具有像世界末日来临的样子，以致小孩子的伤风咳嗽、冷水加热器运行不灵、女友患病、财产代管人的账目、常春藤的摆设、俄国沙皇全家被处决、枕头套的丢失或为翌日准备的菜谱，事不分大小都不加区别一律平等地置于同样的地位，这种无可奈何的平静生活像一首哀歌，一旦中断，她只有呆在那里动也不动，对四周的人漫不经心，似乎在茫茫的沉思冥想中寻找忧虑和愁苦的目标，她那带有眼屎的眼睛下出现了眼泡，嘴角两边下垂，连接到下巴两边弯曲交错的皱纹，这下巴的皱褶压在那有圆形衬底的浮雕玉石上，这块玉石每天晚上都拿下来，用那双满是皱纹的手摆好在小梳妆台上，与那些并非为美容而是为——怎么说呢——端庄而备用的令人悲怆的化妆品：暗淡无光的香粉、防皲裂的雪花膏、老年妇女用的清淡的香水摆在一起，每天早上再放回原处，不论她如何厌恶和这件她那位为罪恶玷污的先人所置的珍宝有牵连，不管是超越其连城的价值还是（也可以这样说）由于其本身的昂贵价值，对先人犯的那种罪，在她的心目中，她会列为最可恶的一种（像处决俄国沙皇一样）：弑君之罪；她故意表现一种压倒一切的孝心作为对抗（像那些被处死刑的亲戚、妻子、女儿，也许自己也同意这种刑罚，但不顾自己的反感，不怕冒犯公众舆论，向刽子手要求领回死者的尸体或偷偷把尸体从埋葬的公共坟穴中拖出来，亲自再把它安葬），她固执地坚持（即使她只是出于已养成的习惯或一种无意识的反射作用把这块玉石扣在年老的颈部的松弛下垂的皮肤下面）怀着从那位远祖、那位隔了几代的种马身上得来的自负，尽管她不免老是哀叹，她以同样的精神保存这巨大的半身像，虽然这座塑像是在他从普鲁士征战归来时造的，但他不是穿着有沉重的金饰物的将军制服，而是肩上披着古罗马人穿的长袍，像公牛的颈子裸露在外面，微微前倾，四周垂着乱蓬蓬的头发，那雄壮的面孔带着一种讥讽而又严厉的表情，好像在要雕塑家为他塑造这个民权保卫者的塑像时，他曾想使这塑像对后世的人证明他曾是挑衅对抗者的化身，是曾经从一些拉丁作家的作品中学得坚定冷静的意志坚强的人，现在这些用小牛皮装订、书脊发出光泽、书名用镌刻印的作品都搁到那深色的乌木书橱的顶层上，被整套名为《喧闹》、《巴黎生活》、《艺术家》这些杂志挤到一边去了，不过这些杂志也搁在这同样的存放禁书的地方并且上了锁，那位严守规矩、提心吊胆的老太太不加区别地都当作见不得人的东西给摆在一起：例如古代土耳其后宫拔去毛发的女奴丰满的肉体、穿着有撑架的裙子的轻佻的女人、为砍下国王的头或撰写行文笨拙但令人心碎的墓志铭的肃穆威严的或具有田园诗意的罗马人，这墓志铭将要留存下来，以便让呆子在细微凄凉的秋雨中逐字辨认。

已模糊不清的过去、历史的某一片段（即使是在一个衰老的头脑中靠不住的记忆）所剩下来的一切，同这个墓志铭一起，都已淡忘、被废弃了，现在，这座巨大的房子少了那个似乎以她的存在而得以证实其合法的人，显得更加空阔荒寂，房屋的墙虽然屹立着，屋顶大致不漏水，家具也还没有散失，但它似乎已经进入一个死亡的世界中与古旧的残断乱石聚合在一起了，那旧日装点得金碧辉煌的大客厅现在椅子上的锦缎已经磨损，幔帘发黄，墙上霉点斑斑，好像是在看不见的逃遁的路线上滑行，越去越远，被迅速地吸走，高速地变小，每月一次这大客厅灯火明亮，把那些为集体遭受的灾难而充满哀伤的幸存者集合起来，这些人像古代纪念碑脚下雕刻的体积大幅度缩小的人物一样，而且还不断地在缩小：在壁炉旁一角放着一堆无定形的、波纹闪光的黑色东西，还有客人、打桥牌的人、沉默无言的孩子们，都被框在金色雕花的相架中静止不动的一群祖宗注视着，好像在墙的另一侧有一群为数不少的死者在平台上、在长廊里游来荡去，人们以为可以听见他们轻微的嘈杂声，衣服绸缎的沙沙声，裙子和扇子的摩擦声，这一群群的传宗接代的人已被蛆虫吞食了很久，他们那眼眶变为空洞的骷髅一直躺在黑暗之中，只是在一个晚上复活起来，被唤到这里来，像参加一个化装舞会似的，有的打扮成风流轻佻的少妇，有的化装为猎鹿人或者雨果式的诗人，或留着帝王似的小胡须的严肃的老人，这些人停下脚步，有点惊讶，有点感到不快（或毫无表情），从上面凝视着自己交配和联姻的最后的产物围在最后一位女继承人的四周，现在，他们的姓氏只写在一半空着的存酿酒桶的地窖的三角楣上以及在抵押所的登记簿上了。

在长时间中，她（老太太）似乎还继续经常出没在这古埃及法老陵墓似的坟墓间，她认为自己像活埋在里面似的，只是在夏天离去，到近海的产业所在地去小住一时，天气晴朗时，古老的福特牌汽车把她载到海滩旁，她在那里度过下午的时光，用焦虑来折磨自己，她坚持不肯进到帐篷里去，而宁可不舒服地坐在临近海水的一张帆布折椅上，戴着帽子，紧裹着长袍，纽子一直扣到脖子上，一个在下巴结住的短面纱保护着她的脸部免受风沙吹打，神气十足，像埃及金字塔似的，头上有一把棕褐色的遮阳伞，她从展开的裙子下面的座位上站起来，烈日炎炎也不顾，疲劳也不顾，用不安的眼光跟踪着她的孙子们在滚滚而来的海浪中嬉戏，接着在葡萄收获季节以后，在诸圣瞻礼节[①]时（好像亡灵的日子召唤她回到幽居或自愿幽禁的生活中），她回来把自己禁锢在这回廊巨室的迷宫中，这些过于宽阔的房间在冬季（虽然生了火，但这些火似乎在壁炉里冷得发抖）有一种凝冻起来的寒冷，但老太太似乎并不在意，如同对夏天的炎热一样，她每年只有两三次中断幽禁的生活，而且还是出于勉强，并非出于乐趣（大概乐趣这个词对她久已失去意义了），像她出于习惯举行招待会一样，她有时为了遵守惯例而这样做，譬如有戏班或女歌唱家到城里来巡回演出，认为她的孙子们已长大而且相当成熟了，按照她一向知道的教育与娱乐合一的传统，她想到把他们带去听音乐会或看戏，她不能想象（对她来说，在她出生之前，时间就停止不动了）这些孩子长大了会喜欢别种娱乐，已有多年，那个小女孩（她已不再是小姑娘了）上完音乐课回家越来越晚，最大的男孩星期日下午往往关在那烟熏发臭的电影院里看电影。这一切仿佛是让她更加孤立……

……初级法庭也像我们一样知道事实的真相吗？……我想这是人们打算给他们设下的陷阱。你们将使那些乡村的温和平静的居民和致力于各种技艺的有用的公民陷入某些阴谋家的诡计之中；你们将在整个共和国中散布不和；你们将为共和国造成接连不断的不幸，而只有你们能使它得以避免。人民是正确

① 天主教每年十一月一日瞻仰诸圣的节日，也称亡灵节，人们这一天要上坟扫墓。

的；他们把自己至高无上的权力授予你们；你们若是把责任推卸到国民大众的头上以减轻自己的责任，那是懦弱的行为。这种对最高权力的要求对人民将是一个潘多拉盒子[①]。我们中间没有一个人不承认人民具有至高无上的权力；在我们首次会议时我们把这一权力归功于人民；为什么涉及一个有罪的人，你们今天就这样踌躇再三？可是当你们决定宣布成立不可分割的共和国时，当时尚未清楚这种政府形式是否对国家适宜，你们却并无顾虑。当时你们干得非常好，因为你们考虑到要拯救法兰西。很好！你们今天还要考虑到这一点，这样你们就会保证得到法兰西赞同你们将做出的有益的行动。

立法委员会，忘记我这样一个人吧；想想你们每一位都是全法兰西的代表；要努力做到与你们的地位相称；这样，所有的小阴谋诡计就会消灭。透过包围你们的暴风雨，要看见你们为将来的人所准备的好日子；全世界的自由解放将是你们的报酬；来日的子孙后代会为你们编织一顶桂冠。希望你们公正、严格，不要再重视那些迷信的想法。你们走过的路越是往前将越加深陷下去：再没有时间……

他们骑马走在一个稍微有点起伏几乎是平坦的地方，在灰色的天空下它呈灰绿色，他们走了整整一个上午。这是一个种植庄稼，有草场，有时被小树林隔断的地区。与他们所走的公路平行的地方，他们看见单一颜色的树笔直一列在天边清楚地勾勒出轮廓，大概这行树是沿着另一条几乎是笔直也是从西到

① 希腊神话传说，宙斯给人类第一个女人潘多拉一个盒子，后来盒子打开，里面所藏的各种祸害就被放出来散布于人间。

东走向的公路。相隔一段距离出现的细长的钟楼表示那里有乡村或由于地势低洼而被遮掩的小村庄。一片渺无人烟、寂静无声的景色。在小路或与天际平行的公路上，看不见任何运输工具，任何农民，任何套车的牲口或田里的机器。他们走了约两个小时，这时一阵阵沉闷的爆炸震动声间断地传来。人们看不见飞机，大概是飞在最低升限处，但从相继的爆炸声响中可以知道它们飞行的路线。不久，他们看见在平原上一个接一个腾起黑色的烟柱。飞机并没有袭击他们。快到中午时分，太阳露出来了。这时公路沿着两侧有树的山谷中的线路蜿蜒而下。在拐弯后，他们忽然看见透过树干的间隙默兹河在他们下面闪闪发亮，在另一侧，山谷的一侧，耸立着陡峭的斜坡，看来是荒凉、平静、危险。不久，他们一小队一小队地策马大步急跑渡河。现在天空晴朗无云。当他们经过桥上时，听见很近的强大爆炸声的回响，他们可以看见一些像昆虫似的飞机在一个被山丘突出部分遮住的地点上空慢慢盘旋，这是在河流转弯下流稍远的一个地方。不久以后，公路沿着峭立的河岸有树遮掩的一侧往上走。飞机轰炸已停止。一切恢复平静、沉寂。未免太沉寂，太平静了。他们在马上转过身来，看见自己刚走过的那座桥在左边稍后的地方。在峭岩夹壁的山谷底，河流平静地奔流。从他们现在所在的地方看去，河水反映着蓝色的天空。他们感到忧虑不安，心烦意乱。没有一个人说话。好像是陷阱的后门在他们后面刚关上了。

……好像是为了使她更孤立，在那位伪浸礼会牧师死后（就是那个收集艺术杂志的人），把朝街的那部分房屋卖掉，那个能通过车辆的大门的沉重的门扉一旦在像敲铁砧似的撞击声中关闭以后，就把城市喧声的回响隔在门外，再也听不见了，或者变为极细微的声音，变为电车在转角处遥远的吱吱嘎嘎声，变为汽车喇叭的微弱声，好像围着院子、花园的墙垣在这堡垒似的房子的四周建立了一道不可逾越的不透光的栅栏，在这巨大建筑物深处，保存着（幸存下来）一种执拗、顽强的东西，以一个不断呻吟叫苦的老妇和一个眼睛没有眼珠，目光毫无表情无动于衷的石雕作为双重化身出现，这石雕永远囚禁在黑暗寂静之中，只有举行那暗淡的晚会时才搬出来，但很快又抛回原处（她——那个老太太——已不再在她的“日子”里打开大客厅来接待她的几位女友，这些人都是像她那样的老妇人，她们一个接一个地消失、死亡，最后仅剩下两三人，老太太就只在小客厅里招待她们几个人喝喝茶），那四百斤重的大理石有如进入体内的异物一般已经形成包囊，裹着一颗从某一已失落了几百万光年的星球上脱落的陨星，这陨星迅如闪电、一瞬即逝的运行轨道落在这个经常阴影重重的地方，在里面统治着的是那位通灵者、浑身松弛无力的卡桑德拉[1]，她甚至运用自己的弱不禁风的体质实行专政（出于弱者可靠的本能，她大概猜到没有人（也许那跛脚老女仆除外）能够对抗），使周围亲近的人俯首听命，由于感到那些沉闷的哀叹带来的悬空的恐吓（或更严重的是，她夸张地保持沉默不语），由于她把自己幽闭起来，似乎这样就把外面的世界推到几百万光年距离以外，只是在勉强的情况下才让孩子们到外面去冒险，而且并不具有什么合理的理由就再三再四千叮万嘱，正如稍微有点冷就给他们穿上毛织物一样，她还提防孩子们遇到各式各样

---

① Cassandra，指希腊悲剧中的特洛伊公主，她的预言，得不到人们认真听取。

的危险，老太太把细菌、剧烈的游戏和与坏人交往不加区别地都列为危险事项，好像两个并列不可调和的世界互不相通，彼此敌对地存在着，像一面是那著名女歌唱家和过路的独唱家表演古典节目的破旧市立剧院，相反的一面是对那男孩子似乎是与那严厉、致命的沉寂正相反的令人陶醉的东西，但他终于逃脱了这种环境（他也采用弱者层出不穷的巧计、作假、说谎的天才，这些花招即使是出自一位老妇，也启发了那些完全受她支配的人），可是他能抑制、控制自己（当他顺从地把那少不了要围的围巾缠绕在自己的脖子上时，再一次驯服地聆听那滔滔不绝、唉声叹气、絮絮不休的嘱咐，就像他听见电铃当当响，既迫切又令人厌烦，那继续不断荒谬的响声在他看来像这个被禁止入内的世界发出的呼唤，从内心深处他感到已有什么东西朝这世界奔去，冲过去），但他不得不慢慢地下楼梯，不慌不忙地穿过院子，在阳台上老太太用担心的眼光紧跟着他，有时还被唤回来（他站住不动，转过身来，心脏突然像停止跳动）听取最后的要求，最后的提示，接着，一跨出大门，就往前冲去，现在可真是在那星期日昏昏沉沉像冬眠状态的街道上奔跑起来，一边跑一边扯下围巾，胡乱地塞到大衣口袋里，解开纽扣，脑子里（不仅是脑子：包括肌肉、整个身躯、身下在动的大腿在内）充满而且回响着那固执的、决定命运的铃声，其实这声音当时还不可能听见，他只是真切地感觉到而已，这声音逐渐清晰，随着他越走近越变得更加迫切更加烦扰。在一些转弯的地方他滑步失去控制，接着又重新向前冲，最后来到广场（或者更确切地说，是被喷射到那里），仍然在奔跑，那震耳欲聋招徕看客的铃声现在压倒一切，比他头里涌上的血的哒哒声音更响，他肺里的气息像迅猛的风暴，他满脸通红，上气不接下气，极力想恢复正常的呼吸，把一星期来节省下来的钱搁在售票处窗口的铜板凹槽上以换取那么一张长方形的发毛的粉红色小硬纸片，有了它他就有权利从肮脏的两幅天鹅绒门帘中间留下的一道缝中钻进去，他的心一直在猛跳（不仅是因为奔跑过），这道门缝由一个具有神秘力量的人物守着（一个粗野的面色灰白的小老头，头戴着一顶灰色鸭舌帽，一身衣服也非常肮脏），他一边撕票，一边用多疑的眼光计算进入里面的一群毛头小伙子人数，他们在空荡荡的大厅中回响的粗野嘈杂声中越过障碍。这大厅粉刷成芥末黄色，金属的支架用螺栓固定，发黄的彩灯吝啬地射出的光线把它照亮：这嘈杂声像隆隆雷鸣，像在某种原始的祭仪举行之前大张旗鼓、无条无理的前奏，逐渐地（嘈杂喧闹）越来越响，冲击着画成颜色刺目的方格幕布，在这幕布上题写着城中主要的商店的优点和店号，对这些东西他们熟悉得都可以背出来，甚至不要去看，无意识地记住理发店、烧锅店、结婚戒指店、闹钟店、绦带花边店或五金店等名字（这些商店招牌用花缀突出，斜向地书写或用有立体感的大写字母组成，故意采用刺目的对比色彩，例如黄衬底蓝色，橘黄底黑色，粉红底绿色），对他们这些孩子来说，这些东西最后成为电影节目的一个组成部分，这着色的幕布有时受到气流冲击摆动着，表面有微微波纹掠过，使那些招牌像透过水流那样变了形，它上面的那些刺眼的广告，静止不动的强调似乎在嘲弄观众的期待心情，在他们和期待看到的美景之间设下一道日常的唯利是图、谎言连篇的平凡乏味的阻障，但这些招牌本身也具有一种神奇的作用，它们令人烦厌的持续出现（不在乎观众喝倒彩、顿脚）却组成了一篇不可少的开场白，似乎给招牌加上了一道光晕（间接地也加在商人身上），每次再见到这画上广告的五颜六色的幕布，人们总是感到同样的不耐烦，同样的安心满意，因为这幕布虽然插在中间，造成障碍，延迟享受，但同时也提供保证、许诺：在它不透光的昏暗后面，那些观众期待的马队侵袭、接吻、战斗的幻象正在某一地点等候着，随时都准备好在放映机的噼啪声中闪现，这些东西似乎只等《森姆》、《三个黑人》、《金戒指》等电影许诺的实现就展现出来（像可以打开保险箱的门的密码似的），这些电影起着管辖着感情与魔术宝库无所不能的守卫者的作用，要等到放映机生锈的摇柄、齿轮转动系统、皮带轮带着长时间的抖动发出嘈杂声，在成行的座位上面腾起如释重负的叹息，这时，那些五颜六色的广告开始慢慢卷起来（有时中间忽然不动，机器卡住了，观众屏住呼吸），最后展示出（四边围着黑色的帷幔，好像是在举行神秘、哀丧的仪式的场合）一幅具有魅力的贞洁纯净的长方形银幕：他们（那些毛头小伙子）这时已在前排座位上坐下有一些时间了（他们也只能购买这种称为“大众化”的座位），这些横排的位置有的是装着弹簧有靠背的椅子，有的是钻了一些小洞的发红的木椅，金属的椅脚用螺丝固定在地板上，那地板满布或更确切地说似乎是永久镶嵌着发黄的烟头，上面被唾液沾湿的发皱的烟纸、酸味糖果纸，还有淡赭黄色的花生壳，它们的内壳呈珠光色，外壳鼓起颗粒成双的形状，皮上点点细小的凹陷排成纵行（这一切——肮脏的木板条、烟头、花生壳、打着黑蓝或粉红色补丁的紫红色的短统袜、穿在绳底帆布鞋或后跟磨歪的旧鞋中的中统袜忽然以特写镜头出现在这个或那个小伙子的眼前，当他俯下身子在那些唾沫中摸索找寻跌落地上的贝雷帽或围巾——这一切与黑白的迷人的海市蜃楼是不可分的，正如与那涂着广告的令人厌烦的带刺激性的幕布一样），他们（毛头小伙子们）就这么坐着，或者更确切地说，好像是中了魔一般，从那么一张粉红色硬纸戏票的代价转移到（他们虽然全身激动，但自己却没能意识到）一种比在银幕上相继出现的形象抓住他们注意力的男女之间的追逐或平淡无奇的爱情故事更为出奇的事物中，这时他们感到自己身体里面（这是说，同时撩拨——或袭击——除了他们的视觉外，还有其他的感觉：味觉、听觉、触觉）有一种温热、发臭、好像可以摸得出的稠厚的混杂东西，由于他们四周那些没洗干净的百来个身体发出的呼吸和气息，这东西变得沉重（那个男孩子本能地离开邻座远一点，把身体缩在一边，不由自主地受到成千上万次听到肯定性语言在情绪上产生抑制（这种肯定性语言不是从那位老太太口里听到的，她从来不到电影院去，大概一生中从来没有踏进电影院，也许除非是在参观万国博览会时出于一种可以称为科学的好奇心而进去一下——虽然如此，这种肯定性语言还是被认为是无可置疑的），据说在电影院里不仅看到的都是愚蠢到使人惊愕的东西，而且挤在“大众化”座位上的茨冈人身上爬满虱子）：这里总有什么不会变化的东西，就像没有改变的原始人类永存的活生生的代表，没有质变也不会变质的样品，完全背离时代、进步、相继而来的文明，而且也背弃了使用肥皂，他们直接来自亚洲腹地，出自各年代，原样地从世界内脏中出来，或者更确切地说（包括这些人、这些人的臭味、汗湿、无穷的繁殖力、基本粒子特性）就像是世界内脏本身，仍带有腾腾热气摊开暴露出来，难以勉强控制……

还有：在萨克森夏日透不过气的黄昏中，对着俘虏住的木棚的门厅开着的堵塞的茅坑，散发出氨水浓重的臭气刺痛人的眼睛。每天晚上那里的门关上后，有六七个污秽、瘦削、穿着肮脏的制服（或者更确切地说，制服的残片），自身也发出恶臭的人，靠着木板壁站着，抽着唾沫黏糊的烟蒂，等到炽热的烟草烧到他们的嘴唇才小心翼翼把这些烟屁股在自己的有洞的鞋底上压灭，他们还有办法把这些烟屁股剥开，从中拿出很小一撮没有燃尽的烟丝，放在一个盒子里或一个藏在衣袋最深处的小布袋里，这小布袋里已积存一些细碎的烟草不是充满或含有尼古丁，而是达到（转化）成为几乎是纯尼古丁的程度，因为，在这里，两根香烟要用一饭盒的汤才能转让，如果这温热、混浊的水可以称为汤的话，这汤发出一股发酵的酸味，面上浮着几根菜皮，大概猪也不想吃，如同人们习惯扔到垃圾箱里去的渣滓。这五六个人（几个月前他们还是年轻的男人，甚至是青年）现在像饥饿的野兽，脸色灰白、焦虑不安、狡猾无情的眼睛保持着警戒（因为只有警惕、狡诈、无情才能在这里幸免于死），他们那样子像盗贼，或者更确切地说（比盗贼更坏），像战败者（还有一些是职业的盗贼、小骗子或以拉皮条为生的人，这些人却相当于（该怎么说呢？）这木棚里的上层社会、贵族阶级），这五六个人晚上保留足够的气力在那发臭的门厅中聚头谈判，在这个地方也飘荡着无法消除的、令人作呕的烂马铃薯的臭味，还混杂着茅坑的气味和挤在像棺材似的狭窄的叠架床上长了虱子的稻草中的人体的臭气，他们尽量推迟那时间的到来：躺在阴暗之中透不过气来，每个人都是孤单无告，感到无数的虱子在自己身上像蚂蚁那样轻轻地乱挤乱爬，好像夏天、时间、“历史”本身都在腐烂、分解、归结为这种看不见的、污秽不堪、食欲难以满足的攒动，这些乱攒乱动的虱子对他们这些活人发起进攻，而他们呆在那里浑身是汗，毫无办法：六七个穿着满是污迹、扯破了的制服，在悄悄地交易一些微不足道的珍宝，他们牙齿紧咬，像是盗贼在说话，他们喜欢报复，尖刻，爱夸自己的英勇行为和战功，总是指责他们的上司，诅咒不论什么人（政府官员、将军、政治家、新闻记者），因为这些人把他们匆匆送到这里，在这发出恶臭的洞里，饥肠辘辘，一身虱子。令人透不过气的夏夜慢慢地降临，白日的光亮渐渐暗淡，渐渐被那观察哨所照射集中营寂静无人的走道和木棚的探照灯光所代替了，透过肮脏的玻璃窗，他们可以看见排列成行一个样子的木棚，都是用油毛毡盖的屋顶，棕褐色的板壁，和把他们关在里面的木棚一式一样。狭窄的窗户紧闭抵挡从那同样狭窄的门厅传来的恶臭和好像是内脏冒出来的热气，在这门厅中，一些幽灵般的人同时站在那里争吵、吹牛、进行不正当的交易，同时贪婪地抽他们搞来的烟头，有时他们闪开让面色如死尸、神色慌张、腰身低弯、心惊胆战的患痢疾的人走过去，他们倾听在薄胶合板门后面哗哗下泻粪便的声音，无动于衷地对那些呻吟、嘶哑的喘息声、有时发出的哭泣声加重了那屎尿、污垢和尼古丁气味久久不散的恶臭：这些野蛮、受辱、瘦削的颈背筋肌突出的人，像在动物园里可以看见的禽类一般，像那些被囚在铁丝网后面颈子脱毛的被凌辱的鸟兽，用爪子勾着由于鸟粪干结成痂而发白的枯枝上，在一股野兽和动物粪便的气味中，脚就踩在自己排出的污垢上。

……这个人的内脏就在这里摊开来，还在冒着热气，勉强容纳在那些狭窄的弹簧靠背椅中，椅子格格响声与花生壳剥开的声音、婴儿哇哇的哭啼、钢琴尖细的声响混合在一起，不加区别地为无声的对话、接连不断的接吻镜头作配音，凝聚的烟气形成一个厚天棚像华盖一样在观众头上轻轻起伏浮动，中间缓慢地移动着一些糖浆似的涡流，烟气以爬行动物那种懒洋洋的劲儿蜷曲、散开，那轻纱般的烟被放映间发射出来的蓝色光束横穿而过，显现出它那像鱼的精子、胎盘那样缓缓移动，在倾斜的金字塔形的光束中一隐一现，这些光束挺直、复杂，变化突然，从银色变为灰色，呈条纹状，时而分开，时而混合，时而分裂，随着银幕上出现的形象而变化，这些形象的更迭、变化似乎受着超越放映机嗒嗒声之上一系列机器开动声音所支配，随着这声音银幕上相继出现马队奔跑、滑稽的大胖子开玩笑、决斗，或女演员抹得石膏般白的脸，或者更确切地说（在没有放映好时出现的一片跳动的模糊画面中，炭黑色和明暗强烈对照的一些影子在微微抖动），模糊不清（令人想起那些星云的照片，在黑沉沉的底面上出现几百万个气化粘合的太阳那种轮廓不清、使人害怕、令人目眩的光芒），这张脸现出女演员涂了唇膏的嘴唇上的黑点、因恐惧而睁大的眼睛，她在阴暗中的走动，幽灵似的虚幻，好像放映员已把她迫近贴在砖墙上，使她走投无路，但她惊慌失措地要逃走，被围困住，蹲在一排灰暗的铁制垃圾箱后面，被在阴影中闪闪发亮的炭黑的眼睛狂暴地跟在后面盯着，这些原始的部族分为许多氏族、一个个家族来到这里把一排排的椅子占领了，好像是与那些好莱坞怪里怪气戴着玻璃珠子饰物的冒牌公主和冒牌印度王公相反的许多活人，当银幕上光影熄灭，成串的灯泡又重新发出暗淡的光时，这些人显现出来了（或者更确切地说，在黑暗中显形；像一群人数众多的野蛮人在乱哄哄骚动，在乱钻乱动，迷迷糊糊地苏醒过来了），这些男人和原始时期的（部落）一样，他们的女人不是骨瘦如柴就是肥大异常，有时畸形得像大象，好像远古时代到处流浪、靠掠夺为生的生活使她们永远成为不是饥肠辘辘就是大吃大喝那样的形象，但不论是在这样或那样的情况下，可以说，都是脸上毫无表情，无动于衷，她们的脸像猛禽那样干瘦，或者相反，像印度女神那样丰腴厚实，五官肥大，嘴唇宽厚，鼻子扁平，面颊上有痘瘢麻点，黑发油光朝后梳成发髻，裹在破烂衣衫里的身体有时露出一个茶褐色鼓胀的乳房，褐色的乳头由于粘上奶汁变得黏糊糊的，她们把那像蜜糖茴香黑麦饼似的褐黑色的婴儿的嘴唇从乳头上拉开，这些初生的小孩吃奶时眼睛闭起，可怜的小手拳曲着，如同是抱在她们怀里的死婴，她们重新扣起衣服，她们那些像谋杀犯的伴侣一本正经的样子，四周围着一大堆神圣的孩子，这些浑身污垢、野兽般的孩子头发乱蓬蓬，牙齿在沾在上唇上一层浓厚的鼻涕细丝下面闪闪发光；这之后（在弹簧椅子格格响声与撒满地板上的花生皮壳被践踏发出的声音合奏中跺脚以后），他们（那些毛头小伙子）走到电影院外面，耳朵嗡嗡叫，双颊像火烧，头部沉重充血，在午后强烈的阳光下眨着眼睛，从那温热但虚假的隐蔽处被赶出来，他们在那里面过的三个小时中体验了虚构的生活和冒险经历，现在又重新置身于行人道上的浑身发臭、冷酷无情、无所畏惧的母系女神、她们的大群的孩子、她们的男人之中，这些男人也是不是瘦削就是肥胖，他们繁殖力很强，具有那种能预示未来而不是决定命运的魔力或仅能作出预言的魔力，这就是说，能加速时间，在同一熔炉中把过去、现在、未来混淆起来，把他们所接近或接触的一切吸收、转变为古旧、原始、拆毁的东西，把他们周围的最坚实或掺假的产品：自行车、缝纫机、大声叫嚷的收音机，变成为鳞片般剥落、凹凸不平、虽然只剩下骨架但仍和大象一样巨大的老式美国汽车，还原为混沌状态的原始物质（铁锈、烂泥、腐烂物——同样，他们也具有能将任何用芦苇、马口铁或混凝土建造的居民点不加区别地变为油垢、恶臭、粪水、劫后残骸或猪圈的共同特点），在这个地方可以看见他们成群地挤在一起，浑身生虱、粗暴野蛮、态度轻蔑，那些破旧不堪的老汽车一跳一蹦地开动，受了重创的齿轮转运系统发出抗议的声音（一些骇人的怪物的挺直的上身以同样的动作朝后摇摆，并且像有一个看不见的弹簧使他们重新竖立起来，接着又再笔直僵硬地呆立着，像是从木头上切割下来一样，样子阴森可怕），这些破旧汽车走远了，逐渐消失了，它们装载的那些人被带走了，或者可以说，重新运到那些黑黝黝的地方，到另一个世界去了（或者就在这里的底层？），在那里，他们作为储备被保存起来，后来又挖掘出来只是为了让他们露面一时，显现为像对百分之一百的暴力的回忆、预言死亡的咒语、明确无误地以人的形状固定下来的保存：后来，他（那男孩子——那时已不再是一个孩子了，由于一瞬间的突变成为一个成年人，像初生婴儿那样毫无配备就被抛到可以说是像事物隐藏着的一面的环境中，在这种情况下，他不得不怀疑在这期间经过的岁月实际上比那些虚构的幻象更缺乏真实性和可靠性，那些幻象中的人物是黑白色的，而且是平面的，他们在第四维时间中活动、相爱、对抗，这种时间闪电般迅速压缩，或闪电般迅速取消或倒退，这就是说，在这时间中，在银幕上，紧接着出现两个场面、两个场景、两个情节，只是由一个说明字幕短暂的出现来分隔，这光亮闪耀的说明字幕简短地指示："翌日……"，或："十五年后……"，或："几年之前……"（这些毛边的、有赘生物的字形抖动的轮廓像一种磷光物质在熔化时翻滚一般，时而突出，时而消失）），他像从电影院里出来时那样，神经受到强烈的刺激，在他后面，那戴着鸭舌帽的矮小老头逐一把灯熄灭，把门关上，当时他怀着迷惘疑惑的心情，由于过度惊愕、愤怒，甚至不感到害怕，不感到耳朵被震聋（以致在一阵尘土飞腾中响起的连续的爆炸声——像烈火燃烧的灌木丛[1]，呈肮脏的棕褐色带着四散的火星在公路旁的田野中突然显现——传到他耳边似乎变为微弱的像轻擦火柴的声音），对三架懒洋洋的飞机，像鸟在展翅高飞时减轻自已身上的负担似的，毫不在乎地扔下一大堆炸弹发出的爆裂声，他并不感到震耳欲聋，这些飞机在午后斜阳中完全出于偶然飞行经过，像是要随随便便地把他杀死……

现在是春天了：已有一个月那个骑摩托车的通讯员从附近的城里带来报纸和色情的杂志，他一边在摩托车的油箱上收钱和找付零钱，一边两腿叉开支撑着身体，双脚不是踏在冬季扎营地的冻土上面，而是在他们住宿的帐篷之间被马蹄踩踏和摩托车轮胎滑过的林下灌木丛的深泥里，在这帐篷里他们用马鞍当枕头，睡在用嫩树枝交叉搭成的、垫上草的床上，每天早上醒来总发现四周千金榆和山毛榉的嫩芽叶的皱痕稍微更平展一些，帐篷四周的杈桠突起的乔木和褐色的荆棘丛渐渐地露出点点小芽，细小的绿点越来越多，叶芽展开，逐渐变大，最后汇成高耸的穹顶，变为温热的太阳光线点点洒落下来，使在突然变为柔和的空气中无力地摇晃的树枝加重了，这时好像大自然全部苏醒，准备举行节日，准备成千的赎罪的祭品，把成群的牲畜和用树叶覆盖的人群和机器献祭某种不可动摇的、难以满足的神明。

① 《圣经》记载，在烈火燃烧的灌木丛中，上帝显现在摩西之前。

那位老太太已死了很久了，她那惶惶不安的老人面孔……

佩皮尼昂一八〇九年四月五日。亲爱的巴蒂，春天来到了，我忘记在最近一封信中吩咐您要在四月十五日之前斫伐树木；如果在洛斯埃尔还有不长的树木，那就宁可把它们斫掉，但限于贝达勒这一区，否则就斫伐加玛斯一带的树木，不过要与两年前斫伐的方向相同，不管怎样，要叫人斫伐这些树木制成一千至一千二百捆柴，不包括在采伐区所有的木头在内，这些木材要送到圣-米歇尔城堡……要整段运送去，要是不能派别的用场的话，可以当作圆木利用。要吩咐塔布雷叫人看管好畜群。亲爱的巴蒂，现在是加固我的那些树篱的时候了，不要让牲畜吃种植在河边的杨柳。我要求您要勤于跑腿，在树发芽期间看管好畜群，要不然我就会失掉一年的乐趣，而我没有一年时间可以浪费了。每封来信都要告诉我草场进展的情况，要积叶沤肥。

这就是我对下月工作的指示。我提前告诉您，因为您对我的信只读一半不读完，每次都得把同一件事对您重复说两三次：将来不要忘记收集金花菜的种子，我希望今年秋天大量收集。当三叶草长出来，开始萌芽时，您要把新鲜的拿去喂牲口；您要叫人成行地从上到下割，从伏尔的高处开始割，注意把第二天早上喂牲口的三叶草傍晚时就运进谷仓里，傍晚喂的，就要在早上进仓；开始喂养时要把三叶草和稻草拌和，当牲畜习惯吃这种饲料时，就可以让它们尽量吃；要是根据我二十多年前在同一地方种植的三叶草来估计，现在田里种的足够作为新鲜青饲料喂养我全部马匹近两个月，剩下的您叫人收藏起来作为一般的饲料。我拥抱您。

……那惶惶不安的老年人面孔已不再在潮湿的、挂毯长霉的走廊阴影中游荡或者更确切地说飘浮，老太太现在已在阴暗的地下变为一些白骨……

佩皮尼昂一八〇九年五月八日。亲爱的母亲，我本打算在五月里回来看您，但现在看来最早也要一个月后才能来了：那些该死的英国人威胁我要袭击我们的海岸线，因此我得在那里迎接他们：我为他们准备了几千名的好厨师作为接待人员，还有在物资方面准备了五十二台套车结实、弹药充足的大炮来向他们致以军人敬礼，同时用炮弹和子弹以较快的速度与他们进行联系。要是我在那里留下了军帽，这是很有可能发生的事，我将安心死去，因为我不会让任何人难过，您将看到我没有把您忘记。我拥抱您。

……几根白骨：后来，为了安葬另一个人，墓穴打开了，掘墓人说，老太太躺在那里，从那摆在她父亲棺材旁边的散开的棺木中可以看得清楚，她的脸变为像干缩变硬的羊皮纸的坚硬皱褶，头上有一些灰色的头发——这些掘墓人说，为了腾出位置，他们移动了这两具棺材，较旧的那一具可以说完全散开了，留下在他们手上的只是一点木灰，因此他们只好将就地把那个假浸礼会牧师（喜欢那些肉体柔软的安德罗梅德的人）或至少是他的残骸（他们说，他身上穿的礼服还很完整，还有他那长裤脚管有带子系在脚下的灰白色的裤子）移到老太太的棺材里，用一条绳子整个儿地捆扎起来，以致父女两人最后连结起来，像骷髅乱伦的交配，但保留着两个头颅和几把或几扎石灰物质（像收拾房子时那样被拾起来，聚集在一起，再随便塞了进去）包裹在他们用不会腐烂的哔叽和不会腐烂的丝绸制成的现已变为破旧的豪华衣服里，像那件用黑色管形小珠绣花的硬胸长袍，发出黑色的闪光，她穿上那件袍子高坐在一家中央，带着一副永远不变的面孔，眼皮起皱，肌肉松软，好像是用一种已经没有生命的物质构成，这些肌肉对称地在鼻梁的两侧垂挂着，像浸湿的抹布似的，这悲剧面具上的腰子盘形的嘴巴总是在提出埃斯库罗斯[①]式的无言的抗议时张开，眼睛茫茫然，双手青筋毕露，好像是直接从她坚持亲自带她的孙子们去看的那些歌剧中的一出戏里面走出来，她往往坐在（她倒在自己身上，像一个年纪很老垂死的王后被强迫保持着那对她还不愿松手的生命）前厅第三或第四排的座位上，她似乎只坐这样的位子（或者是出于习惯，或者是由于考虑到自己的地位和过去的富有她不得不预定较贵的座位，或者只是因为她耳朵有点聋），她像传说中的人物那样出现，好像她到这里来仅仅是为那些来自某一时间、地点、同样也是神秘人物提供一件复制品，对那习惯于看银幕上活动的平面发亮的影子所表演的平庸无奇的冒险故事的男孩子，这些神秘人物第一次有血有肉地出现在他眼前，使他感到心绪不宁，或者更确切地说，感到震惊，在他进入这市立剧院之前，思想毫无准备，这剧院一年中绝大部分时间都是关闭着的（以致他——小男孩——把剧院旧的门面列入那些历史建筑

① Eschyle（前525—前456），古希腊悲剧创始者，他在悲剧中否定集体犯罪的观念，主张正义超过法律，精神高于强力，公正超过盲目复仇的愿望。

物，列入已成为过去的遗迹，它正在慢慢地剥落，被张贴着五颜六色刺目的广告的电影院排挤到遗忘的角落里去，他想，在这角落里，差不多和他的家族陵墓那种剥落受损的排场一样陈旧过时的东西慢慢地在腐烂、蛀蚀，在他看来，那沉闷的一再重复的叮嘱首先就像这陵墓的附属物，对他来说，一切享乐的想法都是与谎言、禁令、秘密活动的想法分不开的，他跟在老太太后面穿过的不是那油污肮脏的两幅门帘之间的那道狭缝，而是进入那装饰古旧的戏院大厅门上镶有软垫的门扉，它们的不同就像沙龙与车站大厅不同一样，这大厅又不同于那闹哄哄、回响着乱七八糟声音的、用铆钉固定的梁木支撑着的地下室，由于这戏院大厅面积小，油漆龟裂，在他面前呈现出一副不仅局促而且微不足道的模样，与此同时，每走一步，他都感到一种说不出的不舒服（他穿着最好的衣服，指甲干干净净，头发梳得平服妥帖，彬彬有礼地向其他那些佩戴着玉饰的老太太问候，这样，无异是把那一帮毛头小伙子硬充好汉、炫耀放肆的粗野态度的保护性的盔甲给剥除了），当他坐到自己的座位上，俯身去拾起从手上滑落的节目单时，渐渐感到更不舒服，他看到的不是布满花生壳、痰迹、踏满穿草底帆布鞋或鞋跟磨歪的鞋子的脏脚的地板，而是上了蜡的擦得光亮、整齐地用垂直切割的木板铺成的地板，折纹笔挺的裤脚管和丝袜，他挺起身来再细细看时，越来越不舒服，他看见的不是那引人注目的棋盘似的广告板，而是巨幅的紫色幕布，有漂亮的褶裥，上面用逼真的笔调作了画，幕布两边用细带系住，带子末端沉甸甸的金色流苏也是用逼真的笔调画的（虽然——也许是因为——由于发霉而变为灰色，幕布已变旧，甚至有的地方用小块布和重新上色修补过），这勉强粗粗修补的幕布现出一种故意摆阔的穷相，就像装饰老太太的大客厅那银光闪闪的仿波纹绸缎织物那样，对岁月的摧残、时式的变幻，或命运的逆转，都置之于不顾，和剧院正厅后座坐在一起的老太太们一样，一律穿着深色长袍，佩戴着家传的老珠宝（其中有些老太太只剩下一件珠宝，一枚钻石扣针或一个破产的灾难中保存下来的红宝石小十字架，其中最富有的（这城市还有好几个旧有的巨富人家）浑身佩戴着闪光的饰物，尽管她们有老年人庄严宁静的外表，也掩盖不住那些人人皆知的事，所以她们中多数人都只是由她们的女儿、媳妇或孙子陪伴着：也就是，在这同时，在那保王派小侏儒作为台柱之一的“俱乐部”中，她们的丈夫和儿子正在忙于使她们破产），在一排排灰色、褐色、浅棕色头发的头上飘过的无非是喃喃细语、不引人注目、不失身份的耳语，老年妇女满布皱纹的憔悴面孔，混杂在那些少女用红色或紫红色胭脂涂抹的面颊，深褐色、黑灰色或蓝黑色的紧身上衣五色缤纷艳如鲜花的连衣裙和那少女的娇美的侧影之间，显得十分奇特，这些少女在那适当地袒胸露肩的衣服上，还有她们那优美纤细裸露着的双臂，也像是朵朵鲜花一样……

> 他生活在米兰这个城市，由于职务使他成为头面人物之一，如同在任何一省的军事长官一样，无论是在敦刻尔克、美因斯或图卢兹。他刚参加过历史上最大一次的革命，现在什么都不相信了，驯服地为专制暴君[①] 效力，因为只有这个人现在能保持他的地位，保护他免受波旁王朝的人的报复，他每天局限于完成他领取工资报酬的枯燥无味的工作，检查供应军需者的账目，进行令人疲乏不堪的视察，揭发铸造厂的诈骗和军火

① 指拿破仑一世。

库里的盗窃。他抱怨当地剧院演出质量平庸，他说，对此“不得不塞住耳朵，有时还得闭起眼睛”，他埋怨巴黎的名演员像塔尔马或乔治小姐（他在信上称他们为“这些明星”）很少到当地来演出，他似乎对斯卡拉歌剧院[①]的豪华排场不怎么感兴趣，由于他的地位，他不得不到那里去露露面，那位身后跟着一名小黑奴的假约瑟芬[②]陪伴（或硬拖）他去。他用冷漠的眼光看看珠光宝气的前厅后排座位、那些迷人的意大利伯爵夫人的赤裸的肩膀，年轻的斯丹达尔[③]昔日随军需部门来到这里时，曾为她们神魂颠倒，他用钢铁市场价格、铸造和提供变质军需物资合同所费金钱来估价她们那些年纪大的丈夫买给她们佩戴的冠冕形钻石发饰和项链，这些丈夫具有数不尽的贵族头衔，整天忙着搞政治的和做生意的小阴谋。除了巴蒂的信、他自己的经济问题以及他的儿子在军界任职提升的事以外，他似乎只对一种东西发生兴趣，那就是有关近期战争展望情况的消息。就这样，他度过了七年光辉的放逐生活，只有在参加征战时才活跃起来，他曾在维罗纳战役中受伤，直至奉召到普鲁士参加拿破仑大军后，这种流放生活才结束。他感到百般无聊。

……那裸露在外优美纤细的手臂，娇嫩的面颊由于发热而泛红，一种不失分寸的兴奋激动在她们之间逐渐扩散，谨慎的细语混杂着乐队轻轻调校乐器的声音、毫无次序的拨弦的杂乱声、叹息

---

① Scala，意大利米兰著名的歌剧院。
② 指这位将军的继室，因为她长得像拿破仑的第一位夫人约瑟芬。
③ Stendhal（1783—1842），法国作家。他年轻时曾追随拿破仑部队至意大利米兰。

声、短暂的乐器琶音，这一切宣告（或部分组成）即将举行一种仪式，其性质与在跺脚、臭气熏天、婴儿哇哇啼叫中所期待的演出完全不同，他（男孩）朦胧地感到这也是属于一种秘密活动，但有更加妥善的保护，因为在这里，表面上没有任何受到禁止或要隐藏的事，他不是通过欺骗或诡计才到这里来的，而是光明正大地坐在他祖母的旁边，是在几个他家的亲戚或朋友中间，但他好像是第一次看见这些变了形的人，年轻的妇女或少女部分地袒胸露肩，艳装打扮，在场的观众像是秘密会社被初次接纳入会的人一般，出于勾结同谋而聚集在一起，从他们的低声耳语、那种严肃刻板的态度就可以猜到，他们在这里集会是为了参加一种既神圣又原始的仪式。当序曲演奏过后，庄严的幕布升起，一些主持仪式者忽然在舞台上显现，而且十分迫近，他从座位上几乎可以触到他们，首先就使这个男孩子无法抑制地想起那些神秘人物，她们不是毫无分寸地而是不成体统地涂脂抹粉，难看之极，靠墙站着或在靠近旧城墙的上城街道的神秘房屋门槛上挨着，有时他和两三个同学到那里去冒险，几乎不敢偷眼朝那些站着不动的身影看一看，即使是大胆望一望也立即把视线转开，这些身影既没有一点女人味（至少是没有任何在他看来是表现或象征女性的东西），也不像个人，她们摆在那里像一些卑下的神明，其职务也许只是作为居间人，似乎以某些令人厌恶的可怕的考验作为代价，她们就负责使人获得在紧闭的门墙后面的某种知识，因为她们掌握了开启的钥匙，这种知识与任何逻辑、想望、理性无关，无法加以解释，好像教堂里发生的事一样，在烧香的气味缭绕中，在烛光闪烁下，在眼花缭乱的亮光、绣花的祭披和宽袖白色法衣中，在唱诗班的清脆的歌声回响里，如雷响的大风琴突然停下，他伸长颈子，张开耳朵，才看到在祭坛的左侧有一位浑身金饰的老主教坐在或者可以说蜷缩在一顶紫色的华盖之下，在宝石闪闪发光中举起他那绣着吊钟海棠的手套里的手，与此同时，人们听见衰弱、颤抖、几乎听不清的声音，在极其沉静中，这声音显得这样低微、细弱，似乎随时都会变为粉碎，它摇晃，停息，重新响起，最后好像断断续续地说完简短的祝福的短句，这句子与其说是唱出来不如说调子有点抑扬而已，接着声音停息，这位用黄金建成的金字塔的居民精疲力竭身子朝后倒去，更进一步蜷缩在他的宝座上，这时教堂唱诗班多重的歌声和大风琴如雷般的声响向前冲出，四面爆发，朝向高高的拱顶欢快地飞腾……

　　他长久受到邻近西班牙的、它遗留在这个过去曾受隶属于它的省份的传统以及其粗野、凄惨的戏剧场面的影响：他对死亡的想法也是长久与他童年时代人们在圣周[①]期间放在他手上浸在海绵里的香水味道连在一起，那时他穿着悔罪者的衣服，让人带着他走到摆在用鲜花铺盖着的床上那些瘦骨嶙峋的耶稣雕像旁边，大家在吻耶稣的脚趾之前，先把上面揩擦干净，母亲们用双手把最小的孩子举起来，以便让他们能吻到耶稣脚上的伤口。从近处可见巨大的钉子穿透脚跟上鼓起的肌腱，这脚是用土灰色的木头雕的，由于被人吻而变得光滑，长圆锥状的钉头呈多刻面。从石竹花和海芋花占主要地位的花床散发出一种尸体的、辛辣的令人头晕的味道。当他用嘴唇轻触近褐色的木头时，他靠得很近，看见从那像嘴唇肿胀的嘴巴的伤口流出

① 指基督教复活节前一周。

来的画得生动逼真的血滴边缘。悔罪者的袍子是黑色的，领子镶着白花边，一直拖到地上。小孩子们头戴镶绿色细滚边的无边黑圆帽，脚上穿着白色短统袜和圆头的有长形鞋扣的黑漆皮鞋，这就是人们对狂欢节不久就举行的宗教仪式化装加上去的那种风情。那海绵是真正的海里出产的东西，呈黄褐色，面上呈泡沫状、锯齿形、蜂房似的有许多凹洞。

后来，他对死亡的观念和一种有哈喇味的热油发出的令人恶心的味道混杂在一起，外国志愿军在巴塞罗那被征用的大厦巨大饭厅中所吃的食物都浸透这种味道。在巨大落地窗的玻璃上可以看见最近巷战留下的弹痕。从弹洞散开成星形的玻璃裂痕伸展为弯曲、不规则的分支。碟子、刀叉相碰的声音混杂着全欧洲各种语言讲话声音的很响的嘈杂声。从饭厅走出就可到达门厅，那里的升降机的左侧有一道通向地下的楼梯，过去地下室是一个夜总会，现在作为监狱。听说这地方的天花板还吊着纸制的大鱼这样的装饰品。民兵们又惊奇又佩服地叙述其中有一个囚犯二十四小时一直手脚交叉地坐在一把椅子上，像坐在客厅里似的，他拒绝吃东西和躺下，一直到被带去枪毙。

后来，他这死亡的观念在漫长的岁月中又是与默兹河与桑布尔河之间的一段段排列的一系列小村庄或乡村的名字紧密联系在一起，这些村庄在一片荒凉的田野中阒无人烟，相隔很远的炮弹爆炸回声震撼着大地。这些名字是莱喷泉、深城、圣热拉尔、梅泰、莫里亚尔梅、博蒙、库索尔、阿诺尔，这些名字仿佛是透过既光亮又肮脏的雾模糊地（眼睛由于缺乏睡眠和疲劳而炙痛，像是变得脏了，在这十天里，一直晒在田野、亮闪闪的草场、树林、发亮的板岩屋顶上面的太阳本身也是灰蒙蒙、鬼影憧憧似的）看见的（或只是在记忆中保留下来的），最后的一个村庄名（阿诺尔）带有深沉的回音（像阿努比、诺尔、努瓦尔、莫尔[1] 这些字音混合浓缩起来的声音），其共鸣像丧钟一般，它在地名指示牌上萦绕不休反复出现（阿诺尔七公里，阿诺尔三公里，阿诺尔十二公里），有路牌竖立着的公路十字路口，他从西到东走过两趟，头一次是骑马，第二次是精疲力竭，惊愕发呆，要饿死的俘虏，在那长得不见首尾的战败者的队伍中，被两个像是决定命运般的重复音节长久追逐着，拖着脚步在盛开鲜花的景色中曲折前行。

……唱诗班多声部的歌声和百多个风琴管如雷鸣般奏出乐音欢腾地朝着高耸的拱顶上升：他被震得昏头昏脑望着在他前面几米的舞台上真实但样子全不像人的一些人物，他们穿着古罗马人的无袖长袍或盔甲，脸上涂抹颜色刺目的油彩被舞台的脚灯从下向上照射着，产生了倒影，脸上突出的地方好像覆盖了一层黑色的厚尘，像绘画教室里很少打扫的石膏像上的积尘，像是他们自己从那些摆着面无血色的恺撒、安提诺阿[2] 或庞贝的半身像的柜子或架子上跑了下来，这些沉重雕像似的人物以梦游者的缓慢移动，举起一只手臂，跨前一步，接着又恢复静立不动的姿态，这样经过很长时间才再动起来，改变了姿势，英雄和贞女从一种姿态换到另一种姿态，相互呼唤，离远又再走近，面对面，把他们那抑扬顿挫的声音混在一起，这些声音像受伤的鸟啼叫，牲畜的嘶鸣，时而激越，时而呻

① 这几个字法语的意义是：古埃及引导亡灵之神、北方、黑色、死亡。
② Antinoüs（110 或 111—130），古罗马皇帝哈德良宠爱的年轻希腊美男子，投河自杀后罗马皇帝为他建立一座纪念堂。

吟哀怨，时而温柔委婉，在那些呆坐在一排排红色天鹅绒磨损的椅子上屏息着呼吸的观众之前，好像演出的不是像电影院那种逼真的戏，而是在那些纸板制的石头和布景上绘出的树木之间，展现、毫无克制地倾出一种既猥亵又可怕的东西，语言对它是并不重要的，正如那个全身金饰蜷缩在那紫华盖下的主教几乎听不见的祝福词一样，同样，欧律狄刻或诺玛[1]很可能与那些庄严的、凝立不动的女歌唱家们一样，她们面容疲惫，涂抹的脂粉被汗水化开，她们穿着有褶裥的袍子，摆出永远热爱、永远极度痛苦的姿态，他们在这里出现，只是像那主教和妓院街上涂脂抹粉令人迷惑的女神一般，作为代向神明求情者，他们外表丑恶、可笑或可怜，但他们是被派出的代表，与表面世界完全不同的另一个被谨慎地隐藏着、在难得一遇的机会来到时才显现或隐约显现的世界进行联系，后来，在那老太太去世后的一天，他（男孩子）从中学放学回来，沉重的大门在他身后重新关上，把街上的嘈杂声隔绝在外（过去只是一些遥远的零星的嘈杂的回响，随着岁月的变化渐渐又变成一种到处蔓延扩散的喧闹，拉马车的最后一批套马现在已被汽车取代了，在那些斜下去的街道为钉着马蹄铁的马行走用碎砖铺砌的中央通道，现在像其余的路面一样铺了石块，后来铺石又渐渐消失了，路面一律铺了沥青，全部改用一种近乎灰色的熔岩覆盖，整个城市充满着一种咄咄逼人的、刺耳的乱哄哄嘈杂声），他在庭院中停下脚步来，一时站着不动，侧耳细听，巨大的房子似乎能够抗御，坚持，保留完整，这不是完全出于宏伟的砌造工程，而更多的是由于长期居住在这里的那位老太太的顽强意志，这所大房子像一个神圣不可侵犯的隐蔽

① Norma，歌剧中的女主角。

所，从那用阳台与庭院隔开的客厅里传来的微弱的钢琴声似乎也成了这座房屋的沉寂的一个组成部分，使得寂静更为明显，这琴声有时一个音一个音散开地弹出，一个个音符缓缓地落下，有时弹得急促，音符聚集在一起，发出雷鸣般的声响，接着又重新一个个地分散开，一个一个音符清晰地奏出，有一天，他下了决心，扭开门柄（现在门不再锁住关闭了），接着，他站在门洞下面，现在他受到复杂的乐声突然直接袭来并包围了他，好像是沉入音乐的内部，夏尔叔叔仍然继续弹琴，并且说："要就进来，要就出去，把门关上，你妈妈在休息……"后来，他就常常到这里来，把那破损的皮书包靠在椅脚上，坐下来，他们两个人就这样都在那冰冷的大客厅中，夏尔叔叔像平常一样穿着近绿色的天鹅绒上衣，像打猎的人穿的那样（他一生从来不能想象人们怎么能够朝一头动物开枪），肩膀上裹着一条开司米羊毛围巾，男孩子的大衣纽扣解开来，双手握着贝雷帽，后来感到冷，把大衣扣子又扣上，重新戴上帽子，呆在那里不动，力图使人忘记自己，拖延着时间，一直到夏尔叔叔一边继续弹琴一边用同样平静、平淡的声调说："你没有翻译的功课要做吗？也许现在是去做功课的时候……或者至少去做做样子。晚饭前还有一个钟头，你有足够的时间把你制造出来的那套莫名其妙的东西拿给我看。你还是不要让西塞罗[①]像上一次那样离奇古怪地说话……"不过时间还没到，要等到天完全黑下来，好像黑暗将会唤醒坐在钢琴前面的那黑影恢复对外在世界的意识（他既不老也不年轻，面部虽然骨头突出但并不瘦削，总是带着一种心不在焉惘惘然

① Marcus Tullius Cicero（前106—前43），古罗马政治家和演说家，他的拉丁文演说辞是从前法国中学生必学的课文。

的表情，有浓密柔软的灰色头发的头微向后仰，上半身有时俯前，有时再挺直，细长的手指像自动似的在象牙琴键上快速移动，乐谱架上没有乐谱，他也许是凭记忆弹奏，也许是即兴弹奏，用左手弹着和音来陪衬右手清晰地逐一弹出音符的节奏缓慢的主调），那个男孩像冻僵了似的，裸露的大腿冻得发紫，置身在不变的布景中，在陈设的手枪、萨克森瓷器、扇子、总是在那摆在墙角上的巨大的大理石雕像俯视下轮廓越来越模糊的家具之中，好像在这广阔阴沉的房间里有一个第三者，他置身于那些时而互相推挤、时而彼此交错、时而分离散开的急促琴音似乎一时在加速、一时在放慢、一时在分解的时间之外……

在五月十日和十二日之间，马奔驰了约一百六十公里，为了在炸桥之前再次渡过默兹河，它们不得不再跑十五公里左右，有时是大步奔跑，而且是在极坏的地势上跑，有时候，铁路上的石碴把马蹄底部割开了很深的切口。到了圣灵降临节的星期日晚，才第一次能把马鞍卸下，大部分马背上都有一块块带血的肉暴露在外。奇怪的是，受伤和被杀死的人比马要多得多。有些马摆脱了背上的骑兵，溜缰狂奔，头部高举并稍微侧向一边，眼睛发了疯似的，只是到了透不过气时才停下，有时其中有一匹马横站在公路或道路当中，精疲力竭，惊慌失措，可怜巴巴。

其中有好几匹马疲乏到连一个骑兵也驮不动了，甚至站立不住，因此不得不被抛弃掉。就在这种情况下，他不得不在圣热拉尔事件前夕放弃他的那匹母马。这是在圣灵降临节后的星期二。他们在森林中与后备队伍一起度过星期一整一天，听着默兹河一侧的连续不停的轰炸声。到了晚上，行动的命令下达。他们在马背带血的肉上重新装鞍，开始朝南行去（这时联队仅仅是由三个小队脱险的骑兵改编而成），开始时顺着默兹河走，后来转向左方，回过来又朝着河走。虽然这段路程是常步走过来的，到后来他感到那匹母马几次在他身下往下沉，好像它的腿在发软，他不得不用马靴上的马刺踢使它站直。他们那一天晚上在另一处相当稀疏的树林中过夜，第二天从清晨开始，对默兹河的轰炸又重起，在很近的地方了，约莫到了中午，他们开始看见三五成群或单独一人的步兵经过沿着树林的公路，这些步兵一边回答骑兵军官们的问题，一边发呆地看着他们，没有停步，只顾转过头去继续朝后方走去。步兵中有几个已没有武器。有的提着枪口机械地拖着枪走，枪托在地面上刮过去。小块的白云懒洋洋地在空中停住不动。太阳在林下和矮林中把树叶照得发出柠檬黄色的斑点。

过了一会儿，他在一位骑兵中士和一个班组里的人帮助下，终于使母马站了起来（为此他不得不踢它几脚）并拉它到公路另一侧的草场上。每走一步，母马似乎即将倒下。每次马的飞节弯下去时，那中士和另一位骑兵就用短粗的木棍打它的臀部和飞节凹入处。他们就这样地把它拉到朝向一条溪流缓慢倾下的草场尽可能远的地方。到离溪流约十米远的地方，他们无法使母马不倒下了。于是他拿掉它的缰绳，返回树林（他因为疲劳和缺少睡眠，再加上精神上所受的打击，身体精疲力竭，连走路也费很大的劲），从他的装备中拿出一个帆布水桶，返身走到溪流边上，装上水，提到母马那里，这时那匹马的头一侧平搁在草上（身体侧睡着，四条腿微弯着）。马没有抬起头来喝水。他慢慢地把桶里的水倒在它的嘴唇上。他把水都倒空了。母马的嘴唇仍然不动。它的胁部起伏急促。一只眼还可以看得见是张开着，这眼睛在一排黑色长睫毛的边缘下望着他。

……客厅里渐渐暗下来，那些已死去的传宗者的庄严和谜似的画像在阴暗中逐渐消融，首先他们穿的衣服，深色的天鹅绒上衣、华丽的罗缎紧身女上衣、有年金收入者的常礼服、他们的脸部、他们的手，这一切还呈现出一些模糊的光点，但越来越朦胧，逐步消失，最后在阳台透射入来的斜阳中只剩下武器的枪口或相架金饰上残留的反光，琴盘上的一排象牙琴键发出微弱的闪光，半身塑像的光滑的凸起部分在黑暗中隐约地发亮，像幽灵似的幻现出古罗马人穿的宽阔外袍、凹凸不平的脸部突出的部位……

其他的马，情况相反，平静、孤单地朝着西方本能地小步疾走，好像有第六感在引导着它们似的，就像那些据说能够跑过难以置信的长距离还是回到自己的畜棚、巢穴或主人那里的动物，这些马根据习惯带着沉思似的神气沿着公路右侧不慌不忙地走着，现在步伐正常，空马镫在两胁旁前后摆动着，当一个溃败的步兵想抓住它们的缰绳时，它们就突然避开，用两拍子的速度大步急跑，但保持一种倨傲的半睡半醒者的神气，过后它们又平静地小步快跑，春日的树叶筛下的阳光小圆点安详地在它们的颈圈、发亮的鞍子、沾满灰尘的臀部上溜过，与此同时，它们沿着两旁有树和各种残骸的看不见尽头的笔直的公路越去越远，身影逐渐变小，最后消失不见踪影。

……那凹凸不平的脸部突出部分虽然是由石头构成的，但好像具有一种潜伏隐秘的生命，好像在大理石的有褶裥的衣服下面，那细小的胸部难以察觉地继续在起伏呼吸，那公牛似的颈部上有一条青筋在跳动，厚实、沉着的脸带着那石刻的浓密的头发和没有眼珠的眼睛，好像在这冰冷之中被攫住保存下来，许多年以后还是……

……你们走过的道路越往前越下陷：现在再也来不及回头走了；必须克服一切阻碍，否则只有死于疲惫。公民们，鼓起你们的勇气！国民公会现在缺乏的正是勇气，不幸这是事实：它缺乏勇气，因为缺少一个敢于去抵制种种烦琐偏见的人；它缺乏勇气，因为没有力量敢于去藐视那些大人物；它缺乏勇气，因为没有为国民公会召开而需要进行的重要工作作出牺牲，不要去理睬人们对它的厌恶情绪和造谣污蔑。

公民们，这就是立法委员们应有的勇气，而不是互相辱骂，引起全国的公愤，也不应休会到布洛涅[①]去，因为卡札莱斯[②]派和拉梅特[③]派的人也到那个地方去了。

立法委员们，让我们结束这时间拖得太长的事吧；国民公会贤明地宣布它应采取的决定。要是你们团结一致，任何决定

---

① Boulogne，巴黎西部的一个森林公园。

② Jacques Antoine Marie de Cazalès（1758—1805），法国西南部贵族，一七八九年曾任议会贵族代表，是保王党中著名演说家，一七九二年逃亡国外，一八〇三年回国。

③ Alexandre Théodore Victor de Lameth（1760—1829），法国将军兼政治家，曾与其兄弟一起参加美国独立战争，一七八九年任议会贵族代表，赞成革命与改革。一七九二年任拿破仑手下的省长，波旁王朝复辟后，成为自由派议员。

都将是令人满意的。使法兰西共和国失败的，将不是全欧洲列强的同盟，而是国民公会成员中的不团结：国民公会今天是法国唯一的联合点。一些闹分裂的受委托者能使他们的委托人信任吗？欧洲在国民公会中看到一大群好人他们只会感到惊讶；欧洲在这里看到的是许多有才干的人，但是它所寻求的是一位政治家：让他出现吧；让他晋升到人们给予天才的地位上去吧；让我们团结在他周围，向我们的暴君和我们的偏见发起进攻。难道我们能怀疑我们的成功吗？整个法国都会支持我们。最后，我认为路易十六应被宣布为有罪，并且立即予以应有的惩处。

……多年以后，他（那个曾经是男孩，现在变成老头子了）想再看一看一个多世纪中一直高踞在那铺饰锦缎已磨损的客厅中那大理石巨大的、带着讥笑表情的神像，只要能得到它的一张照片也好，经过多番奔走活动、多次盘问（这一家经过分家，抽签瓜分财产，后来又再分家、迁移、转地生息：一时间变为毫无生气，由于丧事、守寡，几乎荡然无存，好像是命运突然的转变使它分崩离析了，好像过于长期压缩的物质产生的补偿作用，从最后一个支系开始又膨胀、繁殖起来，这家三个儿女中最小的一个在驾车出事中死亡之前，有足够的时间生下一大群子孙，这些后代又再生育儿女，他们结婚又离婚，再次结婚又再度仳离），经过多方解释其意图，他（老头子）终于达到目的，他提出的各种理由被对方带着怀疑接受下来，往往又重新申诉，被对方带着一种不理解、对抗的神气来听取或规避，他终于从一个警惕小心的声音中获知地址，或者更确切地说，电话号码，这声音或者可以说是在沉思，中间插入长时间的沉默，似乎在这段时间中那约定开门时间的人在思索，大门终于向那纠缠不休的来客打开了（或者可以说：是半开半掩，从门缝里露出像被追得走投无路的小野兽的眼光），接着，当他（来客）说出自己的名字时，门扉重新关上（打开安全保险锁链），门又重新打开，那开门的人露出全身，模样活像一只石貂，金黄色的小胡子，尖形的脸，一副忙乱的样子，他（来客）一边走进房子一边思忖，居住在这里面的人有什么可以担心的（那管家在他后面用三个锁和直闩还有一些小滚轮构成的绝对保险的门锁再次双重锁上），有什么东西怕被人偷走的，房间里能够带走的一切已经搬空，除了地上有一张床垫，还有一张残留有熟食剩菜的桌子、一把椅子、靠墙堆放的三叠文件，当然还有那不可少的电话，靠这电话机，那管家管理那些有收益的事务，正是由于这些事务把法庭的执达员引到他家来：他家就在这样一所豪华公寓里，有大理石的大门和钢门擦得发亮的升降机，他以自己所住的套房为荣，他解释说，房子里搬空了，是因为法庭把东西扣押了，发生这种事纯粹出于误会，他和一位银行经理的愚蠢行为有着复杂的合伙关系，到期票据不幸出事，不过问题已经解决了，那些家具、奇拉斯[①]银器和地毯、中国大瓷花瓶、印度科罗曼德尔地方式样的屏风（或是熊皮、白皮的长沙发椅，造型美观的桌子），不久就会归还的：来客想："像在电影里，像在做广告的幕间短小喜剧里，戴着尖帽子的仙女用魔棍一挥从一个图片到另一图片把一个房间摆满了沙发床、靠背椅和植物盆景……""也许他是以此为业的：是电影制片人或者类似这种人……"后来想起来了："不对：是发起人吧，至于不动产……关于那些家具……"他甚至不想笑，只是带着怀疑的眼光望着主人和

① Chiras，阿富汗城市，以产工艺品著名。

那像是让巨大的吸气机吸空的房子：在墙上从前挂画的地方留下清晰的长方形痕迹，在一个角落里，机织割绒地毯仍然保留着方形的印痕，上面压平的毛一直平伏着，随着他再次提起并解释来访的原因（他已经在电话里讲过，但只得到一些支吾搪塞含糊其辞的回答），他看到那疑心重重的人逐渐恢复安全感，重新喜欢说话了，他带着毫不在意、听天由命的、很感兴趣的神气指着那肮脏的、空荡荡的铺有割绒地毯的房间说："您看见了吧？……我在电话里，唉，没对您撒谎……一扫而空了！……您想我还有什么好对您说呢？我可没有参加拍卖。我……"

布里扬松，共和八年花月[①]二日。部长公民，我在花月一日到达这个城市，立即进行检查所在地的军需供应情况。我将不断地向您提供从防御工事和武器装备角度来看有关要塞的情况，从粮食方面看来，我觉得情况十分严重，可能引起一些使共和国难以忍受的事件，因此我不应不及时向您说明情况：敌人曾占领塞尼山，虽然他们已被赶出去，但可能加强兵力重新把它夺去；指挥意大利部队左翼的托罗将军手下消费人数六千人但事实上只有二千士兵进攻敌方，而敌军每日进行佯攻，但据一切迹象推测，敌方企图对我方仅三百人镇守的图尔尼营地真正发起袭击，因此他们不使劲对布里扬松和对蒙利翁进行包围战：敌方只要向沙维纳投入二百士兵，即可掩蔽昂布兰、蒙利翁和布里扬松的部队行动；若敌军同时通过塞尼山到格利比埃，就会切断我方此处要塞与第七师的联系，因为敌方与我一

① 法兰西共和历的第八个月。

样清楚知道我们这三座堡垒没有足以维持八天的粮食，因此不费一炮即可将它们占领。托罗将军告诉我，敌人在皮埃蒙特有两万后备军。部长公民，我请您命人把我从格勒诺布尔写给您的前任的信件拿给您看，我已很久……翌日拂晓，骑兵联队起程进入圣热拉尔阵地。他骑的乃是一位已死去的骑兵的马匹，当他们沿着草场走时，他见那匹母马在拼命挣扎想重新站立起来。它把头自下而上向前伸，同时使用颈部如一个平衡器，这样它终于使前蹄踏在地面，前半身略微抬起（这使他想起在一次斗牛表演中看见的一匹受伤的马，当时这匹马抽搐挣扎着力图再行站立起来，它也是把头自下而上地摇摆，但它的后半身像是瘫痪了，两个后蹄并在一起而且几乎是伸直，与此同时，它身下的一摊血渐渐扩大）。最后，这匹母马终于站了起来，沿联队所走的道路方向上行了几步。它的腿几乎立即弯下，又重新倒在草中。他在马鞍上回顾几次，只见黎明中灰色的草场下面它的身影形成的一个黑点（他似乎又再看见马的黄色长牙、皱缩或者说打了褶裥的黑色厚唇像手套上的皮，他朝马的嘴唇上倒桶里的水，他好像还看见它下巴下面长着的稀疏长毛）。灰蒙蒙的拂晓，天空在转为粉红色之前呈灰紫色，战事重起之前时间短暂的寂静（一只云雀在灰色空间中振翅高飞时发出的鸣叫，像一个转动很快的生锈的小滑轮发出的声音），坦克这时已在公路一侧排列好，坦克兵或坐在打开的炮塔上，或靠着履带站着，有时嘴里嚼着一些东西，或手里拿着一个酒瓶，他们的眼睛茫茫然，苍白得可怕的脸上毫无表情，他们看着骑兵们走过，双方互相沉默地凝视着，如同陌路人一样，每个人在自己的恐慌中孤单无告，彼此间毫无同情心，同在一起沉默无言，像在戏院或歌剧院的后台一队扮演群众角色的人静静地站在应有的位置上，等待幕布揭起，舞台脚灯点亮。都灵，雾月二十八日：亲爱的巴蒂：我同日接到了您在葡月[①]十四日和二十二日的信：这证明我说您这个人没头脑是有道理的，虽然我吩咐您要通知我收到我的信的日期，但您没有照办。您把给我的信寄到昂布兰，而我的信上写明是在都灵发出的。由于您的信寄到昂布兰去了，迟了半个月才收到。您有三十七天没给我写信，而您本应每隔十日给我来信的，对您这种粗心大意我是不满的，依我看来，您写信给我时并没有再看一看我的一些去信，因为在您最近一封信里，您对我说已按照我的吩咐在法勒基埃尔种下燕麦，而我并没有叫您这样干，因为那里不久前已经种过了，法勒基埃尔这块地应当是种麦还是种金花菜；这一块土地应该在田埂上种金花菜一直种到岩峰的卡雷塔勒。您怎么认为我该一切都想到呢？我人不在场而且忙于战事。在小美人、纽米德和绿宝石生下小马后八天，您要让它们和穆斯塔法交配，尽量抓紧时机。据说摩尔海岬女人那匹母马不能控制自己，那您不要让它与穆斯塔法交配；我想叫人把摩尔海岬女人、叙佩伯和莎莱玛这三匹马一起送到这里来。请德尔泰依先生派人送去您缺少的酒瓶和瓶塞，并把去年酿的白葡萄酒装瓶。您再看看我葡月三日写的那封信，要逐项给我回复，我不希望您装聋作哑。您要来来往往地跑以便提防人家破坏，要去看看隘口是不是关好，所有的仆人是否做了我吩咐的工作，而且是在什么时间做的：我只要求您勤跑腿，多长眼

① 法兰西共和历的第一月。

睛，而且向我汇报。我在这儿的工作超过一个人的能力所及，至少我可以依靠您，因为要是……

……来客意识到说话的声音没有停，他想有多久自己没听见，后来又认为也许只不过漏听了一个句子，或者一句话也没漏：一时的沉默，那石貂模样的人在很短的时间中沉默地观察他，或者也许是他自己说了话，他又听见那细弱、挖苦的声音现在几乎变得咄咄逼人了："买主的姓名吗？……再说一次，我没有必要对您……我是说：如果她没向您提供的话，那我……我是说：到底这是她的事……当然，也是我的事，因为我们结了婚，当时……不过，买主，这个，关于买主……谁对您说他不坚持要……您知道：这类人中有人想奉送给自己一些祖先……是有这种事……居然是，找到一位将军！……虽然身后没有留下什么了不起的纪念，我看……她自己从来没能准确告诉我到底他……"这说话的声音变得咄咄逼人，凶狠地说："说到底，光从大理石的重量来看……想想看！至少要三个人才能抬起来，而且还不止是这样！……对，光是重量……"来客不再听他说下去了，转过身走了，穿过空荡荡的房间，进入门内，等那个人让那复杂的门锁又要弄了一番，接着，门扉在他身后重新关上，现在他站在楼梯口的平台上，在升降机载着他上升发出细微的摩擦声的同时，他似乎一直听见从护壁板的另一侧传来的笑声、被逗乐了的悦耳的声音在重复："光是大理石的重量！……三个人……"那肮脏的脱毛的机织割绒地毯仍旧平铺在那过去安放雕像基座的地方（升降机咯噔一声停了下来，发亮的指示箭头熄灭，他的手下意识地推开机门），那巨大的塑像所留存下来的似乎只有这空空的痕迹，像神话中人物在岩石上留下传说的庞大的脚印，他想象那三个搬运工在那毫无生气、无动于衷的大理石像重压下弯着腰在喘气，一边跌跌撞撞，一边咒骂……——钢琴一直在弹奏，夏尔叔叔带着一头浪漫色彩的头发和鹰钩鼻的上半身黑影在阳台的窗前清楚地显现，这上身就像那摆摊的艺人用灵巧的手在黑纸上迅速剪出的剪影那样全部是扁平的，小男孩像那些家具一样动也不动，好像他企图拖延的不光是他得站起来上楼到自己的房间去，埋头读西塞罗的谜一般难解的复合句或恺撒的回忆录，而更重要的是拖延他预感到自己这一段生活很快就会结束的时间的迫近，因为他知道母亲不像夏尔叔叔所说的那样在“休息”，而是将轮到她死去，好像她为了合乎礼仪等待老太太去世之后自己才死，而他不久将离开这座大屋，以后相隔很长时间，在放假时作为外来人再回到这里来，现在，那大理石雕的幽灵几乎看不见了，渐渐在隐没，好像从来就不在这里似的，被人遗忘了，只是在两次搬动、无休止的漂泊的两站之间，被寄存在这客厅里，在这漂泊流浪的过程中，这座雕像后来不恰当地被送到一个破了产的开发商说不出名堂的套房里，它一直带着那冷静沉着、庄严宁静的神态，最后又被搬到另一些客厅里，一些陌生的房子里，好像它的命运就是没完没了地颠簸摇晃（好像一座被劫掠过的庙宇搬运到另一些地方去，那些躺在座架里没有眼珠的眼睛凝视着天空的沉重、巨大的雕像，又需重新竖立起来，它们在结构复杂的木架和吊举器械中间由一大群相形之下变得像小人国中的人用垫板系住，用绳子裹扎着，在路上由一长列的佩尔什[①]马拖拉着），好像他过去在他所蔑视的欧洲从一个角落不停地在各方向重复地往来奔走那样，这些行程老是把他带回到同一个

① Perche，法国北部地区旧名。

地方、同一沿海地带、同一要塞、同一河流、同一个壁垒下，从阿图瓦到阿尔卑斯山，从阿尔卑斯山到科西嘉，然后又从科西嘉到弗兰德地区，接着又从弗兰德地区到莱茵河，从莱茵河到维苏威，然后又从维苏威到迦太基的废墟，接着又重新到莱茵河，然后到波城，接着从波城到波罗的海，然后从波罗的海到埃布罗，像西西弗[①]那样每次来回都经过同一个十字路口（在十字路口的这城市不仅当时是一个国家的首都，而且是一个大陆的正在思考着的头脑和吓唬人的东西），在候见室等候接见（等于暂时存入仓库），坐在某委员会或某部长的办公室前厅中，后来被引进，带到一间有一个或几个面孔像木头或大理石的人站在一张摊开的地图前的办公室里（在一个时期中，他自己也是这些人中的一个，发出信件，决定兵力的运用，征用牲畜、粮食、物资——或者更确切地说，既不征用牲畜、粮食、物资，也不运送，而只是发出信件，在这些信中他说（正如人家对他说过的那样）应当在没有牲畜、没有粮食、没有武器的情况下战斗），这些面孔像木头的人穿着朴素无华，或可笑地头发抹蜡涂得油亮，他们一批批地在岁月中渐渐身上披上绣花的、饰金的、点缀着钻石的衣着饰物，当他被引进来时，他们转身过来，抬起头，额上显出忧虑重重的样子，用一种带着怀疑、有点斥责的神色看他（他那难以毁灭的巨大的雕像又重新摆在这里，头发像狮子一样，颈部肌肉发达，古罗马式的宽外袍的褶裥仍旧保全完整），接着只是用手指朝地图上的一点指一下（随便一指，似乎甚至不肯费神看一看自己的食指点到的地方），而他（或者可以说是

① Sisyphus，希腊神话中的人物，曾被罚在阳间不停地把一块大石推到斜坡顶上，石头滚下来再推上去，永无休止。

那四百斤的磨光大理石半身雕像）就重新上路，飞速前冲，在鞭子噼啪响和充满咒骂声的路上，在发出叮当响的武装的骑兵队护送下向前行进（也许用意不是完全出于保护他，更多地是为了防止人们把他偷走，防止敌人夺取到手，把他竖立在不是原先准备好的地方，把他永久固定在一个基座上），让那不知疲劳的佩尔什马像世界末日里坐骑那样载着他大步疾走，在深深的车辙中跳动，靠着鞍辔、绳子、皮带轮、绞盘等工具把身体稳住，越过高山，深陷进荷兰的黑色泥泞之中，在结冰的公路上滑步，被派遣从那地图的一端到另一端，这地图是用粉红、杏黄、淡黄等悦目的颜色画出来的，像他用各种颜色标出他的田园的不同区域一样，在这被河流、边界线蜿蜒曲折的线条划分成块、多次改变、呈龟裂状的古老大陆上奔走，甚至有一次竟被抛出大陆的界限之外（好像是继续往前冲，被他自身的重量拖着走），触到非洲海岸，后来又重新被吸住，带回到这个旧世界来（像系在一根橡皮筋上的球或玩具似的），他那浓密的长发，体重两百公斤的马在被暴风雨打得倾侧的船上甲板间摇晃颠簸，在海浪的峰谷中起落跌宕，大理石般的人和青铜铸成的马一起被卷走，人极力保护马，在倾斜的甲板上和石与金属相碰击的震响中滚动，身子跳起来碰到船壳、框架，在波浪的翻滚中朝相反的方向滚动，一直到人和马在两次滑动之间终于被抓住，像用套马索套住一般，人们把他们缚住，用坚实的缆绳紧紧固定下来，后来，一到口岸，一旦知道那匹种马没有受到损伤，又再次奔跑在他六年前曾经走过的从热那亚到巴黎的公路上（六年前他被两支舰队击败，再次逃脱暗杀者布下的埋伏和大概是这些暗杀者杜撰出来的告密），现在他被一些穿着马裤、丝袜在他的塑像重压下弯着腰的仆从引进一间或一些客厅之中，里面像大鸟笼似的充满着身体半裸的、头发像长卷毛猎犬那样精心梳理过的妇女，一双闪闪发亮的诡黠、贪婪的眼睛从牌桌上面俯视那些扑了粉的胸部，在这里，一个从头到脚披着绣花衣服、绶带、花边、有着一双丰腴的保养得很好、戴着戒指的肥胖男人用嘲笑的眼光正在仔细看着他（也许这双手中的一个手指上戴着一块在鲜红底面上镶有玉雕的头像侧影，这头像在颈部有一道弯成弓形的精细的切线），那两个诡黠贪婪发亮的眼睛也从上到下在仔细打量他，在大理石上寻找裂缝、断口，直至那满戴着宝石的手在那铺着毛毯的桌上随便拿起一张牌，然后把它翻过来，眼睛几乎看也不看（这也许是一位受宠的仆从），接着又重新用眼睛瞄瞄他（也许轻轻地用手肘碰一碰邻座的人，某一奉承者），窥伺他会不会惊跳一下，哆嗦一下，这时，那嘴唇肥厚的嘴巴张开，最后吐出另一个城市的名字，在这城市中，人们正在战斗和死亡（既然人们没有能把他打得粉碎，搞掉他，把他杀死，甚至有一个时候竟使他成了将军，但据当时的一个人说，这种任命几乎等于是发放上断头台的合格证，或者在两次战争之间短暂和平时期中，人们无法打发他到战场上去，就派遣他到那不勒斯去，正如把另一些人派到拉施塔特一样——或者是随便派遣，只为了不要他再在沙龙里碍手碍脚，因为总得把他安排到某一个地方去，只要那里有大炮和危险就好），那动也不动的大理石的面孔……

天气令人毫无希望地继续保持晴朗，白天里太阳是和暖的（他们还穿着骑兵的长大衣，尽管如此，夜间他们冷得发抖），阳光沉重地落在蓝影森森的静止不动的树木上、树篱圈围着的草场、微微起伏的自然景色。飞机出乎意外从一个山冈背后出现，或者说，不闻预告的声音就突然现形了，在他们头上出现了，这些飞机一般是三架一队，而且飞得相当低，飞行路线无精打采似的，摇动的样子也很轻柔，一架一架微微地上下移动，像长条鱼在两条水域之间隐隐地滑动。在不停地撤退过程中，分队上了马在一个果园中集合，前头一个班组已开始起步，几架飞机出现了，朝他们飞来。立即有命令下来要他们在苹果树下集中，保持完全不动。透过树叶的缝隙，他们看见成三角队形飞行的飞机，在不高不低的高度上，继续向前直飞，在发白的晨空中像一些灰色的十字架。所有的人都抬头朝上望，呼吸屏息，马一旦嘶鸣或突然偏闪一下他们就紧张地惊跳起来，骑兵赶紧用闷声的咒骂斥责自己的马。那些飞机似乎是在慢镜头中移动。阳光在嫩绿和透亮柠檬黄色的树叶间嬉戏。两只小鸟在一株树上唧唧喳喳地互相扑打。它们继续在争吵中你追我赶，虽然看不见了，但从树叶的突然嗦嗦摩擦抖动和鸟翼急促拍动的声音可以猜想出它们的动作。它们断断续续地飞动着，从一根树枝跳到另一树枝，以意想不到的方式跳跃，树枝的末端被摇晃得发出抖动。飞机在一阵震耳欲聋的声响中飞过，继续向前飞走了。

……那大理石般的僵化的脸毫不抖动，大理石般僵化的嘴唇几乎没有张开（也许只是大理石变得稍微苍白），大理石般的声音说："斯特拉斯堡！"更加像大理石那样的声音几乎立刻又说："好吧，斯特拉斯堡。"两眉之间用凿子刻出的两道威严的皱折动也不动，面孔冷静得像他站在讲坛上或指挥作战时那样，仆从们弯下腰，发出搬运夫哼哼的声音把大理石块重新抬起，把它搬出客厅，离开那里面唧唧喳喳的声音、大鸟笼里的笑声、袒露的胸肩上的温馨，他们在抬上楼梯时绊了一下，在重压下发出咒骂，把大理石像塞进早已准备好的有篷双轮轻便马车，那早已套上的马用前蹄踢着，他们把车门关上，一边搓搓被碰伤的手，一边返身转回到候见室去站班，为那些穿着透明的长袍的弗里妮[1]捧上清凉饮料，马车夫扬起鞭子，套马向前快奔，马车在路面石上跳动了一阵子，后来穿过郊区，后来在公路上、在那些坑坑洼洼的小路上又跳动起来，继续不停地（除了在驿站换新马的时间外）经过一些他曾经多次走过的城市，再次跑过标志着一些令人联想起盔甲、雉堞、纹章、带有铁器火药、田野气味的地名的古道（巴勒迪克、埃佩尔奈、沙隆、图勒、吕内维尔、巴卡拉），在冰冷的马车里，那半身雕像受到猛烈的摇晃颠簸，但毫无损伤，总是那样魁梧，最后车门打开时，他用冷漠的眼睛盯着那些望着他的将级军官和副官（在他们那装出来的卑躬屈节下也许隐藏着嘲讽，掩盖不住他们的放肆，也许他们一边也互相用臂肘捅捅，一边彼此低声耳语在说名道姓），但他们看见的不是一个半身像，不是他们或许正在期待的一个幽灵，而是一个巨人，虽然总是像大理石那样冷漠，而捧着他的膝头举他上马的人在他身体的重压下几乎直不起身子来，他们用眼睛尾随着他，张着嘴巴惊愕地发呆，而这时他头也不回地远去了，马车甚至不卸下套马，他就直奔前哨，默不作声地观望一切，毫不在意那冰冷的寒风，渡过波涛汹涌的河流，环顾棱堡、防御工事、满是泥污的火炮掩体、没有准备他会来到的邋邋遢遢的士兵们，一言不发继续他的行程，后来，仍然是一言不发让人带他到参谋部，走上楼梯，走过站岗的士兵前却没看见，为他准备的饭菜也不屑一顾，

① Phryne，古希腊雅典名妓，以美丽和擅长吹笛著名。

走进人家给他指出的办公室，沉重地坐下（冰冷的客厅里，现在几乎是阴暗一片了，巨大的半身像越来越变得模糊不清，但那个小男孩似乎可以看见它：开始变得沉重的肌肉发达的魁梧身躯，赤裸裸，像在模仿古画上的人物，在那个时代，画家首先在画布上描绘的人物是身体赤裸的，然后再在皮肤上画上有褶裥的衣服或制服，开始时从颈部、肩部画起，身体的其余部分逐渐在红色、金色、蓝色的颜料层中隐没，整个上身前俯，一条腿在椅子下面微曲着，这椅子也是仿古的），他在蜡烛台的光亮下慢慢地一页页翻动他命人拿来的物资登记簿和兵员的手册，有时提出一个问题，沉静地听取回答，过后又重新仔细翻阅登记簿，最后合起簿子，重新挺起上身，朝后靠着椅子靠背，又沉默了一会儿，眼睛呆望着前面，对站立在办公桌旁的一个或一些穿着讲究的参谋官员看也不看一眼，后来,做一个手势把他或他们打发走，甚至对他们脚跟嚯一声立正敬礼、马刺碰响也不加注意，他把副官叫来，命他坐下，他已精疲力竭，但开始镇静地口述道："斯特拉斯堡，第三日补充报告。致斯特拉斯堡炮兵学校指挥官巴塔永·勒格罗：我请您，公民，下令与步行炮兵[①]第三团上尉巴吕尔公民在二十四小时内到目前正在凯勒前面露营筑工事的部队去归队。这一团的管理委员会将任命一位级别低的军官替代他现任职务，如果认为此举适宜的话。我请您将这命令执行情况汇报。我请您对第三步行炮兵团的第十七连的第一上尉弗里斯公民下令要他在二十四小时内到目前在凯勒前哨的部队去归队。希望您也对同一团的第一连的第二上尉勒巴尔公民下达同样的命令。第五团兵站将使弗里斯公民在管理委员会的位置由别人替

① 当时的炮兵有两种，一种是步行的，一种是骑马的。

代。我向部长汇报我对您下达的命令和使我做出决定的原因。务请注意迅速执行此项命令”，在寒冷的沉寂中，秘书的笔尖刮得发响，巨人平静地望着前面，在等待着，笔尖停下不响了（钢琴也仿佛是在静静地弹奏，声音遥远、低沉——事实上那个男孩现在不再听琴了），大理石似的声音在口授着：“部长公民，作为炮兵部队司令使我有权自由调动您给我指定的从布里萨兹直至都塞尔多夫这一区域的部队。我到达斯特拉斯堡后，曾前往视察目前驻扎在凯勒桥头的勒格朗将军所指挥的一个师附属的炮兵部队；我看到最前面的工事中有一道是步行炮兵第五师第九连驻守的，但没有一位军官在连里；虽然有一个班组调离，但应有两位上尉、两位中尉共四位军官留在那里。部长公民，同样的命令我一向不会重复下达两次，到了第二次我就要惩处了。炮兵部队一向服役成绩卓越，我不能容忍我部下某些军官损害这支部队的声望。我认为敌人在前有些军官想方设法躲避，从事一些便当的、可以用受伤的军官充任的工作，这种事极不正当。我并不尊重这个师的库存管理委员会派给我的一些代表，该委员会提出这些军官是唯一得到他们信任的人，其中的第一位已任用于管理伏邦要塞的武器，第二位管理全师的服装。我想有关这方面该委员会将给您写信，对您陈述这些军官得到委员会承认的在其部门中的特出才干，不过我敢于向您保证，无论何处发现疏忽紊乱，我都要重新建立秩序……”画家现在画到腿部（人物的身体束紧包裹在有红色领饰和袖饰的蓝上装里）用柔软的皮靴掩盖那永远也不收口的伤口的包扎和有结节血管的大脚，并画上马刺，用钛涂料使马刺显得光亮……

“因为他们……我是想说巴拉斯将军和其他一些人……选中斯

特拉斯堡这个地点派他去并非出于偶然，”[①] 夏尔叔叔说。“他信中用的是这种语调，这种粗暴激烈的口气。平日他这个人却把粗暴激烈埋藏在一个善良朴素的表面下……这像是一种挑战，对那些可能会让他砍去脑袋的那些人的挑战，”男孩子说：“砍头……”（那时是夏季，或者说是初秋，不是在那有钢琴的冰冷的客厅里，而是在避免日晒关上四分之三的百叶窗的小办公室里，在葡萄收获季节中的家园——虽然再也没有人用这家的姓，但酒桶、小推车和木梯上继续用姓氏的头三个字母当作商标——夏尔叔叔用老迪雅尔丹-萨勒龙制的铜烧锅来量称葡萄汁的含量，整个办公室充满了酒精和糖的酸甜味道，烧锅下面柔和的火焰稍有气流吹过就倾斜起来，锅里的汁液轻微的颤动发出一种继续不停的单调的声音，酒精一滴滴地落到一些细瓶里，夏尔叔叔用眼角留心观察着）现在已穿上长裤，用剃刀刮胡子已有几年的男孩子又重复说：“砍头？”——夏尔叔叔说：“或者是枪决。在那时候并不更费事。而且他们一方的警察受过训练……”他停下来，不去观察落在瓶里的颤动的小水滴，从眼镜上望着男孩子：“对于一个曾负有使命的代表、国民公会秘书、公安委员会委员、相当于现在的上议院议员或大使的某种机构的主席的人，获得炮兵司令的将军头衔不能说是晋升，即使是属于重要的指挥任务。这一点你从来没想到吗？至于正好选上这支部队和斯特拉斯堡这个地方……”他俯向一个瓶子，又说道：“很快就完工了，”他眼睛一直盯着橡皮管的末端，继续说下去：“对，他们的警察训练有素。可以说是自己训练起来的。我想，平

① 让-皮埃尔·拉·圣-米歇尔的弟弟曾在斯特拉斯堡任骑兵军官，后因坚持反对革命忠于路易十六而被处死。

时一贯如此，只要有足够的耐心来仔细检查那一大堆告发材料就行了。他们当时大概发现漏洞、盔甲上的裂缝……我想也发现了他：没有在从突尼斯归来时直接从热那亚到巴黎，他……当心！……”他俯身向前，迅速地拉开小长颈瓶中的一个，在光亮处举起来看看液体的表面是否达到标记的地方，把瓶口按在手心上，把瓶子倾下、向上几次，接着把瓶内的汁液倒在一个试管里，试管里一边灌入一边腾起无数银色小泡，后来他又说：“把温度计拿给我好吗？谢谢，”他身体倾前了一会儿，然后在一页纸上记下一个数字，这页纸上留有试管底部的潮湿、鼓起的印迹，接着他小心翼翼地把酒精测量表插入无色的汁液中，这测量表一时间又升又降地在动，然后才静止下来，夏尔叔叔慢慢转过身来，留心观察着它，一边转向图钉钉在墙上的一张数字表，一边说道：“十一点二度。很好。还来得及，”接着他一边朝手指吹气把烧锅盖子拧开，把锅子四面摇晃，倾注锅里的剩渣到另一个试管里，一边又说：“他绕道经过城堡……是的：今天只不过是一个已一半荒废的大田庄……而且他不仅在那里留下贝伊的连襟送给他的那匹种马，或只是在那里呼吸点家乡的空气……要不然就是他并不知道在那里等待着他的是什么……或者也许没有等他：那时候还没有电话……总之，似乎他是在那里找到家乡的空气以外的什么东西，或者可以更确切地说，一个什么人……”男孩子：“一个人……是谁？怎么回事……”叔叔说：“我会告诉你的。你的祖母从来没有对任何人提过这件事。不对我说，也不对任何人说。她一直把那张比她的珠宝更珍惜地收藏着的文书存放在永远锁住的一个小箱子里，这箱子的钥匙是放在写字台上了锁的抽屉里，这张写字台也一直是锁住的……”他又记下一个数字，把试管里的东西倒在办公室旁的一个盛酿酒葡萄的桶里，同时说道："现在，请你把我刚才抽出来的第四号葡萄样本拿给我好不好？就在那儿：靠墙……"他一边把汁液倒入烧锅，拧紧盖子，把小酒精灯重新点燃，一边说："当然，你会觉得这事荒唐可笑。我也是这样。事情是一百多年前发生的……不过，对她来说，那也并不怎么遥远。而且和她的姓氏有关。归根结蒂，这事有关她的曾祖父和她的曾祖叔父……"男孩子："叔父？到底是……"夏尔叔叔在他的烟斗里塞入烟草，把它点燃，抽了几口，然后抬起眼睛："因为他有一个兄弟……"男孩子："一个兄……什么兄弟？"夏尔叔叔："合乎法律和生物学的。对。这是符合惯例的，把这家姓氏给予两个来自父亲同一的分泌腺、成长于同一母腹中的两个胚胎的产物。这两兄弟模样之相似就像照相的底片和印晒出来的照片一样。这就是说，他们完全相像但又是一正一反……"男孩子："这样看来，他有一个兄弟是吗？但为什么……"夏尔叔叔："你是说：为什么人们从来没有提过这件事？正因为如此！"

第四部

稍从侧面拍下的火车车厢一侧占了图面整个长度。这是本世纪初在西班牙设立的外资公司由比利时制造的宽轨大车厢。即使是在和平时期，这种火车的样子很难看，不仅是因为肮脏。车厢和窗玻璃总是异乎寻常地蒙着黏手的油腻烟灰，火车头的双音笛声既哀怨又凄凉，令人想起美国西行的火车，穿过和阿拉贡或卡斯蒂利亚高原①一样荒凉干旱的广阔地带，在野牛群中慢慢地闯出一条通道。

当然，这些外国公司同样也全部被征用了，在车厢的两侧可以看见用粉笔或白漆写的两个主要工会的名称的头一个字母：U．G．T．和C．N．T．②，还有歌颂西班牙无政府主义者联盟的标语。

不合常情的是，黑白照片比彩照更能表现出这些车厢灰蒙蒙的颜色，这些车厢异乎寻常布满灰尘，不过事实上，也并不一定是灰色，是一种土褐色。除了火车头悲惨凄切的笛声和异乎寻常的污秽产生的印象之外，还要加上也许是按照比利时银行家要建造坚固实用的车厢的指示，草率而且粗糙地生产出来的东西，毫无掩饰的大量的螺钉、螺母、铆钉露在外面，还有结实的车架纵梁，使这些车厢像是修道院或军队的运输工具，让人感到它们既是钢铁，又粗野可怕得像监狱。

笨重地镶铜的狭窄车窗（油烟不黏附在铜上，但黏附在车厢的油漆上；它在铜上留下一些微细的粒状物，在这些微粒下面露出黄色的金属，稍微一擦就会发亮：被潮湿的手压过和被手汗溶化的油烟在指痕的周围形成一些黑色的拖痕——在其他地方，只要手指按下去，就出现纹路朝向中央集中的黑炭色指纹）……所以，从车厢狭窄的窗口伸出一些没有穿外衣或穿工装的青年的上身，这些青年会令人想起星期日晚上看完体育运动比赛归来的成群结队喧闹嘈杂的队伍，他们在车厢的门窗上有节奏地喊叫着胜利者的口号和唱着夹着学野兽叫声的快活的歌曲。虽然窗口很狭，他们中的三个挤在一个长方口上，最瘦小的一个似乎半个身子全挤在外面，他的头朝后抬起，前臂也举起，好像在与脸齐的高度上摇动着一个水壶或一件什么东西（武器？花束？）但无法看清是什么（因为照片的右方在手腕稍前的臂部截断了）。

车厢里大部分的人都望着摄影者，其中有两个人夸张地展示他们手里斜倾地拿着的枪，那长枪管指向窗外的天空。这些青年全都留着浓密的油光发亮朝后披的黑发，只有一人是例外，他的头发已开始脱落，在两旁只剩下两撮，一绺在中央，高额开阔，脸部腼腆、柔和，近乎童稚，这人可能是饭店的跑堂或理发店的勤杂工。他穿一件白衬衫，子弹皮带在上面突出显现。他挥动枪支的姿态不是手心向前，而是举起拳头挥舞作出一种幼稚的威吓的样子，表露了这人有点虚弱和稚气。

---

① Aragon，Castille，都在西班牙境内。
② 西班牙总工会与全国劳工联盟。

邻近的一个窗口只有一个民兵单独占据着，只能看见他的头部和两肩，似乎他是跪着或蹲在车厢的地板上，上半身藏在车厢一侧后面，好像他躲在铁甲后以保护自己。他比同伙的人要年纪大一些，对大家的激动喧闹无动于衷，对摄影者也不感兴趣，只是注视着自己前方稍偏左的车站上的某一点。他右手里持着一把笨重、扁平、黑色、发亮的手枪，在强盗影片里是常见的。好像他刚刚扣过扳机，食指还弯在上面，他似乎在注意看自己刚才打中的敌人。从枪口延长下来的枪闩把他的面孔下部遮住了，仅能看见四分之三，在这脸上横划了一条宽厚的黑线，从耳朵稍下面开始直到上唇为止，像一道胡须似的。在枪筒口子的右方一阵烟在散开，在那占据着邻近那个窗口的民兵前面，烟的旋涡盘旋成一阵发白的烟雾。事实上，这些烟圈是从一个漫不经心让自己的身体悬在车门外的人夹在左手食指与中指之间的一根香烟末端散发出来的。这人一头鬈曲浓密的头发，有点蓬松，成波浪形高耸在低低的额头上。脸型属地中海人，尖削而严峻，线条匀称，鼻子笔直，眉毛突出的阴影掩盖了眼睛的视线，表情专注，凶狠，带点戏剧性夸张，也许为了正在为他拍照的摄影者而突出这种表情（其实是为了后来看这照片的公众）。似乎没有亲戚或家属，没有朋友前来送行。在车厢顶上，可以看见金属的梁架，铆钉密布的粗大梁木，还有窗上被烟熏脏的玻璃。

他在叙述中说，幸而是在六月里，虽然有时还有点寒气，特别是在天亮之前，但晚上并不冷，不过由于已是六月，太阳很早就升起，因此早上他，或者更确切地说他们（他和两个像他一样的人）不得不还在隐蔽处（焚烧过的教堂、废弃的工地、野草长得很高的荒地中的坑穴）躲藏很久，他们躲在这些地方虽说谈不上可以安睡，但至少可以瞌睡几个小时，如果瞌睡这个词儿还不可乐观地确指某种东西，那么正好与放松、休息相反，因为不仅睡的地方和姿势很不舒服（在残垣破壁之中或地上蜷缩或勉强躺下），而且在他们居住的地方甚至入睡了还得不断保持警惕，虽然他们中一个人总是不睡以便戒备，其余两人也都准备好随时起身，一有风吹草动，他们就溜之大吉，也许他们可以到妓院里去躲避——既然这种地方已重新开门——在那里装作是外国有钱的游客（或新闻记者），不过很有可能他们（这是说那些追踪的人）也监视着这种地方（或与他们这三个人过夜的妓女的家），且不提他们这三个人不得不到这种地方来干这种事还得提出正当的理由，在当时也许他们并没有考虑到这种事，但可能他们身体需要，发情期的反应在他们的肉体和肌肉里被另一些反应所代替了（或被抹去了，虽然他们都是年轻力壮的人），这类警惕性是出于惊恐本能地重复出现的一种反应，也属于动物性，回到野兽的阶段（或者是驯养的动物，例如猫，它随时可以从窥探、伺机，或深沉熟睡静止不动状态直接进入迅如电闪的行动，其迅速程度使跳起、抓伤、遁逃变为单一共同的动作，虽然也需用三个词儿来说明），这些行动并不是像他所叙述的那样，是（肉体和肌肉）受一个充满慌乱或绝望的脑子所控制（他们没有或再没有时间来惊慌或绝望），而是一心想着能够幸存下来的办法，把任何要思考的问题都推后了（这些问题是争辩善与恶，细察和衡量原因和来由，这是说，造成这一切的原因和来由，使他们完全像猎物似的回到，或者更确切地说，倒退到被追捕的动物处境发生的原因和途径），他们现在能信任的只有自己保持清醒的感觉了。他们总是不得不长久地等候着轮到城市在温热（或者说带着汗湿）和呆滞中醒来，这时咖啡馆和理发店开门，但理发店的人刚取下门板或咖啡店的侍者刚扫清地上的木屑，摆好独脚小圆桌子，他们就迫不及待地跑进店里，那就会显得可疑，因此他们不得不一边慢慢地使自己身子暖和起来，一边等待，利用栅栏遮掩免得引人注目，或者追随某教堂的圆花窗上透过碎裂的彩色玻璃和烧得发黑的穹顶的骨架照射进来的太阳光线缓慢地移动，它最先是横向移动，接着渐渐倾斜，在寂静无人的大道上，他们窥看汽车一辆接一辆在晚间或清晨的远征后带着晚间的猎物最后归来，这些就是那些没有恢复到凶猛得足以逃脱猎人之手的猎物，现在被两个守卫夹着坐在车后的长木凳上动也不能动，眼光茫然发呆，神气像是卸下了一个重负，一种忧虑，可以说像是轻松了，或者（汽车）没有乘载别的人，除了几个夜间或拂晓时上车的守卫，现在正忙着仔细擦洗自己的武器，一边往枪口里呵气，一边闭起一只眼睛用另一只探看还有点温热的枪筒口，这一切（斜射地面的阳光，寂静无人的大道，并非是送牛奶的小货车或汽车稀疏开过，房屋前部的窗户仍然紧闭着，还没有看门人出来打扫的行人道——后来，仍然是同样的一些大道，同样的房屋前部，但窗户已打开，看门人用大量的水冲洗门前，咖啡馆露天平台上侍者重新摆上一些独脚小圆桌和椅子）带有一种虚幻、难以置信的色彩，像一个旅客在火车的没有铺垫好的长凳上过了一夜后，清晨从车上下来时发红的眼睛所看见的外部世界一样，他精疲力竭，站在火车站前的台阶上，好像有一种玻璃，一层由于疲劳形成的薄膜把他和广场、公共汽车、城市的闹声隔离开来，这层薄膜像是地板蜡或石蜡造的，他可以感到它在脸上裂开，沿着皱纹切割，好像套上了铸模，好像他的脸另外蒙上了第二层皮，使他与清晨的寒冷空气隔开了，但他的身体其余部分却在寒风中发抖，这时他意识到自己是在按距离来想已走过的行程，事实上与此有关的是他自己内在的变化，因为不仅是地点变了，而且他、他的本质变了：因为现在，组成他们这三个人的东西（本质）显然与以前不同，由于他们渐渐感受到被猎人追捕的兔子所感受的经验，或者更确切地说（因为事情发生在城市里）被专门的组织或队伍从地窖或阁楼里清除出来的老鼠或类似的某种动物的感觉：这种变形，他（事后叙述事情全部经过的人）很快就意识到，好像他能感到自己身上完全长了毛，还长出一条尾巴，亲耳听见一个女人——就是他自己的妻子——叫他出去（而他："怎么回事？"可是她说："出去！"他又说："怎么回事？"她仍然说："马上滚！"他说："为什么？"），这种事（她后来在一个避人耳目的偏僻地点和他相见，在她向他解释为什么的时候，甚至在此之前，他理解到他的所有的问题，哲学上的或其他方面的，全都一下子取消，甚至解决了，只剩下一个问题：逃遁并躲藏起来，孤孤单单一个人，受伤未愈，处在一个陌生城市之中，而那里能帮助他的一些人也都不得不躲藏起来），所以，这种事（变形），使得什么是合法，什么是不合法的观念全都无用了（正如有一个人对他叙述在另一个时期亲身经历的一件事：一些人突然冲入——闯进——他家中，这些人甚至用不着费神出示他们腰间系着的枪套里的东西，只是威胁他，要他把地方腾出来，当他提出同样的问题，同样的"为什么"这个可笑的问题时，他们连笑也不笑——后来他（就这样被赶出家门的人）理解到人们平常难以接受的事，是权利，并不是哲学家们所讨论的，议会或什么代表大会所执行的属于道德或正义范围的事情，事实上只是一种约定俗成的事，唯一合乎事物情理的合法观念是在一个没有手枪的人面前拿着手枪），还有，他似乎体验到那有名的笑话的反面（一天早上，他们在等候能够不太过于冒险从他们躲藏的地方偷偷出来时，其中一个人——其他两个和他一起从事这次冒险行动的人中间的一个——回忆起来的），那笑话说的是有一个人自以为是一颗小米，医生经过耐心说理终于使他相信自己是一个人而不是一颗小米，但他走到门口，突然退回来又对医生说，他现在已经清楚自己是个人而不是一颗小米了，但他毫无把握鸡是不是也这样认为——同样，即使他（后来叙述这个故事的人）相信自己是一个人，但在他看来，追捕他的那些人却不知其事，实际上是把他看作仅仅是一只老鼠，因为她（妻子）告诉他，有一天早上，他们（这是说五六个那样的人，不论有没有穿制服，其社会职务是明显无疑的：这些人有点营养过剩，有点过分有礼（或者过分粗暴，依不同情况而定），眼睛有点像混浊的脏水）天刚亮就来敲她的门，没等应声就直冲入房间（大概他们带上一种工具能够进入老百姓的家里，用不着批准，就把锁打开），他们这样干是根据一种如果不是经过捕掳考验的战术，那总可以说是（既然他们没有在这个窝藏地点找到他）为了消毒（有点预防性质——他还没有能够确定这些人究竟是怎样一种人：他难以相信是警察，因为据他所知，他并没有违犯任何法律，从原则上说，人们只要遵守法律，就应当获得安全：但是，似乎这个词（安全）被证实大概有双重含义，因为带头搜捕的人宣布进入房间时用的正是这个字眼，不过这字眼是用大写字体装点的——虽然没有写出来，只是说出来，这样其含义显然就变了，用大写字母开头的安全的含义完全不同于只是用小写字体写的安全），还有，这种行为是按照最详细的预防措施的规章进行的，因为他们进入房间以后，立即活跃地开始搜查一切可能在这里滋生的有害的细菌的痕迹，虽然这些细菌是看不见的，但无疑是剧毒的，他们把最小的纸片、报纸、书籍、剪报、私人信件、龌龊的衣物全都搜查一番，把橱柜、抽屉、垃圾桶、浴室全都翻过，他们敲击墙壁，掀起门毡，摸捏窗帘，在浴缸和暖气管下面搜索，把衣服逐件细搜，把一包包的卷烟纸拆开，逐页细看，这样——虽然他们只有六个人——共花了将近两小时，在这时间中却没有一个人想起去看看床上，他的妻子一直躺在那里，把床单拉到下巴，沉默无言地用眼睛跟着他们来来往往，这一细节（对此他至少是愿意相信的，也无法使自己相信并非如此）使她想到这些人并不是真正的专业人员，把这项遗漏（没有去看看床上）归之于这些不速之客（或更确切地说，闯入者）具有一种模糊的廉耻心或顾虑到名声的思想，并不是由于愚蠢：不管怎样，现在（他们没有用脚把她从床上踢下来，也没有把她带走，显然是想利用她作为诱鸟笛那样的东西），他没有别的出路只好躲藏起来，等待找出办法来逃掉，最不合常情的现象是，搜索（追捕、围剿）只在夜间进行，当他们三人认为时间已不早了（这是说，街上热闹起来，重新恢复日常的节奏时），就偷偷溜出躲藏的地方，但首先彼此仔细检查一番，把身上沾上的草根、泥土或白灰的痕迹除去，掸扑了一大阵子，尽可能把衣服拉直弄平——他们已把那引起注意的会招致危险的灯芯绒短裤和茄克衫换成法兰绒长裤和粗花呢上衣——直至几乎表面上看来是一些不会为非作歹的旅游者——或通讯记者——，虽然作为真正的旅游者他们的脸也许有点晒得太黑，手也许有点过多地长了硬茧（不过他们在必要时可以找个托词，说他们肤色晒黑是由于在附近的一个海滩上日光浴所致），他们带着懒懒散散的神气一路闲逛来到最先看见的一家理发店，用轻浮者眏眼睛的动作和异常下流的暗示，表明为什么他们的眼睛由于缺乏睡眠而发红，脸上充满倦意，身体极度疲乏无力，欣然坐上单面仿皮漆布有气垫的靠背椅，听凭人家用肥皂涂抹他们的消瘦面颊的勤快的手去摆布，在廉价的紫罗兰香水和花露水毫无香气的难闻的浓味而加强的迷糊昏沉状态下把自己放松，细看贴在那些框子涂了瓷漆的镜子之间的洗头水或净发剂的广告，那上面都涂着悦目的色彩，画着一些五彩缤纷的女人，抹着玫瑰色胭脂的难以置信的脸孔在微笑，头上披着浓密的波浪形的黄头发，胸部丰满，身体半裸或穿着淡绿色仅在肩上扣住的无袖长袍，推销或拿到他们那发愣的鼻子下某一种巴黎香水的神奇的瓶子。尽管如此，他们还得当心不要昏沉睡去，如同不必重视用小舌状的纸条贴在一面镜子上的郑重其事的布告，这色彩鲜艳刺目的布告宣告以小费为象征的屈辱和奴役的时代结束了，对这种进步，他们可以装作看不见，因为作为外国人，有权利用对这国家的文字不大熟悉，至于理发师，他大概也并不能理解其意义（也许是文盲？）和重视这小布告的解放力量，因而一切安然无事，在那些适宜常去的豪华饭店里也是如此，在这种地方（实际上这是他们能够在那里走走而不会有太多风险的唯一地方，而且通过把适当数目的银钱——或纸币（这就是说，那些代替银钱的带暗玫瑰色的褐色或绿色的起毛的破旧纸片）漫不经心地悄悄塞到一个服务人员手心里，不管是从奴役中已解放出来或没有解放的，通过这种远古以来国际通行的保证取得尊敬甚至同情的方法，把危险几乎消除），在这种地方，他们可以享受到一种相对的安宁或安全（没大写字母开头的安全），只要留心不要像饿狼似的扑到饭菜上，甚至吃剩或采取更好的方式多点一些他们几乎碰也不碰的多余的菜，没有任何哲学或形而上学的规定禁止那些穿着法兰绒裤子和舒适的粗花呢上装而且是富有的顾客在任何国家或任何政治制度下享受——

甚至在贫困的人民之中——慷慨花钱得来的特权，不管这些钱来自何处，也不管它有什么臭气。不过，即使是要拖下去，也难以整天在理发店或咖啡店或坐在昂贵的饭馆里度过：不过还有公共浴室可去，在那里面有渗水的瓷砖墙，淫荡行径发出的平淡的难闻臭味以及笼罩这类地方的使人软化、淫荡的朦胧气氛，在牡蛎色的透明空气中他们那精疲力竭的身体像乳状物质似的在轻轻地飘浮，一些难以捉摸的抽搐着的水蒸气像灰色火山气体从中升起，在滚热的水面上蜿蜒、蜷曲，像男性之间无数次的搂抱在神魂颠倒中从媒介物产生、散发的气息，像无数次规定价格的性欲高潮在无数的嬖幸少年身上散发的气息：也许是他们三人中的一个（或者也许是被剥夺了惯常的额外收入的浴室勤杂工）向那些追捕他们的人报警，因为不久他们（老鼠）知道他们（追捕者）也开始到这里来侦察，离开时带走这个或那个不谨慎的顾客，这人仅披着一条毛巾，甚至什么都没有披上（说到底，这也没有什么要紧，既然他们已经决定要那么办——这就是说，把这个人带到那个地方去，或者让他永远不再需要什么衣服，甚至一条毛巾），因此，像在妓院里过夜一样，他们不得不放弃到这种地方来躲藏，这还没有包括考虑到（日复一日，获得证明，他们（追捕者）的行动并非出于误会或错误，而是按照命令和授予的权力行事的，授予者若不是合法的权力机关，至少是极少考虑到合法性的权力机关，由于它本身产生出特有的合法性），对，还没有包括考虑到躲藏终究只有导致继续躲藏，结果变得日甚一日更紧迫需要保证获得逃遁的办法，不仅是要逃离城市，甚至逃离这个国家，因此领事变为唯一能提供逃脱机会的代表，但首先要能够与他取得联系，接着是他会愿意负责去请合法的权力机关（或至少是自认仍然合法的机关）在护照上盖下那必需的钢印，要是没有签证和钢印，护照就完全等于逮捕令：和领事接头的是那位妇女（大概是通过一些中间人或是在一个隐蔽的地方：冒险走近大门上挂着盾形徽章标识的房子是不可能的，因为有好几个按照那六个搜查房子的人模印出来的一式一样的人（这就是说，同样有点营养太好的样子，同样的像脏水似的混浊的眼睛，同样狡诈、傲慢、无耻的外表）在暗中监视着（这座房子），这些人懒懒散散站着，或伫立在房子对面人行道上，甚至不愿费点力气使自己显出另一副与本来面目不同的样子），这时候，以领事为一方，以那些在盖官方钢印的办公室中蔓延滋生的坏疽一类货色为另一方，在这两者之间进行着比赛，幸而烂疮受到自己本性抑制，尽管蔓延还是不可免的，但总要受到惰性和恶习（混乱、缓慢、无能）的限制，这些恶习是无耻行为的必然结果，既是弱点同时也是力量的组成部分：不过也许还剩下点什么东西（人们名之为：灵魂、精神、理性、荣誉……），不然的话，那就必须想办法去说服，至少是要补救，甚至冒着生命的危险，要领事千方百计救一救这条人命（几个月前，当他跑来插手这件事，他曾作出牺牲，他知道有可能会丢掉这条生命，所以他才同意接受——只是方式不同罢了……），他不考虑要什么谨慎（不过，除了理发店、咖啡店、豪华饭店和浴室之外，监狱也许是被追捕的动物最安全的避难所），他亲自跑到那里面去，在探监的时间，混在亲属、带着日用品的家人和哭哭啼啼的妇女之中：这里不是有黑色高墙围住的建筑物（像这个国家，几乎全部东西都一样，是带黄色的），也不是呈星形或五角形，装有铁栏的老虎窗，而是（在这城市里就有几座）派作监禁用的一个地点，可以说是一个秘密的地点（如同只在晚间才捉老鼠，是秘密进行的——虽然也开始在大白天捉人，像在浴室里发生的那样，但仍然可以说，是采取秘密方式的，那些过路的人，目击者继续走他们的路，好像什么也没看见，既不停步也不围观，甚至连头也不转过来，好像是又聋又盲，如同在人行道上从一个醉鬼身旁走过，或者像对一个妓女的眉目传情，一个有裸露癖的怪人的表演都无动于衷不加理睬，继续走自己的路，只是在必要时稍微走到旁边一点以避开或绕过一部看不见的汽车或看不见的停下来的小卡车以及围在一个被推进车里看不见的囚徒四周的也坐在车上的一群看不见的人），好像那些警察猜想到其存在但装作看不见的妓院或赌场一样，一直在做生意：这监牢其实是一个店铺，招牌上还写着过去在这里做生意的裁缝或杂货店老板的名字，但现在铁栅有四分之三是放下了，因此一旦进入其中，他得过一会儿工夫才能习惯那阴暗的光线，更不用提要习惯那种嘈杂声和推挤在一起的身体发出的臭气（这里面甚至有一些小男孩；还有两个残废人，其中一个被捕时人家不容他带上拐杖，因此只能用一条腿跳着走动），在人堆中他终于认出要找的那个人（他是那些运气不佳的人当中的一个，几天前被逮捕了），这人穿着带有营长标志的仔细刷过的制服，用手势呼唤他，在哭泣和诅咒声中开辟一条路穿过来，最后见到了他，把他紧紧拥抱，把他推到手臂伸直处以便细看那熟识的面孔，像平时一样胡子刮得干净、微笑着的面孔，好像什么事也没发生似的，这人聆听着那愉快甚至诙谐的熟悉的声音说出一些字眼、一个句子（或者说，具有双重意义的宣判），回答着不但是出自声音而且大概是出自眼光的问题，在他的脸上可以看到一种带着疑问的惊愕表情，营长用满不在乎、轻松的口气说：“好吧！我猜想他们要把我们全部枪毙……”这时，好像当时子弹打中他，发生爆炸、震动、摇晃时一样，他本能地用那没有受伤的手去摸那没有愈合的伤口，同时说道："枪毙……枪……"后来他又从人群中挤出去，一旦到了外面，在阳光娇艳的小圆点光亮下、在鲜花或小商品五光十色的摊架之间奔跑（或者更确切地说急步快走，同时笨手笨脚地托着那只伤痛的手臂），不时转过头来看看，但不停步往前走，后来，他看见一辆出租汽车就把它喊住，把地址塞给司机，现在他坐在座位的边沿上，身体前倾，对司机纠缠不休，指点着道路，塞一张钞票在他手里，把身后的车门砰的一声关上，直冲向前，三步并作两步爬上台阶，那上面有一面旗帜在午后的灿烂阳光下懒洋洋地飘动，这旗子带有异国情调的色彩，像水果香糖、香烟盒或蜜饯的颜色（紫、黄、红——或者像现在有些人的说法，是高锰酸钾、尿、血的颜色），不管怎样，这三种颜色的结合过去在他心目中意味着正义、自由、勇敢，现在仍然是这样，同样，那站岗的士兵（他把一张纸条塞到他（哨兵）的鼻子下面，要是这个大兵识字的话，马上就会逮捕他）有着农民的面孔，泥污的双手，文盲所有的那种昏暗无光、凄戚黯淡的眼神，这士兵以他的存在象征着在高高的棕榈树巅摆动的蓝天中抖动的三色旗所自豪地表明的那种东西，接着他走上楼梯，胡乱穿过一些长长的走廊，从一层楼被打发到另一层，从一个办公室转到另一个办公室，在打字机噼噼啪啪嘈杂声中，单独进行另一场赛跑，他冲撞的并不是如他所预期的某种敌对态度，而是一连串的客气甚至和蔼可亲的面孔，只是显得有点惊讶，懒洋洋的样子，当他不厌其烦地重复那个营长的名字时，那些人讶异地看着他，一边嘴里结结巴巴、含含糊糊发出声音，一边望着挂钟钟面上指针无情地相继地指出五点钟，接着是五点一刻、五点半、五点三刻，现在这些秘书把打字机套上罩子，由于找不到那个不见踪影的将军，现在他对着一个瘦削的年轻人重新把事情从头至尾再叙述一遍，这年轻人戴着近视眼镜，眼色温和，穿着讲究的制服，脚上穿着亮闪闪的长靴，彬彬有礼，甚至是热心亲切，眉毛有点皱起，但并不是由于心烦（也许由于下班时间将到而被留住感到有点不耐烦），而是由于使劲不断地听对话者那些缺乏连贯性的话，努力怀着善意去理解对方，一边朝挂钟望一眼，一边低声说："明天吧，"但他坚持咬住不放，既激烈又委婉，他极力保持镇静，说话清楚，在绝望中再次求助于理智、应有的权力、公正，直到那柔弱的年轻人惊跳起来，身体直摇晃，连气也透不过来，怀疑竟会有这种事（声音升高，先是调子很高，几乎是愤怒的叫喊，接着低沉下去，好像变为窒息，塞住自己的嘴巴似的），他带着惊慌重复说着所属部队哪一师哪一团的番号，对这个部队的人员，人家不是已经决定不解除武装，甚至也不杀掉，而是决定根本从地球上消灭掉，一个不留吗？还有，也不是因为不服从命令，犯有违抗命令行为或在火线上有不良表现，唯一的是因为还活着，还在，这时那两人（两个男人）一时面对面地互相盯着，一个像懒懒散散的旅游者穿着讲究的外衣，松松垮垮的法兰绒长裤，像一个一贯当学生的人，眼睛发红，被霜冻坏和因生脓肿而变了形的双手可不像是旅游者的手，颈上还留着没有愈合的伤疤，另一个，由于穿着剪裁讲究的笔挺的制服、高统皮靴、心情不安，样子显得发僵，两个人一言不发，在喘气，也许比刚才喘得更急促，一个是因为奔跑，说话时间过久，过于激动，另一个是因为在发愣、沉思、怀疑，他们两个人站着不动，都不说话，眼睛看着，目光注视着，接着，两人一前一后突然走到外面去（他们没有找到出租汽车——大概那小官员还没有足够的坐办公室的工龄可以支配公务汽车——不过这也有补偿另一方面的好处，因为倘若他有足够的坐办公室的经验，那他就不肯动了，不管有汽车或没汽车可以使用……），或者更确切地说，第二个人也就跟着发亮的皮靴有节奏的闪光，再次沿着植有棕榈树的大道走，重新走在斜阳里有麻雀唧唧喳喳刺耳叫声中的梧桐树下，经过鲜花堆积的摊架、咖啡店、摆着围巾纪念品照片雕塑的人像的摊子，这时高踞在摊子上的是一张无所不能的难以避开的冷冰冰的面孔，面孔上留着小胡子，带着神秘的令人不安的神色，戴着一顶鸭舌帽或显露出留平头的头发，慈父般的样子，持续不懈的微笑，后来他们进到狼的嘴里（监狱（即改变了用途的商店）也可以说是进了野兽的内脏），这是说大步走在一条新的过道之中，只是现在不时遇到（受到上下打量，仔细察看）那种既坚持不懈但又心不在焉的污浊脏水似的阴暗的眼光，现在他已经学会如何辨认这种眼光了，这时从那个小官员走进去的门的另一侧，他听见争吵声，拳头敲击桌子的声音，大声说话的人声，多次说出营长的名字的各种声音，门忽然打开了，那个小官员重新出现，满面充血通红，身体比任何时候更僵直，手里拿着一张纸（笺头印有机关名称，盖了章，还潦草地签了字），这人一把拉住他，拖着他快跑——当然，那个东西毫无用处，因为后来营长就被秘密幽禁起来（也许当天夜里就给枪毙了——总之，从此永远再也看不见了），而这一夜，他们（指他和另外两个和他一起听任野兽反射作用支配的人）睡在一处荒地里，虽然是六月天，却冷得叫人发抖，无法睡着，他们身体蜷缩着，外衣领子拉起，静悄悄地颤抖，直到太阳升高到足够的程度，他们可以重新开始作为旅游者的生活，跑出去让人刮胡子，擦皮鞋，在昂贵的饭馆里吃午饭，这一切简直就像浑身让棍子敲打，砂砾在眼皮里面扎痛一样。那位领事究竟怎么才搞到那些必需的盖印，只有天知道：火车原定晚上七点半开车，但像经常发生的事那样，火车司机改变了主意，七点钟就开车，因此他们没赶上，不得不等到第二天早上，这一次准时上了车，他们为谨慎起见买了头等票，而且在餐车里吃早餐，人家又把他们当作阔绰的旅游者，那些在边境上搜查他们的人显然不知情（显然也没有得到情报——大概野兽没有火车跑得快），不知道第二十九师是怎么回事。通过边境后的第一站是一个小渔港，平时到了夏天这里充满前来游泳的人，但现在时节还过早，避暑者尚未来到，咖啡馆的侍者心情不佳，态度粗野，因为这四个旅客（那位妇女也跟他们在一起）现在用不着非得点菜和给大量的小费不可。天色灰蒙蒙的，海上波涛汹涌。他们买了一些报纸来看，见到逮捕他们中一个人的消息（这一次，野兽比通常来得快），后来他们不再看报了，甚至也不说话，坐在布满卵石的海滩上望着海浪上的脆弱易碎的灰色泡沫起伏，其中卷带着沙丁鱼切下来的鱼头、残渣、菜皮、鱼肠肚、海藻和木栓的小片的混杂物。

在这场战争中，至少是在前线的这一部分，没有使用什么飞机，他们仅见过一次：单独一架飞机，飞得很高，在冬天浅蓝、冰冻的天空中有时显现出在阳光照射下闪光的机身，但似乎是迷了路的，虽然它飞得非常慢，几乎是静止不动，像悬在一根看不见的线上，但没有一门大炮能把它打下来，过了一些时间，大概感到无聊，尽管旧机关枪扫射和步枪同时噼啪响也打不到它，最后它懒洋洋地绕半个圈子，像是显示厌烦、蔑视，它放出一团白色的细小的爆开的东西，像一只鸟展翅飞行时泻下一小撮粪便似的，作为极端轻蔑，极端嘲弄的表示，这团爆开的东西悬在机后，渐渐地胀大，在空中展开、闪烁，分裂为无数的轻盈小粒子，同样懒洋洋慢慢降落飞舞摇晃，同时渐渐变大，直至成为纸片（失败主义者的传单，逃离军队的呼吁书）无力地飘落在地面上，在石山上面散布了许多浅色的斑点，在这些呈黄色的山上（或者更确切地说，肮脏的赭石色，像壕沟深处滞积的掺杂有垃圾的泥水的颜色）突出显现出一些不连贯的碎断的战线，从一座小堡垒到另一座，从一个山巅到另一个（在飞机驾驶员的眼中，这些东西看起来几乎是像地形微微隆起），这些线条模糊地标志着两军对垒的阵形，双方都是同样地冻得浑身麻木，无所事事，让虱子去咬啮。

不过，在这个地方和在别的地方一样，人们照样好好地（或痛苦地）死去。除了患肺炎死掉的人较多，而他们（在壕沟里的人）只能穿着潮湿的毛织品护身，也有人被从这边或那边射来的流弹打死（由于双方战线之间的距离和使用的武器破旧的状况，子弹完全打不到瞄准的目标），这种危险对于他们的厌烦无聊倒是一种暂时起缓和作用的药剂（或者也许还可以使人相信他们所忍受的坏透的情况这样才称得上是战争），但是，胡乱弹跳的（子弹）具有足够的力量穿透胸部，打碎下巴或打伤手臂（或者对那些运气最坏的人击中下腹，使他们的男性器官割掉，获得一种英国人在军界俚语中幽默地称为“D．S．O．”的奖章，这并不是指那光荣的“优秀工作奖章”而是指没人羡慕的“把小鸟儿打掉”① 的奖状，这样一来，战士就变成缺乏男性的东西，可是也并不就此具有女性的优美），最主要（也是最危险）的对垒的场地（或者也可以称为战场）是在这样一个地区，那就是以一块无主的土豆田为界的战场，双方轮流

① 在英语中，前者是 Distinguished Service Order，后者是 Dickie shot off，因而缩写是 D．S．O．。

到这里来争夺粮食，掘土豆变成了一件复杂的工作，因为不得不采取一种卧倒打靶子的姿势——十分费劲，而且把土豆装进袋里特别不便，虽然扫射的机枪是属于很旧的型号，仍然能够在俯贴在犁沟中的拾土豆者四周几乎到处溅射泥块的粉末（幸而更多的是溅射在拾者身后，因为任何一个射击者总是趋向于瞄准过高）。

在通常的情况下，除了这两种带偶然性的危险以外（肺炎和流弹——有时还会出现并不完全是炮兵的正规射击，而只是个别的大炮任意朝这方面碰碰运气对准某些点发射的，大概这是为了让它像是真正的战争，也就是说，各不同兵种（步兵、炮兵、空军）全都按照作战规定参加了，大炮和炮弹也都是十分陈旧，以致它们（炮弹）三发之中总有一发打到地面上（或在碎石子上反弹起来）没有爆炸，由于双方都使用同类的大炮，因此检查一下还能把打来的射回发射者那里，在全战线上流传关于一个旧炮弹的传闻（人们还给这炮弹起了一个名字），说是它不断地在两军中来回发射而始终没有爆炸）；所以，不顾这两种带偶然性的危险，他（志愿参战者）已经三个月过去也不觉得自己是在参加一场战争，他，这位天使，或者歼灭人类的天使长跑了那么多路程来到这里可并不仅仅是为了给多少世纪以来荒淫无耻、道德败坏来赎罪的，像写在那本他童年时代受到教养的圣书里的那样，而是由于听命于另一种《圣经》，他在少年时代受教的那本书，也是满面胡子但没有长角、穿着带背心的全套西装的另一位摩西写的，这人也和他的前驱者一样，出自同一古老民族，可以说是他使前人所制造的苛求而且严厉的立法者上帝更臻完善了，至于他（天使长）现在未免有点伤心地计算着，在这场由冰冷的烂泥、污秽和不眠之夜组成的神意审判进行的三个月当中，他一共只有机会打了三枪，还有，他很怀疑这三枪能打中什么目标，但他却仍然在他们中一个人（其他志愿参战者之一）称之为流血的哑剧中专心致志扮演自己的角色，在值班站岗的长夜中，他感到自己的身体逐渐变为一块冷冻肉，他凝视天边遥远的炮轰发出的淡红色，黑暗的天空中固定不动的星星，谛听着从排灌水沟升起的青蛙合唱，站岗回来时试用陈旧的“陆军与海军存库”赠送的茶叶冲些热茶来暖和身体，把也是从这可尊敬的存库的存货中送来的饼干泡在里面吃，更倒霉的是，当他幸运地得以参加（除了耐心地消灭那些啮咬他的睾丸的虱子（他说过，那些虱子近看像小龙虾）和当他得以立战功（是他主动参加而且是为了满足个人的愿望），在夜间爬到敌人哨兵前沿岗位很近的地方甚至可以清楚地听到他们之间讲话）以外唯一稍有些暴力的活动，由于不光彩的擦伤导致的不光彩的脓疮，他的一只手臂用绷带吊着，不得不蜷缩在一个洞的深处，专心阅读一本名为《高利贷者的失踪》的侦探小说（这是医院的护士把一切其他东西都抄掉以后最后留下的私人财产），只留意把自己的两条腿紧曲起来，让用四肢爬的战友们通过，这些人匍匐弯曲着身子，疯狂地挖他四周的泥土，好让自己葬身其中。

在这种情况下（春天已经来临，番红花和野黄菖蒲开始出土了），当营长宣布需要十五位志愿人员组成狙击队时，他第一个报名，或者说，急不可待地要参加，担心不要失去机会（这种机会，他现在开始感到不会给他提供一个最终能够为奉献自己一生的理想的真正的战斗，为了理想，他也许在几小时内就活不成了，或者从此带着一只手臂、一条腿，或半边脸或缺少男性的标志再活下去）：正如营长对他们所解释的，这是一场夜间的突袭（按照战事手册中所阐述的基本原则，即在任何战壕战中，要是没有炮兵配备的话，很难而且甚至是不可能在白天采取行动而不冒失败危险），这次袭击是朝着敌人战线上突出的L字形的一角进行，要利用黑夜把它占领（双方的部队不但都没有炮兵配备，也没有照明弹）。就是这样，朝着突出的敌方战线，夜袭，这平凡的小插曲将按照可安排的篇幅和需要出现在翌日的公报上，或者就完全不提，或者由于缺乏别的战绩可报道，夸大为巨大的战功，不管怎样，这插曲对他来说总比他直到现在所经受的那种单调的“流血的哑剧”要好一点。不是恐惧——在他看来似乎至少是一种有失体面的事，不但应当不让它显露出来，而且应当不把它放在心上，就像对那种不可避免的不干不净的肉体上不得不忍受的小事一般——，因此，他努力遮掩（甚至装作若无其事）任何情绪的流露（兴奋、疑虑、奇特的兴高采烈），恐惧会在这些情绪掩盖之下伪装起来，在行动前的时间里，他集中全部思维能力用在自己必须完成的工作的物资准备方面，全神贯注在这些准备工作上，像一个技工或者说更像一个汽车竞赛驾驶员那样最后一次把注意力集中在自己将使用的机器、处于静止状态的毫无活力的庞大的钢体和各种管子上，过一会儿这部机器就要让他突然陷入一片强烈的吼声中（或者更确切地说，这吼声朝他猛冲过来），或者是胜利、光荣，或者是死亡，所不同的是，当他向前冲击和跳跃时，在他前面出现的不是一条带子似的沥青路，旁边堆着稻草捆，和设置着被头上戴着为一种茴香酒做广告的鸭舌帽的观众推得弯弯曲曲的不坚固的栅栏，而是“腐败”和“罪恶”的本体，他的心脏也许稍微跳动得快一些，声音也许比平常略微镇静，沉着，同时，他认真地把刺刀上的光泽弄暗，子弹上涂上油，校准手榴弹的销子（这些投射武器是马马虎虎凑起来的，组成部分是充上火药的一个铁管子，再配上一个危险的雷管，美其名曰炸弹），把一个圆形大面包、一段会使人屙痢的红肠和他藏起来以备渴望到来的日子之用的雪茄烟（在护士搜查以后他在一个外面寄来的包裹里得到的）小心地包起来。后来，出发时间到了（午夜刚过），黑夜茫茫，在原则上，上面指示规定，为避免自己人互相射击，要戴上白色臂章，但没臂章供应——于是一个爱开玩笑的人问是否可以请对面的人提供——，自然又碰上了大雨，滂沱大雨下个不停，从海洋上空飘来的云块碰到高山积聚起来，变为雨水，他们刚刚上路，甚至还没有走到出发的壕沟之前，就不得不在浸满水的甜菜田里笨拙地涉水走路，有时滑倒在排灌水沟里，水浸到腰部，冰冷的烂泥和带有腐烂的芦苇令人作呕的臭味的水灌到他们的靴子里咕噜咕噜作响，他似乎觉得他们全体（另一个连队的十五位志愿参加者也加入他们的队伍，现在共有三十人左右），发出的声响像一群大象在沼泽中蹚水一样，不久他重新抬起头来往后面望时想（但营长猛力一击，使他重新把头低下）更像一群乌龟（因为他们并不比乌龟走得快多少），他们呈圆形拱起的形状笨重地一起一伏，可以说像是从土里出来的，好像他们现在爬着前进的地面和泥土在微微地隆起、在翻腾——至少他竭力希望是如此，同时心里出自一种猎人的本能反应抱憾事先没有采取措施掌握好风向以便能从有利的角度接近敌人，后来他发现雨虽然继续下，风却停了，过后他发觉，不论风向如何，只要有风，他们就别无选择，因为只有一条道路可以接近敌方战线，而且倒霉的是就在正面位置上：他一直没有感到害怕，（至少他不知道这就叫做恐惧：脚下滚动的小石头发出可怕的声音或水壶相碰产生轻微的叮当声时就紧张地惊跳起来，感到可怕的是行动缓慢，时间和空间无穷尽地增加，没完没了地发展，一分钟长得成了一小时，一百米长得像一公里，心脏跳动越来越激烈（他只是想，那是由于气喘使劲的缘故），进展越来越觉得缓慢，以致他一时感到整个世界、黑夜、大地全都静止不动了，他们像一些虫子在原地乱攒乱动，没有做什么只是在黑暗中扭来扭去，怀着恐惧在等待，也无法使那不可避免要发生的事早些到来，也就是说，一颗子弹穿过他们的身体，突然之间他看见它（敌方的胸墙）似乎高高竖立在他们头上，在黑漆一片中显得更黑（像在黑夜上面书写的带刺的吓人的一行行的文字），还有铁丝网：营里只有一把大剪刀可以使用，当然在静夜中那会发出怕人的声音（金属的摩擦声、剪子重新合起来时夹子震动的响声，铁丝剪开变松拍打着空气的轻细的呼啸），不过什么事也没发生，只听见雨落在水洼里单调的嗒嗒声，在他胸中跳动的心脏发出难以置信的乱哄哄的声音，这已是第二层的铁丝网了，（敌人）肯定听到他们的声音了，但让他们走到适当的距离，在他们越过缺口还来不及重新展开队形时，突然枪炮齐发，这就是说，第一声枪响，几乎立即接着发出密集的哒哒枪声，与此同时，作为回报，第一颗手榴弹立即炸响，一行细小的蓝色火星连续地一亮一灭，这一切都十分迫近，因此他同时看到和听见火焰、发射时的爆炸声和子弹噼噼啪啪响，最突出的是不像是人发出的疯狂的喧声、手榴弹、轰隆爆裂声（不仅是爆裂响声：连空气、大地都在摇撼、震裂），甚至是对此已有经验的人也感到震耳欲聋，受到一种比惧怕更强烈的东西所打击：恐惧、惊愕、愤怒，突然领悟这里再也不是人类有份的事，哪怕是很小的一份也没有了，这里所有的全部是释放出来的野蛮、狂暴、过度的物质力量（一些无生活动力的灰土、矿物、从土地中提取出来的东西混合组成的综合体，以自然元素失控状态，自身燃烧，全面爆炸，通过对人类的报复，疯狂盲目的复仇到大发作），他整个身躯平贴在地上，被这种灾难、世界末日紧紧压住，耳鼓膜由于嘈杂的音响裂开了，他焦躁地想用力拔开他第一颗手榴弹的销，嘴里在咒骂，最后才知道原来拧错了方向，他重新挺直身子，快速地挥动一只手臂，再扑在地上，再次俯伏，脸部压在烂泥中，身子被泥土稍为托起，眼睛由于一股灼热火红的风包围而看不见东西，下巴受到猛烈碰击时，他想："打中啦！"后来才明白过来，是他自己的脖子撞了一下，他又挺起身来，机械地投出第二颗手榴弹，接着，在叫喊、命令、痛苦的嚎叫一片混乱中，一切都变成了黑暗与火光的交织：他这时在奔跑（这就是说，像一个胶结在烂泥里的人那样在跑，靴子里全是水，身子还拖着一把长枪和一百五十发子弹的重量，也就是说，事实上他是在疾行，至多是小步快跑），他的左臂莫名其妙地弯起贴着左颊（他的走向与火力线平行）好像手臂曾经阻挡过子弹似的，接着他投出第三颗手榴弹（又重新听见嚎叫声，这时出现欢腾、原始野蛮人杀戮时的兴高采烈、陶醉、胜利凯旋），接着越过敌方的胸墙、壕沟，破坏掩护所，散发出一股无烟火药的臭味，接着是他这位杀戮天使长出现，他现在在坑道堤上一拐一拐地走过，用刺刀追逐着一个人的侧影，这人衣服穿得不全，肩上披着一条深色的毯子，在他下面的狭长坑道里弯着腰大步飞奔，这时他极力追忆他过去在那所贵族学院里拳击教师教过的课程，笨手笨脚地持着枪托，笨拙地踢出靴子，竭力要把钢刀刃插入那个还在逃遁的罪恶化身的肩胛骨之间（这可怜的士兵看来很可能是被强迫服役的），但没有达到目的，在冲力下失去平衡，接着又奔跑起来，但罪恶的化身比他跑得快，在黑暗中消失了，留下他在那里上气不接下气地喘息，嘴里嘟嘟哝哝，失望沮丧——现在他再也不感到害怕了，虽然从别的敌方阵地发射的火力集中在他们身上，现在密集的枪声像连续不断的鼓声擂响，黑暗中无数近绿色的闪光穿射着，但由于距离很远，特别是由于没有手榴弹炸响，因此出现暂时的相对的静寂，他们的枪大部分被烂泥塞住，那些还有可用的武器的人却多少有点随便开枪，甚至射击自己这一方的救护人员，混乱几乎达到极点，一直到他们着手用从胸墙拆下的泥沙袋，马虎地堆叠起来，建起一道路障以保障自己的后方：所以，不用害怕了，现在再也没什么可害怕的了，除了怕黑暗，怕混乱，怕乱哄哄，怕烂泥，怕那些沉重得像驴子似的泥沙袋，发霉的袋布已经开裂，潮湿的泥沙钻到颈子里，沿着手臂流下，他想："这就是战争！见鬼的肮脏勾当！见鬼的肮脏勾当！"后来他意识到自己是出声地在想，是在乱哄哄中大声吼叫，并不是对别人说话，而是对着黑夜，对着嘈杂声，对着在他们头顶射过的子弹，当路障堆到相当高的时候，又得到暂时休息，他利用这个时间从容地思索一下自己是否感到害怕，得出的结论是否定的，因为现在他能够好好思考这件事而不是像不久前那样，因恐惧而感到难受，恐惧不出现这样的时间不会长，这只是一次暂时的休息，他又一次朝着恰当的地点投出手榴弹，再次扑倒在烂泥中，又一次被爆炸的巨响所震撼，而且接着立即听到嚎叫，痛苦的叫喊，一直到害怕对于他来说仿佛变成了习以为常的什么东西了，现在，他躲在胸墙后面，在连续不断的喧声中平静地有条不紊地掷出他的手榴弹，目前他们仅剩下八九个人了，甚至连一挺轻机枪也没有，增援更是无望，显然朝敌方战线另一突出点的进攻是失败了，因为他们接到撤退的命令，这可不是一件轻而易举的事，他们背负着一些战利品，一捆步枪和一箱五十公斤重的弹药，他们轮流拖曳这些东西，在黑暗和烂泥中乱奔，滑倒、摔跤又爬起来，这时人们从上面四面八方朝他们射击，其中包括自己一方的射击，终于在两次迷失方向后，他们返回目的地：这时太阳开始升起，天空的东边朦胧发亮，景物慢慢地从黑夜中显现出来，轮廓渐渐清晰，高高的野草先呈灰色，接着变为白色，黏附着的水珠闪闪发亮，在那种不是真正的亮光中现出金属的光芒，这种光芒当时尚未能形成颜色，接着山冈顶上的天空突然变为淡黄色，逐渐化为橘黄（呈一小条带子形状），接着呈现粉红色，然后又重现灰色，虽然这时雨已经停了，接着天完全亮了，但还有分散的零星枪响，像节日迟放的爆竹，渐渐平静下来，他们最后停下脚步，一个接一个跳进（可以说是让自己跌落）战壕深处，里面滞留的积水仍然呈污秽的黄色，四周的灰色土地一片荒凉，仍旧光秃秃的白杨树也发出雨滴的闪光，他几乎是立即从发臭的掩体里又走出来，在那里面他的一些战友甚至没有气力卸下装备就睡着了：他蹲在踏垛上，双脚蜷缩在下面的泥沙袋上，在自己的衣袋里寻找那支雪茄烟。幸而没有粉碎：他把这支烟点燃。

麻烦的是和这些不同程度上都是手工制造的手榴弹打交道（现在是由政府供应的——这使人产生一种想法，这个政府本身也多少是手工制品），因为这些手榴弹可能投掷时不爆炸，也可能突然爆炸，或带在身上时一个动作不当就会引起爆炸，且不说对一个睡着的人——或者是对一个极力想要睡着的人——在戳他的肋骨的同时（他把手榴弹系在腰带上），它们使人担心翻身时会引起爆炸，或做梦时突然惊跳或抖动时也会爆炸，这种担心就让你睡不着，无论如何在你稍有一点睡意时它总是能够起警钟的作用。

且不提还有婴儿不断的啼哭声。且不提他用来卷在身上（同时当心把手榴弹位置摆好）全是灰尘的幕布或撕下来的僵硬、易碎、粗糙的布景不可能成为特别舒适的卧具。且不提电影院（或音乐厅：他不清楚，看来同时两者兼用：当时的电影院在放映两部电影之间习惯插入一些娱乐节目表演，包括杂技、走钢丝或耍把戏）里面挤满的东西和各种走廊过道也不能提供什么很舒适的场地，只有一个旧床垫但上面睡着两个异常肥胖的女人（也许是歌唱演员？）和一个婴儿，这一个却是一声不响，这也确是有点异常，甚至令人不安。

为了圆满收场（按照惯例，这种情况必须是这样），还要提一下：没有人清楚知道真正发生了什么事，也许那哭个不停的婴儿是例外，他满面通红，拳头紧捏，眼睛闭起，虽然还没有说话的能力，但无疑已具有某种预见的能力，他以哇哇啼哭的动物（或哞哞叫：像夜间关在调车场铁道上停着的车厢里的牛凄惨的大声吼叫）那种绝望的执拗，惊人的执拗，有所预感的执拗，把他们那将来命运注定忍受的痛苦和艰辛的可怕总体的缩影呈现在他们眼前，令人心安理得的文字一旦能够用来取而代之，那么这种东西（天资、预见能力）也就消失了，在此之前，哇哇啼哭的动物也只好在眼泪和抗议中闷死。

至于如何解释这些妇女和婴儿到这里来要做什么，为什么妇女、婴儿和配备有各种不合常规武器的男人（和男孩子）混在一起（还有，这些有武器的人——特别是那些男孩子——想方设法去偷对方的枪），她们带着婴儿在堆满破碎家具、到处是灰尘的肮脏的广大建筑物中，在竖立着咖啡音乐会的布景之间来来去去（似乎这地方有几个剧场，其中有一个舞台上有一架三角钢琴，很奇怪它仍保全完整），她们为什么要这样，无疑这是一个得不到答案而且毫无意义的问题，正如坚持要了解（他尝试了一阵子，后来就打消了主意）这建筑物的复杂结构，跑遍昏暗的角落和隐蔽的地方，过去这座建筑平时透过廉价香烟散发出呛人的由烟形成的发蓝的幕障，在糖果小纸袋揉起来发出低微沙沙声中，专事放映一些美国西部冒险片和爱情片，中间还穿插一些魔术、柔体杂技或脚跟碰得啪啪响的舞女的表演。

为了预防万一，每个窗口安排有一个武装的守卫，窗外街道上，有一小群信得过的人拦截盘问——也是为了预防万一——一些赶着回家的为数不多的过路人。人们肯定清楚的（要是能对某一事物达到这样清楚的程度）是政府（那手工制成的政府）在全部事件中不起任何作用。大家只知道电话总局已经不起作用了（至少人们认为这件事是清楚的——当时很少人有电话装置，总之那些在电话局里的人是这样认为的：事实上电话仅仅中断了两个小时）。不过，除了下午东一处西一处发生枪战外，大概这方面是发生了一些什么事，在一个现代城市里，这（关于电话总局）从通讯官能看来，几乎是等同于人体的大脑。

第一个晚上就是这样度过的——也就是说，度过黑暗的第一段（约八小时的黑暗，尽管是在五月里），不管怎样，度过不能确切地称为一夜的时间，因为凌晨三点钟，他就被人摇醒了（要是能把一个人从半睡中唤醒的话：这种睡眠状态也是属于人工制造的，换一句话说，是拼凑起来的睡眠），他马上就进入采取具有重要历史意义的行动状态，也就是说，处于半清醒、呆钝的状态，由于处在这种状态，身体和精神的疲劳，理智和知觉官能的削弱，使得在另一些条件下（身体喂得饱饱，得到充分休息）它（精神）绝不能没有反抗——或至少会发怒或者提出抗议——就接受下来，并且变得可以忍受下去。除了上面的原因，还因为外面不见一点光亮，（也许应当相信不仅是电话总局已停止运转——虽然前一晚上（是前一晚上？总之，天是一样的黑）在一间办公室里（大概是电影院老板或经理的办公室）找出一本旧电话簿，他和一位朋友通了电话，这个朋友曾向他保证一切情况良好，而且作为证明，给他拿来了两包“好运”牌美国香烟：真是碰上了好运气，正如香烟牌子所说的，他穿过有巡逻到处走动的黑黝黝的街道，手指扣在枪的扳机上，一心只想发射，哪怕仅仅要弄出一点响声（对有些人来说，杀死一个人不过是和杀死一只兔子一样——只是尝到另一种更细致有味的愉快），这种好运把英雄主义提高到几克烟草的重量，在这两包香烟燃烧时等于二毫克的尼古丁和三毫克的焦油，或者总共算起来有几千吨的勇气，按勇气（至少表现在身体方面）能获得的时价计算，也算不上有什么价值，除开这种香烟，别处买不到，只有在黑市上才找得到，就这一点看多少可以稍稍提高它的牌价。

所以，凌晨三点钟，当人们把他派到那里的窗口（派他去的不是营长：那人他不认识，似乎是在那里当指挥的，他只能说出这人年轻漂亮），他至少不再听见婴儿的哭声（或者可以说这哭声变得低微了：像一种窒息的哀号，发自那建筑物深处像发自母体的子宫内，提前抗议不久的将来黑暗不可避免为亮光所取代以及随之而来的一切），在明暗之间（这就是说，已经不再是黑夜但还没天亮）他从自己那个窗口看见男男女女——他后来说，甚至有小孩子在内——在混乱地攒动，狂热地忙碌着（在这些人（不光是指小孩子们）之间，如果不是全体，至少也有一半说不清到底是怎么回事，此外，也就不去管它了），为建造一个路障以保护一堵墙后电影院的入口处，铺路石被掘出来作材料，堆砌用的沙石袋用路石底下的小碎石来填充（以致现在真正是乱七八糟一片）。天完全亮时，他听到越来越响的震撼城市的枪声和爆炸声，随着亮光（好像亮光具有某种爆炸力）这响声越来越激烈和增多，他（守在窗口的警戒者）现在对处境可以看得比较清晰一些，至少四周近处的情况是如此：一方面是保护地点入口处的两个街障（他称之为地点的是指那座电影院和相邻的旅馆，信奉他那一派的哲学的门徒就以这个旅馆作为中心），另一方面是挤满穿军装的人的咖啡馆（也许他们也不太清楚到底是怎么回事，除了认为人家朝他们开枪射击是因为他们穿了军服——同样，那些朝他们射击的人这样干也只是因为他们身穿军服），他们这些人在这个时候（也许还是出于以防万一）正在把一个人头作为靶子在射击，据他自己说，这个人头使他觉得像市集上射击游乐场摆着的椰子，它躲在那当然是关闭着的售报亭后面随着枪声一隐一现，这种娱乐，占领那些地点的人动手把它结束了，（但人们没有通知他，因此当他的耳膜受到强烈爆炸的震动，整个人惊跳起来时，眼睛四处寻找哪个地方有大炮，后来才明白它们（手榴弹）在这种地方（就是说，在城市中，声响由于房屋前部的反应而加强）比在田野平原上震响声加倍），他这时把那些圆筒状的炸弹推上人行道。利用大马路向下倾斜的地形，使它们向下滚到处在稍低处的咖啡馆门前爆炸，这种像好玩的九柱戏的游戏几乎要永远持续下去，要不是现在营长（他突然出现，而他（被解除了警戒员的职务）和他们两个人交谈起来，他们两个人都是由于缺乏睡眠眼睛通红，满脸疲惫的神色，他们说话时带着由于习惯危险的经验获得的那种安详超脱的态度，也许是出于疲惫不堪——也许只是出于厌恶。）决定干预，完成他自己说的，即使一夜不眠，身上带着两颗手榴弹，裹着布景幕布睡觉，在这具有历史性重大行动的状态下，马虎地用冷水洗一把脸以后，为了获得他那一份黄金，他说，也完不成任务，（营长）命令那些手榴弹投手回到那个地点去，之后，他又往前行，漫不经心地带着他的棍子（像他巡视战壕时一般），这时出现了比嘈杂声更可怕的突然而来的沉寂（这就是说，远近的枪响和爆炸声似乎忽然变得听不见了，静到连他的脚跟碰地和棍子末端嵌着的铁块每敲一步发出的声音都可以听到），营长独自一人站在大马路中部的人行道上，四周毫无遮掩，面朝着咖啡馆里瞄准着他的步枪，也许是出于一向受到灌输的对有威望的人的尊敬（虽然营长当时没有穿军服——不过人们认为他那一身农庄绅士的打扮很像军服，多少带着军人穿着的味道：棍子、腿套、深色的灯芯绒裤子，没有清楚标明官阶的深色茄克衫），也许是由于一时惊愕所发生的作用，（瞄准的枪）没有动静，（营长）停步站在马路中间，为了更方便一点，他把自己的棍子夹在胳臂下面，像一根手杖似的，同时平静地把手枪从枪套里抽出，俯身公然把它搁在脚旁沥青路面上，然后直起身来，重新把棍子拿在手里，站在那里等着，直至占领咖啡馆的人中有一个人走出来，这人没有穿外衣，也没有穿军服上装，但穿着剪裁讲究的裤子和合乎部队规定擦得光亮的皮靴，营长和走出来的人开始谈判，营长始终扶着他那根棍子站着不动，穿着发亮的皮靴的人激烈地指手画脚，直到两个人分手，营长重新拾起自己的手枪，不慌不忙地重新放在枪套里，棍子又再夹在一只手臂下，然后返回街垒，他用棍子向手下的一个士兵指着那两颗滚到咖啡馆下去一点的地方没有爆炸的手榴弹，命令他向手榴弹射击让它们爆炸；这之后，一种像停火，像暂时休战的情况发生了——至少在这一个地区是如此，大道上仍然没有行人，商店的铁栅全部关闭，两辆电车仍停在前一天第一枪打响时驾驶员匆忙放弃的地方，还有两辆小汽车，其中有一辆是营长的，停在那里，车胎已破裂，挡风玻璃粉碎，弹痕累累，在咖啡馆被爆炸震碎的门窗玻璃闪闪发光撒满的地上，这两辆小汽车好像在自己肚皮上倒下搁浅了。

电影院屋顶上建有两个多少是装饰性的圆顶，建筑风格像是蛋糕，装饰得有点笨重，既具有中古时代和摩尔式的风格，又带有慕尼黑式的风格，合乎那些用心使这巨大的城市扩大的银行家和房产公司的口味，他（重新站岗警卫的那个人）在值班的漫长时间中，看见一大片的屋顶，从中分散出现（像一些脓疱，水疱似的）一些在阳光下发出亮光的青石板圆穹顶和几座哥特式的钟楼，越过这些建筑物就可以瞥见闪光、平伏、静止不动的海。在屋顶稍下面显露出大道上梧桐最顶上的树枝，上面已长出春天的嫩芽，树叶上的绿色还不明显，只是开始有点光泽，顶上呈浅褐色的嫩叶使树枝的末端在柔和的五月阳光下照出一片轻盈的浮尘，他（警戒员）每天早晨都可以看见这些嫩叶微微展开一些，好像是叶芽利用黑夜、晚间带来的休战和枪炮爆炸声的停息从裹着的外衣之中再进一步解脱、抽放出来，像棕红色的柔细绒毛，也柔和、轻盈地舒展开，柔和但无法抑制地复苏，忠实地遵守那缺乏区别、令人生畏、有耐力的四季嬗替的节奏，高高越出撒满破碎玻璃和被枪弹扫射打断的树枝的马路上面，像节日过后的残痕，凯旋游行后剩下的轨迹，这些打断的树枝在皱缩，在慢慢地枯萎。

他（警戒员）只要不过于伸出头和手（从大马路稍向下去的地方，从一间被青年联盟占领的楼房里，有一个大概怀有某种病态顽固念头的固执而机警的射手（也许只想弄出点声音，因为总是没打中，）这时朝他打了一枪），他可以监视着被一些穿着军服的人占领的咖啡馆，对这些人，他们（占领电影院的人）不时交谈几句话，而不是交换枪弹射击，甚至也不是相互咒骂，这些零碎的交谈如果说不上友好的话，至少也可以说相当客气，以致有时表现为赠送一打啤酒，尽管头一天双方的枪战和手榴弹导致人员伤亡（咖啡馆似乎贮藏了取之不竭的啤酒），对此保卫电影院一方满意地接受了，这些人最担心的事，自然是，而且在任何历史事件中也理所当然是：粮食、饮料、不舒服的环境（除了缺乏睡眠和无聊，他（警戒员）试图看看书来排遣这种无聊的心境——现在不再是阅读《高利贷者的失踪》，而是一堆企鹅丛书）。不过，这套丛书所选的作家显然没有一个考虑到写出一部论及这类处境的作品（事实上大概不会没有），而且能使他应付自己提出的问题，这就是说，理解为什么他正在这个地方干的事，白日接着黑夜，黑夜接着白日地坐在那里（而且中午前后，屋顶被太阳晒得火烫）听一场看不见的战争的吵闹声（因为除了乱哄哄的响声外，似乎没有发生任何事件，而他也一直没有看见别的事物，除了高低起伏的屋顶，蛋糕形的圆穹和大海上的闪光，从黑暗的夜晚到光亮的白天，接着从白天到黑夜，然后又是从黑夜到白天，没有任何明显的变化，过去曾经在整个冬季山上持续演出的“流血的哑剧”（也可以说是他曾经忍受的一场戏）现在似乎被他后来称之为“没有动作的一场声响的噩梦”所接续了），这吵闹声时而增大，时而变弱，时而平静，然后又再疯狂地爆发，（虽然有传说说，那些穿正式军装的人在工人居住的郊区曾被击退，）始终得不到解答的问题（或可以说是问题之一）是到底谁向谁开枪（除非是能想象手工制成的政府突然发布一条法令使它自己进入工业制成品的阶段——或者说变为有法制的政府）。最后（除了有一个警戒的晚上，人们提起要从屋顶进攻占领咖啡馆的那些人，这一来他就有机会忙于检查他的那些手榴弹的销部和他的手枪的枪闩好不好使用，但这场进攻——也许是想起啤酒供应——终于取消了），他决定（那些穿正式军装的人不顾乱哄哄的响声和站在青年联盟会址的窗口坚持放枪的人，从他们用咖啡馆里的椅子和独脚小圆桌筑成的街垒中拉出几张藤椅，现在摆在行人道上，他们平静地坐在椅上，步枪横摆在大腿上，一边抽着黑色小雪茄烟，一边不时朝电影院这方向做一个和平友好的手势），所以，最后他决定认为没有什么可以决定的，这一切都是荒谬可笑而且令人烦厌的事，因为按照战壕战术教科书里所阐述的原则，街垒战情况也是一样，问题得不到真正的解决，要是没有炮兵参与的话（但看起来，在场的双方（也许还多于两方？）没有一方能够——或者愿意——采取这种解决办法），因此，即使事态激烈，归根到底，这种激烈也被人们的无精打采的状态所平衡了，两者中和（后来他才发觉这种想法是错误的）：现在他对这事件只是感到烦厌，他怀疑（他又想错了）它值得人们用大写字母写这段历史，他对这事件显然不感兴趣，虽然他（既然他已开始）只能继续坐在这里屋顶上，没别的事可干，除了一部接一部地阅读企鹅丛书那些枯燥无味的小书。总而言之，要不是那吃了几块巧克力几乎完全是空的胃在痉挛抽搐越来越加频繁抗议，还有青年联盟那个固执的射击手出现的话，他似乎越来越感到自己不可能是参加了一次历史性的行动：不管怎样，即使是行动，那也不过以一种乱哄哄嘈杂声的形式出现，而并不是真有什么行动，如果不是这样的话，那就得承认（总之可能是如此，不过实在不能激发人的壮志豪情）“历史”表现在（完成于）一堆无足轻重的——如果不是荒唐可笑的——事实上，正如他后来想起来的那些事实那样，例如：

在柔和春日阳光明媚的早晨柔和的光线中，一位风雅漂亮的女人不管枪炮乱响带着一条狗在荒寂的大道上散步。

一群穿着黑色衣服，样子刻板的人（他猜想这些人是去参加葬礼的）极力坚持要穿过大道上端的广场，但每次想要通过时在火力下不得不退回去，这同样固执的火力每次都是从藏在一座被征用的大厦最高一层的机枪从竖着的招牌上一个巨大的 O 形字母里发射出来的。

出版的报纸（人们继续印刷发行，天知道怎么能做到）经过新闻检查，某些版面（一般是第一版，社论版面）几乎完全开了天窗。

他的妻子住的旅馆（有一天晚上，他在两轮守卫工作之间，潜过竖立着街垒的黑暗街道走到这旅馆里）的饭厅的后厅里挤满了躲避的旅客（前厅的门窗玻璃在枪弹的震动冲击下已变为四处飞溅的碎片，百叶窗也全关闭），但讲究客套的服务员在每位用晚餐的客人面前（其中有报纸通讯记者、双重——或三重的——特务人员，卡车司机，还有几个女人，也许是女记者也许不是，也许长得漂亮也许并不漂亮）摆下独一无二的一盘沙丁鱼，的确鱼上还浇上名酒，只要客人要求并能付出昂贵异常的价钱。

一个暂时平静下来的下午，一直是荒凉无人只有阳光弥漫和零星枪声足以表示有生命活动的大道和街道（除非对他来说，这事件开始以来的三天，没有睡眠，几乎是没有吃东西的六十小时左右里（他计算过）所发生的事可以称为生命活动的表现），突然行人拥挤起来，商店重新开门，人人出于一种来自肠肚多于来自逻辑推理的条件反射纷纷奔去寻找食物。（商店（至少是出售食品的商店）长时间以来（除了那些标出令人不敢问津的高价的商店）几乎是空的，）当枪战重起时，商店的铁栅板重新关闭起来，发出的金属巨响越来越近，街上的人也跑光了，是否枪战暂停下来只是为了让人们看到商店里没有东西可买，是否商店大声关闭是为了让枪战重新开始发出的信号，这可是不容易弄得清的事，在屋顶警戒放哨的那个人越来越倾向于认为他在政治方面（或哲学方面）所受的教育已证实缺乏或不足到如此程度，以致他对政治（或哲学）方面的实践（或活动？该怎么说呢？）感到冷淡和烦厌（如不是厌恶），随着时间的推移或随着从一个不眠之夜到另一个不眠之夜，从没有食物的一天到另一没有食物的一天，这种烦厌的心情不断增长，而那些占领咖啡馆穿军装的人显然既不缺少睡眠也不缺少食物，这无疑会使他们肯定获得最后的胜利，不但是在他们逐渐增多人数（包括咖啡馆里的人，再加上政府派来增援的兵员，现在这个政府完全无可置疑已达到工业化的阶段了）的地盘上占上风，还加上对女性居民获得另一种不可忽视的胜利（由于军装一向具有魅力以及它象征或更确切地说体现着：优质的食物和权力）：这些穿军装的人现在在街道上巡逻如同在征服的国土上一般，而那些呆在街垒后的防御者肚子空瘪十分难熬，逐一放弃街垒，后来，他们（穿军装的人们）安详地到处闲逛，再不是成群结队而是三三两两甚至单个地走（要是可以说是单个地走的话，因为从此他们每人都可以手臂挽着一个美丽的少女，还有用油擦亮的子弹盒和同样擦得很亮的手枪套），毫不在意几个迟来的射手放出越来越稀疏、零星枪弹的响声，这时候另一种声音却有所发展：那就是把筑街垒的铺路石拆下，搬回原来的地方（有一位住在旅馆里的新闻记者——或是双重特务中的一个——开玩笑地建议，为了方便起见，把这城市里的铺路石编上号码，这样就可以使街垒周期性的建和拆的工作能以更快的速度、更合理的方式进行）：电车重新行驶了，路上行人又再忙碌于日常事务（主要是在空无货物的食品杂货店排长队），穿着制服的警察

（与一向不穿制服的另一种同样活跃的警察一样）执行各种不同的任务，那些没有穿制服的就编写告示，撰写文章，或者发表演说（不受检查），或者编排名单，其他人（那些穿着小腰身漂亮制服的，）手臂上挽着美丽的姑娘在终于真的重新开张的繁华商业街区橱窗前闲逛，这些姑娘步子放慢走着，故作姿态引人爱怜，显得更加美丽动人，她们那温暖娇嫩的肉体颤动着多情地紧靠着那营养得很好的身体和上光擦亮的鞣革制品，这些橱窗里摆着堆积到快要塌下来的肉类食品、甜食、五彩缤纷的蜜饯、粉红色的糖果、黄绿色的和绿色的糖果，还有红色、黄色的糖果。

在为那位皈依罗马天主教而震动维多利亚时代的英国的曼宁红衣主教写传记时，利顿·斯特雷奇[①] 说，与这位重要人物同时代的两个人在这一事件的动荡中失去宗教信仰，但两人态度不同，一个认为这个事件可以说是像遗失一个沉重的手提箱，但后来发现箱子里不过是塞满泥灰残块和旧破布，而另一个却为此感到心神不安，不断到处去找这箱子，直至生命最后的日子。这位后来成为红衣主教的曼宁曾是牛津大学的优秀出众的学生，与格莱斯顿和威尔伯福斯同属于这个世界仿佛专门提供的这一类青年一代，按照斯特雷奇所说，他们既富有，又有优越的社会关系，特别“具有演说的无限才能”。在一些善于高谈阔论的人中，曼宁似乎曾经热衷倾心于一位名为纽曼的神学家（或者应称之为理论家？），这人提出论证，说英国的教会是真正的教会，但自从宗教改革[②] 以来，它出现暂时

---

① Giles Lytton Strachey（1880—1932），英国现代著名传记作家，西方小说体传记文学创始人。

② 指十六世纪发生于西欧的宗教改革，从此诞生了与罗马天主教分离的基督教新教。

的衰落——其实是自从它存在以来。在英国教士手中，基督教还能保存完整，但可以说是出于无意的保存——宝贵的保管物不加区别地代代相传，这些东西的存在不是靠人类的意志，更多的是依靠表现在领受圣体的神秘效力的上帝的戒律。总之，在一连串倒霉的情况中，基督教曾受到危害，显然纽曼和他的一些朋友有责任把它从这种情况中解救出来。斯特雷奇继续说，这些人不停地赞美这一任务落到他们身上；有一小撮十七世纪的神学家由于天赐的恩惠曾看到真理隐约的显现，但应当承认，是模糊隐约的显现。不对，真正的信仰自从宗教改革以后一直是像地下潜流的水，等待着纽曼用小棍子敲击岩石，使它飞溅出来重见天日。无可置疑，一切都是出自神意——要不然，怎么解释呢?

O 在一个短期休假和在阿拉贡前线壕沟里度过一个冬季以后，于一九三七年五月底左右回到前线，在前哨岗位视察途中，他被一颗子弹打中，穿过颈部。开始时伤口当场马马虎虎地包扎起来，后来陆续在几处医院治疗，最后退役，复员的证明带在衣袋里，他在六月底重回巴塞罗那，几乎立即就遭到警察追捕。

后来他谈及当枪弹击中时他产生的感觉：当时他觉得自己处身于爆炸的中心，听到周围一阵巨响，一道闪光使他眼睛发黑。他只见胸墙上的沙包无边际地往后滑过去，随后他的头猛一下撞在地上。他一点也不觉得疼痛，只感到麻木、迟钝。从那时候起，除了有几个星期他被人从一个医院送到另一个医院以外（这就是说，由于受了重伤，他好像置身于事件的历程之外了），还有其他一些原因，他继续生活在这种麻木迟钝不断增长状态之中，回到英国后，他着手写书时仍然如此，在这本书中他追述大约七个月前离开英国起到身体几乎完整无缺（除了颈部的伤疤还没有完全愈合）回来这段时间中他亲身的经历，他虽然身体完整无缺，但在神经方面却处于一个从噩梦中惊跳醒来的状态，全身出冷汗，难以平静下来地颤抖，带着怀疑的心情看着肥沃的草地，开着鲜花的斜坡，在草场上皮毛发亮的马，两旁栽着柳树的懒洋洋蜿蜒流去的小河，种上飞燕草的花园，街道，红色的公共汽车，玩板球的人，戴着圆顶礼帽的行人，特拉法尔加广场上的鸽子，穿蓝色制服的态度温和的警察，他看着这一切，像一个无法使自己相信他现在或过去所经历的全是真实的人。

也许他希望在写出自己的经历时会理出一种连贯性。首先是他将按时间先后次序摆出的事件中发生的事实会在某种程度上把这些事件说清楚，虽然在他的记忆中混乱地在挤来挤去或按情感所占的位置所排列的次序出现。他还想，也许按时间内在的次序，必要的句法结构会使因果关系显露出来，虽然在他的叙述里会出现一些漏洞、模糊点，甚至前后不一致之处，也许是由于他认为有些事实已为人所知，不必叙述（他的过去：他在伊顿公学受过贵族式的教育，在印度的大英帝国警察局服务过五年，他的突然辞职，后来他强制自己过着一种苦行僧似的生活，居住在伦敦东区的穷人居住区，在巴黎餐馆干过洗餐具的工作，他最初的文学写作尝试，他的政治主张），也许是出于这种或那种原因，他的一些真正的动机从不吐露（例如第一次前线归来，他设法参加他自己过去一直反对的一个乱党，当时他意识到这个集团正在争夺权力，会为他提供相比之下更好的机会使他能实现自己的计划，虽然这样做会导致他去参与镇压自己过去的一些老朋友，而他自己后来也成了这场镇压的受害者）。实际上，他越写下去，越感到烦乱不安。弄到最后，他使人想到他好像是那样一种固执的人，怀着一种永不气馁但又不容乐观的恒心坚持再三阅读一部关于完善的机器使用与装置的说明书，却又不甘心承认人家卖给他的那些零件，那些试着装配，五次三番扔掉又再捡回的东西，既不能装配，也不能组成商品目录的说明所说的那种机器，看来根本装不成任何一种机器，只能组装出一部转动起来嘎嘎作响的齿轮装置，在拆散和毁掉之前，派不了什么用场，除非是拿去用作破坏和屠杀。

试想他坐在一张桌子前的情景（他没有说是在哪里，反正仍然是在英国），这桌子也许对着一个打开的窗子，也许是朝着宁静的田野或植着欧石南树的荒原，或者是面向着大海，或是朝着一条街道，在这街道的一端，他可以看见汽车在红灯前停下，路上行人横穿马路，汽车重新开动，人们走进商店，又从商店走出来，他们买报纸，用手拉着小孩子，不慌不忙地交错走过，黑夜来临时路灯亮起来，车辆和行人渐渐稀少，后来夜晚完全静下来，看电影的人平静地到电影院去，安安静静地看完电影回来，用不着加快脚步，用不着躲避在门边墙角里，除非是倾盆大雨将至或泼下，他们也不会因为听见汽车发动机响声就加快脚步，急忙躲避在门角上，因为这汽车经过只不过是乘载着一些也是安安静静回家的人，而不是四五个汉子持枪准备从车上跳出，不久，街道上几乎完全没有行人或车辆了，窗口的灯光一一熄灭，人们躺在自己的床上，或在小房子里面，或者是在那有着涂了瓷漆宽敞过道的维多利亚时代雄伟的邸宅中，或者是在漂亮的乡间别墅里，或者是在发黑的砖头一片片渗水的阴暗房屋里，或在简单的木棚中，总之在能够安心睡觉的地方，知道只要闹钟一响起床就行，不需等步枪枪托或手枪猛敲大门才起床，黑夜渐渐发白，太阳升起，郊区有许多晒着衣物的小院子，没有弹痕累累的尸体倒毙在水流或荒地里。在早上，商人、食品杂货店老板、肉店老板、面包师升起或拉开商店的金属帘门或铁栅，商店是做买卖的地方而不是充作监狱，在这样的监狱里关起来的人挤成一堆，只有可以坐的地方，因为其他的监狱已经人满了，但关的不是扒手或窃贼而是一些老百姓，他们所犯的罪是与一些相当有权势的大人物提高到法律的高度的思想方法不一致的，而这些大人物有权派遣带步枪或手枪的人夜间到处去走，只要认为适于逮捕或杀死，他们就可以下手，用不着获得或征求那五六位商界代表领袖、那些政客的同意或意见，这些政客的神态像唱诗班的成员，像肥胖的和尚，下巴上的肥肉有两三层，声音像男低音歌唱家，戴着玳瑁眼镜，眼睛下面有明显的眼泡，这些人没有能力干别的事，除了给自己授予部长的称号，在摄影师前得意地摆好姿势拍照，在门窗洞里低声谈判，在群众集会上用拳头加强演说的节奏使听众欢呼喝彩，当人们问他们有关深夜出来的汽车、作为监狱的商店、拂晓时在排水沟里发现的尸体、永远再也看不见的失踪者这些事情的时候，他们只能转过头去，背部弯拱着，摊开双臂，表示无能为力。

他试图使人理解这种事。显然他是为某些公众写书（或者不如说是说话）的，他知道这些读者的倾向性和看法，因此能预知他们的反应。一方面由于他所受的教育（或由于他的自豪感——或由于天生的廉耻心？）使他不至于夸夸其谈（他甚至出于故作姿态似的倾向于采用一种如不是奚落至少是有点揶揄的方式来描述自己在最危险的关头的举止），另一方面，为了更有说服力，他极力（是装作？）限于写事实（只是过后他才试图对事实加以评论），用一些必要的恰当的形象来支撑他的叙述，免得像一份汇报那样令人感到枯燥乏味，此外他还采用记录细节、“目睹的事物”的方法，使它更具有说服力和可靠性，任何精明的记者都知道，这样一些细节和目睹的事物是对新闻报道的真实性最有效的保证，特别是把它们插入看来像是不偏不倚的一种写作方式中（他采用简短的句子，尽可能避免用别有含义的形容词，一般地尽量避免一切可能像是对事件带框框的或有倾向性的阐述，好像他过去与这事件并无密切牵连，不过是一个冷静的见证人，他所关心的只是如实报道）。

实际上，他一直留意写出来的东西产生的作用。他坐在自己的书桌旁，好像是在沉寂中独自高声说话，也许不时停下来用手搁在脖子上，摸摸使他的声带切断一半的子弹伤疤，好像是为了让自己放心不是在做梦，接着又重新开始书写，或者更确切地说，用他那像喘息似的失真、低哑的声音说话，同时窥看着他那些既抱着怀疑态度又全神贯注地听着的包括死人和活人的无形的听众，组成这些听众的人物，除了有些不同点外，都是像他一样的复制品，从同一的严格的清教徒式的教育模子里铸出来的，这种教育在学院和在墙上覆盖着常春藤的古老大学的哥特式建筑物里，繁殖着一批年轻学生，这些年轻人手脚笨拙，骨瘦如柴，头发像乱麻似的，牙齿微露，嘴唇总是微微张开，好像由于身上的赘生物增殖没有好好治疗或被曲棍球的球棍顶部打坏或殴斗时被钉鞋上的钉钩弄伤了的鼻膜而引起呼吸困难，这些殴斗是在一些被雨水浸湿的场地上或者更确切地说是在这种场地里面暗中进行的，这些场地由于雨水滞积变成了沼泽，在那里面，汗衫和短裤都在发黑的烂泥中消失踪影了，连精疲力竭、呼吸窒息的脸部也溅污了，后来这脸部对着淋浴的热水冲洗，在流水中逐渐出现这些年轻人的上身、带着血红长条划破口子的腿肚、在棕红色毛丛里的粉红色的生殖器、长着雀斑的乳白色修长的身躯，在那平凡的蒸汽云雾中显得像幽灵似的，如同前拉斐尔时期的寓意画中的人物，那容易受伤的脆弱的肉体中却蕴藏着一种固执、坚强的决心。他是在十二月到达巴塞罗那的，把那个他渐渐认为，正如他所说的，十足像是个土匪窝的国家抛在后面，在这样的国家里，居住着一群恬不知耻、顽固不化的可恨的老太太，她们十分讲究礼节地带着严肃的、一本正经的样子在茶室里忙于品尝热气腾腾的茶（在门窗玻璃的另一侧是潮湿、发黑的房屋前部、在潮湿的沥青路面上反映出来的商店招牌和橱窗、身上潮湿的行人、在牛津大街或武士桥上装配着红色高大外壳的公共汽车慢慢地穿行，一辆跟一辆地摇摇摆摆堵在那里不能前进，还有那些混种的、马来西亚、牙买加或印度人种的售票员、晚报上以电报体裁写的招贴、口音难以理解的售报人、一叠叠被打湿的报纸，他后来说，这些报纸上登出的消息不过是一些排列成行的文字，不过是那些卖报的小矮子机械的、嘶哑的声音发出的一连串的尖叫声，这些侏儒似的人在鸭舌帽和拉起的衣领之间露出一个皮肤起皱的脸，他们的外衣肩部湿漉漉的在发亮，手掌由于接触油墨和硬币而发黑，他们像一些用青铜硬币喂养的自动木偶一样，像一些并非实有的动物，像十字路口或地铁出口处的小字号的神仙，摆在那里用压倒车辆隆隆声的刺耳声音大叫大喊，怀着广告播音员或麻木不仁的预言家那种无动于衷的神态不倦地在念那内容千篇一律、天天都发生的流血、谋杀和死亡的事件的经文，而他（即O）却在这烟雾腾腾，吵闹嘈杂，散发着热啤酒难闻气味的地方，坐在隅角上，对那些老太太还有吵闹还有醉鬼们又叫又唱的嘈杂声，抱着漠然处之的态度，但同时又烦躁地拍拍叠在桌上或卷成长条拿在他手里的一份打湿了的报纸，用低沉的坚决的声音对着一位少女（或者更确切地说是少妇）说话，像这类的女性一样，她穿着束腰带的雨衣，上面沾着雨珠，头发是棕红色或暗红色的，举止既像男孩子又像做母亲的人，她皱着眉头在听这位过去在伊顿公学读过书的人试图向她解释的事，他一直能听得出各种灾难的悲伤的报告者在雨中和在夜里大声叫喊，他们那令人烦厌低沉的声音好像从一个回响的深处传来——或者可以说不是从茶室和饮酒者乱七八糟的嘈杂声中传来，而是来自一个铺着磨损的机织割绒破地毯的一个小房间里，房里的煤气取暖炉不知不觉地悄悄熄灭了，和他在一起的不是那个年轻女子而是三四个从一个人物模印出来的复制品，大致二三十岁，样子都差不多，这就是说，穿同一式样的衣服，说话带着同样的故意表现随随便便毫无拘束的态度，语调稳重、审慎、简短，极力抑制、隐藏，不让有任何激动情绪流露出来，认为这是有失体统，不合礼仪，他们对自己能够冷酷无情，其程度与他们的浪漫色彩成反比例，他们那迷人的身体外表总保持着大学生的样子：脸部不是过于粉红就是过于苍白，他们那不合常情的、十分癯瘦的身体形态像不倦的长跑者，他们说话的声音时而平静，时而冷淡，时而激动，他们坐在皮面已松旧的沙发椅上，或背靠墙坐在地上，腿部弯曲地搁在一大叠快要倒下来的斯特拉文斯基[①]的唱片或书籍和小册子中间，这些书名简短、不带任何色彩、有教育意义、平装书皮颜色暗淡的小册子，由于每页上印着排得密密麻麻的字，大量的数不尽的需耐心细致的论证，和夜校用的教科书一样，这些小册子又像摆在大百货公司杂货柜上的实用指南，只有一点不同，那就是从它们那实用的、灰白色、无活力的外表却产生一种炸药包装物特有的压缩着的暴力，好像它们蕴藏着以印上文字的纸张形式出现的硝化甘油，好像是那多

① Igor Stravinski（1882—1971），俄国著名作曲家，第二次世界大战后加入美国籍。

毛、仪态威严的预言家已无活力的巨大尸体死后继续分泌出来的东西，死尸体面地穿着全套西装和浆过的衬衫，安葬在杂物耙得干干净净的小径邻近的坟场里，在覆盖尸体的墓石上陆续地虔诚献上一大堆系着红色丝带的花束，花束却一束接一束地枯萎了）。

他刚刚结婚不久，最近写成的那本书还在印刷中，他突然动身走了。他事先没有料到的是在几个钟头之内（在这时间中，跳上火车，接着由火车跳上船，接着又由船跳上火车，醒过来时看见葡萄树、橄榄树和岩石山逐渐出现，代替了草原和绿色小山岗的景色），他发现自己被抛（跌落）在某种境况中，书本没有教会他如何去应付这种处境，过去在警察组织中，后来在伦敦东区的贫民窟中，甚至当洗餐具的勤杂工以维持生活那一段时间连续的经验里自己学得的东西，也没让他早有思想准备，这个已跌落进去的世界，暴力、掠夺、谋杀本来是早已有之的，而且方式不是零星分散，多少还掩饰着的，这类事发生已经相当系统化，不加掩饰、毫无控制，甚至没有一些习惯可以区别在烂泥洼中的私下殴斗与邻族之间的杀戮或者更恰当地说强者对弱者的残酷镇压。他从车厢窗玻璃后面用无动于衷的眼光看着一排排千篇一律的有并排的小花园和蜂窝似的平排后院被烟熏黑的砖头房子飞驰过去，接着又散开来，最后消隐无踪，后来他手肘支在海船的船舷上，在海鸥刺耳的令人厌烦的叫声中，他看着那堵陡立在海边上的石灰悬崖雄伟的墙在雾中渐渐变得模糊，消溶了。在那些他曾从中汲取营养的政治－哲学小册子和长篇大论的缺乏活力的重量的拖引下，他在地图上的那个狭长地带自上而下地移动（这个地带像一道条纹，一道极为细狭的边缘——附在亚洲西部海岬顶端的一个荒僻小岛——紧夹在未开化地区与海洋之间的最后一块仍然是自由的保留地）随着朝南方向下移，他没有意识到在时间上却跑了一段相反方向的距离，快速地上溯了几个世纪，陷入这样一个世界之中，在这世界里，任何有关构成它的观念、字眼都是没有意义的，这种没有意义正如拿那些穿得相当体面、保养得很不错的人整齐地走在一些举着的标语牌后面，四周围着一些戴着臂章想得到好处的人，有不带武器的警察在引导他们按照规定路线游行，和那些饥饿的衣衫褴褛的人群相比，对后一种人，只要队伍中头几个人在街道转角处一出现，人家就要用轻机枪扫射，一直追到他们家里把他们杀掉，因为他们要求一点仅够养活一条狗的东西，能够实际上维持到一条狗或一个农奴的生活水平，这些人只在节日或从奴隶的娱乐中散散心，为了能挤在斗牛场看野蛮的人斗野蛮的牲畜他们不吃东西，他们在宗教游行中跟着一些鲜血淋漓的披上黑纱、浑身装点宝石、心胸被刀刃穿过的偶像走，这些偶像如同过去完整保存下来的，甚至是在有国王之前就已存在的象征物，而别的国家的人已经在斩掉他们的国王的头同时就把这些东西抛弃了，好像是在大陆最后的边缘上还悬着一种干瘪发皱的果子，它已被历史所遗忘，地理还拒绝不肯抛弃，它像是一个容器，一个污水坑，由于重心的影响而移动，移到这像一个口袋底的地方，一个封闭发臭到处是苍蝇的死胡同的地方来，把别的国家在几世纪中费劲地逐渐清除掉的东西汇拢、积聚、堆叠起来。

在这个像一个口袋的国土的一侧，在山与海之间显露出这个城市，或者更确切地说，一片浮肿发黄的土地，它的名字[①]也像是浮肿，圆鼓鼓的大腹便便的字母，从开头的字母[②]的两个浮肿鼓起的

---

① 指巴塞罗那英文名字写法的样子。
② 指 Barcelone 第一个字母 B。

圆形笔划开始，展延（移动）为一些环形与直脚构成的弯曲的抽搐形状：这座城市在它坏死的核心哥特式的带刺的老城四周由灰得差不多变黑的已死的结缔组织在迅速繁衍增殖，渐渐把这个老城包围了，那里的狭窄小巷发出发霉的尸体的气息，人们稠密的住宅区又把这旧城区包围起来，使它窒息，这像在殖民地上、在被征服或者说是被制伏的国土上建立的大城市并不是在时间进程中，在历史相继不同时期缓慢加工、逐渐增补之中形成的，而是用财富、自豪感在血汗和掠夺的基础上在数十年间狂热地贪得无厌地建立起来的，它是按照仓促拟出的规划建造而成，街道如几何图形，两旁排列着一些笨重浮夸建筑物的长长的大道以直角形互相交叉，方格似的僵直的阵势在自身发展的推力下爆裂了，可以说是脱了臼，与那些豪华的石砌大楼、有权势的人的房屋、铺着大理石和环绕着花木繁茂的花园的邸宅相连的却是一些混凝土建造的匣子房，水泥代替了石头，粗涂的灰泥层成片地剥落，漫长的大道离开了正道或消失了，路面上的沥青逐渐一块块剥落，接着没有经过任何过渡地带就截断了，突然在一些灰泥粗涂，同样毫无粉饰、黯淡荒凉的房屋门面之间出现了有坑坑洼洼、被冲刷成沟的光秃秃的泥地，似乎在狂妄、浮夸、任意挥霍财富、横征暴敛、冷酷无情地获得的利润和从中抽取这些利润的东西之间不存在中间环节，在贫民区中长着巨大可怕的肿瘤，使人束手无策的沉重的肉芽，不论冬夏都渗出液体，总是湿漉漉的，好像是浸在汗水里，像分泌出一种看不见的脓液，一种无形的、令人厌恶得难以形容的尸体的排泄物，（在这个地方，有医院治疗性病的使人不得安宁的广告，种植着玉兰树的阴沉的内院，灰蒙蒙的阳光斜射着的深绿色发亮的叶子，在黑底衬托下的白色的花朵，沉寂，在死气沉沉的皇家广场的拱廊下回荡着的小孩的尖声哭叫，车辆混乱的震响，蒙着尘土的棕榈树，狭窄如走廊的小酒店，令人难受的热油的哈喇气味，在弧光灯下摆开的鲜鱼，有的发蓝，有的银灰色，有的灰白，有的粉红，摆有黏膜似的颜色的避孕套的橱窗，涂成绿色、橄榄色或蓝灰色像小便处那样的小铺子，顶上有圆穹、圆锥形冠、装饰着花彩的圆顶大厦，预防梅毒的粉红色的广告，在空中盘旋的鸽子，落在青铜塑像上的鸽子粪，有浮雕的建筑物，波浪形的垂直的石砌，穿着黑皮护胫裹腿的司机驾驶着豪华发亮的小轿车，治疗淋病的硫黄色的广告，梧桐树在冬天蔚蓝的天空下的柠檬色树枝，教堂里悬挂着作为治好病的纪念品的一串串蜡制的大腿、乳房、小孩的头、手臂和手，面颊上涂胭脂和装着镀铬钢包的假牙的老妓女，在港口停泊着的货船，豪华繁盛的大道上豪华的橱窗，锄头交错地敲掉铁锈发出回响的货船铁板，卡车上铁制的部件碰撞发出的哐当声，一排排的廊柱，银行花岗石砌的前部，沉默无语的沾满污垢的脸，手肘支撑在货船的舷檣上的司炉辅助工人，他的脖子上系着一条肮脏的手巾，头发像是被海风吹乱的棕榈叶，装配着竖起一撮撮尖铁条的铁栅的银行窗门，身穿制服牵着小京巴狗散步的机车司机，配有黑色和金色巴罗克式装饰的豪华妓院，穿着护胫裹腿的汽车司机为她们打开老式豪华长形汽车，让那些镶着金牙、抹着厚厚胭脂、有着冷酷无情的面孔的干瘪老妇人上车，盛开着茶花、马利筋花、金合欢花、樨草、火红的叶子花的大花园，这些花园也围着一簇簇尖铁条栏栅，在豪华妓院里有年轻温柔长着瓜子脸的穆尔西亚[①]姑娘，老妓女拉起破旧撕裂的花边衣服展露出松弛多毛近灰色的阴户，黑人在呛鼻子令人窒息的烟雾腾

① Murcia，西班牙东南部地区。

腾中趴在地上，膝盖用绳子扎上一块旧轮胎保护起来，在人行道上铺沥青，接着是没有人行道的街道，郊区工厂用黄砖头砌起的长墙，从黄色凹凸不平的黄泥土地上直接堆砌建造起来的（或一下浇铸而成，安放下来）连成一块的住宅，成串地晒着的颜色深沉的衣物像枯萎的花环悬挂着，僵硬扁平的深色裤子像在风中旋转或摆动的木片，在这些荒凉的房子门墙之间，灰尘像一缕缕飘扬的细烟扬起、旋转飞遁，落在地面上又重新飞起，在坑坑洼洼满是灰尘的路面上，黑糊糊的烂泥沟弯弯曲曲流着脏水，那永远洗也洗不完又洗不干净的衣物的污水从落水管里一阵阵地喷出来，蓝色的污水散发出肥皂油垢令人恶心的气味（仿佛这些污垢经过大量的水冲洗漂清，贫困的生活仍然还是发出臭味），水面上浮出圆形拱起的水泡在慢慢地漂流，到水沟那里被堵住，排水沟口子上面成群苍蝇在飞，汇集成为一串串的不透明的水泡，像是蒙了一层角膜翳，一层薄膜似的东西，使它们不能爆裂，是这样）。

后来，他到这个地方来了。这就是说，来到同样的城市，有同样的棕榈树，同样的宏伟建筑物，同样鲜花盛开的花园，同样神气的臃肿的建筑物，都保存完整无缺（除了有些地方墙壁上的突饰有点损坏，石刻的花环裂开，大厦的窗玻璃被子弹打开花，还有焚烧过的教堂墙壁变为黑色），不过这些建筑物现在很像甲壳动物的外壳，肉挖空了的贝壳，像经受过一场自然灾害还保持原样的城市，经过地壳激变、大暴风雨，或居民睡梦中突然降下火雨诸如此类的突然事变、猛烈的震动，等暴风雨过去，火雨消散，居然一反常态地留存下来，几乎没有留下什么痕迹——至少没有留下什么十分引人注目的痕迹，几个世纪过去以后，又被重新发现出来，房子里面还摆着桌子，还有丰富的镶嵌画，宏伟的竞技场，妓院淫秽的招牌，除去那些涂了胭脂的干瘪老女人、用皮带牵着的小京巴狗或遗失的东西的所有者，那些来不及逃走的人全都看不见了，不分性别、种族全都被杀死了，从前穿着制服，穿着护胫腿套的车夫现在穿着技工的工装或仅仅穿着衬衫驾驶着那老式豪华长形小轿车开到敞开来的陵墓上去，现在，这些小轿车盖满了灰尘，车身凹凸不平，两侧马虎地涂写上胜利者的名称的缩写字母，车上竖起步枪，在长长的大道上横冲直撞，在拐角转弯处也不放慢车速，车轮同时发出尖叫，车上乘载着许多脸部既凶狠又幼稚的干粗活的工人或不识字的农民，他们那副样子既坚决、沉郁又警惕，好像他们无法使自己相信他们的生活和他们从不离身的武器是真实的，这些武器像人们贴身永远佩戴着的神奇的圣牌或护身符一样，他们使用时怀着原始人那种狂热的迷信，坚信它们（武器）具有驱邪祛魔的法力，像火与焚烧一样可以起净化的作用，现在他们隐约地感到失望，怒火中烧，不知怎么办才好，因为在这个国家的另一半出现了与这里相反的情况，那边人们把所有穿着破补的衣服或手上长着老茧的人全像屠宰场的牲畜那样杀掉，现在是在打仗，而他们不知道怎样对付那些安置在山上的机关枪，虽然他们曾成功地夺取了架在街道或大道拐角上的机关枪，也不知如何在对方的火力下守住一座桥梁或一条公路，他们暗暗感到不安，担心那厄运重来，很痛苦，他们曾经以为自己永远摆脱了它，相信已把它从这浮肿的城市清除出去，他们在当前属于他们的繁华大街上左右两侧留心侦察着，对那些被征服的大厦的台阶逐一察看，怀着弱者那种致命的重重疑虑相互猜疑，彼此指责软弱，后来变为指责对方无能，接着又变为指责对方通敌，开始时是低声说的，后来是用转弯抹角的方式说，最后动手暗中杀人，这次是相互之间的残杀，就像由暴力形成和建筑在暴力基础上的沉重发黄的结石肿瘤，既松软而又痛死人，分泌出来的东西只能是暴力。

对这种情况，也许他没有马上估计到。或者至少他没有说他是否估计到。或许他也仅仅看到（仅仅想要看见）这种有着夸张的，或者更确切地说有着浮夸的布景的巴罗克式剧院，剧院还挂着表示胜利的旗帜，那些浑身还带着黑色油污的机工现在同时占领着舞台和一排排的海虎绒靠背椅子，这在他看来无疑是令人振奋的事，它是与他离开的那个有许多故作高傲姿态的建筑物的城市完全相反（或者更恰当地说，像是面上明胶已溶化、移动的感光底片拍摄的纪念建筑物变成摇摆、波动的样子，人物变为弯曲、拉长，夸张的样子），那座被他抛在后面的城市，在灰沉沉的天空下呈现出黑白两色，就像它的居民那样表现出令人敬畏、刻板的神气，这象征着一种秩序，现在他终于看到这种秩序是被摧毁了，哪怕是入夏以来，风雨已经把庆祝胜利的绢制的花环都弄得碎裂、褪色，哪怕是技工们都怀着沉郁可怕的对立情绪在相互打量。

（他一直对着那看不见的听众在说话，他感觉到他们严格、询问、怀疑的眼光，他到处带着那看不见的伊顿公学的硬领——好像自己又重新（或一直是）处在那座修道院似的大学生宿舍里，周围有三四个面如少女、皮肤白白或长着雀斑的男孩子，他们抱膝坐在地上或狭窄的小床上，膝头拱起，他们身上穿着或者可以说是滑稽可笑地披着撕裂或有污渍的旧羊毛衫，马马虎虎地披在肩上，袖子在胸前交叉打一个结：故意穿得不整齐，鞋带拖在地上，其中有一个男孩也许还穿着厚运动衣，刚从某种严肃艰苦、不合人性的体育锻炼归来（冬天的晚间，人们经常突然看见在路灯的亮光中出现苍白的人影，单独一个或两人一起在大路旁跑步，或跳过一道荆棘丛，然后重新在黑暗中隐没），裸露着的大腿，在棕色的细毛下，在这不加装饰的有一半在暗影中的小房间里，大腿的颜色显得过于粉红（从实用观点设计的办公桌上的灯有金属罩罩着，可以弯曲的金属灯脚，发出锥形直射的灯光照在散摊着的书页上，一些人的脸被反射的灯光从下面向上照射着，有时戴眼镜的人的眼镜玻璃上光线在闪动），这小房间里有一股像涂擦的药剂、樟脑和带酸味的凝固的牛乳的味道，其中一个头发棕红的人，有时突然脸红耳赤，声音含糊地喃喃说些像是抱歉或腼腆抗议的话，这时一个修长的身躯站起来伸了伸腰，接着跨过别人的身体和书堆，离开小房间——或者过后他们围着那投进一个硬币才燃烧起来的冰冷无情的传统煤气取暖炉（好像时间是以寒冷来计算的，好像在规定的时间间隔中必须对时间和寒冷付费，就像是交付什一税，又像必须按时交纳的过路费——他们却时常忘记缴款，突然发现自己冷得发抖已经有好一阵子竟没有意识到，于是其中有一人站了起来，从衣袋里拿出一把硬币，拿出一个塞到炉子的一道缝里，接着时间和寒冷向后退却，让位给一小股新出现的微温，不是热气，在这一小段时间内，他们于是可以又一次把付费的事忘在脑后），他们带着故意漫不经心的样子交谈着，从来不提高嗓门，总是用他们那牛津英语说话，发音讲究文雅，每一音节都清晰分明，语调富有节奏，有点卖弄风雅：他们客观地冷静地仔细讨论各种偶然性、可能性，或发生错误的可能性，像课堂上谈的假设命题，关于纠正或补救理论上偶然性疏漏，只要采用一种有分寸、精炼、匀称的语言就行：他们几乎没有什么变化，虽然他们中有的人现在已把那肘部加缝皮块的随随便便穿的外衣和没有式样的法兰绒长裤换成像教师或公务人员穿的那种颜色平淡、毫无特色的、做工平庸的全套西装，其中有些人已爬上有前途的位置，像为部长提公事包或拿外套的那种人，有一天报纸在头版上登出这种人的头发梳得整齐，头路梳得清楚分明，身体有点发胖，领带总是打得很严格的照片，在两次会议或飞机航班之间，他往往没留下地址就走了，但从不会忘记随身带着部长的公事包或他的私人电话号码的小记事本。）

也许他觉得有些事必然是这样。要么现在他也许觉得事情并非必然是这样了，因而避免谈这些了，好像担心他的听众有人会提出意见或抗议。他没有说出为什么他到这样一个民兵营去，也不谈他干些什么，从火车上下来后，他首先去的那些地方，在去这兵营之前（或者也许是在离开英国之前），他去看或会晤一些什么人以及谁给他地址，为他指路。他只是说（好像在这城市里没有别的民兵营，或好像民兵营不过是一个名称用以和其他名称相区别，因为在驻扎军队的城市里往往有几个团的军队驻守），这个民兵营的领导人是一个秃顶的汉子，眼睛有点绷紧，颧骨稍微突出，长着短山羊胡子，他的名字好像在训练记忆方法里有过的或者在不少彼此不分的制造商的升降机商标上出现过，可以说是一位预言家必不可少的补充名字，这个多毛的人被另一个兵营里的人称为教父——或指导，他们这两副面孔是用花样印刷模板印在紫色光圈的中心（或者细致地画或塑成半身像，或有时以成双的侧影出现，像某一个教派的创始人或双头之神的两个肉体化身），这些印出来的肖像与那些在机枪下牺牲的第一批战士的肖像一样，夹杂在似乎是群众集会、体育游行、朝山进香等活动中自发地搞出来的大量各式各样廉价小装饰品、纪念品、徽章、圆形勋章、头巾、感谢神恩的金属牌或画、小水壶和围巾等货物中向那些走在朝下通向港口的大道土堤两旁的行人推销，这两个脸孔用那不透明或挖去眼珠的眼睛严厉地凝视着带武器或不带武器的男男女女，一群乱糟糟不停游荡的人，上上下下你来我往既忙乱又没有目的，好像是星期日中心区常住居民走空吸引了大批群众，无所事事地闲荡着，有点尴尬、疲乏和浑身不舒服。这时已是秋天的末尾，十分炎热、极端喧闹的盛夏已经过去，继之而来的季节给这个地方带来一种凄凉的气氛：柔弱的光线变得纯净但有气无力，白天越来越短，朦胧的黄昏到得一天比一天早了，黑夜深陷在一片潜伏着危险的模糊不清的黑暗中，精雕细刻的铁铸路灯稀疏撒落下红色光点照射出微弱的光线，这城市呈现黄色和油亮的黑色，那形式夸张的狭长的旗帜现在无力地缠在阳台上，在大道上落尽叶子的棕红色树顶上黑夜中微微飘动，微微闪光，在某些日子里，这些旗帜曾经在灰沉沉天空下，为某一在战斗中被子弹从背后打死的英雄或拂晓在荒地上发现的死者送葬的行列中飘扬（或者更确切地说，满街都是），队伍后面跟着一群群静默的群众，他们的脸在白布条飘动下显得粗糙、疲惫、多疑，他们重复提出同样摆脱不了的疑问，好像是（连环画绘制者为表示人物思维采用的云状气泡的图形）群众用猩红的文字写出的无可奈何的愤怒，好像是在抖动着裹尸布，或者像裹住尸体的布条那样带血的绷带在飞扬抖动，像喊着复仇但转眼之间又消失了的发臭的血淋淋的幽灵，在人群密集的头上，像降神术从灵媒身上发出的可见之物那样在半空中飘浮摆动，群众提出的问题带着一个个倒转来的问号，都得不到回答。一阵风吹来，好像风也筋疲力尽了，软软的，把凄惨的营房院子里干枯卷缩最后落下的树叶集拢来又吹散开去，发出那种硬纸片的声音。他回想起走音的号声，持久不散的尿味和腐烂的燕麦的臭气，他想起兵营里的肮脏，他想起打上铁掌的鞋底踩在尘土上在那穹顶长廊回响中发出的吱吱声，他想起那地方的混乱，那些莫名其妙一大堆一大堆破家具和破烂东西，那简直像是一群人突然摆脱习惯限制和责任心穿上没名堂的制服（供志愿兵穿的杂七杂八的衣服如果可以说是制服的话）又带上武器（只有在战壕里才发给他们这些老式的实际上已不能用的武器）必须排泄出来的东西，他们一旦有了武器，他们就被授予了——哪怕是虚拟的，甚至得冒他们自己的生命危险或死亡——或生或死之权，这种权力本来是只限于神明才能享有的。

对那些送葬行列他是不谈的，对那些阴险、致命的报纸头版大标题，在不同保护势力下不同的兵营之间的对立，他也是不谈的，其他他要谈的总是以困惑、沉思的口吻说话以表示中立，极力用一种保持距离的幽默态度掩盖他这一段冒险经历中悲怆动人的事迹，他说，他认为是因为战争这个城市才出现那种阴森可怕的气氛（他是用这样的字眼说的），惊人的肮脏、惊人的混乱、惊人的浪费在这个地方蔓延着，这些情况他当时认为是完全和他避开、否定、厌恶的社会相反的一个社会的表现、证实。不过，他说那里有些事在他看来确实难以理解，他不满意，虽然他没有明确那是些什么事，因为他认为没有必要，他写到这里（或者更确切地说是谈到）的时候，嘴角歪在一边，做出带有嘲笑而又激动的咧嘴强笑的样子：当他开始描写那个像直接出自费尼莫尔·库柏[①]的小说的主要人物时，他也是带着同样的局促的——或者可以说难过的——强笑，眼睛由于没有把握也是那样眨着眼睛，这个像他的理想和梦想化身的人物在他到达兵营时，在他参加志愿军的前夕，突然在他面前形成了，同时，他想象将要发生的情节事件：这是一个象征性人物，一

① James Fenimore Cooper（1789—1851），美国小说家。

个可以在书的封面或招贴画上见到的寓言人物，或者在纪念性建筑物上也有这种人物装点在那里，披盖在或环绕在这种人物身上的标志和物品是具有象征性的也是有意义的：民兵注视着参谋的地图，显然看不懂，他穿着褴褛的制服，斜戴着遮阳鸭舌皮帽，下面露出的脸部那副样子，表示他是一个能为朋友去杀人或为朋友舍生赴死的人，他那副样子既显得怀有善意同时也显出其为人凶狠，此外还表明，对这个人，如果他想保持第一次见面留下的印象，保留对这人的好感——正是这种好感促使他曾主动地去接近这人的，他知道自己应该永远不要再见到他了。

可是，他却做出了完全相反的事。这就是说，他没有按自己的天性去办，不是急忙跑到火车站搭上头班车，回到他来的那个地方，而是在那里入伍。就在他入伍的兵营里，那个像先知或预言家那样具有寓意的人物一下出现在他面前，仿佛是未来的灾难的预兆幻形（这个人物如果不是他后来在写作过程中虚构出来的——虽然不是全部虚构——他大概真的是遇到过这样一个人，至少是见过和这人相似的人，（事实上他们这类人几乎是一个模子铸出来的）——不过，他对这个人物的描写采取的方法是在他自己和听众的眼里保持着自尊，表示他并没有上当受骗，也不是幼稚无知，虽然他用来美化自己的叙述所用的那些陈词滥调既有点干巴巴也有点浪漫色彩，他甚至怀着一种尖酸的反常心理强调这些陈词滥调的浪漫色彩，好像是出于一种对抗挑战的情绪，他甚至谈到那些革命的敌人，这些人到这地方来伪装是他最坚强的支持者目的仅在于更便于进行使他失败的工作，后来追捕他的那些人又反过来说他是伪装革命的敌人，这些人和他一样，自信对形势以及发生的事件有正确的认识，因而毫不动情心安理得同时又冷漠凶狠地追捕他。）他到西班牙来，本来只是想为报纸写几篇关于这个国家当时发生的事情的报道，可是，他刚到这里就认为除了参加战斗之外没有什么事可干了。后来他说，从这个时期起，革命阶段很可能已接近尾声，但对于像他那样直接从英国来的人，那是很难意识到的。他也没有谈及要作出决定的二十四小时限期中他心里发生的情况，在这二十四小时中他无疑必须权衡赞成还是反对，一方面是生命攸关（或者可以说是送命——但当时他还不能想象出人家要求他付出性命的方式），另一方面是从他到达这个国家以后所看见的愉快或不愉快的事。不管怎样，他反正再也等不下去了（也许是不让自己再等下去），就再一次跑到那个兵营去，并且在那里签字入伍。

几年以后，在那仍然是一片废墟的莱里达大教堂侧翼一个小教堂的墙上，人们可以看见用炭画出来的一个说明射击原理的图形，上面画着从一只眼睛发出的直点线，通过瞄准点和准星达到靶子，在靶子与直点线汇合的是一条表示从枪口打出、升起接着在地心引力影响下降下的真正的弹道弧线，射击者的头像（无疑是为了使这图形更有吸引力）是一个女人的头，可依稀辨出草草画出的曲线丰满的上身，浓密鬈曲的头发在一顶橄榄形军帽下垂露在外，这个头像是用许多杂乱的线条卷绕的方法画出来的。教堂倒塌的穹顶留下的一大堆瓦砾在墙脚堆得像小斜坡。在那橄榄形军帽稍上面有人用一个尖的东西（刀子？刺刀？）用大写字母刻成 PUTA[①] 这个字，好像给这顶帽子加上了一个光环，这个词似乎是由于本身的重量而从左朝右倾斜，最后那个字母 A 作四十五度的倾斜，有一划几乎碰到那些画得乱蓬蓬的头发，白中有点带蓝的粗涂灰泥层（像圣母小教

① 法语，妓女，臭婊子。

堂里的一样）由于那些用尖的东西划过留下的有赭石色含沙质的毛边或刻痕的条纹而不整齐地零星剥落，除了一些后来又加写上的骂人的话以外，都是那些加入民兵队伍的人几乎把全部受到的军事教育转化成为那一类图画。他还叙述了这么一件事：他在民兵营中度过的一个星期里，虽然由于他的各种能力，人们建议他免受操练，他还是让自己去接受别的志愿兵必须受到的训练，这些志愿兵大部分是十五到十七岁的男孩子，他说其中有一部分是没用的人，到这里来只是想领一份军饷，他和这些人一起操练，直至他们能三人排成一行，学会立正、正步走、朝右和朝左向后转，没有枪也没有别的可以教他们怎样使用武器，（O）不得不抑制他对于这个地方的混乱、放任、无纪律的情况出于本能的厌恶，也许甚至在他内心深处对这种可以说像是心灵修炼的操练感到一种反常的秘密的精神满足，他睡在空马厩里腐烂的稻草上，用沾上了油污的盘碗吃饭，还与他周围那些未开化的人分享他的食物和香烟，在最低水平上当一个原始社会的学徒，也就是说，这种社会里的一切全部是围绕着像睡觉、吃饭、打斗这些冲动或迫切需要而组织起来。现在他终于能够用那从割剩的那部分声带发出的幽灵般嘶哑失真的声音来描述民兵们的出发情况：忙乱的准备，在院子里的集合，喧闹，繁忙，红旗招展，火炬的亮光，政委的讲话，戏剧化的列队进行，皮靴有节奏的声音，为了在全城展示这个队伍，人们使他们没完没了地在大街上走，军乐，在阳台上的妇女，欢呼，挤在人行道上的人群，而他一直在行进，在这种敬若神明的特殊荣誉之前，他感到迷惘，什么也听不见，什么也看不见，除了最靠近他周围的一些民兵和他的那些战友，身上全部装备不过是一条卷成长条斜挂在肩上的薄毯子、一个背包和一些空子弹带，他走过而没看这些人（总之，他没谈到过他们——或者也许他们是在他到达兵营时在他面前出现的一些事物现形时呈现的幽灵幻影的一部分，而他已决定再也不看这些事物了），他走过那些忧郁沉默的头部像鹰或样子像患肺病的运煤工之前，这些人的穿戴和装备像陈列各种武器的盾形牌（或者可以说是像一支步枪或冲锋枪突然以人的形状出现：无生命力的样子，变成褐色的有光泽的钢铁颜色，和已准备好使用的火器一样毫无表情但十分危险、可以致命），他们沉默地坐在咖啡馆的露台上，或坐在那保护已征用的大厦门口擦得油亮的机枪旁边的藤椅里在摇晃着，这些大厦的窗口有时也许听到喧哗嘈杂声、火炬晃动的亮光、军乐、像打铁般有节奏的声音，窗帘就掀开一半，露出半个神色疲劳的胖脸，在那宽阔的面颊上眼尾稍微抽紧的眼睛凝视几分钟那喧闹的行进队伍，流露出一种沉思的神色（既不是担忧也不是生气，只是沉思），接着（因为这种人没有时间可浪费，要工作到深夜）又消隐在被办公室台灯的光线微弱地照射着的窗帘后面，灯下搁着一大叠用密码写的电报、报告和用红笔勾过或打上小十字记号的名单。

关于这些情况他也不谈。也许是因为他不让自己抬头看看那些深夜还有灯光的窗口，也许因为他已决定不谈这些，至少在他这一段叙述中是如此。对于这种人的存在，他当时并不是不知道。他知道他们在某处生活着，像从报纸的报道文章或书本得知的某件事一样，是知道（不是理解），对这些人真实的生活他并没有确切的认识，像知道“历史”自动纠正一时所犯的错误或产生的副产品的空想。他当然也在那大学生宿舍的狭小房间里夹在讨论其他的烦琐哲学假设时谈论到这些情况，在烟斗发散的带蓝色的轻烟中那些语调有点卖弄风雅，发音平稳而准确，说话经过深思的声音在回响，在平静地升高，过后，这些声音围绕着堆满刚开始抽就漫不经心地压息的过滤嘴香烟的烟碟在说话。他对这些情况还是有所知的，足以对自己说革命不是请喝茶（再说，也没人请他），目前这个国家发生的情况不可能没有不可避免的矛盾和这类事情必然有的不可避免的瑕疵。但显然他没有考虑到一种可能发生的情况，那就是人家会突然间动手把他赶走，他当初到这里来原不过是想写点文章，后来改变主意不写了，反过来却选择了参加战斗，而且没有提出别的什么要求。人家不是把他作为一个无故闯入者，一个外国人来赶走，不是对他说别插手与己无关的事，快回家去，而是像追捕一只兔子，或者更确切地说一只老鼠或蟑螂那样，存心要把他消灭，而下这种命令的那些汉子大概是那一类的人：这些人除了他们随身携带的小提箱里装的东西——这就是说，几件换洗的衣物和两条领带（在当时他们几乎是在这个地方独一无二系领带的人）以外，一无所有，甚至没有自己的名字，没有一点个人的体貌特征（他们几乎不出头露面，总是小心谨慎，闪缩退后，在某些公众集会上很少发言，即使发言也在那些满头大汗的肥胖的政客、三重下巴的商界代表和那些说话时用拳头敲击节奏的热情洋溢言词犀利的演说家之后，他们很少参加躲在门窗洞里进行的秘密交谈，即使参加也总是退缩在后，这些人中有时有一个请人通报求见，平静地坐在候见室的长沙发椅上等待被引进一个办公室，坐在那里面的人看着他走上前来，带着忧郁、无能为力的不安神色坐下，接着又再等候那位传达人员小心地在他身后重新关上镶有夹垫的房门，他已把要说的话用平静、客气的语调说了，这之后，他像平时一样不慌不忙又回到某一领事馆或某一赶走了百万富翁的豪华旅馆里面，又重新开始工作），这些人没有别的东西是属于自己的（或者可以说不是属于他们的而是存在在他们身上），除了权力之外，或者更确切地说，是像权力的实质的东西，这些人掌有并使用这种权力，并不是像他（O）直到当时所相信的那样，权力之获得和行使是通过占有财富或是为了占有财富，迫使那些一无所有的人为他们劳动，或把竞争者的财产夺取过来，而是他们掌有一种毫无节制的权力，它不受土地或机器占有者在其他土地或机器占有者竞争下所受到的约束和限制，因为即使占有大量土地或机器，也不可能占有一切，不可能取得全部的权力，那不驱使他人为自己私利劳动问心无愧的良知所授予的权力，现在这些人躲在大门口有机关枪、钢铁制的甲盾或独脚小圆桌筑成的路障保护的建筑物窗口后面，坐在帘子拉拢的汽车里隐秘地活动：这些人并不残酷、嗜血成性，只是考虑周到，重视实际，他们每个人都有好几个姓氏，好几个护照，以致他们自己大概也弄不大清楚，也许把自己真正的身份也忘记了（不过他们对此并不在意），事实上很久以来自己的身份也没有了，就像用打洞纸编造程序的机器一样不可能有自己的特征，在这些纸上用一种号码的语言把一些从哲学箴言大杂烩或警察的秘诀里摘录出来的一些灵丹妙方储存下来，不论是哲学大杂烩或警察秘诀都是一样的简单（也一样地起作用），这些东西（总之像警察的哲学或关于哲学思想的警察）是这样简单，以致他的冒险经历（或者更确切地说，他（O）现在想要叙述的亲身冒险的经历）像这样一部小说，其中的叙述者是调查案情的人，这人不是像在被人篡改歪曲的小说版本里所说的是一个凶手，而是死者本人，这种小说使读者淹没在一大堆无谓的细节之中，用大量细节的堆砌来掩饰一个连锁情节中隐瞒的环节，在缺乏资料的情况下，“历史”本身会加以补充，运用虚假颠倒错位的方法超过那些使读者陷于困惑为乐的小说作者，这种作者给同一人物取了几个名字，或相反地给几个不同的人物起同样一个名字，像一向那样，（“历史”）以其惊人的超过限度、难以置信的令人无法忍受的幽默感在发挥作用：同样有点肥胖，有点宽阔、毫无表情隐藏在后面的脸和这些脸谱的复制品出现了，同样镇静沉着的人物一会儿叫作格里戈列夫，一会儿又叫格里戈列维奇或戈列夫（事实上，既不是格里戈列夫，也不是格里戈列维奇或戈列夫，而是别尔金——但实际上也不是格里戈列夫或格里戈列维奇或戈列夫或别尔金，而是斯特恩），另一个人物叫科多维拉或梅迪娜，另一个叫埃尔科利或阿尔弗雷多，佩德罗或热罗，道格拉斯或斯穆什克维奇，维达利或孔特雷拉或卡洛，好像给他们起的不是名字而只是一些字母的拼排，有时这种拼排稍有变化，有时字母之间毫无关系，它们是建立在一些模糊虚构的不是真正存在的事物上的（不是单独的人或明显不同的人物：而是某种事物），甚至当这一事物认为到了要采取真正行动的时候，决定从此摆脱它认为（不论是对还是错）挡着（在远或在近处）它的道路的一切时，也是并不真正存在，不论是出自一个农民、一个不识字的干粗活的工人的脑子的弯曲纹路或出自在板球运动场上或英国大学的校园中培养出来的敏锐的头脑的思想或其他的思想，只要不是正确的思想，不是循规蹈矩的行动，都得从它的道路上给扫除掉。

他总是把这一切置诸脑后：在豪华旅馆中的房间里深夜工作的人们、说话滔滔不绝的肥胖的政客、脸上毫无表情的沉默不语的带枪的人，这些总是无动于衷的人，在某一天早晨，连眼睛也不眨一下，从手里把报纸互传（包括住在他们守卫着门口的旅馆里的那些人撰写的报纸）那用一些令人厌烦的问号作框的头版大标题报道发现某一新英雄人物（有时是在公众集会上热情激动的演说家）在天蒙蒙亮时被发现躺在一个荒置的工地或田野当中，满身是已经干掉的血迹，或者是没有留下任何痕迹就失踪了，他是被人带走的，按当时的人的说法，被带去“散散步”，他们看这些报道所用的那种冷漠的眼光，正如看那些闹哄哄的战士列队行进一样，那慢慢地前行的送葬队伍在一些无力的、呼唤着复仇的横幅旗帜飘动下踏步前进，朝着那由挂着红色（或红与黑）带子的花圈堆成的高低不平的小山——在这山下有那看不见的棺材——举起拳头或举起那重新用油擦亮的枪表示致敬，这时他（O）抛在自己后面的还有那些被派遣来的新闻记者，这些记者坐在小酒吧间里的高脚圆凳上忙着为一些外国自由派报纸机构撰写文章，后来他回到英国贪婪地阅读时只感到沮丧、惊愕，像一个从沉船遇难中幸存下来的人看到白纸黑字的新闻报道时那样难受和惊愕，因为这些报道说从来就没有发生过暴风雨或没有沉船的事，或至少是这样说，船长由于机器出毛病而一时遇到困难时表现得相当镇静，他及时清除了几个持假证明上了船的破坏者、加油工或司炉辅助工，挽救了船上的货物和乘客，他（O）说话中断，叙述停了下来（在平静的夜晚，独自坐在书桌前，稿纸一半已被他的字迹涂黑，在直射的台灯光线照射下，这些纸张显得苍白、无动于衷，在他背后，那些没有机会能逃出深夜驾车出来追捕的人的掌心的人的无法平静的鬼魂正俯身在他肩上），为了弯腰拾起在他周围的地板或机织割绒地毯上散落的报纸中的一份，他又重读一遍上面写着的他无法相信的报道，一篇只不过是几个月前写的而在他看来好像是好几年前写的文章（他对这种文章已熟悉到背得出来了，也许只是感到需要用手去摸摸纸张，仔细看看一行行的铅字，使自己相信的确曾经仔细阅读过），后来他放下这份报纸让它落在其他散落一地的报纸之中，这些在地上的报纸堆成一叠不稳定的东西，保留着从他手中滑落时的样子，也就是说，半张开着，被揉皱了，像灰黑的翅膀折断了的飞禽坠落下去，在他那充满怀疑的沉思的（不过这时的怀疑是另一种不同的性质）眼光下显得毫无生气，他也曾经感到怀疑，不过那时他是蹲在烂泥地里，好歹躲在一堵用沙袋堆起的护墙后面，而这些沙袋是围着一道野外防御工事马马虎虎堆叠着的，他凝视着人家分派给他的枪托已裂开枪闩长了铁锈的步枪，这种武器在他现在所处的地方之无用与可笑正如他长时间到处吃力地拖带的那一小箱子里的全部哲学一样：这里呈现出一片荒凉景色，可并不是由于战争所致（像惯常所见的照片上那样，呈现一片像长了脓疮的地带，上面有一个挨着一个的弹坑，东一边西一边有一株被打缺了的树的夸张的残骸），而是这个地方本身就是如此，几百万年前由一个烂泥球或一些火山熔岩表面经过缓慢收缩和缓慢皱折运动把它形成这个样子，（这个地方）敌视一切生命，保留着原样（也许除了尽可能达到一种绝对荒凉的程度，它不仅由于雨水的侵蚀变为荒芜，恶劣的天气和多少世纪中相继而至的寒霜和炎夏使这地方变得更加光秃荒芜，呈现出一道道冲沟），这无法居住而且无人居住的地方只有很少保留野蛮原始状态的人，不知是被什么厄运推到这里来竟留下来了，好像只有像入侵、饥荒、战争或革命这类可以称为世界性的灾祸现象才能迫使人类紧抓住这些石头山不放，山上只稀疏地长着一些在钙质岩石上艰难开辟出一条出路的生长不好的植物，它们像枯骨似的东一点西一点破土而出，长出地面，在它们中间有一些边界不清楚的壕沟：这是一片荒漠的景色，没有飞鸟也没有其他有生命的东西的痕迹，只有他在这里第一次闻到的战争的特有臭味，他说，这是极其大量的粪便和变质的食品发出的臭味。这里只是一些真正的大山最初的山梁分支，这个地区老是降雨和下雾，一种冷得透骨的雾，它使山巅的线条变为模糊不清，雾停留积聚在低洼的地方，老是渗入衣服里，对这种雾任何毯子（要是他们能得到额外的毯子的话）甚至任何篝火都不能抵御。他说，这种寒冷本是他最害怕的东西之一，出发赴前线前的夜晚他想起它就害怕，他想象那阴沉沉的黎明，手中持着结了霜的步枪难捱的漫长时间的站岗，他自己将在那里面行走的冰冷的烂泥。后来他大概叙述了肮脏的情况、虱子、在使用者的脸上爆炸的武器、莫名其妙的命令、愚笨地组织安排和愚蠢地指挥的攻击，或者可以说是突然袭击（他说这并不是一场真正的战争），那些在他周围的爱充好汉的男孩子使人恼火的愚蠢，他们为了表现自己的男子汉气概，喜欢任意射击和多少有点随便地引爆子弹，把打断自己的手臂作为娱乐，在玩耍中把手榴弹滚到人家在热饭的火里去。他叙述这一切时总是用同样的平稳、冷淡的语调，有时虽然稍为带着一点恼怒，但没有反感也不发火，好像这些事是别人的事，或者好像他在为某一议会的委员会或慈善机构的委员会撰写一份有关穷人生活状况或收容所管理不善的情况的报告或备忘录，同时以通知的方式提出补救方法的建议，他怀着自尊心注意永远不要引起别人的怜悯，更不想引起人家的敬佩。这是战争，即使没有指挥好，他也没有多大的理由站出来背叛。他对这些事还有足够的知识（他过去读过不少这方面的书——总的说来，直至他出发去西班牙之前，他绝大部分知识是由书本的灌输得来的，除了他在皇家警察局、在伦敦东区的穷人区或当洗餐具粗工时期获得的经验，现在他看到当洗餐具工取得的经验是微不足道的），不至于不知道战争是肮脏的勾当，在人命和物资上造成同样惊人的浪费，而且在战争中往往遇到各式各样的人。他说，在这个地方，首要的问题实际上是找到可供燃烧的木柴。在这些光秃的根本不长植物的山中，整个冬天浸在雾中或泡在冰冷的雨水里，除了找木柴外，其他一切都不在话下，甚至敌方的机枪扫射，可庆幸的是扫射到那些拾柴者身上打得不大准。换句话说，对他来说，左右为难的问题不再是在死亡与自由之间作出选择而是在死亡与可供燃烧的木柴之间，或者可以说，像他开玩笑说的那样，是在被炮弹或炸弹打中毙命和因患肺炎而死之间作出选择。他们就在这种情况下度过了冬天，这段日子只是因进行突然袭击或毫无结果的巡逻而稍为有点波动，似乎在黑暗中胡乱地发射大量子弹和初次尝试到类似害怕或危险这种事，其重要性远比不上想拾得任何能够生火而且发出一点温暖的东西那份令人心烦焦急的心事。当他叙述这一切时，他自己没意识到他的语调渐渐变了。虽然他一直留心不说任何能引起他人怜悯或钦佩的话，他说话的方式与前不同了，已不再歪着嘴角和老眨眼睛。他再也不关心赞成或反对、好与坏的问题了，正如在那些他可以说是达到思想零度的日子的情形一样，在那些日子里，晚上没有守卫任务时他睡在掩护所泥土下面挖的一个凹进处，白天生活在被排泄物弄得黏糊糊的到处撒满空罐头的壕沟里，在越来越破烂，越来越龌龊的衣着中冻得发抖，冰冷的脚上穿着的皮靴的靴跟越来越薄，他整个人一心一意在做天堂的美梦，幻想能够享受有柴可烧的涅槃，他已达到在物质上和在精神上完全一无所有的境界，骁勇、坚强再也不算什么了（他叙述那次突然袭击可以说只是作为一段历史、一段故事，或者可以说，作为一个意外的机会、一段令人兴奋的插曲有幸光临打断了单调的生活），重要的是能忍耐的坚持以解决最根本的生存问题，他整个精神都不得不集中在必须不断地与肮脏、寒冷、寄生虫作斗争的问题上，必须躲避雨打或机枪射击，必须洗擦自己的武器，补他那些充满了持久不去的气味的破衣服，这些气味包括一切统称为有机物或化学物的东西：火药污垢的、他身体匍匐着的烂泥的气味，他卸下驴子驮着的东西时闻到的在它们肋部毛上黏附着的氨水汗臭，从土地生长或提取出来然后以粪便形式再返回土地中去重新又被土地吸收的东西的臭气，生锈的金属、硫黄和炭粉这些物质猛烈而又无知地爆炸时散出的气味，他现在老是与这些东西接触，像是与这些有生命或无生命或和牲畜一般野蛮的东西相依为命地共生着，一方面是那些赶驴时用脚踢其睾丸的荒山上的居民，瘦弱的野生植物，在壕沟的水里行走发出噗噗声的老鼠，另一方面是他，现在他那看不见的整齐的领带、看不见的圆筒礼帽和伊顿公学的整齐的硬领已被油污肮脏的有护耳的鸭舌帽和有破洞的围巾所取代了，他用吃饭用的铁盒来洗脸，蹲在垃圾堆里，指甲断裂的手由于长脓疮而肿起，冻僵的手指笨拙地紧握在枪上，这时他在掩蔽工事的枪眼旁由于寒冷索索地在发抖，看着天空上星光逐一熄灭，天空变为苍白，钢灰色的或雪青、淡黄、紫水晶的彩虹色、珊瑚红、紫等绚烂悦目的黎明降临，如此情景，以致他后来叙述时不得不再次停下笔来，坐在稿纸前沉思审慎地停留了一阵子，他皱起眉头，并不是由于要极力回忆他打算叙述的事，而是由于叙述困难，为使当时的情景写得真实可信，他犹豫再三，像一个用低沉做梦似的声音在说话的人，眼睛呆望着前面，突然间停下不说了（像一个男人在叙述他对一个女人的热恋，而他很清楚这种感情除了他自己别人是不能理解的，他预见到当他把她的照片拿给知心朋友看时，这朋友会感到惊愕，抑制住不要跳起来，客气地表示赞同），最后他下定决心，写出那无法令人接受的字眼——但这是唯一能表现那无法表现的事物的字眼——在纸上慢慢地一个一个地形成组成这叙述的词句，他写道：这一段生活像“中魔”……

在这种情况下，一切突然向他扑面而来，完全像一个小男孩拼命在吹气的红气球，他惊奇地看着它鼓起、胀大，把它拿在离嘴远处欣喜若狂地细看它，抚摸它，为它那光亮绷紧的外表着迷，留神听着在他手指下面它发出的吱吱声，接着他又再吹气直至那橡皮薄膜爆裂，压缩在气球里的空气膨胀起来，发出一声震耳欲聋的声响、一声迅猛可恶的爆炸，最后什么也没有了，球里的空气被空中的空气吸收了，什么也没有了，在手里留下的除了几片毫无光彩的不成形的无用的皱缩橡皮膜以外，什么都没有了。当那些生长在山上石堆中的瘦弱的小树被重新扶立起来，渐渐长出叶芽，接着长成叶子，野蔷薇放出点点小花，现在阳光接替了寒冷和雨水，使那些搬运筑防御墙的泥沙袋的人的肩膀晒得像火烧，把山上的石头也晒得发白，把那些排泄物、垃圾和堆积在铁丝网和掩体下面的腐烂的东西那些长留不去的臭味变为一股恶臭，像是从动物尸体发散出来的持久不散的气息，这些尸体在秋天时没有埋掩好，冬天在霜雪中保存下来，现在夏季的炎热到来，开始腐烂了。不过当他重新回到巴塞罗那时，最叫他受不了的，与其说是死尸的气味，不如说是那种令人窒息的甲醛和强烈消毒剂的气味，这种气味似乎渗透到那些寂静寒冷的用编号格子停放死尸的建筑物的涂瓷漆墙壁和油毡里，他回到这个城市时穿着一身破烂的衣服，脚上的鞋子几乎只剩下鞋面了，既肮脏又发呆，这个城市在秋天时在他看来像一炉在熔化的钢铁，而在他离开的这段时间就改变了，现在，他说，好像有点像疗养地，也许处境还有点不大舒服，但到底变得干净、雅致，甚至是漂亮艳丽，那些有态度尊敬训练有素的服务员的饭店又出现了，有钱就可以买到一切昂贵的物品的商店也出现了，还有豪华的妓院，乞丐，穿着夏季整套讲究西装的行人，穿着剪裁出色小腰身的军装、擦得出奇地光亮的皮靴的军官样子像在橱窗里看见的人体模型，在他们的肩带上还挂着那种在山上作战时十分短缺的自动手枪，居民中穷困的一部分人现在担心的不是战争也不是革命，而是关心经过排长队长久等待以后才能获得最少量维持生活的必需品。当然，那些红色的或红与黑色的旗帜虽然没有以前那么多，但仍然在这里或那里飘扬，但现在带着一种不符合时代的奇特的味道，既过时又可疑的样子（或者也许是过于新，过于无知地显出艳丽或者说浮华，又过于干净），同样是如此，要是有人把几幅写着胜利标语从一个阳台拉到另一阳台挂着的用平纹布制的横幅旗帜换上新的，人们会说这无异于把虔诚地摆在临时祭坛前的鲜花换掉，在这祭坛上一个玻璃遗骸盒里人们虔敬地保存着某一慈善会的圣僧发黄的一点骨头，这位圣僧主要是专门负责感召志愿管理这些被婉转地称为疗养院的建筑物的工作的，这些建筑物的院子打扫得十分干净，在重新粉刷一新的房子之间有修剪成雅致的花坛或剪得笔直的椴树的几何图形的小径，大门上面的壁龛中安放着一个雕像，它那温柔的面孔涂成粉红色，穿的衣服是涂了菘蓝染料的，头部四周有一圈用五彩小电灯泡组成的光环，它石膏般发白，张开双臂做出欢迎的姿势，它微笑着站立在一片令人不安的沉寂之中，和平但可怕的宁静，像无法穿透的罩子以这种气氛笼罩着人们用平常的语言说的所谓疯人院（这是他后来用的字眼）的四周。

不过对这种事他也接受了。他在叙述中说，虽然开头他还觉得有些事不妥或者是处理某种事情的方式使他开始怀疑他到这个地方来想要干的事是否不是肯定会失败。他没有立即把他现在看见的同头上有小电灯泡组成光圈的圣母马利亚等诸圣保护下的那些保密机构的情况加以比较。或者也许他发现了另一种有兴趣的课题，也许寒冷、虱子和他过去四个月中所忍受的一切使他看到另一种对价值作出估计的尺度，不同于他在无数次晚间讨论会中与那些具有无限讲话才能的出类拔萃的少年（后来成为出类拔萃的年轻人）辩论时所用的尺度，在他身上，在这种讲话才能之外还要加上一种忍受痛苦的无限的能力。还有，从童年时代起，人们就教他只有在裁判员吹响最后一次哨子时才能认输，并且教他随着失败的前景逐渐明显就更要有加倍的顽强和干劲，他让人用钉鞋踩自己，当他用手背擦去从鼻子或裂开的嘴唇流出的血时，甚至不需要听见那沿着球场边线跑的教练员的喝声就自己重新站起来，再次让人踩踏，再站起来，再被踩踏，再站起来，照这样继续下去。他现在知道自己所犯的唯一错误，是到达这个地方时找错了兵营，信赖一些只能把他派遣去对付寒冷和虱子而仅有很少的几次机会参加战斗的人，因此形势越来越显出权力正在转手（这种权力几乎可以肯定会把他派到前线某一地区，从那里他十之八九可能是回不来了），他剩下可以做的只能是由反对转为支持这种权力了。当他正朝这个方向努力时，“历史”（或命运——或别的什么：物质的内在逻辑？它的无法改变的机制？）却做出了不同的决定。

当然，或者是出于自尊心，或者是由于腼腆，他没有完全像现在这样叙述这些事，大概他自己也不需用这一类词句来供认这些事。后来他鼓起勇气做出一些复杂的解释，可以说是技术性的解释，运用大量的缩写词，政党、工会、党派、警察组织、联盟或协会的名称的开头字母来充塞装饰，这些字母仿佛是只有内行人才懂得的化学符号，按照不同的混合和配量的方法它们几乎可以合成无限的东西，既可以造成肥料、去污剂，也可以造成炸药。谈到这些事时他的态度始终不吹嘘但语调却变为毫无表情、无动于衷了，好像谈的是别人的事，是一些理所当然如此这般的事，反映了他童年时代为争一个球而在烂泥地里从一端争到另一端殴斗时经常表现的那种天真幼稚，巧妙地混合有弄虚作假和纯朴自然的态度，在这泥坑似的球场上什么事都可以允许，只要选好裁判员的眼睛正望在另一边的时刻。他承认如果他为了加入兵营——他现在认为这样最有利于他的计划——采取的行动取得成功的话，他可能迟早会看到自己不得不朝他旧日的战友怏怏开枪。他没有说出当时他所干的事，只是说他是处在走投无路的境地。由于运气（或由于倒霉？），发生的事件使他免去还要继续讨论这个新出现的问题，他刚来得及把从战壕带来的污垢洗净，在那位前来与他相会的妻子身边睡了几个夜晚，拼命地吃所能买到的食物和酒直至要病倒了，与一些朋友联系上，定做了一双新鞋并购买一支手枪，这些事刚做完，他就看到自己带着两颗手榴弹和一支步枪平躺在电影院的屋顶上正在监视电影院对面那条大道另一边的咖啡馆里穿军装的占领者，与此同时，他听到自动机枪和爆炸物发出的震耳欲聋杂乱的响声，猛烈地摇撼着那个好像成了疗养地的城市，这地方仍有精雕细刻的样子笨重的穹形圆顶，像蛋糕似的笨重的石建筑物，洛可可式的大厦，种着棕榈树的林荫大道，小型的摩天大楼，哥特式的钟楼，种满白玉兰树的花园和被征用的豪华旅馆，现在就是从那里，轻机枪扫射着射程内出现的一切，子弹发射慷慨大方，表示弹药供应充足，而在前线就拿不到这样的供应，只能吝惜地使用了。

他在叙述中说，对所发生的事似乎没有人看得清楚，他自己也不是立即看清的。他仅限于说这些事出于偶然，几乎只关系到一个钟头的事，因为他定制鞋子那家店老板要求晚一点交货。不管怎样，事实是他是在一个确切的日子里，确切的地点与时间，由于当时使他的命运无可挽回地摆动的时间地点，被投入到那可怕的混乱中，而这场混乱留给他的唯一的出路就是逃亡，不仅是像他头一次那样逃离这个城市，而是逃离这个国家，不仅如此：主动地把自己驱逐出去，强使自己改变主意，甚至不能用他以为可以用的公开出入的大门，因为即使是他为之冒生命或者更确切地说是死亡的危险的那些人或那些事物（是什么人或什么事物呢？长着大胡子的先知？那些名叫斯穆什克维奇的人？是物质的定律？）同意接纳他，他们还要这种死亡的危险按照他们认为适当的方式发生，这就是说，不是像他所想的那样，要不是死得光荣至少也死得清白，而是相反，死得屈辱、可笑，在死之前和在死的四周还要举行一种本身就是侮辱性和损害死者名誉的仪式，其方式足以使死者作为示范以便一劳永逸地挫退那些——不论其出身如何或演讲的才能如何——竟敢对唯一真正红旗染上红色的质量或深浅浓淡的色调提出质疑的人的勇气，于是这样的情况发生了：约在下午三四点钟，他大概走到那条朝下通向海边的半路上时（前去买香烟或一瓶威士忌酒，或者去试他那双新鞋，或者是在返回时），忽然响起一阵枪声，路上行人纷纷逃走或躲避在树后，做生意的人急忙放下铁栅，铁栅卷起的声音由远而近，这种噼啪响的声音和子弹飞鸣、手榴弹爆炸时不很响亮的声音混杂在一起，竖着步枪的卡车突然像从空无中现形似的出现在大道上，以全速向前冲，车上带着武器的人在车子转弯时左右摇晃，他们紧抓着车的侧栏，摔倒在车篷盖或挡泥板上，始终是警惕着，手指扣在手里的步枪或手枪的扳机上，人们以为已经忘却了的那种阴沉、土灰色、有皱纹的面孔，带着一种一言不发、丧失理智的狂暴，又在他们身上出现了，不到一年，就是这种狂暴力量使他们急急忙忙从那到处是黄色尘土的郊区或港口穷人居住的下区的棚屋或他们的工厂里急跑出来，一边跑一边把衣服穿好，或一边不停地跑一边带上装备，是这种暴力使他们挤在卡车上，甚至不等最后一批人爬上去卡车就开动了，载着一大串互相抓紧着身体的人飞驰，这些人的膝盖在空隙间一会儿冲向前一会儿缩回去，汽车超速行驶，好像是在某种本能、某种祖传的条件反射指引下朝着那些林荫大道冲过去，那些阳台上还挂着胜利者的横幅旗帜最后剩下的残片，那些兵营又重新打扫得干干净净，现在房门口有哨兵守卫着，他们带着发亮的皮制装备，穿着军装，在他们那些人看来（居住在肮脏不堪的郊区，用水泥或砖土建筑的阴森凄凉的连成整片的小房子里的人），这军装代表一种他们世代相传下来仇恨的东西，如同人们几世纪以来，父传子，母传女，憎恨那些代表痛苦、屈辱、丧亡的象征物或活生生的化身一样，即使现在那些有三重下巴的政客力图向他们说清楚没有听到命令或看见擦得光亮的军靴，他们无论什么事都一律不许做，即使那像摆在橱窗里穿着讲究漂亮军装的人体模型的人，向他们展示有集会或游行中被人欢呼的人签字的纸条，他们的态度也还是如此（事实上他们曾经欢呼过的人现在没干别的什么事，只是签签字，看着传达把这个或那个名叫格里戈列维奇或斯穆什克维奇的人引进办公室来，这来人一副难以捉摸的样子彬彬有礼地向他们走来，递上一份文件（指令或在离此几千里外的地方作出的决定，这种决定是以密码形式传递的，经过电码译出后再翻译出来，最后用打字机打好，留下一点足够签字的必要的空白）这人坐下来，打开一盒用硬纸制烟头的廉价香烟，以同样的难以捉摸但客气的态度向这些人敬烟，有礼地等待着（在这两人之间——两人全是精疲力竭，眼睛由于缺少睡眠发红，一脸倦容，或者由于虚胖而面孔浮肿——，对，在这两人之间，好像发生了这种情况，那来客首先不慌不忙地拔出他的手枪，接着在他与办公室主人之间的那桌上搁下来，枪口对准要射击的方向），办公室的那个人脸变为绯红、紫红，他的手、嘴唇、下垂的面颊和三重的下巴由于愤怒而抖动，来客仍然耐心地坐着，透过窗口看着春天的天空，飞翔的白鸽，娇嫩的梧桐叶子，一边平静地抽他的香烟直至坐在办公桌另一边那个人不再抗议，接着讨价还价，接着变为恳求，然后只是弯着背说话，头部缩在两肩之间，最后拿起钢笔在保留着的用铅笔划个十字的地方签了字，这时来客站起来，拿起那张纸，检查签字，把那页纸叠成四折，搁到衣袋里去，说声谢谢，离开办公室），对，他（O）现在大概是和其他的行人一起躲在一株梧桐树后面或一个卖报亭后面，后来有一个人好像从空无中突然出现，像是从空无的东西中形成了形状（他似乎甚至不知这人的名字，他只是说这是一个美国人，一位医生，他曾在前线某一地方见过，仅此而已，这以前和以后都没见过，这人像神话中的幽灵，像由一些看不见的对人的身心有害的粒子组成并不真实存在的那种人物，现形后，一会儿就消失了），后来两个人（即他自己加上那个拉着他的手臂，拖着他跑的那个人）也跑起来——他不知道从这时起他是再也停不下来了，也就是说再也不能停下来不跑了，即使是那个人放开他，即使是他们两人已经钻入旅馆（这不是一家豪华的旅馆，只是一家他住过而且他的一些朋友——这些朋友他已准备断绝关系——还住在里面的普通旅馆，这时他在混乱中也没有看见一个熟悉的面孔），他重新穿过街道，仍然跑着（他说那个美国人——医生——这时已看不见了）他走到另一个地方（他说，这个地方一向是他的一些朋友的大本营），在那里面有一个他从来没有见过的人

（身材高大，相当漂亮，脸色苍白，三十多岁，穿着平常的衣服）在给来到的人分发步枪，开头这人把他打发走，后来（他终于找到一个熟人，一个和他一样的英国人，这人看样子是认得那个分发步枪的人），还是发给他一支，后来（他在叙述中说，在这个地方也是同样混乱，同样没有秩序，里面有一些女人、婴儿、小男孩、外国人、到这里来躲避的回家路上的行人），后来他又再次失去枪支（在那里面的一个男孩子把他的枪偷了），后来他配备上两颗手榴弹，这种手榴弹对携带着它们的人和对要投掷到他们身上的那些人几乎是一样危险，后来他在婴儿哇哇啼哭声中裹着一块撕碎的舞台幕布迷迷糊糊地睡了，甚至在睡梦中他还继续在奔跑，肋骨被挂在腰间的手榴弹捅着，等着随时被炸得粉身碎骨，若不是这些手榴弹那就是从门口投过来或投在走廊上的手榴弹，在这种半睡半醒的状态中他可以说是小心翼翼地在挣扎，但似乎醒不过来，他再次停顿不往下写了，仔细看看那些他对着讲话的看不见的听众，这些听众看着他疑惑地摇摇头，避开他的眼睛，暗地里短促地交换藏在有精细镜框的眼镜后面的眼光，带着一种对着魔的人或疯子的那种怜悯宽容，有点感到不快，有点局促不安，他们身上发出涂擦的油和潮湿的羊毛织物的味道，他们的颈子围着带有那有名望的学院或大学特有的那种颜色的围巾（后来变为领带），他们好像是站在一个病人的床四周那样，望着他为了不致有所遗漏和不致搞错扳着手指复述他七八个月前进入那座兵营直到他目前正在描述的日子为止这期间所发生的每一情节：四分五裂的城市，各种街垒，一边摇着白手帕一边过街的人，在那叫莫卡的咖啡馆对面的电影院的屋顶上长时间的站岗放哨（有一天晚上，他曾经在这类的咖啡馆前在火炬照耀下跟着军乐的节奏游行），现在这咖啡馆的占领者不再是那些脖子上结着一条红黑两色的手巾沉默寡言相貌不佳的莽汉子们，而是可以说正好相反的人（虽然面孔一样，都带着木头或泥土的颜色，瘦削，棱骨突出，干瘪或者说像木乃伊，粗野而冷漠，好像是从他们出生以前到现在由于日晒和田间劳动而变得焦黑或棕褐色，一脸疲惫不堪的样子：这是很久以前西哥特人[①]、撒拉森人[②]和印第安奴隶杂交生下的种族，是像驴子、大刀和火器之间的一种中间产品，不过现在这些像皮革般的脸出现在漆皮菱角帽子之下、按规定扣好的军装之上），坐在电影院屋顶上的监视哨和这些人有时互相咒骂，有时交换几句平静的话或几瓶啤酒，或者有机会时相互射击几枪：不过现在这一切都无关紧要了：全都变得这样遥远、缥缈、毫无意义，只是他（O）仍继续在跑：好像是在一条隧道里移动着，进入或被吸到里面去，继续不停地无意识地摆动身下的两条腿，一辆特快火车在一阵震耳欲聋的风暴中超过他，喷出气来把他推到一边，车厢迅速闪过的灯光把他重新硬拖起来，每次使他站起来做出一个正在奔跑的人连续的姿势，如同在那些万花筒里可以看见的一个运动员在赛跑时的姿势一小段静止分解的图像，所不同的只是圆筒的转动方向是相反的，因此好像是倒退地在跑：他再次上路去前线，接着再次处于同样荒芜的山中，再次和虱子、淫雨作斗争，再次自愿参加巡逻（在刚发生的情况之下，他谈不到选择这一地区而不要另一地区，选择这一兵团、这一师而不要另外的部队，何况现在部队再也不以一个秃顶或有胡子的人命名，也不以其他什么秃顶、有胡子或没有胡子的思想家命名，而是像全世界所有的军队一

① Wisigoths，公元六世纪曾建都于巴塞罗那的西哥特族。
② Sarrasin，中世纪时西方人对穆斯林的叫法。

样，只有一个番号），有时他得到消息知道类似他的人，一个叫汤姆森或叫斯米利的已经被捕或被追捕或消失了，而他继续还在活动，像是在真空里，像是一部自动机器在完成他被指派的或者更确切地说是他为自己规定的任务，直到有一天在平静的早晨中他惊愕地（至少是他自己说当时是惊愕地）看到自己处于一颗子弹的发射轨道上，幸好或者是不幸在他身上致命的地方打偏了一毫米或两毫米，使他躺倒在麻醉药、包扎伤口的敷料和防腐剂发出的持久不散的气味中，他嘴里还有乙醚那种令人恶心的味道，声带部分切割、一只手臂残废的状况下，从这些气味中走出来时，突然发现在涂瓷漆的墙壁后面，在修剪成几何图形的椴树和有金鱼池的安静的花园里，一群文明的凶手躲在玉兰树丛中或躲在彩色大慈大悲的圣母像后面等候着他，窥伺着他，像那些静谧的疗养所里负责维持秩序的身强力壮的护士，一俟他走出栅栏门，他们就冲上前来追捕他，逼得他走投无路，把他包围起来，这时他奔跑是为了逃命，慌乱地在这城市的街道上逃窜，过去的秋天，在这个城市里他曾以为隐约地看见了一个新世界的形象，被追捕时他晚间睡在荒地里，焚烧过的教堂中，荒废的工地上，像一头牲畜，一只浑身发臭的野兽似的被人追捕着，胆战心惊——而几个月后，他仍然是在不停地奔跑，不过现在周围是安静的英国夜晚，他在一个安静的房间里坐着，面前摆着一个小手提箱，箱子的把柄还保存在他手里，上面的一些蹩脚的锁已被扯掉，箱子的一侧裂开了，露出里面毫无价值的残余破碎的东西和现在已变黄的旧报纸，他使劲把它们收拾起来，摆好在像它们的棺材似的假皮箱子里面，把盖子关起来，好歹把裂口塞起来，用无数的旧绳子交错把箱子扎紧以代替那落掉的提柄和缺少的锁，现在它（小手提箱）像在火车站或飞机场可以看到的驮在这个或那个移民肩头上的箱子，这些人穿着磨损的衣服，有着一式一样的焦躁不安、苦恼忧烦的面孔，有着一式一样的疲劳不堪的眼光，穿着一式一样的两侧有条纹装饰的淡紫色袜子和后跟已磨歪的鞋子，这些人被不加区别地集合（或抛弃）在这种面颊凹陷、皮肤灰白的含糊的家族（或种族）中，被某种无法遏止的厄运从一个港口到另一些港口，从一个火车站到另一些火车站，从这个棚屋到另一个棚屋赶出来，到处流浪，跟着走的是他们的一大群孩子和眼睛低垂、经过割除手术、头部包裹着面纱、小步快跑着的笨重但生殖力很强的女人，还有他们用硬纸箱装着的行李，每次转车或转船，这些纸箱都数了又数，在站台或码头上被打开，露出里面放着的令人伤心的破旧衣物、闹钟、香料匣、有杜鹃叫的瑞士小挂钟和镀成金色的巴黎铁塔这种小玩意儿，这些东西被海关人员或警察用脚尖挑开检查，然后重新装箱打包，重新装在硬纸箱里一件一件地又再踏上旅途，不过这些纸箱经过加固或者更确切地说用穷人那种小心细致、永不泄气的热情、无限的耐心修剪整齐的小绳子捆扎起来的。

第五部

而他（过去射石炮炮手的队长、山岳党的议会代表、弑君者、共和二年的将军、退任的大使、过去被尊称为“阁下”的人），还有一年可以生存，但像是一件废物，一件被拒收的东西，一件被扔掉的废品（因为人们没有达到（或他自己没有达到）把他毁灭（或他自己使自己毁灭）——至少是没有能运用人们可能使用的手段使他毁灭：例如用大炮、子弹、暗杀凶手、审判官、刽子手或行刑队，在这种情形下，他们（人们）只好作罢，把事情交给自然规律去办，认为疲劳不堪、精力衰竭的身体终归会最后衰弱到顶不住而在某一地方倒下，在某处骨头和血肉堆成的山上：就这样，他不得不忍受这种慢慢到来的死亡，忍受这种身体的背叛，好像是以粗暴的方式对待身下骑着的战马，用马刺踢它，一直弄得它精疲力竭）：还有一年可活，但没有可以与之战斗的敌人了，只有这生理上的可耻的衰败，他为排遣烦闷或者更确切地说充实空虚无聊，尽可能让这活着的时间不得空闲，自己哄着自己，命人套上敞篷四轮马车，坐在车上跑遍那只有十来公顷微不足道的花园（他曾经足迹遍及全欧洲），过去多年来在精神上他曾经在这片土地上耕种和收获，现在亲自对那个被他通过信件长期专制统治着的女管家下命令了，他出于习惯黎明就起床，或者至少是让人唤醒他，当他开始完全衰弱时，他就坐在（或让人把他抬到）他曾监督完成工作的大阳台上，在他还有时间的日子里，他命两个庄园雇工把他安置在——或者可以说是放在——阳光下，像那些妇女要去做家务、冲洗干净地砖、烧火、洗碗、收拾东西时放下吃奶的小孩一样，她（巴蒂）不时走到门口张望一眼，倒不是为了看他是否一直在那里，而是看他是不是还在呼吸，是不是会变成鸟雀的栖息的支架，到了晚上她还得额外替他洗去鸟粪堆积成的一层发白的东西：过了一个春天、一个夏天、一个秋天，到了冬天开始的日子，随着季节和一天时间的流逝、变化，他坐着的靠背椅的位置改变着：首先是整个人晒在大太阳下，但为保护眼睛四分之三的身体转了过去，这时节梧桐树毛茸茸的叶芽初现，后来长出很小的叶子，树枝在四月刺骨的微风中僵硬地摇摆、互碰，穿着军人的宽袖长外套——也许这时已经磨损破旧了，上面标志军衔的失去光泽的金色条纹散成丝缕，头缩在拉起的领子里面，像哨所站岗的士兵似的，雪白的头发上戴着一顶军便帽，从中露出一绺绺像乱麻似的硬发，一条毯子裹着他那年老的、静脉曲张的双腿，那埋在山谷深处石碑下那位死去的妻子，她的嘴唇、颈项、娇弱的乳房、他过去多次深陷其中的柔软湿润的缝隙，这些东西久已腐烂了，现在只剩下附在几根骸骨四周几片烂肉和像啮齿动物般露出牙齿的下巴的碎片，剩下的是那座坟墓，那仿古建筑形式的简单的坟墓前刻着凄凉的墓志铭（苔藓已把它侵蚀，毛茸茸的黑点把用凿子刻出的字，大理石上刻着的地名斯巴达、希腊……掩去了一半），从这大露台望去可看不见这一切，他现在正在那里活生生地解体，日复一日地感觉到有一种像在活动的蛆虫似的东西在暗暗地毁灭他，与此同时他看见在植着榆树的小径上方，在比草场更低的地方，那些已死去的小母马的优美灵巧的幽灵在小步跑着，从那个地方可以看见种在坟墓四周的白杨树银色树巅，他看见那些灰白的叶子在不停抖动，听到树叶低微的簌簌声，像揉搓丝绸发出的声音，像一种不停的颤栗，一种平静、瑟缩、伤心的抗议，以及不时出现投向他的警惕的沉思的眼光，暂停下来的扫雪扫地的声音、在门洞里的身影（但他一动也不动，头也不转过来），这镶褶边软帽下露出干瘪面孔身材高大的妇人并不是和他同一血统，但是和他吃同一个人的奶长大的，现在这个干瘦还管用的女管家喂他吃饭，扶他上床睡觉，帮他起床，替他穿衣，按照太阳光线延长、铺开，又再缩短的情况叫人移动他坐的椅子，有时把登记册拿来给他，摊开在他的膝上，让他慢慢地一页页翻看，用带有眼屎的眼睛细看有四分之三已划掉的他的马匹和有阿拉伯名字的（哈拉依斯、尼玛娜、泽拉伊德、阿伯德勒美莱克……）母马的名单，这些马匹是从非洲带回的种马交配生下来的，或是在被征服的国家打胜仗后购买的，它们在武装士兵护送下运到他家里来后，按照他从米兰、波美拉尼亚或西班牙发来的信件提出的方法进行交配或杂交，现在这些马有的快要死掉还没有接替，有的平凡地活着只能用于套在耕犁或两轮载重马车上面，他那老年人皮肤皱起长着雀斑的手拿着她（巴蒂）递来的鹅毛管笔，用褐色墨水，以一连串有点弯弯曲曲成S形的锯齿状的斜杠，划掉另一登记马的特征的名单，与写在每页左边空白处的马名平行，清楚仔细地登记着马的身材、皮毛颜色、斑点的样子、脚上有没有白斑、种马的谱系：划的杠子螺旋似的包围着三四行纪录，像缠绕着含沥青的小带子的一把把带棘突的铁锈色骸骨：这是马的干尸和骨骼，它们原是指定在阴间陪伴古埃及法老的，或者是四周围着爱犬、飞鹰和守卫的古波斯帝国省总督，至于那些士兵，他在另册上也保存有名单、战功的罗列、受伤的情况，这些志愿当兵的人在他手下代替了从前招募士兵的执达吏在集市的日子里到小酒店一角用一瓶酒的代价招募来的暴徒和村里的白痴和醉鬼，过去这样招募来的士兵穿着像是木偶，或穿了鲜艳衣装耍把戏的猴子，一身皮革装备，裹着用白垩粉染的护腿套，稍犯小过错就在部队当众鞭打、活生生受车轮刑或吊死，那些由骑兵队组成一团团的部队的旗帜是用粉红、象牙黄、翠绿、宝蓝、猩红、橘黄色的丝绸制成的，旗上绣有所属领地、省份名称的纹章，它们（部队、马匹、白痴、大炮、醉鬼、军笛、鼓、四轮运货马车、炮架）都像母猪、母牛、种驴一样是领主的财产，可以交换或出借，也可以作为嫁妆被接受或获得（其中包括城池、修道院、山谷、森林、当地居民、鹿、乞丐、行会理事、山鹑、庄稼收获、母鹿、枞树种植地、纺织女工、伐木工、橡树），这些嫁妆乱七八糟地列在结婚礼物之中，在花纹锦缎的床单上，从这些被单里散发出年轻孩子身上排泄出氨水似的不灵活的精液的气味：这些命名为阿图瓦、罗昂、苏比斯、皇家日耳曼以及图勒炮兵团的部队曾经看见他在十五岁的时候来到，那时他口袋里放着一张新发的证书，拖着一把对别的同龄人会嫌太大的军刀，一肚子装着代数公式和大概是用棍子打或吊马镫的皮带抽打的方式反复教会的拉丁作家的经典，用他那刚变嗓音的声音声嘶力竭地指挥那些在年龄上有的可以当他父亲的那些相貌丑恶的莽汉操练，架炮准备发射，把沉重的青铜炮口对准离奇的怪兽或龙的血盆大口，他开始在出现在他四周的世界各地徜徉奔走……

在他服役的东部驻军，也有一个炮兵团：在演习场地的一端，他们可以看见架炮准备射击的练习，司炮的士兵在马奔跑中跳下来，敏捷地解开大炮的钩子，使它们转动成发射的位置，炮筒急速地升起，准备好发射，这时那些士兵的细小的身影静止不动，保持立正姿势，每个人都站在自己的岗位上，与此同时，套车的马匹却一直在奔跑，在演习场上兜了一个大圈子，最后朝大炮跑回来，那些细小的身影再次动起来，奔跑，忙碌着把第一门炮套上马，立即离去，这时最后一门炮的套马已停步在要它拖的大炮旁边，因此全场看来一直在动，似乎每一时刻马都在不停地奔跑，士官发出的命令和咒骂声穿过寒冷的空气从远处传来，在远处出现的士兵、大炮、马匹显得扁平细小的身影在冬日带点雾气的黄色或红橙色的光线中像铅制的玩具士兵呈灰蓝色，各队的士官也一时被这场景吸引住了，但立即恢复清醒，重新开始发出命令，练习使用他们以后根本用不着使用的军刀，朝前朝右刺杀，朝前朝左刺杀，朝地下的敌人刺杀，军刀越来越重，疲劳的感觉以星形或以触手状从肩膀上，沿着背部肌肉和肩胛骨向四面扩散，流出立即在皮肤上变冷的汗水贴在他们僵硬的衬衫上。

……这身材魁梧的年轻人，那充满忍耐力和洞察力的沉着眼光开始环视他周围的世界，他的头脑也可以说进入了变嗓时期，逐渐长得结实坚强，与此同时，那些有纵横四等分的盾形纹章、有贵族领主家徽或百合花装饰徽的丝绸旗帜散成丝缕，撕裂开来，最后变为破布片，那些以他们命名兵团的公爵或亲王们都逃走或被驱逐了，不久以后这些兵团就用简单的号码作为部队单元、军团[①] 的名

① 指法国大革命时期的军队组织。

称了，这些军队把一个七拼八凑而成的古老王国、选侯领地、主教管辖区变为一个新的地图，这登记册有两页上面分为七栏：身份、所属乡镇、他指挥下的一些士兵来自的省份、服役情况、评定意见（工作得好，有才能但缺乏干劲，加上伤口在风向转变时就疼痛，也许需要有固定的工作）是那有时忘记写大写或后来再补正的秘书用工整字体写的，战役和战功登记部分像历史教科书一样，一页页纸上写着城市、要塞、河流的名称，这些地点像是某种地下激变震动的轴心、震中，或动力线，像整个大陆巨大猛烈的撼动地带（不仅是关系到一个大陆上：而是影响到已建立了几千年的社会状态，它被定了罪、被扫光……），发皱的手逐一翻过记录本子每一页，充满脂肪的虚胖的脸上眯起的眼睛扫视着这些记录：偶然提出的请求、推荐、为获得猎场看守、跟班、看门人等职位必须出具的证书……

> 路易·卡阿涅，三十五岁，卡尔瓦多斯省埃夫勒西人——曾参加过革命时期全部战役：一七九二年和一七九三年在北军参加战役，共和二年和三年在上阿尔卑斯省部队参加战役，曾在一七九三年封锁曼图亚和围攻瓦朗谢讷战役时左颊被炮弹打伤，曾作为战俘被囚于意大利费拉拉城堡中。
>
> 弗朗索瓦-西蒙·埃瑟兰，三十四岁，默尔特省巴罗亚人——曾在莱茵河、瑞士、意大利部队中参加革命军战役，曾在围攻曼海姆城和要塞、封锁美因斯和包围凯尔中作战；在凯尔围攻战中，他曾在同一联队的布勒东中士和第六十七旅半分队的鼓手协助下拔出奥地利军钉固的十门野战炮。
>
> 弗朗索瓦·珀特，四十七岁，科多尔省欧克索讷人——曾

参加围攻卡尔维、曼图亚和俾旅吉亚，同前，参加围攻明乔隘口的战役，在洛迪和阿科莱战役中他在部队重新集合时间中用单一门炮支持作战达一小时之久。

皮埃尔·阿米耶尔，三十四岁，上加龙省圣加贝尔人——在共和二年和三年中曾参加比利牛斯战役以及后来在意大利进行的战役，在第一军中曾中两枪，在共和八年时曾经遭遇热那亚被封锁的战争，曾……

……疲倦的手最后让那个沉重的登记本子落在裹着毯子怕冷的大腿上，书页边角被微风掀起，这风也同样使那在山谷深处的白杨树颤抖着的树顶弯垂，大概是一阵风把书页掀起并猛烈地拍打着几张纸页，受到蹂躏的纸发出一种惊慌失措的嗦嗦声和一连串细微、干硬的噼啪声，他那披着一头灰发的沉重的头部侧向一边，或朝后仰去，眼睛闭起，透过充血的眼皮上的阳光一时拉长、一时分开，重新集合起那些紫、绿、红、青蓝的炽热又朦胧的形象……

或者也许不是这样：而是眼睛张大着呆望着前面，既没有看见小径上植的榆树，也没有看见养小马的草场、果园、山谷的一侧，搁在他的膝盖上（或者也许是搁在他命人搬来的桌子上，或者是下雨天时在有那细木护壁板的塔楼书房里的桌上，这书房就是后来那个呆子堆放那些发芽的土豆的地方），是一本没有经过装订的普通的本子，纸张草草用手缝在一起，在第一页上，他写着《那不勒斯大使任内回忆录》，或《柏柏尔之行》，或《回忆》，现在字迹像是运动失调病患者写的那样松散，大概是受血液没有规律的推动力的支配，写的字有时很大，有时几乎漏掉笔划，好像缺少力气似的草草了事，头几页是带着狂热和老年人的暴躁密密麻麻写的，接着字行渐变得松散，改正了、又划掉、又涂改的字越来越多……

“……法国政府只是通过它的官员的眼睛去看事情，而这些官员只是凭感情去看，因此最良好的意愿（前五个字划掉）因此怀着最良好的意愿的政府也只能成为别人感情的玩弄物。这种情况使那不勒斯朝廷产生一种毫无道理的胆大妄为，它看不到自己的野心会驱使它陷入（前五个字划掉）被拖进深渊，它希冀奥地利与（这个字划掉）英国和两西西里的联合兵力使阿尔卑斯山移交给法国人，它也许希冀意大利的不满重新爆发一场西西里晚祷[①]，但是共和党人知道国王们永远不会宽恕，因此到危险时刻他们就联合起来作战，那不勒斯朝廷估计错误，难道以半自愿半强迫匆促征集起来的军队就能获得那不勒斯政府胆敢自诩的胜利吗？难道以那些用棍子指挥的待遇很差的部队就可以企图战胜经过六七个战役锻炼的、曾经打败当时被认为欧洲最精良的军队的队伍，我们的共和长枪队？总之，这队伍里的每一个士兵都知道是为自己切身利益而战斗，因此英勇作战；难道不是极端疯狂企图以那些毫无经验而又是在一位其才能只在新闻传播中宣扬过而从来无人见过他在火线上指挥的将军率领之下的士兵（这两字划掉）新兵来对抗这样的部队？这一切我都向德加洛大人叙述了，但是徒劳，当天我去游览波蒂奇和庞贝废墟；庞贝和赫库兰尼姆是古罗马帝国的两个城市，在公元七十九年由于维苏威火山爆发而被掩埋地下，第一座城市是被火山灰、第二座是被火山熔岩埋没的；第一座覆盖层不太厚，第二座却埋在六十多英尺深处，这个城市毁于（这六个字被划掉）由很稠厚的熔岩

① 一二八二年复活节，在晚祷第一次响起钟声时曾发生屠杀法国人的历史事件，史称西西里晚祷。

形成熔流，形成一种与房屋变为一体的异常坚硬的岩石，由于偶然机会，这两座城被人发现……

……划掉字句的杠子越来越多，好像在那血流不畅的头脑中，人物、地方、旧有的怨恨全都搞混、重叠、融化成为混乱模糊一团：这些薄本子几乎是拿起来立刻又搁下，有几页勉强写上一些开头显得是在迅猛、暴躁、难以控制的情况下一挥而成的字迹，好像他知道自己还能活着的日子屈指可数，匆促写就，但这些字迹渐渐变为松散、摇晃，记叙突然在一个句子中间停顿下来，有时就在刚开始写的一页上面……

……政府中人对其工作人员忠诚的行为这样不重视，对国家的昌盛是十分有害的，他们这种漫不经心的态度几乎是表现了他们一贯的弱点和软弱无能，我曾收到利古里亚地区政府和法国五位督政充满赞扬的感谢信，但我的过去的同事却对我做过的工作几乎一无所知，其中有一个人——此人即勒贝尔——回家看见我时说：啊，原来是你在这儿吗？督政公民，你曾到过柏柏尔是吗？是不是被弄得变成太监了？督政公民，您看来不至于一定要我在这些夫人面前供出实情，还有另一位同事——这是特雷亚尔——十分隆重地接见我但对我的任务却问也不问，巴拉斯友好地接待我，但带着过度享乐、对一切事务漠不关心的人那种心不在焉的态度，至于梅兰和拉勒韦利埃，我徒然命人四次写信到他们家中，他们总是闭门不见，那单纯的拉勒韦利埃老是置身于花园草木之中，而梅兰则像古埃及的侏儒国王，在他的宫殿里只会见他打算使之腐化堕落的人或他所害怕的立法官我们这时已到部分更换督政的时期，西哀士神父这位总是在革命重大事件躲在幕后的人物，虽然大家都知道他曾出于胆怯在原则上不接受督政府，但事态发展的结果使他看到督政的地位不坏，足以替代他一直想得到的什一税，这个隐蔽的带有玄学气味的人物建立一种狂热的信仰，有一批信徒，只有会给他带来一些好处时才开口说话，他远离督政府而生活，装作从来没看见它，但他有查……勒和另外几个死心塌地忠于他受他秘密唆使推动的人制定阴谋诡计，他想当驻普鲁士大使，虽然这一位置得由人民来任命，他果真当上了，从此他感到……

……只有开始写的一页纸摆在他的面前，他的手臂垂下，手指仍然捏着鹅毛笔，他坐在那里不动，好像从一个战场被拖到宿营地，从一个工作地点来到另一个地点，从选举的集会到议会论坛，从炎热的地区拖到天寒地冻的平原，那巨大的身躯多年来受到粗暴的对待，虽提出抗议，虽然受了伤，变为残废病弱，但一直拖着到处奔走，精疲力竭，辛苦万分，最后屈服了，放弃一切，好像现在这堆听命于随时都会断掉的一根血管、一根小静脉的老骨头和肌肉甚至拒绝继续在一页纸上写下一些字迹，只是停留在那里一动也不动，处于植物似的状态之中，在这种状态下他只听见田野细微的声音。他已经把这些声音忘记了：现在他好像重临旧境，耳朵里嗡嗡响，脑海中充满喧哗声、人声、斥骂声、铃声、炮声，这些现在已结束的长期的喧闹是在二十二年前开始的（他曾深陷其中，是他自己投身进去的），从那时候起，这种从不停息的滚滚旋风，这种风暴把他摇晃、举起、抛下、重新又举起，使他达到最高的位置，好像是为了接着更方便把他打翻在地，几乎可以说不让他有时间（在两次战役、两次出差、两次带兵或两次选举之间）把两脚碰地，越过城堡的栅栏门，从一辆马车或一匹跑到疲乏不堪的马上在台阶之前跳下来，三步并作两步爬上楼梯：仅来得及细看一下年轻妻子的尸体，把它埋葬，拥抱一下小孩，在马厩里轻轻拍拍马的颈子，命人重新搭好围墙，堵塞一道篱笆的裂口，又重新启程，再次策马奔驰在塌陷的道路上，好像连靴上的马刺来不及解开，身后仍然拖带着营房的、人群的、火药的气味，以及会议室发出的霉臭气息，他马不停蹄地穿过景物、田野、山冈、山谷、荆棘丛，这些东西二十二年间在他看来不过像是一些不完全是真实的事物那样存在着，不是物质构成的，而是非物质的回忆，抽象地出现在他到处随身携带的那幅图表上，每当他在帐幕下，在征用的大厦或宿营地中有时间就打开它，在阅读两份报告或两份演讲稿或两个军事计划之间，皱起眉头细看一下，修改，修饰它，在上面间接地犁耕种植，但用的不是铁犁或钉耙，而是用铁锈色的褐墨水，写在寄给巴蒂的无数信件的粗糙的纸上，这些信是通过靠不住的邮政或偶然碰上的信使寄出去的……

后来他好像突然耳聋了——或开头他似乎觉得是得了耳聋症，又增加了一种残疾、一种新加上去的不幸，这就是说，二十二年来，他头一次听见（可以听见，得到机会听见）沉寂或者更确切地说，是野草、树叶摩擦时或看不见的昆虫在爬行时发出的细微沉静声响，是极其微弱的飒飒声，极其轻微的抖动形成的隐约模糊的嘈杂声：多年以来他没有听见（没有感觉到自己听见）鸟雀在歌唱，没有对寒冷温热有所感觉（也不容许自己去感觉）：这垮掉了的衰老身体现在感觉到冬日阳光的温暖、冰冷的空气中臭氧的香味、霜冻发出的细微的爆裂声、春夜芬芳清新的空气、黄莺的啼啭、割下的干草发出的香气、秋天腐烂的落叶、燃烧的茅草堆，在树林中回响的布谷鸟的呼唤；在漫长的午后，金色的阳光在树叶中嬉戏，把叶子染成透明的柠檬色，两只麻雀在果园的一株树上唧唧喳喳地相扑，在那些突然摇得嗦嗦发响的树枝间互相追逐、争夺、隐没，它们一跳一跃地移动，从一根树枝跳跃到另一树枝，以无法预见的姿态翻身，扇动颤抖的翅膀尖，拍翼飞走了，阳光渐渐改变了位置，慢慢倾斜，赶拢走散在草场上，在山坡上的母牛群的狗传来低弱的吠声，在小山谷的另一侧，一些浅色的笨重的身影笨拙地在奔跑，一前一后摆动着被一些奔上奔下飞跑着的不知疲劳的棕红色球似的东西追赶着，一时间变为更浓郁的草原的芳香夹着晚间的潮气渐渐腾起，从下面的地方，在桐树丛中某处传来乌鸫头一次的啭啼，这是初次的试啼。 有点犹犹豫豫，带着试探性，鸣叫出三个音，接着不响了，然后又鸣叫三个音，小山谷的斜坡和静止不动的森森树林在一片寂静中发出回音，接着是双重的三连音，这声音像溅射出来似的，迅速地自行盘绕起来，接着以相反的方向展开，然后转换方向低落下去，最后出其不意地在一个高音上戛然而止，又是一片寂静，远处传来狗吠的声音，牛颈上挂着的铜铃在远处叮当响的声音经过一段时间的间歇才从山坡传来，好像这些声音要穿过寂静的厚层才传到坐在露台上一座山似的老人的耳膜里（也许并不是疲劳使他的手停住，使他搁下四分之三还是空白的纸页： 而只是那布谷鸟、乌鸫、草场的芬芳……），好像这个不久将死去的人已经与这个有各种颤动、各种细微的回声的世界分隔开来，中间隔着一块玻璃板，一块像水族馆里的重玻璃板，限定了两种自然元素的王国界限，一条鱼形的长长的云静止地悬浮在山丘阴暗的山巅上，这云带首先呈浅棕色，接着在淡紫、青绿的天空中呈橙黄色，鸟雀一只一只地停止啼鸣了，他一直坐在那里，越来越模糊不清巨大的身影也渐渐变为阴暗，在他背后一时间出现摇晃、来回走动的一道光亮，接着巴蒂瘦削的黑色身影在门框中出现（这个像干活的牛马般的老妇被保留下来，更确切地说，已经变成了干尸，好像她衰老得比他更快，已经超过他，走在他前面，活着时就已进入最后确定下来的状态，似乎永远不会死去，在这种状态下，她像神话中的一个人物，像负责陪伴灵魂的神化的女奴，扶助这些灵魂通过生死之间最后的间隙，在这段最后的时间中，肉体由于既有的冲力继续存活一些时间，但渐渐地衰竭下去，直到最后完全停止不动），几乎是跟着就听见她走到露台上的脚步声、衣服的沙沙声，接着出现她在很近的地方的喃喃说话的声音，这时她一边收拾散乱的纸张，把墨水瓶和毯子夹在臂下，接着两个人慢慢回到房子里去，一个靠着另一个走，她穿一件经久耐用的乡村老妇常穿的短上衣和一条也许是用他多年前从弗兰德或其他地方寄给她的一段呢绒做成的经久耐用的裙子，他穿着旧军大衣、那件旧的当兵穿的宽袖长外套，在踏入屋里之前，他也许最后一次转过头来看着那现在阴暗下来的山坡，晚间聚拢来的母牛微微闪光的斑点，鱼形的长条云彩现在全变为黑色，飘浮着或者说是像画在玻璃上，它的珊瑚红的乱蓬蓬的背鳍像火花一般，像受到在燃烧、着了火、光芒闪闪的反射的夕阳擦过、照亮似的，后来突然之间这反射光熄灭了，变为灰色一片。

而那死去的女人，玛丽安娜，或者更确切地说，那现在已不复是人的东西，烂糊一团的东西，（是什么？变硬的（或黏糊糊的？）一些纸板碎片、一些空洞洞的张大的口子——要是有一点光亮的话，也许是棕褐色或蛋黄色，但在坟墓里的漆黑一片中全部是黑色的），建在小山谷深处的压在成吨的石头下的这座仿古的坟墓四周的土地总是湿漉漉吸满水，冬天种水芥的池塘溢出的水渗透到墓穴的接缝中，穿过棺材的腐烂的木板，因而只剩下一团无以名状的模糊一团的东西软绵绵地在黑色腐臭的液体中飘浮着，那不会腐烂的鬈曲长发在那眼眶变为空洞、嘴巴没有舌头和嘴唇、被蛀虫啃空的鼻子下门牙突出的脸部四周以慢悠悠的旋涡形披散，乳房像雌猴的黑色扁平的胸部，像糨糊似的流出的沥青变冷时表面覆盖的一层厚膜、一层因自身压力而起皱的皮，肚皮（可能她就是从这里开始腐烂的，大概蛆虫就从这里进攻的）已由于气体而胀裂，或者更确切地说，变为扯得破碎、溃散，再没有阴户、外阴，只剩下一道干瘪、收缩、起折的裂缝，像一个朝里吸气皱缩起来的嘴巴，在上面突出的骨头下面像挂着胡子或山羊胡子似的黏附着一些稀疏、发黏的毛，整个身体（那件东西）像被蛀虫啃坏千疮百孔的羊皮帐篷，发出羊毛粗脂的那种去不掉的恶臭，这帐篷已倒塌被弃置不用，但还零散地被一些不成形状的残骸、碎片、歪斜地倾侧或断折的小柱支撑着：只剩下一副骸骨，其余的……

而另一个女人，那位继室，保王党人，那名叫阿代拉伊德或者可以称为翁法勒[1]的女子，在恐怖时期高潮中他救了她，三天后在热月十日和她结婚，现在却让他一人在这荒僻的城堡中半身残废，孤孤单单地等死，只是在向他要钱时才给他写信，他还没有死就准备背叛他，否认他，在他的姓氏上重新加上他曾经轻蔑地放弃了的贵族姓氏介词以玷污他的名声，这场牧歌式的爱恋（或诱拐）：当时正是他刚从科西嘉归来或者更确切地说是在脱险后……

---

① Omphale，古希腊传说中的王后，据说她曾使情夫赫拉克勒斯穿上女人的衣服，为她穿袜子。

以浮夸文体写的辩护词是律师用心印出的，像三十年前，由现在她争夺其遗物的那个人撰写递交与一个会议的办公室的意见书的可笑的复本一样（同样用手工刻凿浇铸的字体、同样的排版方式），当时他提出这份意见书是为了使他的过去能牢不可破地与一个文件相联，这文件在他眼中不仅是对一个人的起诉书，而且也是宣布一个社会的结束和另一个社会诞生的宣言：

辩护词摘要

为阿代拉伊德·米库夫人
让-皮埃尔·拉·圣-米歇尔师长，
炮兵部队督察，
法国二级荣誉勋位的获得者，
铁皇冠骑士，
现居巴黎的寡妇，
控告被告人欧仁·拉·圣-米歇尔，
现居维城圣-米歇尔的房产业主

此人以继承人的资格隐匿一笔巨大款项和多件名贵珠宝，损害具有遗赠财产承受人资格可分享其丈夫遗产四分之一的寡妇。

上天显灵维护圣-米歇尔夫人的辩护……

罪恶永远难逃出其手的上帝以无比的光明照出被掠走的大笔款项和多样珠宝，这些珠宝是由于圣-米歇尔将军为之献身的光荣事业而获得的。

撕毁多道封条、侵入邸宅、撬锁、盗窃……

……那牧歌式的恋情或者诱拐（不过到底这两个人中是哪一

个——是男方还是女方——拐走了另一个）： 他刚从一个岛上归来，在那岛上他曾以一小队士兵在一年多里对付有两中队兵力支持的当地起来造反的凶猛居民，他逃脱了埋伏和外国人收买的暗杀凶手，在夜间乘着一艘小船躲过英国军舰的监视，终于跑到热那亚，从那里又逃回巴黎，接着几乎立即就到了敦刻尔克，好像他离开指挥的大炮只是为了急忙赶到另一些大炮那里，再次指挥驾炮准备射击、校正瞄准射击目标，好像他暂时离开战斗只是为了自下而上地骑马穿过法国，掩着鼻子，像龙卷风似的掠过当时散发着尸臭的城市，对不属打仗的事表示满不在意，不放在眼内，一心只是捍卫他为之放弃一切、冒一切危险，甚至流血牺牲的那件事，他忙碌，无法停留下来，不能对那些争吵、阴谋诡计、为争夺权力丧失理性的斗争，可以说骑在马上奔跑中片刻不停地俯下身来伸出一只手抓住那个女人，把她从地上拉起，把她举起来坐到自己身后马背上，接着继续不停地策马飞奔，重新走到大炮旁边：一支插曲，不是暂时的休息，而是在两场战斗中短促地变换场面和布景，他返回到十五个月前离开的巴黎，衣服由于海盐渗入还在发硬，也许因为在圣弗洛朗中了一枪受伤还跛着走路，裤子被子弹打裂的地方好歹算是补上了，蓦地看到自己被一种东西卡住喉咙，似乎完全不同于那些弹药、无烟火药的味道、黏附在他的衣缝皱褶中的泥土和浪花水沫的气味： 仿佛刚越过那些线条朴素、有方石环绕的笨重的圆柱、有像穿上古希腊人短披风的舞女身上飘带装饰的独立的楼阁之间的阻止通行的栅栏，他突然深入到不是一个城市而是一个决斗场、一个公共尸坑里面，在积滞的鲜血发出的腐臭中，以前组成的类似俱乐部或限于有智有勇慷慨大度而不是富有或出身高贵门第的人参加的不公开的团体组织留下来的最后一批代表人物、面目全非的幸存者现在相互对抗、彼此残杀，或者可以说已经相互赶尽杀绝，他们精疲力竭、狂躁激动，好像一下子老了十年，变成了一些滑稽模仿中的幽灵，变成自己的讽刺画了。这些代表（他几乎知道所有这些人的小名，用亲切的称呼和他们说话），人数日复一日减少，陷入罗网中不能自拔，像是陷到迷宫中的囚犯，迷宫中的某一个人（俱乐部的职员，或者爱开玩笑的冷酷的掌门吏，也许是土耳其浴室里的工作人员……）可能已把出口处锁上了，他们神色惊慌，走路摇摇晃晃，像一些喝醉的人，他们紧靠着渗水的护壁板站着，疲乏到了动也不能动弹了，听见脚步声响或看见一个影子隐约晃动就惊跳起来，盲目地相互痛打，争先恐后地先下手，像那些流氓或沉船落水的人，十个人动手把第十一个人扼死，接着九个人动手扼死十人中的一个，接着是八人中的一个，然后是七人中的一个，好像在他离开的这一段时间，“历史”已发生分歧，渐渐分成两摊，一边是在光天白日下进行的，面目不加掩盖，采用炮火射击的方式，另一边的历史是不得不采取虚构杜撰的办法，处身于任何公认的规则之外，胡乱摸索，犹豫不决，身体失去控制，突然脚踩不到地，于是惊慌失措，向前猛冲，开始空转，冲动，最后变为讽刺调侃的滑稽模仿戏，成了嘲弄：像一部拍摄人群、患运动失调的人物不连贯或未完成——或完成过早——的动作的影片以加速的速度放映，像不露面的导演忙于赶快结束那些重复的台词已使他深感烦厌演过一百场的戏，只许演员有时间赶快说完对白，就对下一个演员示意开始，这些演员一个接一个登台，只能是当一个月、一个星期、一天的独断独行的专横人物，然后在下一个晚上死去，老演员到三十岁身体就垮了，他们相互挤着以便获得最后一次表现自己的权利，不要命地朗读一段独白或大段台词，常常连全段台词都不能念完只是念了台词头一句、头几个字，有些演员坚持要表演，抗议得不到机会，有的在观众喝倒彩、嘲笑、哄堂大笑中被推出舞台去，有的已全身冰冷，像为最后的仪式做好了准备，衣服浆硬，襟饰花边用小熨斗压出管状褶裥，他们四周同时散发出一种上了浆的味道和墓穴难闻的气味，他们一副刻板拘泥、故作傲慢的姿态，好像是在死神之前做出最后的对抗，表现出那突然来到的自负、勇敢，他们把衣着整理一下，把领带拉紧，他们的样子僵硬，缩着脖子，身上穿着燕尾服，挺立在裹着袜子的腿肚上，像一些涉禽类似的，生硬迅速地断断续续转动着脑袋，同时在害怕的眼光注视下走上讲坛的台阶，在自己面前搁着经过通宵修改、删掉一些词句的稿纸，往上面看了最后一眼，深吸一口气，重新抬起头来，张大嘴巴说话，几乎立即就被打断，受到质问，这时他们说不出话来，站在那里不动，神色傲慢、冷漠、无动于衷，那没有用场的稿纸仍然摊在那里，上面有当天早上最后一刻划掉的字眼，匆匆加上去的涂改过的字句，但这些人已被抛弃、被定罪了，已成为历史的过去，“历史”的车轮已经远去，抛开了他们无头的尸体，像无头的怪兽垂死前还在苟延残喘，每天早上太阳升起照射着那浸透汗水湿漉漉的城市，在一种荒唐无理的单调状态中，在警察连续的迂回策划的千篇一律的阴谋诡计中，一天一天地过去了，在同一张桌子的一角，由几个辛苦操劳的检查官、几个书记官和几位穿黑袍的法官在一夜之间制定、泄露、挫败的千篇一律的阴谋之中，又一天天地过去了，这些人身上的鞋子、袜子、短马裤、眼光和有羽饰的帽子都像在墨水浴中浸过，像黑暗的化身，像一些古怪的拘泥于细枝末节的仪式主持人，这些人小心谨慎地遵循某种礼拜仪式日历的次序行事，这种日历上有印成红色的地名和节日名，例如加尔默罗会修士、修道院、主教管辖区、天主的圣母、圣阿玛拉朗特等等，时间同时处于静止和超速状态，“历史”开始在原地打转，没有前进一步，有时突然转过来向后转，出乎意料地转折，无目的地徘徊，带着这历史风暴所能触及的一切，这风暴把他在过路时出其不意地突然抓住，把他投入（或使他突然陷进）风暴旋涡中心（也许是利用他起装饰品那样的作用，作为品德的证人、道德观念的保证者，像人们诡诈地安排去参加破产的公司理事会的那些因年老变得糊涂的退休将军），把他安排坐在醒目的地方，就在讲坛的脚下，他穿着满是灰尘发皱的军装，裤子是在那被子弹打破、伤口永不会愈合的地方缝补过的，在讲坛上面一小撮半疯狂的人在相互威胁、咒骂，指望对方上断头台，他谛听着他们的演说，仔细观察他们，抱着比一向更沉着的态度，在巨人的宏伟安详的表情中或在其后掩护自己，用审慎、观望、期待的眼光环顾四周，这种眼光发自一个从祖代继承了土地、具有退色的金纹章的小贵族地主列的家谱的人，这种小贵族地主像农民般生活在他们那家具破旧、地毯磨损的城堡中，从这些人身上他继承了这张像狡猾的牲口贩子难以捉摸的面孔，这种能一眼就发现一匹有病或经过化装的牲口的才干，这种能控制、熄灭有时在眼皮厚褶下射出闪电般炯炯眼光的天赋，同样，在战场上，他也学会了做出判断，一瞬间衡量出一场失败的轻重，承认所犯的错误，迅速计算出也许还能挽救、保存的部分，于是打起精神，采取行动，使自己保持镇静，好从陷阱中脱身（要不然就只是为了能更好地从中脱身，他接受任命，担当那半死不活的委员会的书记官充满危险的职务），他利用这新的头衔的分量和威信强行打开一些办公室的大门，到里面去，那些眼光像梦游者的办公人员看见他进来立刻就停止查阅那些告密信件或重排已被定罪的人的名单，惊愕地看着他好像是在看一个从史前时期出来的重新回到人世间来的人，听着他说话但不甚理解，让他强行取去自己的签字、委派的命令，为使他高兴而在文件中翻找他所要的东西，也许是因为想起过去的交情或接受过他给予的帮助（或者也许是因为想通过他来挽回自己的过去，现在这些人，再没有任何事能打动他们的心了），他们抽出一份囚犯入狱登记表或一份嫌疑犯名单，请他重复要找的人的名字，惊讶地抬起眉毛，最后潦草地写一个通行证以及同意使用一组套车的牲口、一驾马车，也许还加上护送人员的凭单，当他的皮靴的声音在走廊上渐渐变小时，他抓一抓自己的头，随便找另一个人的名字，代替他们刚才划掉的那个名字的位置以便补全。现在他坐在马车上，这一趟是以相反方向越过栅栏，把手里拿着的宝贵的纸条直伸到值班守卫的鼻子底下，用装饰着三色羽毛的两角帽挡住车门，使武装守卫人员的眼睛看不见那蜷缩在暗角里的女人，那个将改名为翁法勒的女人（在什么地方见过她？在什么时候？怎样认识她的？也许是在一条走廊上瞥见或在两个看守之间夹着辨认出来的，或者是在法院书记官或像浸在黑墨水里的一位检察官的接待室里，她脸色苍白，浑身颤抖，带着眼泪恳求着一位身材高大的战士，这人耸耸肩膀把她要求的东西赏给她，是作为照顾、报酬，还是作为赃物？），一件带风帽的斗篷遮掩了扮成名叫朱莉小姐或布里塞伊的女人的面部，胸部用一条丝带紧束着显得很突出，头发梳成古希腊女人的式样，像在那椭圆形的画像上那样，后来（那时她浑身戴着发亮的钻石，后面跟着一个头部围着锦缎丝巾的小黑奴，她又变成一位过于讲究、令人厌烦的有身份的夫人）给她画肖像的画家不得不把她那古希腊的侧面像绘成有浮雕感的单一灰色的画像，但那时她蜷缩在马车底部，在一辆车篷放下的双轮轻便马车中（还是一辆轿式马车？驿站快车？），在车中由于颠簸摇晃使他们彼此猛烈地相碰撞，关闭的车座漆黑一片，在车辙道上时而悬空、时而跳跃，落下来又再跳起，（也许就在这里面他占有了她，来不及再等一等，或者更确切地说，向她进攻，咬她的嘴巴、她的乳房，他那大力士的手插进长裙底下，把裙子掀起，也许在心急中把它撕开了，裸露出白色的大腿、腹部、金色的毛，他抱她坐在自己身上，两人一直由于车子颠簸猛烈地摇摆，身体失去平衡，她身子向前弯俯，帽子脱落，散乱的头发垂在他的面前，她勉强抓住车篷的支柱或车门的梃子，这时他摸索寻找在毛丛中那狭窄细小的缝隙、那软滑潮湿的口子，盲目地把从他身上突出的肌肉发达的、绷紧的种马器官朝前推，她一直是从那漆黑一片的车厢的一侧被弹到另一侧，一只手臂一直伸出去寻找一个可以抓住的地方，另一只手引导他，在两次颠簸之间，把那木桩、尖头桩引进她体内，这勒达、艾奥①、帕西法厄②长叹一声，开始喘起气来，她的胸部、臀部一送一伸，一高一低，跳动，屈蹲，两人在黑暗中发疯地、狂热地吸气（也许透过在他们上面移动过去的树叶的缝隙，悄悄地迅速闪过的月光时隐时现，有时透射到车厢里来，照出大理石般淡蓝的大腿、衣服上紊乱的皱褶、弯起的背部、现在抬起来的玉石浮雕般的脸，由于叫喊脸部歪扭着，现在两人都在叫喊，或者更确切地说，在咆哮，共和二年的一位将军与从恐怖时期监狱中救出的女囚犯在碰撞、摇晃，粗野的声音在混乱中彼此紧紧抓住：这并不是爱情，甚至不是肉体享受，而是动物发情，肉欲的满足，发泄，像马在嘶叫

① Io，希腊神话中变为小牝牛的年轻女祭司。
② Pasiphae，希腊神话中克里特岛国王米诺斯的妻子，与一条公牛生下人首牛身怪物。

着，在沉沦……）。与此同时，在车轮下飞奔着北部省长形平原地带，远离了那使空气发出臭味的公共尸坑、令人窒息的石块修建的迷宫、小街巷、空空的宫殿、监狱，那些尸坑的盖子由于积滞的血水和石灰没有掩埋好的死尸的难闻的气味散发出恶臭——接着又重新开始：大炮在隆隆回响，令人安心感到熟悉的火药味、打火石和还在冒烟的填弹线塞发出的气味，他又重新站在某一地点的陡坡或沙丘上，在带咸味的风的猛吹之下，重新又站在堡垒的望远镜圆盘中，现在出现的是四面被烟包围着的军舰，呈牡蛎色的大海，低矮的土地，在扁平的地平线上停留的云块堆积成奇形怪状的大山，远处的警钟塔楼，马拉着还热得烫手的大炮迅速跑开，卸下套马又重新架起准备射击，又重新发出雷鸣般的响声，震撼着空气，以庄严连续炮轰的声音打着时间的节奏（那位女俘虏，爱诉苦而又贪得无厌的布里塞伊带着行李跟随在后，在两次炮击和两次打开缺口之间和他结了婚，在两张摊开的地图之间立下婚书，签订了婚约，在两次发布军队开动、进攻的命令之间由四位证婚的将级军官共同签署，如同签署一张部队征用的单据、军需或粮食供应的凭单）：他们的马匹由勤务兵牵着在帐篷外不耐烦地跺脚，有三色标志的四顶两角帽、四撮蓝白红帽饰羽毛轮流弯下、俯前、左右摇摆、接着抬起来，继续摆动了一会儿，最后停下不动，四张太阳晒黑的、严肃、冷静的脸逐一轮流俯向打开的登记簿上，一时可听到鹅毛笔在纸上刮擦、划上花押的沙沙声，这之后四张脸毫无笑容（他们（四位将级军官）大概不知（再也不知）该怎样做才恰当），不过他们脸上的线条还是横向拉开，那眼角皱褶呈扇形的眼睛（在皱褶的花纹中皮肤显得颜色较浅、苍白，几乎有点柔软）停留了一会儿看着那女人的裸露的颈部、袒露的肩膀，也许还在水晶玻璃杯（或只是平常的饮水杯）相碰发出短暂叮当声中，在杯中的酒短促的闪光中，停了一下（也许是——由于三天前在巴黎发生的事消息刚传到他们这里——也许是由于四年来已被忘记（压制下来）的条件反射忽然重新起作用，四根豪华的翎毛波浪起伏似的第二次俯下，四张粗皮革般的面孔再次俯低，逐一轮流行吻手礼），接着像玻璃杯碰响的声音那样，四人脚跟立正碰响发出金属响声，四人的马刺发出银子似的叮叮声，全部经过大概就是如此），被雨水打湿的地图摊开摆在支架上或置于帐篷下或在露天风吹之下，为了不要被风卷走或用两三块小石头或一把手枪或有泥污的军刀压着，有时地图摊在可以避风雨的门廊里、农庄的库房中、门厅里面、态度驯服、殷勤的市镇长的公所的拱顶下，后来应召回去（这一次马车四周有轻骑兵护送，有卫兵举手致敬，那担惊害怕的布里塞伊再不是胆怯地躲藏在带风帽的斗篷的阴影中，而是洋洋得意地出现在车门上，尽管天气寒冷还是穿着袒胸露臂的衣服，打扮得花枝招展，一副无所畏惧的神气），他应召回到那还处于站立不稳的状态下、没有完全从噩梦中清醒过来、茫茫然的城市，她在阴森森的冷酷的初冬拖着疲乏不堪、荡然无存、饥饿难捱的身子进入这里，而此时整个大陆的军队都在向城市集中包围，渴望复仇一度受惊的帝王们从外面、里面、后面，从陆地，从海上四面八方进攻，他们的部队已经准备好胜利开进城去，曾使他们发抖的那些人（或至少是这些人中还剩下的那些人）的名字已经开列在处以死刑或流放罪的名单上了，这时，在一队武装人员站岗的大门后面，出现了这样的景象：这是用红与蓝二色画得天真幼稚的埃皮纳勒[1]式图片，像在蜡人馆里可以

[1] Epinal，法国东北部孚日省城镇，以制作版画人物图像著名。

看到具有和真人一般大小的穿着当时服装的人物图像，在这种蜡人馆里一批批的参观者带着恐惧的心情仔细观看一个被老鼠围着的坐在监狱一角深处的骨瘦如柴的小孩被一个满脸凶相的狱卒看守着，接着这些参观者带着赞叹细看一个挂着绣着蜜蜂图案的帐幔的客厅[①]，一大群身穿长袍头戴皇冠形发饰的女人紧围着一个穿着灰绿色半长礼服的胖胖的矮子，他那细小的手在用小调匙搅匀杯里的咖啡，在这两个场景之间（就是在阴森森的牢房与装饰豪华的客厅之间）有一个墙上和桌上都是地图的房间（现在这些地图画的不是一个三角洲或一块沿海圩地或一个省份，而是一条河流的全程、天地整整一角、欧洲的一整段），人物也不是蜡制的、僵死的，而是在动、在说话，这种平静、庄重低声说话的声音是出自那些习惯于发出命令而且用不着提高嗓门就使人服从的人，这些人来来往往，坐下，相互传递某一份急件，全神贯注地秘密交谈，思考问题，重新站起来走走，单独地或两个人一起在走来走去，并不是因为神经紧张而是出于身体条件反射作用，对这种身体，运动、锻炼、肉体上的疲劳像是一种生活必需，而现在关闭在这个房间里，离开了他们的帐篷、营房、野营地，只能在思想中作战，也就是说考虑军事防御区、作战人员、大使们寄来的密件、情报人员和警察的报告、市场情况、撤销某些人的职务、地点、公告、给养、粮食、粮秣仓库、现款、马匹、驴子、马蹄铁匠作坊、传染病、火药、子弹、硝石、钉子、裹伤口用的纱布团……，有时在房间外面传来的一片起先是模糊不清、十分遥远后来逐渐清晰的嘈杂声，这声音后来变为雷鸣般响声，震撼着房间的墙壁，人声似波涛汹涌，乱哄哄一片，大嚷大

① 波旁王朝的纹章上有蜜蜂图样。

叫，拳头高举，一片嘘声，喊叫要求处死，房间里有一个人，也许是他（那厚实的背部俯在桌上，乱蓬蓬的密发披在那拥有无上权力的人的面孔四周），也许是另一个人（现在置身于此已不再意味有统治权，可以制定法律，而只是在四个月中轮流拼命赶工作），房间里有一个人重新把头抬起来，眉头紧皱（不是由于担心，不是惊慌：是受到打扰），声音仍旧是平和地说："什么事？"可是并不期待别人回答，甚至也不等待那朝窗口走去的人走回来，他就把窗帘掀开，朝那些大声叫骂、面有饥色、由于愤怒而变形的抬起的脸形成的海洋望了一眼，用同样平静、均匀的声音说："要面包？当然。是这样，"一边说一边重新弯下身子，头部朝下，在一封信或密件的白边上用心地草草写上一句什么："卫兵还在等什么？"他把刚写的话再看一遍，也许删掉或更正几个字，他用一个同时做（想）两件事的人的语调说："他们在伦敦印的这些假钞票，本来不难发现……"他又说，"看准站在头排的那些人，"举起笔来，思索一下，又说，"不；是站在妇女背后的那些人，"后来他再也不管外面那些喊叫的声音，站立起来，不理睬那些在卫兵的鞭子、刺刀或马匹胸前往后退的人群愤怒的大叫大喊声、乱哄哄的嘈杂声，他用手势召唤其他的人（穿着有金饰军装的人——但金饰不是很多：他那时不过是准将，其他的人中有些并不是出身行伍——虽然这些人曾经就用一顶有羽饰的帽子、一根肩带和一把剑指挥士兵进攻，夺得一些防御工事、炮台，顶住克罗地亚骑兵的冲锋，步行走在没有好好训练过的新兵队伍前头，甚至也不转过头来看看后面的人是否跟上），他朝着在桌子摊开或钉在墙上的这张或那张地图走去，一小群人站在地图前寻思着，相互低声商量，简短地交换意见，仔细查看地图上河流、海岸蜿蜒曲折的线条、在纸上的荒漠地带，查阅和比较他们所作的记录，一遍又一遍地计算旅、师的人员、减损一半的部队、再一次清查仓库、军火、四分之三已空的贮备、试着计算根据士兵空着肚子、脚上没有鞋子、马的脚变跛的情形下能走多少站路程，重新看大使们送来的密件、侦探的报告、俘虏的供词，眼光再次沿着那以一千公里长和宽的战线包围着的那个城堡的轮廓线转，黄昏来临了，传令兵或看门人拿来了灯，时间过去，夜深了，蜡烛台的蜡烛渐渐燃尽，烛光摇晃起来，最后骤然熄灭了，这时，在肮脏的或被霜染白的窗玻璃后面初露出冬天的黎明，最后他们中剩下的几个人（三四个军装上有或没有金饰的人）离开了，只留下他一个人置身于摊开的地图、撕掉的命令草稿堆中，他开始对秘书口授命令，句子生硬、笨拙、粗暴、荒唐可笑，命令撤退的部队去进攻，用人力拉大炮，到敌方去夺取粮食，在室内一片静寂中可听见他的脚跟有规律的碰响声，在他身体巨大的重量下地板发出的格格声，伴随着鹅毛笔在纸上轻微的刮擦声，中途停下口授，最后完全停止，与此同时，他惊讶地（也许是出于对镇静、有条不紊、小心仔细的无言的赞赏）从秘书的肩上看那从来没有拿过一件武器的柄或枪托的保养得很好的娇嫩的手（至少不是残废的老上士的手，这样的手对首尾字母的花缀和对部队规定的军服上的边饰同样都无法应付），这只手在那些命令的书写上认真地加上复杂、讲究的圆圈、半圆环形的点缀，在写好的命令下端，他迅速地像盖印似的用力书写那权威的不可改变的命令，对这些像一团乱线似的乱涂的字迹，接到信件的人头一眼就认出来了，焦躁地把它拆封、展开、一边看一边咒骂，怒气冲冲地把它揉成一团，也许那些被逼得走投无路的将军们暴怒地把它用脚去踩，信使骑马飞奔带走了那些盖了封印的密令，凭着那些用一点粉红色墨水写在一张纸上的简短但带有威胁性的词句居然达到使一些精疲力竭的军队前进、获胜，显示出动摇中的政权坚定的决心，他也陷于绝境，秘书最后帮他穿上他那件用来裹着身体的像古罗马人穿的宽长袍的阔大军大衣……

共和三年芽月十七日。公安委员会致驻北部省、桑布尔河与默兹河地区、摩泽尔河与莱茵河地区、阿尔卑斯山区与意大利地区、东比利牛斯省、西比利牛斯省、西部地区、布雷斯特与瑟堡海岸的部队的人民代表：

亲爱的同事，我们向你们郑重宣告敌人的梦想再次被粉碎了。一段时间以来，所有外国通讯都说巴黎将有一场动乱。人为的衣食短缺是一个借口，保王党胆大地抬起头来了，但国民公会坚守岗位，守候着打击挑拨者的时刻来到，昨天它抓住了机会。昨天有好几派的人来到国民公会的栅栏门前为有关人民衣食供应的事提出申请。国民公会认为大家都是兄弟因此不论人数多少这些市民都予接待，但是这些人藐视法律和对全国代表应有的尊重，开会的地方受到侵犯，但听到部队集合信号、紧急集会鼓声时，良好的公民们大量涌到国民公会的周围，开会的地方恢复了秩序，巴黎的公众安宁得以维持。

长期以来意见分歧的对人民代表四人的起诉结束，这四人被判处流放罪。国民公会在哈姆古堡中逮捕了人民代表舒迪厄、富瑟代尔、于盖、莱昂纳尔·布尔东、迪康和沙利耶。

阿马尔和迪舍尔已被捕。

现在我们的军队平静，此地部队的安宁一直没有受到干扰。国民公会坚定的态度迫使所有心怀敌意的人不得不安静下来，对那些保王派和恐怖主义煽动者我们将进行严格的搜捕，对立宪机构将进行清洗。

我们把为此事提出的法规和为此而发表的公告现寄给你们。须注意观察在你们面前的那些军队，我们有根据相信这是配合好的行动，可能敌人企图使外部的和内部的行动里应外合。联合的企图已被打破，我们已挫败前者，我们把挫败后者的希望寄托在你们身上。

国民公会赞扬你们没有忘记，你们头上戴着的桂冠应当不断使你们记得胜利与责任。你们流了这么多的鲜血，经历了这么多的风险，忍受这么多的疲劳不是为了能够平静地看着祖国被一些乱党和无政府主义者所撕毁，看着自己重新置于你们曾经协助摧毁的王权的枷锁重压之下。

要继续跑完你们已很好开始的事业全程，彻底打垮外部的敌人，与此同时，一向坚定、勇敢的国民公会将为祖国复仇，把那些煽动者和叛乱者粉碎。

在这次动荡事件尚未完全结束期间，皮舍格吕上将已被任命为巴黎驻军的指挥官。过几天他将到莱茵河部队中去。

我们请你们把我们的信交给部队使用。

友谊的敬礼。

……他裹着身体的像古罗马人穿的宽长袍的阔大军大衣，一个衣裾搭在肩上，他已起步走了，但又停下来返回，或许又一次站在一幅地图前不动，那秘书追上来，很快和他说了几句话，那已戴上装有羽饰的双角帽的头点一点表示同意，当他走远，出了房间，那秘书返回坐在桌前，拿起另一页纸，鹅毛笔又重新在纸上飞速移动……

公安委员会决定：共和国的军器火药管理委员会向那位为公安委员会工作的人员、作战部队政委利埃瓦尔提供一把轻骑兵用的配有皮带的精良军刀以替代他为保卫国民公会失掉的那一把。此外还要为他提供两支精美的手枪。

……脚步声在长廊中渐渐变弱，这身体魁伟的人心不在焉地朝站岗的守卫还礼，疲乏不堪地登上在等候着的马车，在刚显现的黎明中穿过城中的街道，路上也许还四散着暴动过后留下的残骸碎片，马车把他一直送返到那条名为“偶然”的街，似乎这街名是由命运选定的，马车在房子前面停下，他吃力地爬上楼梯，推开一道门，站住不动，停留在门槛上凝视着乱七八糟的、但还有一点热气的客厅（那位布里塞伊、翁法勒现在不再是和运载的行李一起乘坐军用货车了，而是居于红木家具之中，以富有艺术性的姿态手肘靠在有庞贝式线条的长沙发床上来消磨日子，或者坐在古键琴[①]或竖琴旁，周围是另一些像翁法勒、朱莉那样的女人，还有打着丝领结、穿着山羊皮靴子、衣着讲究但样子可笑像胆怯的狗似的青年人），他环顾夜宵剩下的残羹剩菜、半空的酒杯、散乱的纸牌、在琴盖上打开着的乐谱：他并不感到悲伤，而是像一个抱嘲笑态度的人（也许嘴巴朝一边稍微抽搐一下或嘴唇翘起），好像他在审视自己——或自己的命运，或“历史”，虚幻，宿命——，审视自己魁梧的身体怀着一种沉着镇定的心态屹立着，这种镇定使他能应付各种

① 古希腊时一种长方形的小羽管键琴。

逆境和不幸，不论是战场上的胜负、人事关系、一个女人、阴谋诡计等：好像他是置身于外，好像是巨大的骨头和丰满的肌肉掩藏着……

……非法撕毁几道封条，擅自闯入室内，撬锁，在数人协助下在一所有人居住的房屋中进行盗窃，把其中有六十五万余金法郎的七十万法郎硬币窃走；那犯罪之手把这些钱财藏匿了；这一切有目共睹，事实确凿。

这种毫无疑问的事实已为众所周知的事。

辩护词摘要唯一目的在于提供详情，要求对这些不法之徒绳之以法，保证圣-米歇尔夫人……重新取回在其丈夫遗产中有损她的利益的被窃去的财物。

事实如下：

一八〇六年九月一日，圣-米歇尔将军亲笔遗嘱：此遗嘱于去年二月十日在巴黎公证人格勒莱先生处登记在案。

立遗嘱人宣布其子欧仁-莫里斯-亨利·拉·圣-米歇尔为全部概括遗产的继承人。

我赠与我的爱妻阿代拉伊德·米库我的四分之一的地产；另加四分之一地产收益以供养她一生。

由于我不想使不动产分散成一块块，维城圣-米歇尔全部归我的儿子，波桑的房产归我妻。

我相信这两人会尊重我的意愿，我的目的仅在避免我妻与我子之间发生任何争执，我把两座房产估价为一座值另一座的四分之一，不再计其剩余价值，对波桑这座房子，我估计值二万五千法郎，由于它几乎全部舒适宜人，但维修四面的围墙需增加开支。

我估计维城圣-米歇尔城堡值十万法郎。

但是，倘若有关的人不愿遵守我的想法，这两座房屋也不是不可以瓜分，按照现在的安排，我给每人分一座，这一座就属于分得的人，除非是这人房屋过多，那就还回到分享的财产中去。

契约和期票按照我上述所做出的决定按比例分别继承。

我个人使用的家具、室内摆设诸物以及置于圣-米歇尔城堡的一切，在立遗嘱人死后，全部财产，连同那里的马、旧车、农具毫无例外不需分享均属立遗嘱人的儿子。

我的妻子同样地全部享有在巴黎和在波桑两地所有的一切，包括她个人所有的、使用的家具、台布床单等家用布制品，珠宝均不加估算。

我个人的全部衣物归属我的儿子；至于银制器皿，应按上述规定比例分享，除了一个银制有盖的小汤碗，这是我妻子生日时我送给她的礼物，这件银器从那时起已属于她。

配有三个杯子的银制的小咖啡壶归属我的儿子，因为是从他祖父传下来的。

从遗嘱上看来，圣-米歇尔将军禁止把他的房屋瓜分开来继承。

像米特拉达悌[①]一样，他用一句话吩咐了如何分配他的财产。

---

① Mitridate，可能指公元前一世纪的本都国王，他曾赶走波斯东部的入侵者，征服亚美尼亚的一部分，使整个国家统一起来。

圣-米歇尔城堡给我的儿子；波桑归我的妻子。

您获得蓬的房子；您获得科尔梭的房子；称为拉辛的那座房子。

带着这种意愿，圣-米歇尔将军于去年一月二十七日晚上七时去世。

从一切情况看来，他肯定是死于突然中风；当时他坐在火炉旁靠背椅上：他想换个位置，当人家转动他时就断了气。

他去世的那天早上，这位将军一大清早就要人替他梳洗得干干净净。

他来到露台上；他曾跟在那里工作的工人说话；他到一间套房里去看了粉刷工，又到另一套间去看一个墙纸裱糊工人。

他给在图卢兹的儿子派去一位马夫并带去一匹马。

去世的同一天，他给在巴黎的妻子、圣-米歇尔夫人写信；他托当地的乡镇长法比尔先生把信带到圣-阿……邮局去寄，因为那是最近的邮局。

这封信对讼案影响极大：由于它与事实真相关系很大必须将全文披露：其内容如下：

一八一二年同月二十七日晚

圣-米歇尔城堡

致我的妻子：

我刚度过一场骤然发作的重病，而看不到儿子来到：我对自己的遭遇十分难过。我可能失去知觉；因此，我现在让你知道我在一个水罐里藏着二万四千的拿破仑金币[1]；此外，在我的有文件格的写字台还藏着六千同样的金币。路易乡镇长知道此事。另外还有一筒金路易[2]和几袋埃居[3]，我本打算用这笔钱来偿付购买钻石的账单。

拉孔布（约瑟夫）先生会告诉你我在图卢兹商界所有的东西：约计三万多法郎。我还有一处他知道的生意：你把放在索拉热商号和蓬图瓦兹这地方的资金告诉欧仁。我相信你们会相处得很好：勒·比涅还欠我一万二千法郎。永别了，我的孩子们，一旦我去世，你们要彼此相亲相爱。

我拥抱你。让-皮·拉·圣-米歇尔，——他签的名带着平日签名的首尾字母的花缀。

这封送到在巴黎的圣-米歇尔夫人之手的信件是与她丈夫去世的消息同一邮班到达的。

开始窃去他的遗产中部分的实物的时间，正是他死的时候。

在死之前不久，将军将他自己房间的钥匙交给厨娘玛丽-安娜· 迪博保管。

也就是在这作为办公室的房间里，在那封信里，在他的秘书名字下面，指示……

……好像那沉重的骨头和丰富的肌肉埋藏着，覆盖着某种无法打倒的东西，总是保持着冷静沉着，无论是处于被打翻的大炮、死去的士兵、被打死的马内脏流出在挣扎着、炮台被摧毁的景象之中，还是处于一些大声叫骂的疯子组成的会议中，甚至急件公文纷

---

① 有拿破仑头像的法国古金币。
② 有路易十三等人头像的法国古金币。
③ 法国古代钱币名。

至沓来，增援的要求纷纷涌到时也是如此，他在察看那已经空无所有的地图时也能保持镇静，后来，海潮回流，把他席卷而去，但他屹立在逆流之中、混乱之中，他受到那些曾把他推到前头的人的嘲骂、讥笑，在一些怀着报仇意图的显贵、戴假发的人和神甫等败类的攻击下他不得不退却，但后来他又重新浮出水面，又再出现在某委员会中、某种议会中（后来出现在外国宫廷之中，后来过着俘虏生活，过后又一次失宠，后来军装上又有越来越多的金饰），像罗马元老的脸那样他的脸面逐渐肥胖臃肿起来，现在像酒糟似的红斑块，全身的肌肉松弛下垂，最后一头灰发在旧军帽下露出来，他执拗地守着自己的秘密，带着也许还使嘴唇抽搐的那种微微咧嘴强笑，那包括全身管道、通道、脏腑、皮膜在内的受过重创的器官组成的巨大、衰老的身体，现在吃力地坐在这里的露台上，迷惘的眼睛呆滞不动，每天夜晚都望着那黑影慢慢在草场上匍匐而行，侵入小山谷，把树林和树篱相继逐一裹缠起来，渐渐染黑天空中呈现出轮廓的山丘的摇动的侧影，使榆树小径的叶簇下的黑影变得更加浓密，像一件黑色的披风，忧愁而寂静的黄昏展开了，只有微弱的犬吠声从一个远点到另一远点把它撕裂。

还有这个兄弟！……这个弟弟，曾经是骑士的人，这个鬼魂，现在只剩下一具腐尸，像埋葬在小山谷深处白杨树下的那具尸体一样，这个像他身体一部分的人，在他看来，活着时就已经开始腐烂了，他采取像挖掉自己一只眼睛割去患坏疽的肢体那样的一种残酷的损毁自己肢体的行为从自己身上扯掉、割断，或像奉行《圣经》上某一条戒律，不但不承认这个弟弟而且甚至把他从记忆中驱逐出去，从来不提到也不写下这个名字（让-玛丽），这个等于是他自己的名字（让-皮埃尔）的补语，这名字与他有区别只在于它的双名后部分是女人的名字，好像是为他们命名时人们就想把这两个男孩子联结成为一个同体双头人物，当他不得不提到这个弟弟时，他总是带着一种明显的冷淡态度，如同他为有关立界石或为争执通道的权利的事对于一个邻居或陌生人所表现的态度一样，这时他不是用这人的名字来指示，也不用那酷似他的名字的由几个熟悉的字声组成的音节来指明这个人，而仅仅说“我的弟弟”，这种做法不仅用于自己家中，用于与他的母亲、妹妹打交道（她们多年与他断绝关系——好像反过来把他驱逐出她们的世界，厌恶地把他从她们身上切除、扯去），甚至对巴蒂也是如此，当他简短地要她转达他的决定时，在信中对她说：“您告诉我的母亲和妹妹们，她们为我的弟弟的遗产向我提出的交易是愚蠢的事，而我不是傻瓜，”或者说：“正如您所知道的，我的弟弟……”或者说：“我的弟弟那一份……”也就到此为止……

至于巴蒂！她！……她可以说像是他的另一个兄弟。这就是说，超过亲姐妹：不是出自同一血统，而是和这两兄弟吃同一个人的奶长大的，除此之外，和他们也曾合为一体：在这两人的影子中她被养育长大，三个人小时候同样赤着长硬茧的脚，有同样擦破的膝头，同样被桑葚汁染成紫红色的嘴唇，同样穿着扯破的衣服（她大概是由于被推倒在地，被这两人中的这一个或那一个，或每人轮流进行交配——像他俩看到公牛或种马那样干：这种事是在干草堆、谷仓角落、或是在草场上、在树篱笆后，躲在矮树林里干的，在要打她耳光的威胁下被迫的，男孩用勾脚把她摔倒干的，她咽下眼泪，吸进鼻涕，得到的补偿（带着眼泪微笑地）是一只装在笼里的蟋蟀，一些从鸟巢里摸来的小鸟，她在树下站起来，心惊胆战，头抬起来，一只手按着自己的嘴唇，看着他们在最高的树枝间隐没了，在闪着太阳光点的树叶上面，躲避担心害怕的父母的尖声叫喊着的巡查，掏摸灰色绒毛成团的小东西，眼睛还未张开的可怜的头脸，黄色的嘴巴没分寸地贪婪地张大着，在那多筋的淡紫色的颈子上高举着，对着小男孩提出抗议——补偿的还有溪里的螯虾，用活结套捉得来的兔子、偷来的苹果的酸汁、冬天在结冰闪光的山坡上的雪橇，她也受到一样的处罚、一样的棍打，但不是来自家庭教师而是来自教她阅读书写的乡村教士，作为对这两个男孩所吮吸的乳水的补偿、欠下的债、应还的款项，她和他们同时受着教育……

后来，突然，就剩下她孤零零一个人了。或者可以说，起初，只留下两个人，而不是三个人：她和小的一个男孩单独在一起过了一年——但这种处境也结束了：她似乎无法把两兄弟分开，不能想一个而不想另一个（双重意义的想法，也就是说，在精神上和她作为女人的存在），在少女尚不知道男孩子的结构时期，她已经就过着寡妇的生活了（而且不久变为双重的寡妇），知道（当这两个青年从部队回来，戴着三角帽[①]和鬈曲的假发，穿着马靴，佩着剑，带着被粗暴地对待过、以粗暴的方式训练过服从命令和指挥士兵的粗暴的男孩子态度）她对他们所能期待的只是那种对待一条母狗或一匹第一次被托上背去骑的母马那样的顺手抚摩一下，也许有时其中之一手臂下挟着步枪，朝她轻轻吹口哨，在经过厨房时向她眨眨眼睛，用约好的暗号或嘴唇悄悄的动作指明会面的树林、枝叶繁茂的树丛、堆放工具的库房，于是她找个借口离开厨房，跑过泥泞的或被野草埋没的小道去和他相会，她气喘、迷醉、发狂，并不是由于自己获得欢乐，而是因为自己能给予他们欢乐，她所企求的仅此

① 在路易十六统治下军帽有三个角，拿破仑时代改为两个角。

而已，她甚至不能想象自己会有妒忌的时候，她把床单从柜子里拿出来，取出装着熏衣草的小口袋，把被单铺开，亲自照管把房间准备好的工作，也许还在一个花瓶里插上田野上采来的花朵，然后站在台阶上等候终于到达的马车，当马车停下来，由于下车的那位巨人身体重量而马车倾侧一边，这巨人转过身来扶那位弱不禁风的外国女子（那个荷兰人）下车，他让这女子走上台阶的石级，经过那些仆人、厨师、牛倌、女仆之前时，逐一呼唤他们的名字，轮到她时也叫她的名字（也许方式稍有不同，譬如说："这是巴蒂……"——也许不是这样，也许只是继续叫下去："莱昂、弗朗索瓦、路易、阿尔伯、巴蒂……"）。

这时，她把一片心转移到新来的女人身上（既然这女人是这两个男人中的一个选来的，她就像这男人的一部分了——后来这女人死后，她又把一片心转移到小孩身上，这个儿子并不是从她肚子里生出来的，可以说是通过第三者给她生下来的），于是，她把一片忠心又转移到新来的女人身上，这像动物对主人的依恋一样的忠心，也许在这两个女人之间（一个是金色头发、弱不禁风的新教徒，被迫远离海雾笼罩到处是运河的家乡，远离了呢绒、钻石商的闪亮的内室，像流放般住在这座事实上只是一个两侧有塔楼的大农庄的城堡中，这里住着的半野蛮未开化的人禁止她进入他们那座破烂的天主教堂，像对待牲口一样——另一个女人是脸部冬夏都晒黑了的不开朗但富于感情的农妇，她对待自己并不比对一头牲口更看重些），也许当时她们之间（她们两个人都体验过同一个男人身体的重量、同样的肌肉组成的进攻，同样的公牛般的猛烈沉重的弹力）存在一种默契、勾结，她们两人长年在一起像是在共谋中生活，在那些时日里，他只有在假期时越隔越长地回家露面几天，不久就又离去，留下她们两人孤单寂寞，后来再回来，又再次抛下她们（现在，他回来时再也不是浑身带着猛兽那种持久不去的气味、氨水般的汗臭、腐烂的干草、武器擦上的油和皮革制品的强烈的气味，而是另一种东西：公众集会和人群聚集发出的浓厚的气味，激奋、狂热的情绪……），还是这位农妇（永远是她：也许变得更瘦骨嶙峋，脸上缺乏表情、显得呆板，如同近四十多岁的农村妇女的面孔一样）仔细选出一张最精美的被单，把死去的年轻女人的身体裹起来，拉上衣服的下摆把死者蜡黄的脸盖住（像在二十二年后她为他所做的那样），这事了结以后，小孩全归她管，全属于她了：但既不是取得胜利，也不是实现报复：她大概一直是认为这孩子是属于她的，像那些《圣经》上或原始部落的不能生育的合法妻子，某一怀孕的切尔克斯[①]人或努米底亚[②]人女奴在这女主妇身上低下身子蹲着，在痛苦的阵痛中把血和羊水放出，用这样的方式为她们生下孩子，这孩子后来就成为她们的儿女，现在这个小孩也完全是属于她的，倘若再没有他短暂回家露面的情况……

……就在这作为办公用的房间里，将军在他口授的函件写就的秘书名字下面指明：在这同一地点存放着六千拿破仑金币、一卷筒金路易和几袋埃居，这些款项是他在信中对圣-米歇尔夫人指明的……

名为巴蒂的为首的一位仆人或女管家曾在当日晚向厨娘要这房间的钥匙。

厨娘不愿将钥匙交给她：她没有表示不信任或怀疑，但宁可跟

---

① Circassia，高加索北部地名。
② Numidia，北非古国名，今阿尔及利亚北部。

着巴蒂到那房间去。

她看见那巴蒂穿过将军的房间，打开一个放针线、衣服饰物的小柜，从里面拿了两个金鼻烟壶：其中有一个刻着意大利总督的肖像；另一个较大的是椭圆形刻有格状饰纹的。巴蒂把两个鼻烟壶全都拿走了。

她在这办公房间里走了一转，东张西望，然后带着这两个价值连城的鼻烟壶走掉。巴蒂把它们放在厨房上面的房间的壁炉左边的壁橱中；这个壁橱平时是归巴蒂使用的。

翌日，即同月二十八日，早上天刚亮，睡在厨娘房中的巴蒂比她早起来，再次向她要办公房间的钥匙。

厨娘回答她说，那把钥匙在她那件挂在床边一把椅子上的衣服口袋里。

巴蒂在这衣袋里寻找，拿了钥匙，单独走了出去，当时厨娘还在床上没有起来。

巴蒂在管房间的仆人约瑟夫·佩格和马夫布朗夏尔陪同下走到将军的房间；她走近写字台，指给他们看装满金子的一只长形的戴到肘部的女皮手套。

巴蒂从手套中取出一部分金子并说，倘若欧仁少爷不回来，她就和他们（佩格和布朗夏尔）瓜分。

巴蒂在办公房间里还找到也是装着金币的卷筒，她打开了检查一下数目。（在这份摘要上用罗马字体写的，都表明是确实有把握的事实或法规的内容。）

巴蒂检查了这些卷筒后，把它们重新装入皮手套里，直到这手套重新装满；这时她把手套扎好交与布朗夏尔；她委托他以及佩格把它放在一个安全的地方。

这两个男仆随即回到他们的寝室中：布朗夏尔当着佩格的面，把那装满金子的手套藏入床板上的干草垫下面。

在走出办公房间去收藏那装满金子的手套时，管房间的男仆和布朗夏尔让巴蒂单独留在房里的办公桌之前，在这桌子里除了那已打开过、重新装入金子再扎好的手套外，还有别的装有金币的卷筒。

在办公桌里还有装得满满的像是装着银子的口袋，这些口袋没有在管房间的男仆和布朗夏尔面前打开；总之，一个金鼻烟壶是……

……现在再也没有那短暂露面的情景了：鞭子突然扬起发出的噼啪声，马车轮子滚过路上沙石突然发出的吱吱声，精疲力竭的马蹄践踏声，那巨人突然而至，他穿着马靴，浑身是泥，跳下车，大步穿过门厅，直奔到小孩的房间，简短地询问他的健康情况，接着又重新不见踪影了。另一个（另一个身体魁伟的男人）也不露面了：现在两个人都没有时间来（当时发生的事太多，太快，太遥远，和她周围的世界太不相同：这些事只能在集市的日子、在城里或通过某一流动摊贩或路过的旅客，从张贴或由宣读公告的差役吹着喇叭念出来的告示中得知一二……），从信中她能知道他们的消息也很有限：一种是从斯特拉斯堡寄来的千篇一律的信件（比千篇一律还多一点东西：她有所感觉，虽然没有看这些信，她只是把信交给老夫人后就站在一旁，老夫人把信拆开，从头至尾看了一遍，最后只说一句："我的儿子（或者是"让-玛丽"）问候您"（或者也许是"拥抱您"），接着就不说话了，陷入沉思，把她打发走了，眼睛呆滞，手里激动地揉搓那重新折好的信纸）——另一种（另一些信件，那些后来持续了二十年无数信件的头一批，最先是写给巴蒂小姐的，后来收信人姓名成了巴蒂公民，后来又重新是巴蒂小姐），是从巴黎、苏瓦松、土伦、萨瓦、后来又是从巴黎寄来（以后的信是从欧洲各地寄来），都是匆促潦草写成的，有时是在帐篷中或是利用在驿站换马时或宿营的夜晚写的，几乎全部都是关于播种、伐木、种植、装酒入瓶的命令，但这些信件同时也带来了一种难以表达的东西：即从中获得偶然机会得以写出持续不断的迁徙、动乱的往返奔波——而巴蒂一时想得出神，试图去理解这些信，怀着忧虑混乱的心绪，模糊地预感到那不幸的事，感觉到从斯特拉斯堡来的信和从别的地方的来信之间完全不同，其间有一种截然不同的暴躁，她思索着，后来，又觉得还是不去想它好，让自己糊里糊涂闭起眼睛：有小孩在身边，别无他求了，好像一切又重新开始：同样的地点、同样的游戏、照样的膝盖擦伤、照样在溪流里捉螯虾、照样弄蟋蟀、照样从巢里掏出小鸟，同样的春天的丁香的冷香，同样的五月之夜中回响的夜莺的啼鸣，同样的秋天中紫翅椋鸟的飞翔，同样的……

后来人家把孩子从她身边领走了。这就是说，她接到一封来信（不是从斯特拉斯堡来的：那里很久没有信来了，她长久没听见一边把已拆开的信重新折起的老夫人说："让-玛丽问候您"……）命她准备好这小男孩的衣物，告诉她有人要来把他带走或是她要把他带到某处，孩子要在那里开始学习微分数学、无理数的存在、拉丁文，以及打炮射击的方法。

好像是在舞台幕后某一个地方有人留心提防会出现空场，提防她（巴蒂）会长时间缺少生活必需品，或者更确切地说，她所需要的东西，几乎是立即有另一个人来到，当然，他出于本能；自然而然地来到找的正是她，他甚至没有想到自己还有母亲和妹妹：他在暗中察看着她，弄清她的生活习惯、她每天要干的活、她走的路：他穿着褴褛的衣服，躲藏在树篱后面，当她走过时轻轻吹一声口哨，她惊跳起来，停下脚步，蓦地发现是他，浑身发抖，咬自己的拳头不让自己叫起来，眼睛望着他（她那因惊慌、怜悯而张大的眼睛充满了泪水）：像一只狼、一头野兽，面孔消瘦，面颊上长满胡子，这时他从灌木丛中走出来，眼睛偷偷向四面张望，向她作个手势，把她拖进矮林里面，现在他们像两只动物单独在一起，被追捕的野兽和家畜面对面相互打量着（她看着他，看不大清楚，只是穿过一层水汽看到那疲惫不堪的、满竖着胡子短毛茬的、激动的脸，已似乎与她的眼泪相混变成了液体，溶化了，在慢慢移动），两个人（在同一走过的道路上，同样的小树林的一角）都被岁月磨损了，都比真正的年龄要衰老，她，自从她到了能自己穿衣的年纪起就每天拂晓起床，整整一生都睡在没有生火的屋顶阁楼中，冬天得敲碎水罐里的冰来洗脸，她还要帮助母牛产下小牛，管理仆人、为死者守夜，可是从来没有多一件换洗衣服，对于她……

在把手套委托给他们的时候，巴蒂对他们说，倘若欧仁少爷回来，这手套就得还给他；如果他不回来，手套里的东西就由巴蒂、管房间的男仆和布朗夏尔瓜分。

这些窃取的行动需要一些时间，当巴蒂拿去房间的钥匙时，厨娘还在床上；当她把钥匙还来时，厨娘已经在厨房里了。

巴蒂说她从写字台里拿出一些钱来维持家用；她说，倘若欧仁少爷不回来，家中也不致拮据；她还说，如果欧仁少爷不回来，这些钱就要分为四份。

巴蒂回到厨房时当着厨娘面问布朗夏尔和佩格他们是否关好他们的寝室房门；听到他们回答说没关上，她对他们说，他们本该记得存放在里面的东西。

在这里提供的是以前发生的情况，时间准确无误；这种情况足以使人知道那些卷筒的价值。

在将军去世的同一个月，他曾写信给他的友人于格内先生，请他带一位当地非常著名的外科医生里加尔先生到圣-米歇尔城堡，这位医生不仅由于他的明见与工作而著名，还由于多次受到政府的奖励而受人尊敬。

将军派出马匹在到圣-米歇尔半路上迎接他们。

他们到达后，里加尔先生检查将军的身体情况，多方给予安慰并对将军的健康情况提出建议。检查的结果是，将军在好好照料下生活旅程还可以延长走下去。

将军付给里加尔先生一百法郎作为出诊费；他问于格内先生这数目是否够了；他还补充说，目前他要花一大笔钱，他指那写字台并在上面拍一拍说，他不得不从里面拿出二万四千或二万五千法郎给他的未来儿媳妇购买钻石。

的确，于格内先生看见在写字台上有一个绿色的丝绸口袋，里面装满硬币，此外还有金币和用纸盖着的卷筒。

一月二十八日同一天，人们开始把写字台贴上封条；有的人说是早上十点钟封的，有人说是下午一点钟。

这都无关重要；那预先已有打算的巴蒂当时就已侵吞了一大部分的金子、银子和珠宝。

欧仁·圣-米歇尔少爷当天晚上到达，当时他的父亲已经入殓。

他于是公布，在他到达时，巴蒂交还他一部分窃去的东西，这就是两个金鼻烟壶和八千法郎。

欧仁·圣-米歇尔少爷也从约瑟夫·拉孔布老爷处取得放在一

个水罐中的二万四千金拿破仑法郎。

当封条贴好，治安法官把已贴上封条的锁的钥匙带走了。

巴蒂也有同样的钥匙：因此她有办法随意打开和重新锁上那些橱柜。

她用刀口把封条揭开，用蜡烛火焰熔化那粘住封条的蜡。

她打开橱子以后，从中拿走她认为合适的东西，重新把橱锁上并重新贴上封条，用蜡烛的火焰重新使封条上的蜡上盖的印熔化，然后用大拇指在蜡上按实作为印模。

这样非法撕开的封条并没有封好，一个名叫旺东的人发现此事，因此巴蒂用一条被单把它覆盖上。

家里有些人向巴蒂指出，她撕掉封条会使自己受到连累，她却提出两个理由来原谅自己的行动。

第一个理由，她要找欧仁少爷结婚时需要的文件；

第二，她想找出欧仁少爷按照他的父亲的一封信上告诉他的想要取得的一个盛满黄金的罐子。

巴蒂还说，别的她都不在乎。

她给厨娘两枚金币，即两枚双路易头像的金币，四枚同样的金币给了约瑟夫·佩格，四枚同样的金币给了布朗夏尔：她叫这三个人什么都不要说出去。

一切都说明巴蒂与欧仁少爷串通。

在撕毁那些不同的封条后，还剩下一个用壁毯掩藏着的安置在北塔楼的厕所里的柜子。

欧仁少爷命人召来经常在城堡里做工的细木工杜尔东：他问这个木匠怎样才能进入那门口已贴上封条的将军住的套间里那个厕所。

杜尔东合计了进入的办法并将意见禀知欧仁少爷后，要人找来一把梯子：他把梯子接到厕所的管道上：掀起作为底座的木板，钻进厕所里面去了。

布朗夏尔跟着也进去了，他爬到厕所凹进处的顶上的柜子里：他什么也没有找到。

杜尔东也爬到柜子里去：头一件东西引起他注意的是一个盛满金子的水罐。

这罐子古色古香：罐耳已断：其容积可装一公升又五分之一的水，或按加亚克一般的旧量器计算是三升。

杜尔东把罐子交给布朗夏尔，这汉子虽然用双手捧着还很费力才捧得住。

杜尔东把厕所的木板重新安好：然后用石膏灰浆封住，使它不显出曾经被移动过。

布朗夏尔把那盛满金子的水罐交给欧仁少爷，他当时在楼下的房间里：罐里的东西全倒在桌子上面，金币一一数清。

计算的结果不为人所知：但从将军的信中可知确实的数目，将军自己说是有二万四千金拿破仑。

除了窃去这些不同项目的东西以外，还可同样地确切提出一批其他的东西，这些东西同样值得圣-米歇尔夫人要求归还。

特别是一个装着全新的银质的十二套餐具和一个大汤匙的木箱：这是将军最后一次从巴黎回到他去世的地方圣-米歇尔城堡时从巴黎拿来的。

途中经过图卢兹时，这个木箱被遗忘在名叫大太阳的旅馆的五斗橱的抽屉中。旅馆的老板多蒙太太立即通过速递专差信使送还给将军，在短时间内将军就重新取回这箱子了。

在这同一时期，在圣-米歇尔城堡中，有十二个镀金的咖啡小汤匙和一大套口上镀金的个人用的餐具，这是将军每天午餐时用的餐具。

还有，他的那些大大小小的金搭扣，他的两个弹簧表，一个是金的，一个是银的，这些东西全都到哪里去了？

还有将军从威尼斯、热那亚，从意大利、西班牙和从巴塞罗纳回到圣-米歇尔城堡时带回的或寄回的那些精美的日用布制品，全都到哪里去了？

还有在将军去世前几天还可以见到摆在他的圣-米歇尔的房间里他的红山羊皮制的鞣革公事包和将军平时放他的日记账册和文件的有闩锁的白铁箱又到哪儿去了？

在根据欧仁少爷所宣布和申报的，当着他面写下的清单里还有许多宝贵的物品也都不见踪影。

人们无法相信已找到贴好封条的银钱总共只值二十四法郎和十文小钱。

为什么在清点结束时，欧仁少爷伙同他的同谋者作出假誓对治安法官的质询回答说他所知道的仅是当时清点出来的东西？

为什么他对这位法官不说出在他到达时，他曾从巴蒂那里拿到两个金鼻烟壶和八千法郎——大部分是金币——以及从约瑟夫·拉孔布先生那里拿到装在一个水罐里的二万四千金拿破仑？

特别是，为什么他不对治安法官公布管理房间的男仆佩格和马夫布朗夏尔在他到达后不久，远在清点之前曾经交给他一满水罐的金子，这一罐金子连那身强力壮的布朗夏尔用双臂捧着还十分费劲？

在这不加申报、故意隐瞒的行动之后，欧仁少爷居然一年之后恬不知耻地跑来说，他原打算一有机会就向法庭把这些事说清，这能叫人相信吗？

在治安法官质询下，不论是在清点过程中，还是在调解程序中或法庭认证的文件上，他迫使圣-米歇尔夫人在法院传票上、延期传审的通知上、诉讼当事人的意见书上签了字。

事实俱在：不需涂抹各种颜色使这些事实显得更加丑恶、严重。

这些事实在检察院看来犯罪性质如此严重，因此皇家检察官提出公诉书以示制裁。

已对四名被控告有罪在逃的人发出通谕。

……她从来没有多余换洗的衣服，对她来说，她所知道的世界最远的地点就是不越过六七里方圆的地方（即在一日之内能来回的或步行或坐在一匹老母马拉的乡间有篷小车中颠簸所走的距离，而她的脸也像母马、驴子或山羊，面容由于疲劳、年纪渐大变得迟钝、难看），而他，那位年纪较小的兄弟，那位骑士（倘若这些名词还具有意义还可以用来指示一头被迫得走投无路的瘦得胁部凹陷的老狼的话），他的脸上任何青春的痕迹，甚至是年轻时代回忆中的遗痕——也许只有那永不屈服的眼光是例外——早已消失了，这个亡命之徒像偷猎者在树林中四处逃跑连一匹马也没有，这么一个人后来一点踪迹也没留下，也没有留下一个圆形的画像、一封信或一份文件以证明他曾经存在过（除了当出现瓜分他的财产时用过“我的弟弟”这几个普通的字眼以外，或是那张告示，那三行印出的字，这几行字只是通过夺去了他的生命的审判证明过他的存在），这个现在连名字也不准提的人（也许除了有时候一些妇女在家里晚间聊天时在彼此之间低声提到），蓦地出现，归来，好像是从虚无缥缈间，从那朦胧的世外突然现形，对她（巴蒂）来说，在她的世界之外的那些城市、国家、大陆的名称（后来当她能够看到判词和审讯供词时才知道这些名称，——即使她永远不知发生过这些事，她也从都灵或米兰一封信中简短的几句话里知道这些地名）对她来说，也不过是意味着某一乡镇、树林、草场、水塘一样……

……问他在革命前做过什么工作，回答是任驻斯特拉斯堡炮兵团上尉军官。问他从什么时候起离开部队？回答是从一七九二年八月起。问他离开部队到过什么地方？回答说曾乘船至波尔多城，然后到了皮特尔角[①]，在一七九三年返回法国。问他从那时起在什么地方？回答说在家里……

……草场、水塘都一样，她不问他什么——大概他也没对她说些什么（他对她说话的声音急促、断断续续不连贯——不是生硬而是远远超出生硬那样性质：大概像狼用自己的语言说话——谈到一些确切的事：有关食物、陷阱、睡觉的地方等）：他也没谈自己是怎样离开又是怎样回来的，也许他是负有任务被某一地下组织、谋反者的秘密社团、顽固不化的谋反的疯子，戴假发的人、英国的间谍、侯爵夫人、在道袍下面装作是念珠或日课经实际是藏着一把尖刀或一对小手枪的教士派遣来的，或许是他单独步行，穿过法国整个西南部，也许装扮成手工业行会中的人或流动摊贩，随时准备好把藏在衣服束带或花边或装配剂的瓶子下面的武器拔出来，为了避免经过城市甚至很小的村落，为了逃避岗哨、地方法庭、各种组织的监视，不得不绕很长的弯路（在树林边缘，在矮林的界处，在窥视某一农庄中，在一步步摸索地势和撤退的可能性中，在长时间细

① Pointe-à-Pitre，加勒比海上瓜达卢普岛的首府。

看每个侧影里，在老远就试着去侦察凡是可能像警察、士兵或暗探的任何人中度过漫长的时间，当他兜售丝带或涂上蓝、红、黄各种颜色的埃皮纳勒画片这些小商品时，也须偷觑买者的脸，在这画片上绘着的焰火硝烟，大概是为绘画、表现一些战绩、胜利、历史事件，对他那一党来说，这些事件都意味着失败、受困、定罪），他疑心重重，稍有可疑之处立即卷起行李逃之夭夭（而一切都可疑：太动人的微笑、太坚决的眼光、皱起的眉头、时间过长的讨价还价、拒绝、冷漠、关心……），沿着三百公里的路途，经过葡萄田、山丘、草场、树林，他一步步地学会像野兽或被追捕的猎物那种全部知觉保持警惕，或者可以说是一直处于戒备状态，像野兔或狐狸那样保持警惕——有一次他不知不觉走进一片沼泽地，林中空地的（或者仅仅是他以为是林中空地）地面越来越像海绵那样，他却毫无准备（他已经走过潮湿的草场和湿漉漉的树林），他每走一步，在长得很高的野草下面的水就发出的下吸的声音越来越响，直到他不得不用力把脚提起，使脚离开地面，把脚像从一些仿佛抓住他鞋跟不放的真空吸盘中那样往外拔，接着突然又深陷到踝骨，冰凉的水钻到他的鞋子里（这时他还认为没什么，只不过是一处有水淹没的洼地），接着陷到腿肚上，这事突如其来，好像他沿着一道看不见的阶梯走到地底下去，这时他赶紧向后退，或至少是试图朝后退到刚才他在那里的坚实的地方，但他的脚刚才踏过的地方（总之是他认为自己刚才曾经踏过的地方）现在却没及膝盖那样深了：不是水，而是下面有一层烂泥的稠厚的泥水：在这里，面上和深处踏上去都是软绵绵的，这里的野草较短，虽然看不见水，却有闪光：其实只有一摊近褐色的泥里几个水泡刚刚爆裂，就是从这泥滩里他刚才把一只脚拔了出来，现在两只脚全没到膝盖拔不出来了，这时，他思索着，让自己不要惊慌，望着太阳的位置，试图朝着环绕着林中空地的树林边缘走去，他就是从那里走出来的，可是这个地方比他想象的要远得多，似乎左边比较近些，经过三番五次尝试终于成功把一只脚拔了出来，身体做四分之一圆周的转动，左脚抬起放下碰到一点硬的东西，这时他把全身的重量压在这只脚上，把行李抛到远处，双手按地，绷紧肌肉，用尽全力推拉右脚，感到这只脚慢慢地移动，摆脱出来了，忽然又有什么东西在向后退，那左脚支持不住了，双手同时陷入烂泥中，两臂没至肘部，而右脚却没有完全拔出，这时他十分惊慌，害怕，呼吸更为急促，望望肩膀上面的树（是些松树），阳光像长军刀似的穿过叶丛，两只白色的蝴蝶在林间空地上飞翔追逐，在阴影与阳光下交替地穿来穿去，时而呈淡蓝色，时而呈淡黄色，不知什么地方响起一只鸟的啼声，透过笔直的树干，在右手边，在另一块林中空地上，出现一间农舍的屋顶（但他不能呼救，也许会招引来比他目前所经受的更大的危险），一想到一个孩子或一条狗可能突然发现自己，他站在那里不动，四肢陷在那冰凉、呆滞的东西里，手臂没至肘部，大腿没及膝盖（要是他不动的话，这些东西也不动，要是他把身体的重量移动到这一肢体或那一肢体上面的话，这东西就使他陷得更深一点，把他更紧咬住），现在他气喘吁吁，让自己的呼吸声几乎震聋了，他不敢再动一动，直至最后他想起一个办法，把身体躺平，顺其自然，慢慢地朝一侧摇动，在这种姿势中，当做到把自己的肢体逐一摆脱出来时，万分谨慎地慢慢开始爬行（即使是不再像一只兽类——至少是像人们看到会跑或会游泳的东西：一种像半处于鱼类、爬行动物和哺乳动物之间的生物，在地球混沌初开，土地与水分离之前，在烂泥中拖着身子走，借助着移动的东西也是半处于两种不同名称的东西之间：已经没有鳍但还没有长出肢体），最后他精疲力竭，很长时间才喘过气来，再次又躲在长得很高的蕨丛中，凝望着纯朴但阴险的林中空地，在这空地上树影开始变长，还是那两只白蝴蝶继续在阳光中飞上飞下，亮闪闪的蜻蜓横摆着身子，静止不动空悬在金属般的翅膀上，骤然间改变了飞行轨道，又再次在凝静的空气中停着不动，他这时感到浑身充满、腾起一种狂烈的欢乐、胜利、和平的心绪——后来，当他沿着一道树篱潜行时，突然有人对他呼喊，他头也不回加快脚步，不理睬追在他后面的叫喊声，用眼角从自己肩头上偷望也在奔跑想要截住他的那个人的侧影，这时他也拼命逃（叫喊声越来越响，越来越近），后来那个人（也许是因为他比较熟悉这个地方，也许是因为比较强壮）终于截住他的去路，突然站在他面前，也是气喘吁吁，这时他的手已放在那藏在衣服下面的枪托上，那人站住不动，很快，异常快地说话，眼睛一直盯住他那只手隐没的地方，这人张开自己的双臂，显示自己的张开的手上什么也没有，一面还继续很快地说话（他听到的是饥饿、吃东西、睡觉这些字眼），那人重复地说话，作出和平与邀请的手势，接着开始走，离远了又回转身来重复用手臂圈围起的手势来引他走近，像人们平时对一条迷了路的狗那样，接着这人又再开步走，每走十来步就转过头来看看他跟上来没有，而他完全像一条狗那样跟着往前走，谨慎小心，贴着树篱走，看到一家农舍就站住不动了（现在他那手掌心一直贴着的枪托变为温热），后来他站在农舍门口，在客厅门槛上，头部急速地向四面转，进入客厅前用眼睛搜查各个角落，坐下去的姿势能监视着两道门，后来他用一只手（另一只仍然在桌子下面捏着手枪的枪托），把食物送进嘴里，狼吞虎咽，总是像一条狗那样子（还带着饿狗那种精灵、警惕的眼光），吃下那啼哭着的妇人放在他面前的东西，头短促地点一点表示同情但并没有听她向他叙述的事：她的丈夫、兄弟、儿子、教区的神甫（这有什么？是这个或是那个死去：多少人在死……）被逮捕、判了死罪、枪决——这有什么？现在他全部注意力不在那两个门、窗口、任何可疑的行动上，也不在他急急忙忙咀嚼的那些东西上，在咽下它们之前连是什么味道也没感觉到，把它们用酒冲下去后，再把嘴塞满（只有他的眼睛、上下颌骨、牙齿、舌头、肌肉，这些在他身上的属于动物性的部分在活动，他同时准备好把手指揿下手枪扳机，使身体从板凳上跳起来，一跃就越过桌子，用力猛推身体穿过最近的出口处：这些简单的反应，像动物一生下来就有的那种本能，当一只猫或一条狗被扔到水里，它就自然而然地开始游起来），他的注意力这时完全集中（与此同时，在喝下两满杯酒之间，他以心不在焉的含糊不清声音为那妇女的哭哭啼啼唱的哀歌打拍子）在一种奇怪的感觉上，这种感觉随着时日推移逐渐在他身上产生，现在完全控制着他：这种无忧无虑、胜利欢乐、无懈可击、纯粹暴力、绝对自由的令人陶醉的感觉，这种只有存心居于不合法地位或疯狂状态的人才会进入的听天由命的心境（也许他已同时处于这两种状态之中，或者是一种缺乏理智的，先天性反叛、违抗的倾向促使他触刑犯法，或者是出于相反的倾向），现在，对他来说，整个世界却是陌生的，这个世界可以说是像翻转的手套或衣服，显出它的反面或者更确切地说变质败坏到原有的意义都没有了，连意义本身也丧失了，连那个女人，她的啼哭哀诉，她带来的那个小男孩，那两个小女孩眼看着他几分钟就把一个正常男人要一个星期才能消化的东西都吞吃下去，对他来说，也都成了陌生人了（仅仅因为他们有一个固定的地方居住，生活在有冒烟的烟囱的屋顶下），正如家畜在野生动物眼里那样也是陌生的：他心不在焉，经历过另一种境界而没有发觉，也不知当时准确的时间。在松林绿荫深处，两只蜻蜓伫立在一双发出金属闪光横展颤动着的翅膀上，悬空不动，在阳光下像是雕刻出来似的，有时以直线运动迅速移动，改变飞行轨道，接着又重新停下不动——突然它们沿着一条稍微倾斜的直线飞行，其中一只把身体伏在另一只上面，不稳地重叠起来成为完全合一的形状，直至雄蜻蜓瘦长的腹部慢慢向内弯曲，吻合在雌蜻蜓的腹部上，两对云母般的翅膀一直继续以同样的闪电般速度抖动，闪光，现在两只蜻蜓胶合为一体，成为一件制作复杂的漂亮的珠宝，在松林中那只鸟（啄木鸟？鸡冠鸟？布谷鸟？）在一片寂静中一直在有规律的间歇中鸣叫：和刚才那些冰凉、呆滞的东西突然吸住他的双腿、在他身上合拢起来时一样的沉寂、宁静，同时那两只白蝴蝶在软绵绵地、断断续续地、碰来碰去地飞，时而飞高、旋转，时而飞落，接着又腾起，只是现在那像长军刀似的太阳光线稍微偏斜（明天，在同一时间里，这阳光将会重新出现在这个地方，同样倾斜，后天，后年，以后的岁月中也是这样），像奇珍异宝，像那精致的银器珍品上两面中腰部分镶着的闪闪发光的银子骤然射出光芒，它们朝一侧慢慢协调地移动，忽然间像被一种闪电般的东西所震撼，重新循着一条曲折、无规则的轨道向上腾起（在这种复杂、短暂、不稳固的器官的配合中，鞘翅、前胸和由一些看来无知觉的物质（甲壳、角质、丝）所组成的腹部的圆环的配合是为了什么呢？欢乐？性欲高潮？解脱？完成？）这连成一体的动物狂热得失去了平衡，在一阵不能控制的飞行中高飞远走了，银色的光芒在阴影中隐没、消失，接着，几乎立刻，一只蜻蜓重新单独地静止不动地悬在那林中空地上空海绵似的阳光中，几秒钟以后，另一只蜻蜓出现在右侧约两公尺处，略略高于头一只，但也是静止不动（在它的腹环、前胸的某一处（在像一种被踩扁的昆虫、蚱蜢、在很薄的甲壳下长着软腹的蟋蟀，带着像囊袋爆裂十分细微的声音迸射出黏糊糊带黄色或淡绿色的浆液中），有一种极其细小，极其嫩弱的经过变化、变为全新的东西，这种弱小的东西已开始吸收营养、形成体态、渐渐增大……）而他却进入相反的演化进程中，也许已怀有这种预感，自己将什么都不能保存下来，甚至没有刻在石碑上的名字、十字架、也没有一块墓石压在自己的骸骨上，他已经达到，或者更确切地说，置身于人世之外或另一个世界之中，与此同时，他却在咀嚼（至少是他的上下颌骨、舌头、喉咙在动）、搅拌、吞咽食物，脸上带着一种粗野、傲慢、冷漠的神气，后来他也是以这种神气无礼地回答法庭的审讯，因此人家就把他的名字交给一个草草组成的七人委员会（六个军官和一位中士），这些人仓促举行会议，但不是为了审判（也就是说，了解、权衡犯罪的情况和动机），而是为迅速验明正身……

找到这封信的是夏尔叔叔：是在老太太死时找到的，它是放在一个黑色金属、镶有铜边、盖上有一个金属的小提柄的她平日放珠宝的小箱子夹层中，幼稚无知地藏在老太太穿的一叠内衣裤下面，虽然这些衣物经过洗涤而且搁上熏衣草的小口袋，但充满一股老年疲乏不堪的肉体持久不去的味道（这种在肉体上的持久不散，如同意愿上的执拗一样），她难得有机会从那里（小箱子）取出当作殓衣用的裙子和内衣，只是为了选取一件祖传的旧珠宝作为她的这个或那个女儿或孙女结婚或举行初领圣餐仪式时的礼物时，才用那有一根发黄的丝带串着的小钥匙把它打开，钥匙在锁里转开后，把盖子掀起就可以看见一个也是黑色金属制的三格抽屉，里面长期放着一些红宝石的十字架和镶嵌款式过时的扣针，这些层层包了棉花的珠宝是破产后保存下来的：这封信就是在这个箱子里找到的：这封比珠宝更小心翼翼更秘密地保存下来的信藏在格子下面，好像是用那些如卫兵似的宝石的光芒来守卫它，保护它，像许多眼睛火红的龙在守卫着一样：这是一张折成四折发黄的纸，上面用铅笔写着几个字，但字迹不是老太太的：《让-皮埃尔·拉·圣-米歇尔关于逮捕他的弟弟让-玛丽致凯吕斯警察署总监信》——夏尔叔叔说，是的，那些警察训练有素，不过他们没有立即下手逮捕他。我是说，当他哥哥从突尼斯回来时绕道城堡以便把一匹种马送到家里时。也许这时他们没有能够逮住他，也许他们是故意这样干的，他们让这个弟弟暂时自由，后来又继续让他自由地留在那里，无非是为了把哥哥捏在手里。大概这些警察觉得这个大的变为一个太讨厌的家伙。那时有人提到要把他调到外交部去。在革命时期，家庭关系总是很可贵的利用工具。不管怎样，看起来事情发生的时间是符合的：就是在这之后，勒贝尔和巴拉斯粗暴无礼地接待他。但他当时是个大人物，不能就这样扔到水里去就算了。因此他被派往斯特拉斯堡，仅仅担任指挥一个面积三百公里的军防区。现在，我想你会猜出为什么他们选择斯特拉斯堡这个地方……

后来大概就发生了这一次见面：这两个人、两弟兄最后一次会晤（最后一次对抗），这一次会面以后，两人永远不再相见了：那巨人像一向那样出人意外地突然回来，他刚又一次穿过命运的圈套而安然无恙归来：由于一个敌对的朝廷的背信弃义，由于他过去打倒的那位王后的姐妹的仇恨，他被那不顾任何常规惯例的朝廷驱赶放逐，事实上是把他交给海盗，当过俘虏后获得释放，又被另一些海盗追捕，在一场海上风暴中淹得半死，最后才得以在热那亚登陆，命人赶车直接走到那个地点（是受到那种本能，那种预感所引导、启示才去的？），就在那田野、那树林之中，那里不仅有成堆的古老的岩石，而且还有他心灵最隐秘最深在的一部分也根植在那里。也许他只需看一眼立即明白了：只要看一看巴蒂的脸，她的态度举止，她的眼睛，用不着多看一眼，用不着问事态如何他也就明白了，也许他避免问，他不动声色，大概就在当天黄昏，当天晚上，在一片寂静中窥伺着，听见悄悄的脚步声，但那人逃遁了，他马上冲出来，三步并作两步急忙奔下楼梯，溜出几乎没有重新关上的门，轮到他也潜入黑夜之中，在一片漆黑中他最初什么都看不见，静听一下，前进几步，停住不动，又再静听：一点声音也没有，只有黑夜、沉寂、夜鹰的叫声，他等到自己的眼睛习惯了黑暗之后，重新起步，在榆树小径中向前走，忽然隐约地听到微弱的声音，是拉起手枪碰击铁的喀的一响，他停住不动，声音低沉、平静地说："是我，"但仍然什么都看不见，依然是黑暗、深夜，在一片漆黑中两个人静悄悄的呼吸声，也许还有树枝间风轻轻发出沙沙响声，一只马蹄在马厩的墙上刮擦的低微的回声，还有对着他看不见的枪口，两人一直无声息地呼吸着，直至他终于把对方的名字说出来："是让-玛丽？"这之后，仍然没有动静，不过他知道，他可以猜出有东西在动，枪口在慢慢放下……

还有什么呢？还有什么话、话语在这两个人之间可说？一个是不法之徒，另一个是法律的化身，这条法律是他编制的，如果不说是他参加编制、投票赞成、公布、付诸实施的话，现在他在黑暗中看清这条被追捕到走投无路的狼，这只狼现在甚至并不躲藏在树后面，而是站在月桂树之前；两人之间没有说话（不是出于小心谨慎，也不是两人中有一个怕唤醒一个仆人或一个女仆（对于这些女仆，巴蒂曾留意使她们也懂得数鸡蛋、计算肥油片片、面包碎块），而是因为两人现在经历的事情太多了，鲜血倾流也见得太多了，以致想不到还要找出什么字句来说）。因此，在短短几句话，喃喃地打个招呼后，都无话可说，这两个体格魁梧的人，一个神气安详，像庞大建筑物那样站立着，另一个由于有女性名字，好像是既是男性也是女性，他像哥哥的凹形复印品，同样具有那种倔强固执的性格，但与原模的人背道而驰，这种性格曾使大的一个度过充满风暴和惊涛骇浪的岁月，但（这种顽固、不屈不挠的性格）在他身上好像是受着某种狂热、多变的事物所支配：现在，那种肆无忌惮、从容洒脱、目中无人的神态似乎颠倒过来了：两个阴森森的人物一直面对面站在榆树小径的一角（他们的眼睛渐渐习惯了黑暗，相互打量着，怀着同样的渴望，同样的难以平息的敌对情绪，同样内心又充满着柔情），那个像一头被猎人追捕的野兽那样生活着的叛逆者、永不屈服者，只要有一点风吹草动就会惊跳起来，手臂随时会自然而然地举着手枪伸长出来，好像它（手枪）已经成为他身体上的一个器官，一个附件（如同那些独臂的人用一个钩子代替那失去的手：动作像闪电般迅速，好像手枪自己从口袋或腰带里跳到他的掌心，像是魔术师在变戏法，那些物品或圆球突然在他手指间现形，这些手指似乎是从空无中、甚至是从空气中把那些东西摘下或抽出来）——对，这走投无路的狼，带着凶猛野兽那副傲慢不驯的神气，在那有补丁的衣服下面的身体虽然瘦削但矫捷，全是肌肉，现在（不是因为他一直手里持着现在枪口朝着地面的手枪，而是因为他所表现的拒绝到底的刚毅性），他成了比力量还要强的化身：粗野、傲慢、眼光里含着比仇恨、蔑视更厉害的东西：藐视、嘲笑，也许还有对这位哥哥、这个比他大不了多少的同一模样的人怀着的怜悯，这个人（在六年之中，他白天得藏匿在谷仓、牛棚里，夜间为谋反者的集合奔走，像大路上的强盗那样活着，他的头到处悬赏，只要一个被辞退的佣工、一个多嘴的贴身女仆，或一个偶然唧唧喳喳多话的小孩就可以使他丢掉脑袋），这个人（哥哥）却在同一时期参加了各种会议、委员会，审判国王，给一些将军撤职，指挥战争——突然间这个死不服理的人，这个实际上已死亡的冒失鬼，像静静地在冷笑一般，简短地发出一个问题："怎么样？"——仅此而已，这两个雕像似的人面对面站着，寂静，黑夜沉沉，夜鹰又啼叫起来，在小山谷深处白杨树叶长久地暗暗抖动，也许还有一只警觉的狗在奔跑，一个朦胧浅色的斑点从台阶上直冲下来，在榆树小径上蹦跳同时发出惊慌不安的凄厉的嚎叫，接着骤然止住（也许是两人中的这一个或那一个——动也不动地，连头也没转过来——只是轻轻地叫："米尔渣！"或"皮浦！"……），那只狗现在一边跳来跳去，一边在他们的腿间擦着身体，摇着尾巴，发出短暂、低弱的呜咽声，两人仍然一动也不动，听着被惊醒的狗阴沉、惊慌不安的吠声从一块佃田传到另一块佃田，从一个山丘传到另一个山丘彼此呼应（巴蒂也许也被惊醒了，她半藏在她的窗子的窗帘后面，身体紧靠着窗口，胸部急促地起伏），仔细观察她下面的一片黑暗，终于发现（也许是由于狗的动作，由于那隐约的在动的斑点）在靠近月桂树的地方，有两个站着的黑色身影，在小径沙砾的乳白颜色的衬托下显出轮廓，她的手把窗帘捏得更紧，她那干瘪的胸部越来越急促地起伏，在她内心深处涌起像海潮浪涛般的东西，把她整个人淹没了，她那瘦削的肩膀和整个上身在抽搐、震动中摇晃着，在黑暗闪光的两行银色的细小泪痕，沿着她的两边面颊流下，她的嘴唇无声地蠕动，动得很快（以至于更像是颤抖，神经性的痉挛状的咧嘴强笑），无意识地模仿出那几个同样的音，如同是在祷告、哀求——有多少时间？最后又怎样？也许那两个身影一时混合起来（拥抱？），有三、四、五秒钟，也许是这么久（在黑暗中，透过泪水，怎么能知道清楚？），狗的朦胧苍白的斑影继续在两人身边转动着，身子擦他们，同时发出抑制的哀伤而轻柔的尖叫声，巴蒂的双手揉着她嘴巴前的窗帘的下端，把它卷成一团，塞到自己的两片嘴唇之间，紧咬住它，上身在呜咽哭泣中抖动，现在只剩下两个身影中的一个，巨大而悲怆，沉重地静立着，那只狗站着动也不动，像一旦发现猎物就站住的猎犬那样，神色紧张，灰心地望着黑影里、深沉的夜色中、空洞洞一片黑暗里的某处……

这时他显然只剩下一个人了，呆立在那里，裹着那个女人（那女保王党人）匆促马虎地披在他肩上的那件大衣（或毯子），她曾拥抱过他，拉着他，也许试图把他留住，她当时心惊胆战，但对这个至死不屈、始终忠诚于国王的人怀着一种隐秘的、复仇的热情（虽然她以前从未见过这位兄弟，对她来说，他像是传奇中的人物）：夜间微暗的光亮像在大理石上雕凿出事物的轮廓，同时也使颜色渐渐变淡，那变得冰凉的巨大的雕像一直转向着一个短促的冷笑声伴同着和他酷似的人，朝着他的身体的一部分消失了的地方，这人永远地离开他了，结束了那句带有讽刺意味的话“怎么样？”认可的那一刻，在这一段“历史”时期，历史需要他在这段时间中（似乎也是相互需要，他为了生存，为了在这些浪涛汹涌中、纷纭杂乱中感觉到生命活跃），把他抓住，可以说是使他升华，超出了自己本身，好像他的生命事先在某一个地方被分为两个对称的时期，用闪电、暴风雨的雷电强烈的闪光来分隔，把他从暗淡中拉出来，置之于昙花一现的荣华富贵中，但只是为了不久就把他重新投入黯淡的生活中（人们的大门忽然都对他关闭了：并不是许多像巴拉斯或勒贝尔那些人的大门，也不是那些沙龙、候见室的大门：只是历史行将改变方向，走另一条路，在这条路上再没有像他这类人的位置了），在他那有红色的领子的军装上过多的金饰使他身体加重，在这军装下面藏着那变得不大灵活的身子，没有很好愈合的伤口，不久出现的残疾，他还要指挥作战一些时间，然后就被抛弃了，仅限于从事一些挂名的职务工作，被聘请去视察或坐办公室，必要时被召去支援某一部队渡河，组织一次围攻，又一次受伤（好像“历史”对他施恩，照拂，使他总是适于受伤），后来被派去干参谋部的枯燥无味的工作，身体日渐衰弱，每次上马得咬紧牙关，忍住不呻吟叫疼，变为患酒糟鼻子和中风的大人阁下，沉默寡言，用疲乏的眼光看着顾客们和不正当的将军们的卑鄙的阴谋诡计，被包围受阻止不前，但不是在某一雄伟的要塞上，或一个像美因斯或维罗纳这种有名的交通要道上，这种地点的陷落足以决定一个省或一个王国的命运，而不过是受阻于以挂在颈上的圣牌和喇叭口火枪为武器的农民守卫着的小城镇或乡村，最后变为一个残废的人、作为一个最后被打败的人被遣送回乡，坐在这个露台上，慢慢地等死，就在这露台下面开始的榆树小径上，他和他的弟弟两个人在黑夜的花园中面对面站着，像同样天生叛逆精神（或需要）的两个化身在对峙，弟弟是反叛那现行的政权、权威，而哥哥是从反叛国王的行动中获得这项权力的，两个人都可以说是不法之徒，他们大概正被那眼睛干涩、面孔干瘪、其貌不扬的女人从一个黑暗的窗口热切地窥视着，好像“历史”寻开心，使这三个人的命运相遇合，而决定命运的是几年前在八月十日那天庄严的大炮声，这些炮声发动了这三部复杂的命运机器，使他们三个人来到这黑夜的十字路口短暂地聚在一起，为的是接着又使他们分离，以同样无情的粗暴使他们各走各的路：这三个人在哪一方面都是既相反又相像，每个人都是同样狂热、敢作敢为、全心全意、执拗顽固：不论是雅各宾党[1]人或是那狂热的保王党女人也是如此（她后来就利用自己不顾一切冒险行动要求复辟王朝赐予年金），她敢于穿过一群激怒的人的混战，这些人互相残杀、互相把枪口贴近身体开枪射击，而后来又遭别人刺杀，她敢于这样把一张字条偷偷塞给当时已被推下宝座在议会中避难的国王，这个议会这时正在颁发一道命令委任这保王党女人将来的丈夫为十二信使之一，负责向全国各地宣布废黜国王，现在（就在几个小时之中一切又改变了）这国土再不是一个王国，再不是一份私有财产而是一个国家，而那第三个人物（逃亡者）将从中退出，自愿流放，一看见那张盖上印和画了押的文件（也许是在兵营的军官大会上宣读的？），怒气冲冲，骨肉相残的悲愤和冷酷无情的憎恨一涌而起，在这文件的第一页下端，在那些处决他的人的名字中间（也许就是那些曾经唆使他的人？他想），出现他自己的名字，还有他哥哥的名字，现在老大站在他面前，透过黑暗他看见在那开始变为灰色的乱蓬蓬的带浪漫色彩的头发下面露出的面孔好像突然变老，上面出现一些凹陷的黑洞：两个人也许没有拥抱，没有发生一瞬时的软弱的感情，甚至没有说一句话；只是那在寂静的黑夜里回响的嘲讽、冷笑声，使他们的母亲惊醒，怕得跳了起来，她后来就离开城堡，到一个女儿家去避难，诅咒她生下的第一个儿子，一心记住他从她的身上割去骨肉这一份仇恨，多年一直拒绝见他，为了他们间的事务和他联系总是通过中间人巴蒂或一些公

[1] 法国大革命时期的激进民主主义者的政治组织。

证人，直到她去世前夕才与她认为是凶手的人取得和解……

有一天，那些用来糊上楼梯旁空格子的墙的花纸在仓库里最后只剩下一卷了，由于扯碎、被潮湿弄得软塌塌的腐烂了不得不去取来更换，这是老太太死后发生的情况：她（或那个建立仓库的人）大概对墙纸的储存计算得比较宽裕，因此在她死后，夏尔叔叔或者是由于习惯，或者是出于对死者的敬重，为了纪念这位他曾亲眼看见一生都怀着一种过分小心，留意着保存同样不变的墙饰的老太太，一直继续（起先是他亲自动手，后来他年纪太老了，就请裱糊匠来干，但这工匠并不乐意干这种活，虽然也勉强干了）好好歹歹地从存货中取出一些剪成长方形或梯形的墙纸补在交织的叶子上，使图纹完整，但存货越来越少，只剩下三卷了，后来变为两卷，最后只剩下一卷，这一卷也逐渐变小，不久只剩下一根细棍子那样粗，后来变为一个没有分量的卷筒，一条用细绳扎住的细长卷筒，最后是什么也没有了。

在这样的情况下，不得不另行作出决定，也就是在这时候（在一股水蒸气、蒸汽浴室和受了热的旧糨糊的难闻的气味中，厚层的重叠糊上的墙纸（在那发红的叶子交织图案下面，另有两种不同的墙纸块，一种是仿科尔多瓦牛皮色的橄榄图案的，另一种是芥末色的）散成长条塌落，墙上的泥灰也是同样地腐烂到不可收拾，有的地方大块泥灰和墙纸一起剥落，变为粉碎，露出沙状灰色）人们发现了这判决书：它藏在楼下一层与二楼的楼梯平台之间半高的地方，在那楼梯口凹进去的那个暗门旁边，也许有一个世纪、有几百次，家里的人、来访者、仆人、宾客、小孩一再经过这里，这道暗门后面藏着一大堆无用的旧文件、登记册、手稿（信件、报告、部队出发命令、物资供应清单、珠宝商的账单、部队调动安排的记录、演说词、国民公会的法令、仆人的账单、视察炮台和要塞的报告、对火力的估计、兵营中的情况、粮草和弹药供应情况、丝袜定购单、作战地点的地形、敌方兵力配备、各种可能采取的战略、进攻、抵抗的方案、给巴蒂的指示、警察的报告、在国民公会中的演讲词、对种植土豆和维修篱笆的意见、呈报皇帝的请愿书、对痢疾和斑疹伤寒的治疗药方、可转让的票据、关于提升或授奖的建议、旅途的记述、私人记事、遗产清单、各式各样的建议、炮架和军火库设计图、附有配置大炮、步枪、擦炮筒用的长柄圆刷、弹药筒、信管数目的全部清单的部队组织计划、伤员与战役的概要、控告、申请、命令、撤销的命令、更正、征用、指示），在一叠叠的本子、边缘已破碎的纸页中藏着这个叠成四折的判决书，这张告示上端印有发布的官方机构的名称，下面是一颗戴着弗里吉亚帽①的椭圆形子弹，其四周装饰着四面放射的光芒和桂树叶，这子弹上写着“法令”两字，下面是这样：

判　决

由第二十师的军事法庭执行判决对名为拉·圣-米歇尔的炮兵军官处以死刑，此人曾于共和七年牧月十日逃亡国外。

以团结一致的法兰西人民的名义：

① 一种锥形帽尖向前倾折的红色帽子，流行于法国大革命时期。

我们在共和七年牧月十日的今天受第二十师的指挥官、少将师长沙尔博的任命和召集，组成军事法庭的成员为：全国警察署第十五大队的指挥吕斯、沙尔博师长的副官萨瓦尼耶上尉、副师长的上尉助理博奈尔、居于佩里戈尔地区全国警察总署上尉军官里布莱、居于同一地区的全国警察总署中尉军官瓦莱特、第一营第七十半分队中尉军官托马松同营的中士佩拉，负责判决逃亡国外的犯人、名为让-玛丽-欧仁·拉·圣-米歇尔者死刑。

军事法庭是在多尔多涅省的行政中心一个大厅里举行的，上述成员分别每人均一致发誓仇恨王权和无政府主义、忠诚于共和国和在共和三年制定的宪法。法庭庭长宣读了国防部、司法部、警察总署与军事法庭有关的八封书信和沙尔博将军给全体军事法庭成员的有关文件。共和五年果月[①]十九日和共和三年雾月二十五日颁布的法令连同逃亡国外者的总名单都摆在桌面上。庭长命守卫把罪犯带上，在非正式的辩护人陪同下罪犯没有上镣铐，自由地走进法庭。

问及他的姓、名、年龄、家庭地址、出生地点、职业时，回答是：名让-玛丽-欧仁·拉·圣-米歇尔，四十五岁，出生于塔恩省维城圣-米歇尔城堡，没有职业，接着向他宣读案件记录和逮捕他的原因，以及一封去年果月二十九日塔恩省行政中心致克莱德尔警察局总监的信件。

问到在革命之前他做什么工作时，回答是在一个炮兵团中任上

---

① 法兰西共和历的十二月。

尉军官。问他从什么时候起离开了自己的部队？回答是从一七九二年八月开始。问他是什么原因使他离开部队？回答说是因为觉得服军役无聊。

问他是否具备什么文件或证件证明他离开部队和他在军中做过的工作？回答，什么都没有。问他离开部队后他逃避到什么地方去了？回答说先在波尔多登陆，然后到皮特尔角去，一七九三年回到法国。问他回来后到过什么地方？回答，在家里。

问他是否有护照？回答，从来没有。问他是否把自己居住的地点让法定的政府机构知道？回答没有这样做。问他，在什么地方居住过？回答，有时在这一家，有时在那一家，有时在塔恩省，有时在阿韦龙省；至于他居住过的人家的姓名，他一直不让我们知道。

问为什么他经常改变居住地点？回答说是因为喜欢这样。反驳他说，这实在奇怪，他经常从一个省到另一个省又从来没有护照，而且也从不到法定的政府机构去报到，这是为什么？

回答说，他从来都没有护照，也从来没有去让法定政府机构认识他这个人。

问他为什么他身上带着一枝双响枪、两把小手枪，围着的腰带里有十三颗子弹、一些卡盘、火药、子弹铸模、枪栓和通条？回答说是为了预防强盗。

名为让-玛丽-欧仁·拉·圣-米歇尔的犯人在被法庭听取了由他自己和由他非正式的辩护人尽一切办法作出的辩护后，在这两者都宣称再没有什么可以补充了，庭长下令守卫将上述逃亡国外的犯人带回监中。

旁听者离开后，大厅所有的门全关上了，军事法庭的成员重新看一遍所有与上述的拉·圣-米歇尔有关的文件，又再看一遍逃亡国外者的全部名单，深入了解共和五年果月十九日和共和三年雾月二十五日颁发的法令、国防部、司法部和警察总署的指示性信件后，经过深思熟虑认真严肃的审议后，庭长提出下列问题：

名为让-玛丽-欧仁·拉·圣-米歇尔者是否即在逃亡海外者总名单上标明有这样的人：拉·圣-米歇尔，炮兵部队军官（下莱茵省的斯特拉斯堡），一七九二年八月十三日？

按官阶低的先投票的结果，七票中有六票大多数认为让-玛丽-欧仁·拉·圣-米歇尔确实是逃亡国外者的名单上写的拉·圣-米歇尔；因此，根据共和五年果月十九日颁布的法令的第十四条和共和三年雾月二十五日颁布的法令的第六项第二条有关逃亡国外者的部分，军事法庭判决上述拉·圣-米歇尔死刑。

处于围困中的佩里戈尔要塞的指挥官受命在二十四小时内按照本判决书的全部内容予以执行。

判决书副本将由庭长送至国防部、财政部、警察总署、沙尔博师长、塔恩省行政中心以及在围困中的佩里戈尔要塞指挥。

本判决书于共和七年牧月十日中午在佩里戈尔写出、案终、宣读。

签字：佩拉、托马松、瓦莱特、里布莱、博奈尔、萨瓦尼耶、吕斯。

于佩里戈尔

该省印刷商共和党人杜邦的印刷厂承印

夏尔叔叔慢慢地把那纸面有粗粒、边缘有点发黄的厚纸折叠起来，放在他的书桌上，说道：“这是法令。就是那位哥哥自己投票赞成的。头一次投票是在一七九三年，第二次是他参加元老院时期投的票。也许他当时任元老院议长。得查一查时间。不过这有什么用？总之他投了赞成票，要不是建议者的话，如同他投票赞成，甚至要求处死国王，头一次的赞成票必然要求第二次也投赞成票。也许他甚至把这种事认为是应尽的责任。要是他们两兄弟在战场上面对面，他会毫不犹豫地命人或亲自朝弟弟开枪。还有，也许他不知道那个和他同名的人当时在什么地方，以为这个弟弟已经死了……不管怎样，这法令明确规定，凡是逃亡国外者回到法国而且携有武器，自然是处以死刑。另一个也和他一样地倔强不屈、固执己见。这是最后一批这样处死的人中的一个：五个月后，就发生雾月事件了[①]……”

在他的书桌的一旁还有一些旧文件（像记录簿那样大小尺寸的，封面破损，蓝颜色已变旧的、书脊和四角都是羊皮纸的很厚的本子，手工装订的小纸本、一些信件其中有的还有黄蜡封印的碎块沾在上面）、他自己的文件，关于酿酒的葡萄汁的分析，酒的度数的计算、工匠的发票和与批发商订的合同——这些被推在一边好空出地方来放那些文件，那些记录本的封面并不完全是蒙上灰尘（除了有些地方、那些伸出文件叠的那些部分（很小的三角形）是有灰尘的，而且由于在那凹进处的格子里不见阳光，经过漫长岁月，在上面的一块块沙色的发霉的墙灰已变成粉末），它们与其说是饱含着不如说是散发出那种密封起来的东西

① 指共和八年（既一七九九年）雾月十八日拿破仑从远征埃及归来不久，推翻了督政府，由三位执政官掌政，并修改宪法。

的气味，过去的但随时会重现的东西的气味，像那座大理石的巨大雕像一样，如果不是完整无缺，至少可以说是摸得出来的，其存在不容置疑，夏尔叔叔的声音在说："现在这些文件，要是有兴趣的话，你可以看了。也许你还年纪太小，不过将来……当你也年老的时候。我是说，当你不仅是能够理解而且能够感受某些事情的时候，因为你那时自己遭受过这些事……这些文件既枯燥无味又富有魅力。极大部分是有关部队行动、兵员配备的图表和军需物资的清单。像场面宏伟的戏一样，或是有关家庭生活内部的描述。几个月枯燥乏味的排演工作和用了几吨机械装备最终只是让舞台上的男高音歌唱家或那患肺病的女主角在倒下死去之前在登峰造极中优美地唱出最后最美的比平常音域高八度的do。好像'历史'首先是一件有关会计师和一些长数字的计算的事务，计算的结果却在几分钟之间以爆裂的声音和杀戮的行为作出总结。不过，说到底，他是一个有组织才干的人，一位炮手，一位关于合金方面、火药制造和微分学的专家。可能就是因为这样，拿破仑始终没有提升他（或是授予星章，或军官肩章，或另外的金色卷缆花饰——我不清楚那个时代是用什么东西突出他们这些军官的功勋的），但他理所当然希望能得到提升，他认为不仅由于他所受的伤和他指挥过的战役，而且从他每日都在战斗中工作十五小时的辛劳看来，也应得到提升。因为他（我是说拿破仑）对这些人怀有戒心。我是说：一般地对炮兵部队的人是如此。这种部队的人懂得太多，太会推理。且不谈这个人除了具有这些特点外还带有弑君者那种不好闻的气味。拿破仑是一个独裁者，即使是他能登上皇帝宝座是由于事前铺平道路，但他不能忘记这事件。总之，你们这些人有某种共同点：你是在马上作战的。或者可以说，根据你告诉我的，遭受……你对我说，作为小猎物。我们那些息事宁人的政客对我们客气到把我们当作活靶好让德军检查核实他们的飞机和轰炸是否校准目标……那一些马。除了马，还有《社会契约论》和维吉尔的诗似乎是他喜爱的一部分事物。其实，像那些小贵族一样，虽然他对数学有一些知识，本质上仍然是农民。因此他有恒心通过书信留心照料他那几公顷的土地，他自然而然用同样的文体在信中命令部下茹尔当守卫莱茵河的通道和吩咐巴蒂当心那些牲畜走的通道要关好。在那些岁月中一直在写的信……可以说是一部地道的农业手册。一个月接一个月，一个季节接一个季节，像钟表的指针在钟面上在同一的数字上回转那样有规律地周而复始，在这期间他带着大炮、射距表，以及军需物资没完没了的登记表在欧洲各处从一端到另一端奔驰。要是细想一想，这两种能力并不十分矛盾。我是说在需要的那种能力方面。我要谈的是那不断的重新开始、那种能够定期地返回到同一地点以完成同一工作的从不厌倦的耐心或者也许是热情：同样的草场、同样的田野、同样的葡萄田、同样要重新搭建的篱笆、同样要检查是否安全的围墙、同样要包围的城市、同样要渡过或防守的河流、同样的防御工事下面定期要挖的同样的战壕：科伯伦兹、帕维亚、那慕尔、默兹河、曼图亚、伊瑟河、昂韦尔、阿迪杰河、维罗纳、佩斯基耶拉、美因斯……攻取，渡过，失守，再次攻下，再次失守，又再夺取到手，又再失去，不知疲劳地进行战斗，没完没了，连结束的希望也没有，唯一的变化是可以预见但又突如其来的雨、霜或干旱相继不断的勾结行动……”他（夏尔叔叔）沉默下来，把判决书放进那些登记簿中，书脊上墨迹已褪色，用圆体字写着：“拉·圣-米歇尔将军从共和七年芽月二十四日至共和八年雨日十五日的书信”。他漫不经心地翻看着，空白处有铅笔字，从上至下都是相同的红棕色字迹，收信人的名字在页边处，都与下文用一条尺子划的横线分开，发信人地址和日期紧接在下面，每封信都如此。然后他重新合上本子，把它放在桌面上，同时说道：“现在，我想你能理解为什么你的祖母一直把它藏起来。她的祖父就是她认为是杀死弟弟的凶手的儿子，她姓着他的姓，在她未出嫁之前在书的衬页上写的是这个姓氏。这就是为什么他们把那城堡卖掉，离开那个有人知道这件事的故乡。曾经在圣弗洛朗作战和强渡阿迪杰河时受伤流的血，同样地在一个站在行刑队前面，作为叛徒被枪决的死囚的胸脯流下。这就是为什么在老大的信中没有……”

是的，从来不提起这个弟弟。从来不谈到他。从不写他的名字，大概甚至禁止人家在他面前说出这个名字，甚至当他生命之火渐渐熄灭时他和巴蒂两人在城堡里相对度过那漫长的一年中，巴蒂也被禁止说出这个名字：冬末过去了，接着是春天、夏日、秋季，另一个冬天又开始，好像他获得最后一次的恩典似的，能得以实地跟踪着大自然的循环，周而复始的季节、耕犁、播种、收割、收获葡萄而不是在一张涂上蓝色、粉红色和黄色的图纸上指划了，天气晴朗时他命人把马厩里仅剩的最后的马中的两匹套上一辆敞篷四轮马车，吩咐车夫把车从一块田野赶到另一块上，从一个树林到另一个树林里，用手杖指点给巴蒂看，哪个篱笆出现一个洞，哪些树要砍伐，哪堵围墙要加固，归来后又坐在那个他不断催促建好的露台上，好像他感到自己的老血管变得越来越僵硬，越来越脆弱，随时都会在那现在还起作用的脑子里的某一部分断裂，这个死后也大概得不到安宁的身体，不但是有一天命定会让一台挖土机粗暴地把它从他的墓里拖出来（好像这两兄弟不应有什么继续存在似的：其中一人的骸骨在一个公共的尸坑中与一些被处死刑的人的骨头乱七八糟地混在一起，另一个人的尸骨却四处散落），而且在尸骨未寒之时再受到辱没、损毁，好像命运不满足于用小火把他毁掉，让他毫不光荣地死在一张靠背椅里，而为这个巨大的尸体保留着一次最后的灾难：他的那位曾到处跟随着他、在任何一个战场上总是不离他身边的名叫勒·比涅的副官，一听到他去世就急奔来到，叫人重新打开那还新的坟墓、棺材，把那现在变为灰大理石色的巨大的尸体挖出，摆在厨房用的案桌上（或因有臭味而露天摆着），绣金饰的制服上装解开了纽扣（或被割开：也许尸体已开始发胀），有灰色毛的胸部被一位外科医生或当地乡镇的兽医（或者也许是惯于分割公牛尸体的屠户）用刀剖开，在场的人都用手帕捂在鼻子下面，锯子割开肋骨时发出杂乱的声音，后来那肌肉发达的发紫的心脏连同马虎地切开的冠心上的大动脉和血管被拉出体外，急急忙忙地投入一个灌满酒精的平时用来盛果酱的短颈阔口瓶里，立即用一页羊皮纸盖好后扎上绳子，那开了膛的胸部用十字形的大步针脚像鞋子缚上鞋带那样再缝上，上衣好歹总算重新穿好，好歹重新扣上，尸体重新搁到棺材里面，钉上棺材，重新放到墓穴中，重新填好土，这时在场的人才透了一口气，外科医生（屠夫）在一个小木桶里把用过的工具洗干净，副官重新上路，带着那果酱瓶子离开，在瓶子里面的无色的液体中，那血红色的一团东西在摇来晃去，像一颗巨大的李子干似的，副官两手捧着瓶子，搁在膝盖上，马车在车辙轨迹中颠来簸去，后来大概把这瓶子放在贮藏室或柜子里（也许不时来望一眼，看看这毫无生命活力的一大团东西，下端像一颗草莓那样伸延，外面包着一层黄色的脂肪，紧裹着一个玉青色的静脉网，它像不可称量的东西那样浮动着，由于玻璃瓶壁渐大的弯曲度而显得变形），直到接到从巴黎来的复信，这封只有几行字，是用带官腔的、生硬的、军队的语言——他（死者）过去也一直用的——写的，下面是一位官员乱涂乱划的签名，什么名字也看不出来，最后还有加上一道恼火的横划的批语："不为高级军官埋存：只为才智出众者"（也许根本就没回信，国防部的办公室当时不是考虑那些在火炉旁死去的将军们，而是忙着调查登记包括从将军到普通步兵在内的能够骑马、步行、劈刀、射击步枪或大炮的一切人员，好派遣到欧洲的另一端去冻死在冰雪中[①]），那怎么办？再回转去，（副官）按同条路以相反方向走，再捧着那果酱玻璃大瓶在膝上，再一次使人打开那坟墓？（肯定不能再打开那具棺材了：现在里面那个样子大概太可怕了）将玻璃瓶搁在里面？或是把它埋在自己的花园里？或是虔诚地保存在大橱里直至他自己死去，那时候他的儿女在惊愕中发现它，把它扔到垃圾堆里，和屠宰鸡鸭剩下的内

① 这里大概是指拿破仑率领大军远征莫斯科。

脏、带蓝色的肠子和其他废物混杂在一起？……

好像命运存心报复在他死后还不放过他，那带着挖苦的厄运胜利了，它拼命对这个纷纭杂乱的一生的终极（惩罚？）创造一些像过去描绘轻骑兵生活的令人反感的滑稽戏，构思了一些令人看了反感的利欲熏心的通俗笑剧的脚本，让他的继承人彼此对立，在多年的官司、辩护和前后矛盾的审讯中为他身后留下的东西凶狠地争吵：那位寡妇一听见他去世，就从蒙莫朗西的庄园全速赶来，从马车上一下来就朝柜子、写字台扑去，把抽屉逐一打开，怀着怨恨重新关上，大发雷霆，百般威胁，又怒气冲冲地离去，跑到最近的律师事务所，她这个人几年以后……

……这份辩护词摘要的头一部分全是：确凿无疑的事实。现在剩下的事就是提醒注意按法律条款应将这几个人定罪并勒令被证实犯有藏匿罪行的继承人归还受损害者圣-米歇尔夫人从她的丈夫遗产中窃去的财物。

关于盗窃和藏匿罪行，有一项所有的负责任者都引证的原则，而且民法中有四项条文认可这个原则。

按照这个原则，继承人或活着的有共同利害关系人凡窃去或藏匿遗产中物品者应将全部遗产归还，不得从中取得任何一部分：一切均属于因物品被侵吞或藏匿而利益受损害的继承人或共同利害关系人。

伯爵梅兰大人、行政法院顾问、法兰西学院院士、法国荣誉勋位获得者曾编纂前所未有的、无与伦比的法院判例汇编：关于这方面的问题有如下的说明：

“藏匿者的刑罚是承认犯有罪行者不仅应该判处补上遗产清单上被窃去藏匿之物，而且应该剥夺他本来能分享的遗产的部分。”

既然法律有明文规定，难道还需要其他的权威吗？不论这权威如何可敬。

民法有关这方面的明确规定的条文共有四项：第七九二条、第八〇一条、第一四六〇条和第一四七七条。

这四项条文中的首尾两条写得十分清楚，不需在此转述原文。

按照民法第一九二条，侵吞或藏匿遗产中的财物的继承人不得分享侵吞或藏匿的物品任何部分。

按照民法第一四七七条，凡侵吞或藏匿共有财产中某种财物者的配偶不得分享这部分财物。

因此，事实与权利都一起使欧仁·圣-米歇尔少爷羞愧到无地自容，迫使他不得不归还他损害其父的寡妻的利益所匿藏之物。

难道他能说藏匿之物已经证实，但其价值则尚未得到证明？

事实上已由他的父亲去世前不久所写的那信充分证明其价值了，当时他的父亲还神志清楚、理解力完全正常。

这些东西的价值主要部分还有见证人可以证实，他们看见马夫布朗夏尔这个身体健壮有力的人十分费劲地用双手捧着那盛满金子的水罐交给当时在楼下房间里的欧仁·圣-米歇尔少爷。

倘若这水罐只是装着二万四千金拿破仑法郎的话，这笔钱的重量最多只不过是十四斤又四分之一盎司，既然如此，怎样解释重量如此轻，而像布朗夏尔这样强壮有力的人要用双手去捧而且还很费劲呢？

这些东西的价值还可以有第三种办法来证实，要不是有人使将军的日记账本消失无踪的话，在这账本上他把全部的事物都有条不紊地详细地写着。

这本日记账本是搁在一个用锁闩锁上的白铁盒子里的；当将军

去世时这个盒子以及他的公事包都在圣-米歇尔城堡中。

要是这两件东西没有给人窃去或消灭掉，那就可以看见将军的财产可靠的清单。

幸而上天像时间一样终于使真相大白，对已被拿走的日记账本作了弥补，用将军亲手写的一些记事来替代了。Uno avulso, non deficit alter.[①] 他出于小心谨慎，首先记在活页纸上，有时记在信的背面，有时写在小本子上，过后再誊清在他那本家庭日记账本上面。

他总是计算，计算，再计算。

人们看见他总是不断地把“伏尔泰”这几个字，写了又写。

他每天都把他计算的结果写在他的日记账本上。

正是由于将军这种可嘉的习惯，圣-米歇尔夫人得知她丈夫的资金情况和他每年收入的情况。

……………………………………………………………………

如果在这摘要上列举的事实有一件受到否认，其实这些事实的证明已提供给欧仁·圣-米歇尔少爷了：还可以按照法律，完整无缺地提出证明。

这就是悬而未决的在塔恩第一区法庭打的官司。

一八一三年一月十三日于图卢兹。

前法官萨拉蒙受大法官、司法部长阁下之命担任圣-米歇尔夫人的辩护人。

……她在几年之后却背弃了他，她呈送给那位让她死去的丈夫

① 拉丁文，一方虽毁灭，另一方却无所短缺。

一生与之对抗的军队抬上宝座的国王的申请书中却是这样写着："为了避免那与我目前的姓氏有关的控告"，同样，当已证实他对她再没有什么用处时（她自己承认，是他把她从刽子手中救出来的（"要不是他，我早就完蛋了"），她就把他抛弃了，把他交给一个女仆去照料，让他死去，她把与前夫生的女儿嫁给一位将军，把这个女儿栽培成了当时经常举行各种宴会、舞会、豪华排场典礼、接待贵宾的仪式灯光辉煌的米兰城的一位地位出众的女人，在宫廷中看戏时，她紧跟在伯爵夫人们身后，服侍她的有两个侍女、一个厨师、一个马车夫、一个园丁、一些听差和一个穿着锦缎的小黑奴）现在剩下的只是得为她自己的费用、打扮、为他购买给她的房产的花园里的圆亭和小树林的布置付钱，这位翁法勒依赖的是这位巨人身上的……什么？善良，烦厌？还是宽容？或者是靠她也许在他身上还起作用的影响？是由于还记起她那美丽的容貌曾经把他征服，使他不顾自己的名誉会受到牵累，信誉会有危险，甚至不惜生命把她从监狱中救出，当时人们在几个小时之内将一些人逮捕、审讯、处以死刑只是根据一点简单的谣言、告密者简单地点点头而已（或并没有任何根据：只是为了凑满名单，凑足一车或一批死刑犯）——只有一种被抛弃、处于社会边缘的感觉，一种像共济会秘密组织中的那种大胆、勇敢把他们这些人联结起来，像使他与弟弟联结在一起那样，哪怕是大家都年老，哪怕是分开不在一处，这种大胆和勇敢使两个势不两立的仇人相互敬重，这两个人都具有同样的狂热，同样的胆量，这种胆量使一位妇女居然在八月十日那天晚上跑到国王的身边，而且后来（她还为此夸耀自己）还跑入那座寺院中[①]，把藏匿在发髻中的金币交给国王（是化了装？穿着送面包女工的衣服？化装为洗衣妇？拎着一篮的小面包或衣物？用微微裸露张开的紧身上衣或方围巾披肩来分散守卫们的注意力？）：她的容颜像玉石雕的，发髻梳成古希腊女人的式样，涂脂抹粉，酥胸裸露在那像椭圆形口的花篮似的紧身上衣中，大概她一直继续到处袒露胸脯，只是为了符合一位将军的遗孀的身份把那透明的绉丝换成绸缎或天鹅绒，选择了适合于一位被剥夺了财产的寡妇的地位的颜色（深紫色、浅褐色、橄榄青），迷惑那位说话浮夸的外省律师，也许像纠缠死去的丈夫一样用书信来把他缠住，满嘴诉苦，不停地要求申冤，在有权势的人的候见室中久久等候接见，抓住门铃的带子不放，揩拭着永远流不完的泪水，眼睛发红，装模作样，到处乞求，与此同时，在某一个柜子或壁橱里，那颗疲惫不堪的带着包裹着心脏的已有哈喇味的脂肪、裂开的静脉网络、松弛的肌肉纤维、发出紫红色和猪膘色的、由屠夫的刀割下来浸在坟墓似的瓶中酒精里的老年人心脏慢慢地变硬了。

那个荷兰女人生的儿子，在一些妇人手中养大以后，几乎是直接从她们的手中转到海军学校的海军下士的手上，在这孩子的一生中，当父亲的人大概仅看见过几天，在两次出差之间或两人中的一个两次到职之间见了面，为了这位懒惰的海军上尉儿子，他不断地写信予部长们、老朋友们为他寻求提升的机会、庇护、特殊照顾（这就是说——他想象不出其他——在危险的最前面的位置，"能够有机会立功扬名"——像他所说的——的指挥或部队里服役的工作），他还请一位专画小型肖像的画家为儿子画了那装饰他的玳瑁

① 这里指当时囚禁国王路易十六的巴黎圣殿骑士团过去驻扎的寺院。

鼻烟壶的盖子的肖像，也许带着沉思细看那个年轻的面孔，沉重的圆下巴、软绵绵、闷闷不乐的样子，厚而突出的一副不高兴样子的下唇，面颊微呈胭脂红色，撑在有金绦子镶边的军装像一条烟囱那样直挺的领子上，一头用小火钳烫的金色头发，接着在下面的是像假的毛发似的水手颊髯，这儿子像一个被宠坏了的、乔装打扮的小男孩，好像残酷的命运又在这里耍了一手，通过他剩下来最宝贝的东西来嘲笑他，把这唯一的独苗，他的精液的独一的产品，从他曾经沉溺迷醉其中的柔软的腹部中产生出来的唯一的东西变为一幅玩具娃娃似的幼稚、赌气样子的漫画，身体庞大而没有男子气概，可以说软弱得像女性，胆怯而且懒散，好像那些曾在两个兄弟血管中激流的血液在这儿子身上循环速度放慢、渗进了水，血色褪淡，现在力量变为累赘，意志变为无所作为，生活的狂热变为无聊：他摆着姿势在画家面前让他画像，精心打扮、生硬、胖乎乎的一副嘴脸，穿着军装或更确切地说不乐意地披上乔装的衣服，这显得异乎寻常的年轻的形象表现出拘泥有礼和体面可敬的样子，这儿子只等那令人讨厌的老子去世便脱下军装，永远退出军界，放弃军人的事业，离开父亲的天地，好像纷纭杂乱生活过的、为一代人所承受的岁月突然间全部以一种无法承受的重量压在儿子们的肩上，他从中解脱出来，连同军官的肩章一起扔掉那些不论是好是坏曾经支配他的父亲的一切：轻举妄动、感情冲动、雄心勃勃、爱好冒险，他再没有什么力量和勇气了，除了可耻地与那位年老的曾在督政府时期穿古希腊服装的妇女争夺金路易、小汤匙、耳环和咖啡用具之外。

还有，他注意尽可能少出头露面，保持着那种装出来的体面可敬的样子，他处身其中像穿着女式紧身褡那样撑起身体，举行葬礼以后他立即走掉，他坐的快速奔驰的双轮轻便马车套的是穆斯塔法这匹阿拉伯种马生的小马（也许就是最后中风的那天早上他父亲命人套车的那一匹），把那讨厌的军装换成了一件橄榄色的或烟草色的配有绣花背心的漂亮礼服，打上丝领带、戴上绒面的皮手套，穿上有翻口的柔软漂亮的皮靴，头戴一顶雅致的斜向耳朵一边的马车夫的帽子，好像他与一切事务毫无关系，一切置之度外，不闻不问：封条的撕毁，在城堡的窗口时隐时现的黑夜里隐约的亮光，强行打开的锁发出的喀喀声，撬起的薄木板，在楼梯上摇摇晃晃的搬运东西的人们沉重的脚步（好像趁着黑夜举行某种滑稽模仿的仪式：好像是第二次撤退那些拆开的笨重的战利品，但不是弓形的手枪、马刺、短军刀之类的东西，而是威尼斯的玻璃器皿、银餐具和一卷筒一卷筒的金币，偷偷摸摸地在搬运，来来往往的背上拱起的影子在一支蜡烛的光亮照射下在墙上现出拉长的奇形怪状，一只老年人发皱、皮肤呈黄色有裂纹和结满老茧的像鸡爪那样干硬的手在寒冷的过堂风中好歹保护着蜡烛的火焰）。

他（儿子）继承了这些东西，同时也继承了树林、草场、葡萄田、鹅群、猪、公马、母马、骡、驴；而她，这头老牲畜，律师控告她阴谋策划一切的人，是一个幸存者，她曾目睹一个个死掉，先是那外国女人，接着是那个弟弟，她又再一次走来打开壁橱，在那里储藏着为盖在死者身上的毯子里选了一条，把那穿上有金饰的军装的尸体裹上，把毯子的一端覆盖在那僵死的面孔上，她那像老驴或老山羊的面孔也是僵硬的，眼睛干枯或黏着眼屎（怎么弄得清？眼睛的结膜长久以来已发红、肿起），经常不断地在无意之中就流出一些发亮的黏糊糊的有点咸味的东西，称不上是眼泪的东西，它在鼻子两翼的皮肤（像纸板般发硬的皮）慢慢地移动，朝着皱缩的嘴角流下，逐渐地变干或有时被她的手背无意识地抹掉，这个怕和人交往的女人像一个守卫，一位不属于阴间的神明，而是她毫不停息地在上面大步走的树林、田野、道路的土地派遣来的，这位穿着泥土色衣服的一身骨头的老年的女君主统治着一个有死人、公马、填鸭和幽灵的王国。

或者不是这样。正好相反。这就是说，是她把这个儿子作为她所接受的遗物。人们把其他两个男人从她那里夺走，十年之前又把这儿子从她身边拉走，送到很远的地方去，这在她眼里没有确定面积也没有确定形状的朦胧的另一个世界，其起点是在她出生的地方四周步行或坐有篷小推车一天可以到达的地方，她的一生全部都是在她出生的地方度过的，这块地方成为她所认识的世界的全部，它的四周都是暗礁和深渊（像那些古代的地图上，地理学家在已探明的土地周围画上一圈充满鬼怪的水域），那些敢于到这些危险的地方来的人将会遇难，要是幸而能够生还也会被女妖魔施法让他变成野兽或变成一些废物而被抛弃，这些不能再用的、变空的、精疲力竭的衰弱的残骸只能在一张安乐椅中拖上几个月，然后突然倒下死去。

但这一个，至少是还给了她。还没有毁掉的：不是被追捕，被逼得走投无路，到处躲藏，随时准备好行凶，而是体面、健壮，不是半残废、垂死，而是气色好，红红的，很健全。也许是她挑动、推动他剥去那身军装，抛弃一切在她眼里会唤起回忆或以这样或那样的方式象征那像疥疮、身体缺陷似的打击这个家庭的暴力、灾祸，使这一家备受摧残，四分五裂，消灭了两个兄弟，把她也在他们两人的阴影下慢慢地消耗、毁损，在他们还活着就已经不得不为他们守丧：也许这个貌如少女但平庸乏味的人，在她看来像是具体地体现了对命运的悍然的否定，是一种得意的报复，是她多年辛劳的奖赏，多少年来，她不仅把岁月花在计算又再计算谷物的袋数或大酒桶的容量，检查围墙，维修篱笆，监督伐木，而且还孤单沉默地等候着，身体渐渐变为干瘪，拼命看守着那些牲口、草场、仓库或者更确切地说是重负，最后她总算可以卸下，把这一切交还给他，让自己获得安息、死去的权利，现在一切都办完了，最后的一铲泥土已落在两兄弟中的后死者的棺材上面，对这个人，她最后应尽的责任是为了他的儿子去做贼，为了需要甚至违背自己的意愿（要是律师说得有道理的话）她第一次对那个一生中专横对待她的人反抗了，现在平等地向他说话（因为她自己不久也将死去），两个老人（或者可以说是死亡——那个巨大的尸体像一张草垫般被打开胸膛，干净利落地掏出心脏，然后让修床垫的工匠给缝好——而她自己也不比一具僵尸好多少）不仅在坟墓里而且可以说是透过墓石继续延长他们之间的对话，多年来通过几百封从欧洲各地寄出集中在同一接信地点的信件，对话一直在进行，对这些信件的回复也是从同一地点出发的，信纸上写满她那笔划笨拙但工整的字迹，她带着紧缩的脸，令人感动地努力把草场、壕沟、嫩树、小马、耕种、树林、走路的时间、道路全变成为文字，几星期后，她接到从那些地方中的一个（都灵、米兰、汉诺威、米特勒海根、巴塞罗那）寄来的信，她费力地把这些名字逐一抄下，她拆开那有蜡封印的信，辨认或可以说破译信上所写的，力图知道他称为蓝区、绿区、粉红区是什么地方，好像根据那些通过邮政写在充满了小符号的长方形信纸寄来的白杨树、月桂树、田野、葡萄田而重新出现（像那些日本小纸花投到水里就胀大起来，展开意想不到的花冠）苛求的土地、山丘、在不断变化的天空下时而变绿时而发红时而干枯或时而充满泥泞的小山谷，慢悠悠地浮动的云块，在永恒不变的四季中永恒不变在交替的露水、暴风雨、冰霜。

而她：身体皮肤发黄，衣服不成样子，老是穿着同样的裙子，同样的农村似乎永远不会坏的老妇穿的短上衣，不论冬夏都同样穿着，一直把纽子扣到下巴下，从那变得太宽的领口，像甲壳的动物开口处，伸出一个肌腱突出的像乌龟的颈子，随着岁月的流逝，这身体越来越消瘦，她总是最先起床，最晚睡觉，像马那样站着吃饭，匆匆忙忙，一手拿着面包和干酪，一手拿着餐刀，眼睛呆望着，最后一口面包还没有吞下去就已重新出发工作，督促那些男女仆人，计算工资，像一个女太监似的亲自主持牲口的交配，晚上烛光下她在一本充满删划、横杠算了又算的账簿子上写下交配的次数，写错了又再重新写，用心思索，扳着手指计算，在没有成功的交配上打个叉，晚间她起床料理腹泻的马，帮助小马出生，月以继月，年复一年，毫无差错有规律地每隔半个月就收到同样的专横、有耐心但吹毛求疵的信，她首先伸直手臂拿着看一看，上身和头部朝后仰，眨着眼睛辨认他的名字、地址，每次都是怀着同样的茫然不知所措，同样忧虑的心情，然后爬上她的寝室里，在一个抽屉里摸来摸去，寻找眼镜布套子，那指甲断裂的手指在套子搭扣上笨拙费力地解开，直至把套子打开，她从那已磨损的填塞着垫料的天鹅绒套子里拿出一副铁框眼镜，上面的拱架用一小片黄色的细麻布裹着再缠上黑线扎住，她把眼镜脚拉开，小心地戴到耳朵上，重新合上套子，最后下决心（听天由命）把信上蜡封印拆掉，她走到窗口，嘴唇无声地蠕动着，同时，在那松弛下垂的眼皮之间，眼珠慢慢地由左至右移动，迅速地又回到左边，再次以相反方向重新阅读，眼皮再看一行就稍微更加下垂一点，眉头皱起，嘴唇继续作出一个字一个字地模仿发音的样子，最后读完了信，站在原地一直朝着窗子动也不动，头部重新抬起，眼皮茫茫然，现在双手拿着那封信放在小腹前面，像是系着一条做饭短围裙（好像那些唱诗班的孩子耐心地等待着指挥朝他们举起指挥棒，歌谱拿在下垂的手里，脸上毫无表情），接着她把信念第二遍，好像要努力把信背下来，重复念一个句子或一个名称，三番四次地重读那差不多一个样的最后那些套句："我的儿子身体健康，我的夫人问候您，再见，我拥抱您"，或是："夫人与欧仁都身体健康，都向您致候，我拥抱您"，或是："夫人问候您和布朗夏尔，我目前没有儿子的消息，再见，我拥抱您"，最后她下决心把信像熨衣女工折衣那样小心地重新折叠起来，当心使原来的折痕完全恢复原状，一边用手压平这些折痕，然后解开上衣的三个纽扣，把信藏到里面，把眼镜摆好，眼光一直是带着心不在焉的神色，好像在沉思默想，与此同时，在她的脑子里那些信中的字眼、句子、命令、建议、指责继续一遍又一遍流转经过，好像听见那熟悉的声音，同样的固执、专横、泰然自若地粗暴、无法改变地保持平等的声音，不论在什么情况下，他似乎作为一条不可改变的规则要平等地说话，不论是对连续而来的不同的秘书口授文件，让他们重抄在一连串的封面呈退淡蓝色的登记簿上时，不论要他们记录战事计划或播种的指示，致部长的信或种植土豆的吩咐，提升或授奖的建议、出差的汇报，他都用一视同仁的声音："我想，在李子树区田里还剩下的一些香料植物，已用大犁翻过很久了，如果还没有这样做的话，您要马上命人去做，以便让寒气焖一焖土地，过了五月不会有哪块土地休闲，要使一切都生长得好"，"公民们，把大直径的炮弹运送到弗莱辛根是必要的，你们可以核实，是否曾运送这样的炮弹到敦刻尔克去，当时我负责指挥对这个岛屿的征战。由于政治上的需要，你们必须有一支重要的兵力守在万克伦岛上以掌握埃斯科河口，弗莱辛根正是在这河口上，你们应当感觉到英国人正拼命想要占领这个地方，一旦我们不能控制那条可与泰晤士河媲美的河流……”，“您要叫人去斫伐两年前我曾命人开始斫伐的那大树林的一部分，我当时曾想让这些木材留在原地以保住那些矮林；我曾想由于有树枝阻挡，牲畜要钻入矮林中可不那么容易；您要叫人把这些木材扎成柴捆，每根柴要六尺多长，形状要笔直能够用斧子劈得正方，您要叫人把这些柴捆堆在一边，其余的用绳子捆住，您要把总数告诉我”，“我为维持和平的全部考虑都不起作用了，我每天都在等待着法兰西与那不勒斯两国之间的战争由这两强之一公开宣布，因为霜月[①]二十七日我接到德·加洛先生的一封信，通知我两西西利王国的国王有意要与法兰西共和国断绝一切友好往来，他还对我说，第二天他要拿出国王陛下的一封信函，国王将命令所有的法国人在二十四小时内离开他的国境，否则将作为特务处以刑罚；因此我决定命人包租一艘热那亚名为‘圣母安全港号’的商船，它将挂上谈判的白旗，同时通知法国人这艘船将尽量运载……”，“亲爱的巴蒂，我接到您通知我让已到达的消息；要当心使这些母马每天都出去跑跑，免得它们的腿发肿，最好是使它们用蹄刨地。如果泥土不过分软的话，别忘记干这件事。您抱怨我训斥您，您干得不好，就应当如此：譬如您变得……”，“将军公民，我们特别向您建议要派有力的部队驻扎在贝利斯勒，您应当知道，过了春分以后，英军会企图骚扰我们的海岸，这个地点，特别吸引他们的注意，我们完全相信您的才能而且

① 法兰西共和历的三月。

认为……”，“您最好命园丁修整小树林里的月桂树，种在有高大的白杨树的岩洞旁的小栗树和野栗树，您要叫人去锄掉我家北屋的曲径上的野草，这些事要做，要做好而且您要亲自去检查，您要向我汇报情况”，“霜月二十一日晨约八时，我们正处于奇尔切奥山北面的罗马海滨前面时，我们看见三艘军舰，样子像和我们同走一条路线，十时左右其中一艘发出要我们接到服从命令的信号后，驶去与它们会合；我不顾海面波涛汹涌乘一只小艇登上军舰，身上还带着威尔逊海军上将和英国大使汉密尔顿阁下的护照，但是……”，“告诉路易·法布尔去掘出石头作为建筑之用，最好是在从前那块黄麻田里掘；有好几种金花菜能长得和地面齐平，这种植物对那块田会有好处：我需要很多石头作建筑用。我希望园丁已经换上新的篱笆，补种了死掉的树，同样地要好好补植岸边……”，“奥地利军队朝阿迪杰河的移动，使我怀着焦急的心情等待下个月应当运到诺瓦拉的四百匹马：据闻奥军各种兵员共达七万，而我部只有一万至一万二千步兵，尚需二十五至三十门大炮以守卫阵地，以免在很短时间中被压倒；倘若我们受到攻击，我将尽一切办法使得这许多的大炮组成排炮发射，我将骑马的和步行作战的、法国的和意大利的炮兵混合组编起来，目前我还有很多炮手没有用上，他们等待着我能为他们提供大炮，我将亲自在前线指挥他们……”，“一旦普克斯那块田犁好，要撒上肥料。泥土准备妥当后，您要命人播上大野豌豆和黑麦，但黑麦种子要选最浅颜色的，同时也要浓密地种上金花菜，这是说，播这种金花菜种子时要播两趟，但您要叫人同时用大犁拉出一条八至十步宽的犁沟以便排水，您要让……”，“贝伊的面孔非常漂亮，我一生所见过的最美的容貌之一，他有一种洞悉一切的眼光，他四十岁，皮肤棕色而不显得黑，十分好看，漂亮的胡子开始变灰，他以东方人的方式坐在一张长沙发上；他命我坐在他旁边，请我们喝咖啡。将突尼斯的贝伊与那不勒斯国王还有弗朗索瓦二世比较也许显得奇怪，但对比一个被欧洲人称为未开化国家的君主与那群统治着欧洲的君主也许富有刺激性，这群欧洲君主中有的在自己的套间里以追逐兔子为乐，有的迷醉于打猎和年轻姑娘并把一个大自然最美丽的国家交由一位既任性又怀恨的公主去支配，她只听取复仇的精灵的意见……”，“接着要把您对我说是九月十八日那场大水在花园和草场造成的损坏修补起来。我曾经对园丁说过要在那些地方种上双重、结实的树篱，虽然挡不了水但可以拦住大水夹来的荆棘条。您要向我汇报这些维修工作什么时候完成，是如何完成的”，“我看不到事先采取了什么预防措施：人们计划用沙子来浇铸，但我认为，在等待能够采取这种方法期间，有先见之明的一种办法是必要时有根据老方法浇铸的一些物资；我可以肯定没有一具冷铸模是能够用的，虽然在都灵的军火库中存有大量的不同口径的铜模，这些东西是在撒丁岛国王在世时铸的；作为意大利驻军的炮兵部队司令官，我有权对铸造厂的副厂长对工作的不在意表示不满；当政府已建立……”，“我高兴得知今年生的小马都长得很好；用一匹阿拉伯公种马与纯种的母马交配而得不到漂亮的成果那是不可能的。播下的种子由于干旱而在地里损失了——除非是牲口把它们吃掉——的确是件不好应付的事；我想要是那边夏至前后像这里那样多雨，土豆将会……”，“我有道理相信我的儿子在下次提升时将是海军上尉了，最近一次提升他得不到这个职位是因为他对工作表现得不太热心：他曾多次要求我让他离开在海军中的工作；当他从美洲回来从巴丁纳登陆时，他不是要求继续服役，而是赶紧要求回到土伦去，他在那里有什么可干的？所有海军部人员都要求到芒什海峡那一带去工作，这是当前最出色的工作，但他对此提出过要求吗？在他这种年纪的人不会表现……”，“您要命人在我购买的那块田的犁沟里播种小米、黍子、薯蓣；我不想让我的那些鸽子饿死，您要命令在那里的园丁，如果不在就命仆人叫人在通到桥旁的那条小河的小路上和在溪流的旧河床中种植很多的柳树，毗邻道路的地方要挑不长野草的地点，从一角到另一角种上密集的白杨树，告诉布朗夏尔不要忽视训练我的那些小马和小驴，他……”，“我曾经指定在亚得里亚海岸上建立八座炮台，工程已进行了五六个月，堆土的工作本来是用现金雇农民来干的，我现在知道人们整个月不付给他们工钱，而且用惩罚来代替工资，我还知道本该只是指挥工程和装备炮台的炮手们，人家曾经答应付给十个法国小钱因为他们整天得在烂泥中干活，而事实上人家只付给他们十个米兰小钱：亲爱的将军，您会感到我这个人无法容忍这样过分的做法，一旦我得知……”，“接到我的信后，您要立即不让小马小美人和萨莱玛到外面去吃草，您把它俩留在马厩里好好喂养，但不要喂燕麦，您要使它们每天跑上半里或一里好让它们感到道路陌生而害怕：如果还没有钉上马蹄铁，那就要请人替它们钉上。等河边的麦草割第二次以后，您马上让头一匹马到勒东草场去吃草；这块草地啃光以后，您叫人用普通的犁在上面犁一趟，不要犁得太深……”，“将军公民，当您上次路过我的别墅快乐楼时，我仅有幸能见您一面，但您使我希望在您返回时能赐我稍微多一点时间见您。我已将委托之事转达斯屈蒂夫人了，她怀着感激的心情接受您对她的问候，但她还对我说，当人们认识穆拉将军以后，特别是夫人们不能满足于对他的回忆，她自己就很想能再见到他，她因此准备在您回程中举行欢迎会，敬爱的将军，我希望这将是一个新的理由要……”，“要当心不要让马到在图上涂着蓝色的那个樱桃树区去吃草，那里的金花菜和三叶草还没有割过一次，不比其他地方种的嫩，要是让马去吃那就会受到损坏”，“我有幸向阁下报告在铸造厂中已准备好各项措施为在帕维亚的皇帝陛下面前浇铸大炮外壳；由于在铸造之前十六或十七个小时就把火点燃，元帅大人，我请您让我知道陛下是否有意让浇铸在他面前进行和什么时间适合。我必须知道这两点以便决定该点燃哪一道浇铸的火。如果陛下想要参观炮兵部队的各种不同的工厂设施，我有幸通知阁下工人们早上六时开始工作，倘若陛下想早一点看他们工作，那我最好是及时发出通知使他们在估计是最合适的时间开始工作，这样陛下能如愿看到各工场最活跃的时候。请阁下接受我的敬礼”，“把常春藤种在喷泉围墙的四周和那株对着喷泉的白杨树的周围，您要监督小心种好，常春藤最容易成长，要是长不好的话，我可以揣测到是因为您没有当心，不要忘记检查是否……”，“我的将军，我还记在心上，有一天您对我说，在施特拉尔松德包围战役之后我曾提出一些过分的要求，其实我不过要求给予六个部下恩惠，四个十字奖章和两个人的提升；而布吕内元帅阁下在看到我给他呈上的考绩报表时都认为要求得不够，不仅是指为法国方面的人要求不够，他对我说，而且我把外国人忘记了，他说我不应对我指挥的炮兵共四千人视若无睹，法国的和意大利、西班牙、巴伐利亚、符腾堡、黑森和荷兰国籍的人一样多。我提出的要求也是不够的，我仅奖励了在科尔贝格围攻战役中两个骑马作战的炮兵联队，这联队的一位队长骑过五匹马都是在他身下战死的，至于其他的外籍军官，我亲眼看见过他们是怎样工作的，要在战场上才能评定他们的战绩，特别是要在四月十七日那场战斗中，我们在十七小时中不断战斗……”，“请劳神命人称十担牧草搁在每辆小推车上，每辆搁的分量都一样，向我汇报每一个草场和每一编号的地区所收获的牧草共有多少车；告诉我在斯特雷博勒那块地的林子里斫伐和在小径上部的果园里集拾所得的柴共有几捆。小麦长得好吗？绿色区里种的三叶草能提供大量的草料吗？那种大核桃树的地区是否已割过草？有多少小车的草料？土豆长得好吗？小麦长得高吗？会收获到麦秆吗？要去检查所有的葡萄架，检查……”，前后继任的秘书字迹不同，有时是点缀着漂亮的花饰、花缀、按书法写的最后的字母，有时是古里古怪、毫无拘束的笔法，有时是生硬，可以说是循规蹈矩的书法，字一行一行地千篇一律延续下去，好像那继续不断地口授的不知疲劳的冷淡的声音，越来越变得单调，虽然人们在这一点或那一点上感到声音有些低弱了，但还没有显露出什么，一年一年过去，残废再加上伤口，疲劳再加上疲劳，好像那巨大的雕像开始产生裂缝，裂纹出现了，不过还不太明显，语调也开始有点变了，有时犹豫不决，没有从前那样坚决了：“……至于我后来的计划，我还没有作出任何决定。皇帝陛下曾两次允许赐予元老院的席位我也相信我最终会得到它，不过当前我不得不顺应时势；我很想不再在作战的部队里工作，我已经吃过两枪，阴囊双侧水肿的毛病使我骑马感到十分劳累，这些伤口和病痛使我不能应付作战部队所要求那样不断地活动，办公厅曾为我向陛下建议让我去指挥西班牙部队中的炮兵部队，但皇帝陛下回答说‘他应当休息了’，要跑到西班牙各地去我将感到十分力疲难任，而且由于那里将不会发射一枪，没有希望获得荣誉……”裂缝静悄悄地扩大，骨头、肌肉、管道、疲乏不堪的肌腱所组成的结构顶不住了，第一次背叛了他，他像马在喷鼻表示不满，再次重新进行工作，哪怕是他提出抗议，又再次遭到屈辱，不过现在不是在米兰而是在图卢兹，不是在曼图亚而是在佩皮尼昂，地点不同而已，后来，好像还需要用一些老马、一些不知疲倦的驽马，像把一根骨头扔给一条狗那样，给予一枚新的勋章、一个小玩意儿让他开开心，唉声叹气地、行动艰难地被遣送（被拖去）到那个没有任何荣誉可望获得的国家去，这位身体魁梧中过风的大人阁下，再次在某一办公地方地板或铺地石板上大步走来走去，在院子里信使们在跺脚，他厌倦地口授着老一套的命令，用心不在焉的眼光扫视急件或胜利捷报，来自莱里达的，梅基嫩萨的，二十年来看过多少遍的汇报也都变成老一套的东西了：“……十八天的包围，六天的战壕战，四天开火，一万发大炮，突破口，俘虏……”他把急件递给那熟悉祝贺词、登记和转达公文的秘书或参谋部的军官，看也不再看就签了字，那皮肉开始下垂、塌落的患酒糟病的老年的面孔，伸出在军装的绣花领子外面，常常表现出僵呆的样子（不是严厉、敌意；只是僵硬发呆），目光茫茫然，日复一日，他继续口授同样的报告、同样的军火库清单、同样的申诉、同样的兵员、草料或可随时使用的火药的概况，心不在焉、冷冷漠漠，再也不是从前那生龙活虎的样子了，每星期中在一定的日子里，日常工作一旦赶完（那时他全神贯注、细心审慎地俯身在秘书肩膀上面——在一片沉寂中只听见笔尖在厚纸上飞速写字时刮出的吱吱声、在外面一匹脾性倔强的马的马蹄铁有时在铺路石板上踏响的声音——也许在这办公室里的某一角，一个身体被子弹打穿的看不见的鬼魂在嘿嘿冷笑）就怀着老人的那种固执、带着乖戾的顽强，就口授重复上千次的指示，重复上千次的问题，对播种、交配、酒装入瓶作细致周详的吩咐，直至那疲乏不堪的声音也开始变得衰弱，变得低沉，直至那用铁锈色墨水写的一行行千篇一律的字只是重复一些尖刻辛辣的指责，一再重复的埋怨、斥责，直至最后发出的伤心、沮丧的无限长的呻吟：

“……我认为一年到头雇着一个园丁不上算，当我回到圣-米歇尔时居然在我的花园里没看见什么东西，一年要花六到七百法郎的粮食，而且一年的四分之三要我出钱去买洋葱、大蒜和所有可以久藏的粗大的园栽的东西：既然我不常在那里，我不需要种甜瓜和任何精细的东西：我需要的是大量的洋葱、大量的蒜头、豌豆、莴苣、菊苣、各类的白菜、大葱、芜菁、大量的酸模、菠菜、朝鲜蓟，这些东西我还没有在圣-米歇尔吃到过；您可以告诉园丁说我对花园的情况不满意，他对花园太不关心，即使每天都给他工钱，他也不在乎园里有没有收益，他这种样子我认为不合适，我不埋怨要花钱，如果获得成果的话，但凡是我为花园雇来的人过去都获得成果，这一个，好像使我的钱白扔到水里，您没有告诉我是否已命人整理和用烟熏了矮林的树脚，对小径那边的和北屋旁的小树林有没有同样做，您没有告诉我是否已把我在小树林里种下的月桂树叫人整理了，您没有告诉我有没有叫人去整理好在那座坟边的那些苗圃，您没有告诉我，您是否已纺织了三十五尺麻布和十二尺的棉布，这点东西微不足道，一家之中需用很多的布，我不满意您纺织这么少的布，应当每年两种布都织一百尺，要把黄麻全部织完，至于纺成纱，如果拿去纺价钱便宜，那就付钱叫人纺，如果价钱昂贵，那就拿一部分去纺，我不会拒绝付给手工费，既然您在家里，我的大壁橱里应当充满布制的各种日用品，而事实上我有的这类用品却十分少，是否已把全部的树篱笆和枯死的小树都补种上了？我难过地看到您没有取出我的那些白酒装瓶，您很清楚每年春天我都叫人这样干的，如果您现在还没这样做，您应事先写信告诉我，我本来要您来的，您应当知道我脑子里有多少事，无法去管在圣-米歇尔我存有多少瓶酒：瞧，您那种粗心大意使我失去一场特别的享受：当我回家时，那就是为了尽情地吃喝属于我的东西，但是如果不在三月月圆的时候把酒桶塞打开取酒装瓶的话，就无法使白酒冒泡，接到这封信时还来得及拔开桶塞装酒入瓶，哪怕是装二三十瓶也好，当我回来时能够尝尝：您瞧，怎样可以有酒瓶可用，您把装着黑茶藨子酒的瓶子在一个小桶里倒干净，这些陈旧的酒我看已变质了，您接到我的信后第二天就要把白酒装上若干瓶，装好的那一天您就别忘记给我写信，您也可以把那些酒装在大肚坛里，每瓶酒里要放两三颗大麦，瓶塞上要用两根小绳子交叉扎紧，虽然这样做了，我敢对您说这活儿不会干得很好，这些酒不会有应该有的颜色，虽然我有一片好意，但无法赞扬您的粗心大意和对您忽略去检查与元帅的林子隔开的我的那片小树林的树篱笆之事，在三月底或十一、十二月下雨的时节本可以成功地更换那些今天长不起来的树篱笆，您瞧，这就耽误了一年，您认为我还有许多年可以白白浪费吗？当一个人只有五六年可活时，那就应当珍惜时间，我宁可您使我负一百埃居的债而不耽搁我的一年，像您已经那样做一样，因为用一百埃居我也买不到喝我自己家里酿出的好酒那种欢乐，这酒的质量就在于三月里月圆的那八天里开桶装瓶，就是因为这种疏忽，当我回到家里时既见不到园里的收获，虽然我每年付园丁的工钱已付了两年，也见不到一个水果，因为人家不肯出力去保藏那些水果，虽然我的父亲过去保藏得很好，就这样我既看不见小扁豆、豌豆，也看不见青豆，虽然我的土地肥沃足以使它们生长结果，但全都是由于人家不愿费劲去干而一无所获；而您居然会说我对这也不满意那也不满意，我再说一遍，您认为我还有好多年的日子可以白白浪费的吗？……”

诗画结合的新小说

一

一九八五年十月瑞典皇家学院宣布将诺贝尔文学奖授予当时七十二岁高龄的法国新小说派作家克劳德·西蒙，其理由是这位作家“通过对人类生存状况的描写，把诗人和画家的丰富想象和对时间作用的深刻认识融为一体”。消息传出后，世界各地，甚至在法国本土，议论纷纷，不少人到处打听此人是谁，连以消息灵通著称的《纽约时报》也得连忙向文学评论家和法国当代文学研究者打听这位作家的生平。法国一家发行量很大的右翼报纸还暗示西蒙与苏联的克格勃有关系，因为他曾反对法军对阿尔及利亚人民残酷的镇压，因此受到控告。法国文学界保守派愤愤不平，认为给属于新小说派的西蒙授奖，等于是承认那“离经叛道”、反对十九世纪以来传统小说艺术的新小说派在世界文学中的地位。

其实，西蒙获奖并非像有些西方评论家所说的是“爆出冷门”。他得奖时已在小说创作道路上艰苦探索长达四五十年之久，并已发表了近二十部风格独特的作品。他的小说《弗兰德公路》曾在一九六〇年被提名为龚古尔文学奖的候选者，并获得当年的《快报》图书奖；他的长篇小说《历史》获一九六七年美第奇文学奖。他的作品已被译成二十多种文字。早在一九八一年法国著名杂志《文学评论》和一九八五年美国的《现代小说评论》均已出了《西蒙专号》。西蒙研究已列入法国大学课程和成为博士论文的选题。西蒙的小说被许多评论家称为自传体小说，因为他所写的都与他一生的经历有密切关系。

二

西蒙的前半生，正如他在受奖演说词中所说的，“与我们古老欧洲的许多居民一样，经历了动荡的岁月……”战争和死亡的阴影曾多次掠过他的身旁。

西蒙生于第一次世界大战前夕的一九一三年，父亲原籍法国弗朗什-孔泰，当时是法国殖民地马达加斯加的上尉骑兵军官，西蒙就在这个印度洋海岛的首府塔那那利佛出生。母亲是带有西班牙血统的法国卢锡伊昂地区的人。由于童年环境的影响，在西蒙的小说中我们可以常见有关西班牙、骑兵、大海、对种族歧视反感的描写。当西蒙四岁时，父亲战死于世界大战的疆场，母亲把他带回法国南部靠近西班牙的故乡佩皮尼昂小镇读小学。毕业后西蒙被送到巴黎一所著名的中学就读，那时候超现实主义正在战后西欧青年中广为流行，这一文艺思潮的反传统观点对年轻的西蒙不无影响。中学毕业后，他到英国的牛津、剑桥大学深造，在攻读哲学与数学的同时，跟随当时有名的立体派画家安德烈·洛特学习绘画，立志当一名画家。一九三六年当西班牙发生内战时，二十三岁的西蒙如当时西欧许多思想进步的青年一样，满怀革命热情，跑到西班牙去帮助共和军和无政府主义者与佛朗哥的军队作战。争夺巴塞罗那的那场激烈残酷的战役，在西蒙的心灵中留下极其深刻的印象。他曾多次说这场战争的经历对他一生的思想影响很大，从此他对“革命”抱着幻灭、虚无、悲观的态度。后来他在几部小说中都描述当时的印象和感受。一九三九年西班牙共和军被消灭后，西蒙到苏联、东欧、印度、中东等地游历以增广见识，扩大视野。第二次世界大战爆发时，西蒙应征入伍，在法国骑兵团中服役。在这期间，他与一位贵族世家出身的骑兵军官亨利·德·柯林斯为伍，这位军官后来成为《弗兰德公路》中主要人物骑兵队长德·雷谢克的原型。一九四〇年五月，西蒙参加了默兹河战役，在法军大溃败中，他头部受了重伤，为德军所俘。不久，他从俘虏营中逃出，回到法国参加地下抵抗运动。这场法国人称为“荒唐可笑的战争”的经历和感受，后来也常出现在他的小说中，他的成名作《弗兰德公路》就是以此为主要题材。战后西蒙在故乡一边从事葡萄种植，一边埋头写作。近年有时居住在巴黎，但深居简出，远离政治漩涡和名利场。这位作家生性孤独，沉默寡言，很少在公共场合露面，也很少谈自己的生活。

三

克劳德·西蒙是二十世纪五十年代后继存在主义文学在法国兴起的新小说派作家之一。这一派和过去的一些文学流派不同，既没有自己的组织和刊物，也没有发表任何宣言。新小说派作家，例如阿兰·罗伯-格里耶、娜塔丽·萨洛特、米歇尔·比托尔、玛格丽特·杜拉斯、塞缪尔·贝克特、克洛德·奥利耶等，都各有自己独特的创作方法，有的作家甚至在后一部小说中否定了自己前一部中所采用的手法，但他们也有一些基本的共同点。

第一点，他们一致认为艺术需要不断创新，每个时代的文艺都应有自己的表达方式，今天的小说不能再走十九世纪以来占统治地位的以巴尔扎克为代表的现实主义的创作道路，因为传统小说的表现手法和语言已无法表达现代西方社会的人瞬息万变的处境和复杂浮动的感受。新小说派的带头人罗伯-格里耶曾说：二十世纪“是不稳定的、浮动多变、难以捉摸的时代，它有许多含义难以掌握，要描写这一现实，不能再用巴尔扎克时代的小说创作方法，而要从各种角度，用辩证的方法去写，把当今那种飘动多变、捉摸不定的境况表现出来”。由于这种反传统小说的观点，这一派也被称为“反小说派”。

第二点，这一派的作家认为客观世界不受人的意志的支配，“人不是世界的中心，他不能赋予事物任何意义。因此，人物不是小说的中心，作家不应从人物的主观感情出发来描绘客观世界。”在罗伯-格里耶看来，“世界既不是有意义的，也不是荒谬的，它存在着，仅此而已”。在诺贝尔受奖演说词中西蒙引用了法国当代文学家罗兰·巴特的话说明自己对世界的看法：“要是世界有什么意义的话，那就是它毫无意义可言——除了世界本身的存在。”从这一共同观点看来，在存在主义哲学流行时代成长的新小说派作家难免不受其影响。

第三点，他们反对像传统小说那样以巧妙安排的故事情节诱使读者进入一个虚构的世界中，使他“忘记自己所面临的现实，从而不能认识自己的处境”。新小说派作家认为读者阅读的过程，也是参与创作的过程，读者凭自己的生活经验和对客观事物的感知来了解欣赏他们的作品，不同的读者对同一部小说可以有不同的理解，可以从不同的“门户”进入小说所描绘的世界，就像一个旅游者可以从不同的途径进入一座城市一样。由于读者享有更大的自由，主动性随之而增加。读者和作者处于平等地位，“作者不是上帝”，不能任意摆布读者。

第四点，新小说派作者认为人只是生活在永恒的一瞬间，小说家要能抓住关键的时刻，像用快镜摄影似的抓住“现在”、“即时”的一刹那间。因此，新小说派作家笔下常出现“目前”、“现在”、“当前”这类助动词；过去事件的叙述，也常用现在时态。这一派的小说所写的时限短暂，很少像传统小说那样情节发展往往持续若干年。

第五点，极力打破传统小说的时间顺序的限制，过去、现在、将来可以自由交织，可以随着联想同时出现。在空间处理上，也要求有更大的自由：现实、梦境、回忆、想象、幻觉、潜意识均交织出现。新小说派作家认为这种创作方法可以更真实地表达现代人复杂多变的心境和细微的感知，客观现实世界的错综复杂、变幻多端。

第六点，以场景组合代替传统小说的情节发展。小说不一定有头有尾，结局不一定完整。在新小说派作家看来，现代世界不断迅速变化，事物的发展难以预料，作家不可能像生活在十九世纪西方资本主义社会稳步上升时代的巴尔扎克那样，对小说世界里的一切事先做出全面的安排，决定每个人物的命运，引出必然的结局。

第七点，注重语言的创新。认为传统小说中惯用的语言由于长期重复使用已变得“陈旧”或“僵化”，不能表达现代人的生活和世界。新小说派反对使用带有感情色彩或人格化的形容词，也拒绝使用那些“内含的、隐喻的、魔术般的词汇”，认为这一切足以使描写的事物失实。相反地，他们主张采用“表明视觉的和纯描写性的明确的词汇”。他们认为用崭新的语言才能透过事物的表面，如实地描写“深在的真实”，使读者认识客观世界和自己。对西蒙来说，语言本身就构成一个奇妙的世界，作家在这世界中不断探索，不断发现“永无止境的景象”。

四

西蒙在小说创作道路上的探索大致可分为三个阶段：第一阶段从处女作《作假者》到《风》和《草》；第二阶段从《弗兰德公路》到《历史》；第三阶段从《双目失明的奥利翁》到《农事诗》和《洋槐树》。

第一阶段，西蒙从德军俘虏营逃出回到法国后，在参加地下抵抗运动的同时，开始写作。一九四一年完成的《作假者》等了五年之后才被一位评论家发现“有新的探索”，因而得以出版。这新的探索就是尝试以主人公生活中最重要时刻的几个场面的描写来代替传统小说中的顺时序的连贯叙述，同时采用一种像巴罗克体艺术的螺旋形结构以代替传统小说的直线形结构，以期表现“一瞬间”在内心活动中不断变化的感觉、回忆、想象、梦幻的“混合体”。无可置疑，西蒙受现代派小说家乔伊斯的影响，这位《尤利西斯》的作者提出“要把瞬息之间出现的精神活动完全按照它们杂乱无章的原状记录下来”。

在《作假者》、《钢丝绳》（一九四七）和《居利韦尔》（一九五二）这三部最早的作品中，西蒙仍未能摆脱传统的小说创作方法的影响，但已出现后来他的小说中的一个特点：多角度描绘同一场景。在《钢丝绳》中，西蒙开始尝试将法国印象派大师塞尚在画面上表现运动的艺术运用于小说创作，企图以此开拓一条新的道路。继这本小说之后，西蒙借用英国十八世纪作家斯威夫特的一部小说主人公的名字作为小说《居利韦尔》的书名，内容描写第二次世界大战结束法国人从德军占领下解放出来后面临的精神生活与物质生活的矛盾，这部作品是采用传统手法写的，据西蒙自己说：当时是想证明自己也能写出传统式的小说，但写成后发现这完全不是自己想创作的东西，这是一次失败之举。

一九五四年西蒙大病卧床数月后，写成了《春天的祭礼》。他自认为这是自己创作道路上的一个转折点，但评论家一致认为这转折点较为明显地出现在一九五七年发表的《风》中，因为在此之前，西蒙尚未能摆脱美国现代小说家福克纳的影响。《风》的书名副题是《试图重建祭坛后面巴罗克式的画屏》，表明作者意图打破传统的直线形叙述方式，运用像巴罗克式图案花纹的线条，把过去和现在同时表现，把自己对事物的感知、触觉、现实生活经历的回忆与印象的零碎片段交织成多幅场景。据西蒙自述，在创作《风》的过程中，他深切感到感知的世界缺乏连贯性，与小说艺术所要求的连贯结构之间存在矛盾，而过去传统小说的写法不过是制造一种假象：感知世界展现有条不紊的秩序，小说的叙述也是连贯的。在《风》里，作者尝试通过零碎的不连贯的记忆和印象所组成的各种画面的描绘，重现主人公的处境，同时也表现经过两次世界大战创痛的西欧人民的心境：在那像法国西南部常刮的西北风那样无法控制的力量下，人在历史中无法驾驭自己的命运。继《风》出版的《草》更进一步表现了这种思想。在这部小说卷首，西蒙引用苏联作家鲍里斯·帕斯捷尔纳克的一句话作为题铭：“没有人能够制造历史，也没有人能够真正看见历史，正如我们看不见草怎样长起来一样。”在西蒙看来，随着历史的发展，时间消逝，人无法抗拒地走向死亡。在这部小说中，用声、色、味组成的许多描绘场面，都集中于一个重点：寻觅生活中最关键的时刻，在主人公平凡的活动中抓住独特的一瞬间。西蒙在后来的一些作品中常用的括号和现在分词，在《草》中已屡次出现。在西蒙的作品中，括号的使用不仅起比较、说明、补充、明确的作用，还起延长时间的作用；现在分词主要表示动作的同时性、现时性，有时也起联接过去、现在、将来的作用。从第一阶段过程中，我们可以看到西蒙怎样朝着摆脱传统小说的窠臼在锐意创新的道路上探索前行。

第二阶段，西蒙所探索的小说创作方法全面展开。他在前阶段的探索成果，在《弗兰德公路》中开始显得成熟了。它的独特的风格，使西蒙成为西方文坛受人注目的小说家，这部小说被列入西方现代文艺代表作之一。继《弗兰德公路》之后，是一九六二年发表的《豪华旅馆》。这部长篇小说是以作者青年时代目击一九三六年西班牙内战和参加共和军革命时的感受作为基础写成的。西蒙在一九六二年与巴黎《快报》记者谈话时说：这部小说写的既非西班牙内战，也不是西班牙的革命，主要写的是他自己的变化，小说所叙述的不过是他当时在巴塞罗那激烈的争夺战中的感受以及一个青年人对“革命”的幻灭。像在《弗兰德公路》中一样，他表示怀疑传统现实主义小说再现的“现实”，他如同对他的创作思想影响颇深的普鲁斯特一样，认为小说中所写的“现实”不过是由记忆组成的。而记忆往往破碎凌乱、断断续续、缺乏连贯，而且由于时间的作用而变形或产生漏洞，需要通过印象、感知、想象加以修正补充。由于西蒙强调小说家对历史事实只能有不全面的、主观的一瞥，因此有的评论家把他列入“主观现实主义”一派中。不管怎样，在这部作品中，西蒙朝用空间艺术代替时间艺术的小说创作方法跨进一步。有人把这部小说的结构与现代大画家毕加索以西班牙内战期间格尔尼卡地区大屠杀为题材的名画相比，不无道理。

一九六七年获得美第奇文学奖的长篇小说《历史》，被有些评论家认为是西蒙创作道路上的又一转折点，是最能代表他的文体的一部作品。在这部小说中，人物和情节无足轻重，叙述者的面貌模糊不清，西蒙在后来接受诺贝尔文学奖时所阐述的文字探险旅行占了主要地位。小说主人公从中午十一时到午夜的活动的内容叙述，只不过是提供一条贯串的线索而已。《历史》的主题和西蒙其他好几部小说一样：世事沧桑，时光无法留住；在时间的作用下，人物、事件、事物留下的记忆和印象渐渐变形、歪扭、模糊、消失，人只能无可奈何地兴叹。在这部小说中，作者大量运用连绵不断的很少句点的长句，半途戛然而止的叙述或对话，以及像多层互套的盒子般的长短插入句，有效地表现了主题思想。

继《历史》之后在一九六九年发表的《法萨卢斯古战场》，文体与前有所变化，句子简短，隐喻大减，但色彩更浓郁斑驳。小说结构像一幅三折画，三条线索同时交错出现。在阐述自己的创作意图时，西蒙表示要使这部小说的结构像音乐作品那样，把它分为三部：开始是主题思想逐步的形成，中段是某些主题的开展，最后以加快的节奏综合演奏全部主题。这种意图表明西蒙不断在探索新的小说形式，不断从其他艺术中汲取营养。

第三阶段，作家的注意力集中在叙述文字和形式的探索上。用新小说理论家让·里加杜的话来说，小说不再是人生冒险经历的叙述而是文字与形式的探索冒险。继《法萨卢斯古战场》发表的小说《双目失明的奥利翁》（一九七〇）是受十七世纪法国名画家普桑那幅标题为《双目失明的奥利翁朝着初升的太阳光走去》的油画启示写成的。西蒙曾说："在普桑这幅卓越的油画中，有些令人心神震撼的东西，它象征了一个作家的形象：他在文字符号的森林中摸索前进。朝着……对，正是朝着升起的太阳前进。但奥利翁后来变为一个星座，当太阳升起时，这星座也就消隐了。当一部作品完成时，目标已达到，作为其作者的我也消失了，这不是妙不可言的事吗？"西蒙和许多新小说派作家一样，认为写作是一种文字探险，作家的任务就在于完成这种探险的历程。在这部小说和继之发表的《导体》（一九七一）中，西蒙的注意力进一步集中在小说的形式上，并大量运用现在直陈式的短句来表现"像美国纽约的现代建筑那样的"一种直截了当的印象。在这两部作品中，西蒙几乎完全排除传统小说的叙事，从头到尾可以说都是画面的描绘。在《导体》中，西蒙放弃了过去的叙事法，不再用一个与小说情节有关的叙述人作为回忆联想的中继器，而是把笔墨集中描述"像闪光灯照射下显现的现时瞬间"。通过小说主要人物的意识活动和肉体的感觉，让印象、回忆、想象、梦幻在一瞬间同时出现。时间在小说中不是如在传统小说里那样直线伸延或回旋，而是相反地收缩集中。到了《三折画》（一九七三），小说的叙述方式用画面、场景的描绘来代替的趋向更加明显了。三折画原指一种分为三部分但彼此相连的画幅，中间部分是主体，两旁的两幅可以折叠覆盖在中间立体之上；这三部分不但内容有内在的联系，而且相互辐射交应。《三折画》是由三个故事构成的，通过其内在因素的联系"组成像七巧板拼成的结构"。在这部作品里，西蒙再不是追随普鲁斯特和福克纳探索小说的时间，而是进一步探索小说的空间了。

接着发表的《事物的教训》（一九七五），完全摆脱传统小说的结构形式，没有任何连贯的情节，全书以描写的画面构成。作者的意图是表现千变万化的事物的面貌。西蒙曾说：“我喜爱事物，描写它们时我感到喜悦。”法国作家兼评论家克劳德·莫里亚克曾指出：这部小说表现了西蒙对文字的功能和描述的魅力的倾心，写作在他看来等于是描述。这部小说还表现了西蒙小说创作方法的另一个特点：运用大量的电影手法和巴罗克式的对比与构图，把和平和战争、静和动、光和影对比的场面同时表现出来，造成异常强烈的印象。一九八四年重版的《贝里尼斯的头发》，是一九六六年西蒙描绘西班牙大画家米罗的画的散文诗似的短篇，原来的书名为《女人们》。一位法国评论家说，它的结构像“一个用文字、颜色、香味交织的纤细的网”，“在细沙和暖热到似乎使海洋流汗的阳光所组成的背景中，展现大自然奇异绚丽的变化”。

在《事物的教训》完稿后的五年中，西蒙埋头创作长篇小说《农事诗》（一九八一），这部充满诗情画意的作品，确立了西蒙成为世界文坛上第一流作家的地位。一九八九年七十六岁高龄的西蒙写成长篇小说《洋槐树》，主题是历史与时间，这种时间，正如作者在卷首题铭引用英国诗人艾略特《四个四重奏》中三行诗所展示的：“时间现在和时间过去，也许都存在于时间将来，而时间将来也包容于时间过去。”在这部分为十二章的小说里，时间不断交织，从一九一九年第一次世界大战后战死者的墓园描写开始，不断对比两次大战的场景。一九一四年八月二十七日第一次世界大战开始的情景与二十五年后同日的第二次世界大战前后方的境况，相互呼应，彼此交织，描绘出人类在历史无情的车轮下悲怆的命运。

从上面所述的创作过程看来，西蒙的确是像他在诺贝尔受奖演说词最后所说的：“这条道路是由探险者艰难困苦地在一个前所未知的领域中开辟出来的（他往往迷路，重新沿着旧路折回，循着某些貌似相同而实质迥异的地点探索前行，或相反地，在表象不一的同一地点探索前行——或走错了路），这条路常常往返交叉，重复穿过已经走过的十字路口。作家在景象与情感同时出现中……探索至最后，却返回原来的出发点，不过他这时已取得更丰富的经验，因为已能指出某些方向，建立某些跳板。也许通过作家个人执着的深入探索，虽然他并不认为自己已说尽一切，最后寻求到‘共同的本质’，从中每个人能或少——或多——认识自己。”尽管西蒙已年近八十，他这种探索是不会停止的，我们期待着他描绘出更绚丽多姿的画幅。

五

在西蒙已发表的近二十部作品中，《弗兰德公路》和《农事诗》可以说最充分地体现了瑞典皇家学院授予他诺贝尔文学奖时对他的评价：“这位作家以诗和画的创造性，深入表现了人类长期置身其中的处境。”

《弗兰德公路》现已被公认为西蒙的成名作。它曾被提名为一九六〇年龚古尔文学奖的候选者，后因有几位评委认为它“晦涩难懂”而落选，结果仅获《快报》图书奖。这部小说的主题可以概括为战争的灾难和大自然的美景对比中人的处境和感受。主要背景是作家亲身经历的第二次世界大战初法军在北部的弗兰德地区被德军击溃后仓皇撤退，贯串全书的主线是贵族出身的骑兵队长德·雷谢克死亡之谜。小说主要部分是通过主人公佐治战后与这位队长的年轻妻子在旅店夜间幽会时凌乱断续的回忆，像万花筒般展现了三个骑兵及其队长在战争中的遭遇和大地深受的蹂躏。作者以斑斓浓重的色彩，巴罗克体千变万化、重复回旋的笔法，绘画出时间的迁移、季节的变化、战神的狰狞、死亡的阴影、爱情的渴求、情欲的冲动、饥寒的折磨、土地的抽搐、大自然神奇的魅力……既充满诗情画意，又不乏幽默讽刺；既含人生哲理，也有对人心的解剖。

二十五年后发表的《农事诗》是西蒙的第十六部作品，是一部炉火纯青之作，它是经过十五年酝酿和五年多搜集资料写成的。主人公让-皮埃尔·圣-米歇尔将军并不是纯属虚构的人物，历史上确有其人，在一八一五年巴黎出版的《称为国民公会的七百四十九位议员小传辞典》中可以查到。《小传》中记载：这位贵族曾在骑兵部队中服役达二十五年之久，大革命期间他背叛了贵族阶级家庭，参加了国民公会，并曾以关键性的一票使处决国王路易十六的提案得以通过；此人曾在督政府时期出任驻那不勒斯大使，后因对该国朝廷不满而离去，后来被委任为意大利驻军炮兵司令官。一八〇三年拿破仑任命他为炮兵部队督军。总的看来，这位历史人物与小说的主人公的政治经历大致相同。

小说采用古罗马诗人维吉尔的长诗《农事诗》为名，因为小说主人公不论是在大革命的惊涛骇浪中或南北征战的炮火震天、硝烟弥漫中，念念不忘家园春播夏耘秋收冬藏的农事，同时也寓寄维吉尔诗中含蕴的哲理：世事纷纭，复杂多变，只有四季恒常更迭，有秩有序，人也仅能在田园耕作中享受乐趣，在大自然的美景中获得安宁与慰藉。

这部小说与《弗兰德公路》不无关联。圣-米歇尔将军是《弗兰德公路》的主要人物骑兵队长德·雷谢克的先祖，他曾在《弗兰德公路》中出现过。两部作品都是写人在历史风暴中所遭受的痛苦和折磨，但《农事诗》不仅写了一九四〇年春法军大溃败中士兵及人民悲惨的境况，而且着重写了一七八九年法国大革命期间一个贵族家庭发生的悲剧，以及一个年轻的美国人在一九三六年西班牙内战时参加巴塞罗那残酷争夺战的感受：战争与革命密切交织的题材，使这部小说比西蒙其他的作品更富有史诗色彩。

在《弗兰德公路》发表后同年十月，西蒙与《快报》记者谈这部小说的创作经过时，提到它的一些特点：（一）它不是像传统小说中的时间的持续，而在描绘同时性。西蒙认为“当我们想写一部小说时，当我们开始想叙述一个故事时，实际上这故事已完结。我们转过身来，朝后看自己刚走过的道路，看到的全程呈现一片混杂。远景与前景一样清晰、逼近，像从望远镜里看去一样。”我们在上面已提过，这部小说主要部分的叙述是由佐治与骑兵队长的妻子战后在旅店夜宿时凌乱的回忆、断续的思想、模糊的印象、杂乱的感知、多变的想象等组成。（二）这部小说的主要内容一下子一起涌现到作者的脑海中，它像快镜摄影，在一瞬间出现交错的画面。（三）给每个人物、每个主题用彩色铅笔定一种颜色，然后按作者写作时的感情决定颜色的配置、组合、交织，像一幅画似的绘出整体。（四）大量运用电影手法捕捉瞬间的印象，通过蒙太奇的手法，把现在、过去、未来交织在一起。西蒙曾说“电影教会我们如何观察事物，然后把画面精确地写成文字”。（五）为了使同时涌现的“混合体”得以表现，采用了流水般迂回曲折的长句，并用大量的现在分词联结起来，使回忆中的画面仿佛发生在眼前。往往一整页没有一个标点符号，据作者的解释是：“在我们意识中有多少事物并存，互相渗透。逗号、句点引起停顿，把内心现实中没有分开的东西切断了。”（六）大量运用多重套画的插入句，常用“这是说”、“或者可以说”、“更确切地说”这类短语，意在补充、更正、明确由于时间的作用而引起的记忆的漏洞、变形、模糊。（七）常用不完整的句子，有时一句话未说完便戛然而止，有时甚至仅吐出半个字。西蒙认为我们的回忆、思想、日常说话方式往往就是如此。

《农事诗》的结构与《弗兰德公路》不同，全书像古典悲剧那样分为五部并有序幕，有头有尾。序幕由一个场景和两个主要人物的裸体雕像的描写构成，完全像一幅画。第一部的开头颇似传统的历史小说，把主人公的面貌和经历作了简要的介绍，然后才进入对大革命时期的动荡和主人公前期的历险的描述。第二部写战争中人类的处境，其中也写了第二次世界大战初期法军大溃败的悲惨情景，但景色与在《弗兰德公路》中全然不同，再不是春雨绵绵，泥泞遍地，而是冰天雪地，寒风彻骨。人在这种场景中的心境、情感也有不同的变化。第三部用倒叙的笔法，刻画了圣-米歇尔城堡在历史的变迁和时间的侵蚀中破落荒凉的景象和这个贵族家庭的衰败，中间穿插叙述了这家的长子在大革命中对贵族阶级的背叛，在国民公会投下举足轻重的一票通过处决国王的决定，犯下弑君之罪，以致在家庭中造成无法弥补的决裂和两个孪生兄弟间的刻骨仇恨。这部分还叙述了主人公在炮兵部队中艰苦的征战，在意大利宫廷任大使时的斗争，以及他在大革命时期从死囚狱中救出一位美貌放荡的保皇党女子的冒险经过。第四部比较集中地描述一位名为O的英国青年参加一九三六年西班牙内战的经历，他对革命与战争的迷惘与幻灭。第五部悲剧达到高潮，转入尾声。圣-米歇尔家在政治上势不两立的一对孪生兄弟在大革命风暴中背道而驰，多年后终于在故居城堡大树下最后相见，正是哥哥在大革命后期提出的一律处死曾逃亡国外携带武器回国的人的法令，导致始终不渝忠于国王的弟弟被处决。那位从小和两兄弟一起长大的奶妈的女儿、像大地一样忠诚质朴的女仆巴蒂只能从窗帘后窥看骨肉相残的悲剧，为之鸣咽啜泣。这一幕的悲怆凄恻富有古希腊悲剧的色彩。也就是在这位女仆的照料下，身心俱受创伤的老将军在古老的庄园中孤单寂寞地度过残年。全书五部分各有重心，不同的时代与场景互相交织，但主要的基调贯串全书而且前后呼应，展现了人在历史的汹涌波涛中身不由己的境遇，写出了大自然的永恒，尽管世事沧桑，人间多变；刻画出大地的生命力和诗情画意洋溢的景色，虽然残酷的战争带来痛苦和灾难。

《农事诗》不仅在结构上和写法上与《弗兰德公路》有所不同，语言也比较简练，句子绝大部分简短、明确、完整，标点清楚，段落分明。在《弗兰德公路》中经常出现的套句和没有标点符号的长句，在这部小说中很少看见。但这两部作品仍有许多共同之处： 丰富多彩的比喻、浓郁的抒情笔调、色彩斑斓绚丽的画面、光与影的交织、寂静与声响的对比、诗与画的结合、细致入微的描写、朴素的哲理、幽默的讽刺等。

罗伯-格里耶曾说，对西蒙的同一部小说，一百位读者有一百种读法。西蒙认为作者的任务是写出事物的多面性和历史事件的复杂性，读者在阅读他的作品时，可以从“不同的门户”进入他所描绘的世界，可以从各种不同的角度来感受。西蒙像许多新小说派作家一样，要求读者积极参与创作活动，凭各人不同的人生经历、不同的感知世界事物的能力对他所描述的一切作出反应。因此，读他的作品时读者由于与作者一起不断进行探索而感到吃力，这是不足为奇的事。当巴黎第三大学的一位教授听说我在翻译西蒙这两部小说时，当即表示一般法国读者阅读它们也会很费力，把它们译成中文更不是一件轻而易举之事。我之所以不自量力译出西蒙两部代表作，一方面是它们的丰富内容和崭新形式吸引了我，另一方面是想让我们的读者认识这两部已列为西方现代名著的新小说派作品。

林秀清

一九九二年四月清明　上海

CLAUDE SIMON
Les Géorgiques

本书根据子夜出版社 1981 年法文版译出

图字：09－2006－596 号

图书在版编目(CIP)数据

农事诗／(法)西蒙(Simon,C.)著；林秀清译，
—上海：上海译文出版社，2008.10(2023.8 重印)
书名原文：Les Géorgiques
ISBN 978－7－5327－4605－7

Ⅰ.农…　Ⅱ.①西…②林…　Ⅲ.长篇小说-法国-现代
Ⅳ.I565.45

中国版本图书馆 CIP 数据核字(2008)第 093276 号

农事诗
Les Géorgiques

CLAUDE SIMON
克劳德·西蒙　著
林秀清　译

出版统筹　赵武平
责任编辑　缪伶超
装帧设计　王　慧

上海译文出版社有限公司出版、发行
网址：www.yiwen.com.cn
201101　上海市闵行区号景路 159 弄 B 座
上海中华印刷有限公司印刷

开本 890×1240　1/32　印张 12.5　插页 2　字数 271,000
2008 年 10 月第 1 版　2023 年 8 月第 2 次印刷

ISBN 978－7－5327－4605－7/I·2603
定价：56.00 元